JULIANNA BLAKE

Braut, postwendend

W0204913

amazon crossing

Das Buch

Nach einer per Post angebahnten Verlobung macht Madeline Barstow sich von Boston aus auf die Reise und hofft, dass Samuel Croft ihr ein angenehmes und gesellschaftlich geachtetes Leben bieten werde – fern von den neugierigen Blicken der lästernden feinen Gesellschaft, der sie selbst angehört. Als sie jedoch in Helena, der Hauptstadt Montanas, aus dem Zug steigt, stellt sie entsetzt fest, dass sie von einem Fremden erwartet wird und nicht etwa von ihrem zukünftigen Ehemann.

Witwer Clay Porter ist es leid, dass alle Menschen um ihn herum ständig versuchen, ihn zu verkuppeln. Er möchte einfach nur in Ruhe gelassen werden und seine freien Tage dazu nutzen, Transporte zu übernehmen und Geld zu verdienen, um eines Tages die Schlachterei kaufen zu können, in der er arbeitet. Als er den Auftrag erhält, eine junge Frau zur Croft-Ranch zu bringen, wird ihm schnell klar, dass diese völlig im Dunkeln tappt, was den Charakter ihres Verlobten betrifft. Ist Clay bereit, seine eigenen Träume – wenn nicht gar sein Leben – aufs Spiel zu setzen, um die hochnäsige Madeline davon zu überzeugen, dass sie im Begriff ist, einen Fehler zu begehen?

Die Autorin

Julianna Blake ist Autorin historischer Liebesromane und, wie es scheint, im falschen Jahrhundert geboren. Es macht ihr große Freude, Welten zu erschaffen, in denen sie – und ihre Leserinnen – in wunderschönen seidenen Kleidern flanieren können und sich sofort wie zu Hause fühlen.

Alle Bücher von Julianna Blake, die bei Amazon.com erhältlich sind, finden Sie auf der Amazon-Autorenseite von Julianna Blake.

Eine vollständige Aufstellung der Geschichten von Julianna Blake sowie Ankündigungen bevorstehender Veröffentlichungen sind in ihrem Blog unter folgender Adresse erhältlich: www.JuliannaBlake-Author.blogspot.com (E-Mail: JuliannaBlakeAuthor@gmail.com).

JULIANNA BLAKE

Braut postwendend

ROMAN

Aus dem Amerikanischen
von Marianne Hartz-Poseck

amazon crossing

Die Originalausgabe erschien 2013 unter dem Titel
»Mail Order Regrets« im Selbstverlag.

Deutsche Erstveröffentlichung bei
AmazonCrossing, Amazon Media E.U. Sàrl
5 Rue Plaetis, L-2338, Luxembourg
März 2015

Umschlaggestaltung: bürosüd° München, www.buerosued.de
Umschlagmotiv: © Getty Images, 499134095 RF, bürosüd°
Lektorat, Korrektorat und Satz:
Verlag Lutz Garnies, Haar bei München
www.vlg.de

Printed in Germany
By Amazon Distribution GmbH
Amazonstraße 1
04347 Leipzig, Germany

ISBN 978-1-477-83094-9

www.amazon.com/crossing

Kapitel 1

Helena, Montana
Dezember 1887

»Clay Porter!« Eine schrille Stimme schallte durch den Laden. Clay schreckte auf und biss die Zähne zusammen, denn er wusste, das nun folgende Gespräch würde ihn aufhalten. Er unterbrach seine Arbeiten in der Nähe des Kohleofens und richtete sich auf.

»Ach, hallo, Mrs Perkins, schöner Tag heute. Wie geht es Ihnen?«

»Durchgefroren bis auf die Knochen, mein Lieber. Dieser Wind schneidet wie ein Messer durch die Kleider.« Die stattliche Frau rückte sich den Weidenkorb am Arm zurecht und zeigte auf das große Fenster der Schlachterei. »Wenigstens ist es klar und sonnig. Wurde auch Zeit, dass die Sonne endlich mal wieder durchkommt.«

»Wohl wahr.« Er nickte und versuchte, sich Richtung Kohleofen zu verdrücken. »War nett, mit …«

»Nicht so schnell, junger Mann!« Sie hielt ihn am Arm fest. »Ich lasse Sie erst gehen, wenn Sie mir erzählen, was Sie vorhaben – so schick, wie Sie heute aussehen.« Mrs Perkins ließ sich niemals eine Gelegenheit entgehen, ein wenig herumzuschnüffeln.

Clay blickte auf sein marineblaues Hemd, das an der Knopfleiste bereits verschlissen war und an einigen Stellen auszubleichen begann. Er hätte es nicht gerade als »schick« bezeichnet, aber es war dasjenige seiner Kleidungsstücke, das dieser Bezeichnung am nächsten kam. Er seufzte und fand sich damit ab, dass er durch das Gespräch mindestens fünf Minuten verlieren würde. Sie war hartnäckig.

»Na ja, ich …«

»Bitte schön, Mrs Perkins«, unterbrach Herman ihn. Der Schlachter zwinkerte Clay mitfühlend zu, bevor er seinen Blick wieder auf die alte Dame richtete. »Zwei Pfund Rostbraten. Sie und Mr Perkins haben heute wohl Besuch.« Er reichte Clay das säuberlich mit einer Baumwollschnur verschnürte Päckchen über die Ladentheke, und der gab es an Mrs Perkins weiter.

Clay warf Herman einen dankbaren Blick zu. Während Mrs Perkins zu einem Monolog über den Besuch ihrer Kinder zu Weihnachten ansetzte, machte er sich wieder an seine Arbeit und füllte einen Eimer mit Kohlen aus dem Kübel am Ofen.

Er entkam in den Hinterraum, bevor Mrs Perkins ihre ganze Aufmerksamkeit wieder auf ihn richten konnte, und packte die Decken und Felle zusammen, die er für die Fahrt benötigte.

Ein paar Minuten später stand Herman neben ihm. »Diese Frau kann einem wirklich die Ohren abreden.«

»Danke, dass du sie mir abgenommen hast. Der Zug kommt in einer halben Stunde an. Ich darf nicht zu spät kommen.«

»Hoffentlich ist das Gespann schon angeschirrt.«

»Ja, der Schlitten steht fertig hinterm Haus. Kohlen zum Heizen des Fußwärmers hab ich dabei. Ich hatte nur vergessen, zusätzliche mitzunehmen.«

»Junge, wo steht dir der Kopf? Bei diesem Wetter werden die Zehen der jungen Frau den Weg bis zur Croft-Ranch nicht überstehen. Und ich muss dir doch wohl nicht erzählen, wie es Sam Croft gefallen würde, wenn seine ›Ware‹ beschädigt wird.«

Clay schüttelte den Kopf. »Nein, bestimmt nicht. Dieser Mann geht mir gewaltig auf den Senkel. Und du hast recht, vermutlich wird er seine Zukünftige wie eine Art Sklavin behandeln, genau wie er es mit seinen Rancharbeitern macht.

Ganz zu schweigen von seinem Geiz. In den zwei Jahren, in denen ich Fracht für ihn fahre, hat er mir nicht ein einziges Mal Trinkgeld gegeben, egal, wie schwierig der Auftrag war.«

»Ich verstehe nicht, warum du diese Aufträge überhaupt annimmst. Der Mann ist derart ungehobelt, dass ich ihn kaum ertrage, wenn er herkommt, um dich anzuheuern.«

»Du weißt doch, warum … du weißt, wie dringend ich das Geld brauche.« Clay blickte Herman eindringlich an. »Abgesehen davon ist seine Ranch so abgelegen, dass seine Aufträge sich für mich lohnen, sogar ohne Trinkgeld.«

»Ha«, schnaubte Herman. »*Falls* er überhaupt bezahlt.«

»Also, *mich* hat er immer bezahlt. Ich weiß, dass anderes gemunkelt wird, aber ich hab mein Geld immer bekommen.« Die neuesten Gerüchte, die ihm zu Ohren gekommen waren, wollte er lieber nicht erwähnen – Gerüchte, angesichts derer er sich fast gewünscht hätte, Crofts neuestes Angebot nicht angenommen zu haben.

»Das liegt nur daran, dass du schlau genug bist, es dir vorab geben zu lassen.« Herman klopfte Clay lachend auf den Rücken. Das Lachen ging in ein Husten über … dann in ein Keuchen.

»Alles in Ordnung?« Clay legte dem alten Mann besorgt die Hand auf die Schulter. Herman Kirschner war nicht nur sein Chef, er war auch so etwas wie ein Vater für ihn. Es gefiel Clay ganz und gar nicht, wie sehr Herman innerhalb des letzten Jahres abgebaut hatte.

Der Hustenanfall ließ nach, und Herman winkte ab. »Alles gut, alles gut. Aber wann wirst du mir endlich diesen Laden abnehmen, damit ich mich zur Ruhe setzen kann?«

»Ich tue, was ich kann, Herman. Mir fehlen immer noch dreihundert. Aber mit dieser Fahrt komme ich ein gutes Stück voran.« Clay überschlug, wie viel das Geldbündel in seiner Tasche wert war. Er würde es zur Bank bringen, sobald der Auftrag erledigt war – vorher konnte er das Geld nicht wirklich als seines betrachten –, und das würde ihn seinem Ziel wieder etwas näher bringen.

»Du weißt, dass ich ihn dir gerne gegen eine geringere Anzahlung überlassen würde. Aber ich brauche etwas Geld, um mich woanders niederzulassen und mein Leben zu finanzieren, wenn du den Laden übernimmst.«

»Ich weiß, Herman, mach dir darum keine Gedanken. Ich bin dankbar, dass du ihn mir überhaupt gegen eine Anzahlung verkaufst. Anderenfalls könnte ich ihn mir nicht leisten, und ich weiß sehr wohl, dass Johnson auch schon bei dir angefragt hat.«

»Bah, dieser Johnson ist ein Dorn in meinem Fleische, seit er vor einem Jahr nach Helena gezogen ist. Ich würde ihm das Geschäft nicht einmal für das Doppelte verkaufen. Außerdem«, er drehte sich zur Seite, blickte Clay dabei nicht an, »bist du der einzige Mensch, der so etwas wie Familie für mich ist. Ich würde dir das Geschäft ja auch so geben, müsste ich nicht irgendwie für meinen eigenen Lebensunterhalt sorgen.«

»Du gibst es mir doch praktisch schon so, und dafür bin ich dir dankbar.« Er konnte vor Rührung kaum sprechen.

Herman räusperte sich und wechselte das Thema. »Weißt du, was du mit einem kleinen Teil des Geldes tun solltest? Du solltest selbst eine Heiratsanzeige aufgeben, um dir eine Frau zu suchen.«

»Hüte deine Zunge«, knurrte Clay.

»Ich meine es ernst. Wenn dieser unangenehme Sam Croft sich eine nette Frau aus den Oststaaten besorgen kann, warum nicht auch du? Ich hätte nichts dagegen, wenn hier im Hause wieder gekocht wird.«

»Das hört sich ja ganz so an, als könntest du selbst eine Frau gebrauchen«, feixte Clay. Er hatte ein Lachen von Herman erwartet, traf jedoch auf Schweigen.

»Ich hatte meine Chance, Clay, aber ich habe sie verpasst. Mach nicht den gleichen Fehler wie ich.«

»Fang nicht wieder damit an, Herman! Warum liegt alten Menschen immer so verdammt viel daran, junge Leute zu verkuppeln?«

»Weil einige von uns wissen, wie es ist, alt und allein zu sein. Ich war genau wie du, Clay. Ganz genau wie du. Als meine Katherine starb, stand ich neben mir. Ich wollte nichts mit anderen jungen Frauen zu tun haben. Doch ein Mann hat Bedürfnisse – und ich meine hier nicht nur die, die das Schlafzimmer betreffen. Ein Mann hat das Bedürfnis, gebraucht zu werden. Dass sich jemand um ihn kümmert, dass er vermisst wird, wenn er nicht da ist. Dass sein Bauch nicht Tag für Tag immer nur mit Bohneneintopf gefüllt wird und jemand dafür sorgt, dass sein Bett nachts nicht kalt und leer ist. Versuch jetzt gar nicht erst, mir zu erzählen, dir ist so etwas fremd. Dann werde ich dich nämlich einen Lügner nennen.«

»Ich komme ganz gut zurecht.«

»Ja, das Gleiche hab ich auch gesagt, als ich ein junger Mann war. Tief in meinem Inneren wusste ich ja, dass ich meine Meinung jederzeit ändern konnte. Ich war dreißig, immer noch jung genug, um wieder zu heiraten. Aber ich wollte nach meiner Katherine keine andere. Dann gehen die Jahre ins Land, und alle Mädchen heiraten. Und auf einmal stellst du fest, dass keine unverheiratete Frau dich noch in Betracht zieht. Denn du bist alt genug, ihr Vater zu sein.«

Clay durchwühlte mit viel Getöse die Speisekammer, um Proviant zusammenzustellen und zu demonstrieren, wie sehr ihn das Thema nervte. »Irgendwo gibt es doch immer eine Witwe, die du dir angeln könntest.«

»Ach was, ich bin zu alt und zu festgefahren, keine Frau könnte es mit mir aushalten. Aber du, du bist noch jung! Du musst es nicht so weit kommen lassen wie ich – alt und krank, ohne jemanden, der sich um dich kümmert.«

»Ich brauche keine Frau. Und du hast doch mich, der sich um dich kümmert.«

Herman klopfte ihm auf die Schulter und hustete vor Anstrengung. »Und wer wird sich um dich kümmern, wenn ich nicht mehr bin?«

»Ich kann mich schon um mich selbst kümmern.«

»Das hab ich auch gesagt. Aber in vierzig Jahren bleibt nichts, wie es war.« Er musste erneut husten. In dem Moment klingelte ein Glöckchen vorn im Geschäft. »Das ist mein Stichwort!«

»Ich bin weg.« Clay packte den Proviant zusammen und ging zur Hintertür. »Ich weiß, dass Jack Lawson aushelfen wird – wie immer, wenn ich einige Tage frei habe. Ich hab ihm gesagt, dass er danach auch noch mal vorbeikommen soll, um zu sehen, ob du Hilfe benötigst. Könnte ja sein, dass ich mich verspäte. Sei nicht zu stolz, ihn um Hilfe zu bitten. Und …«, er wies unter dem, was er auf dem Arm trug, hindurch auf Herman, »erzähl bloß niemandem, dass ich eine Frau brauche. Dass du all die hysterischen Frauensleute hier zusammentrommelst, ist das Letzte, was ich gebrauchen kann. So wie neulich. Mich mit jungen Mädchen verkuppeln zu lassen brauche ich so dringend wie ein Loch im Kopf.«

Herman seufzte und schüttelte den Kopf, als wollte er sagen »du Dickkopf«. »Sei vorsichtig da draußen. Es liegt Schnee in der Luft.«

»Schnee? Da ist keine einzige Wolke am Himmel.«

»Meine kaputten Knochen sagen ›Schnee‹.« Herman ging schleppenden Schrittes in den Laden.

»Dann solltest du Jack unbedingt einsetzen, wie ich schon sagte. Falls es viel Schnee gibt und ich später zurückkomme!«, rief Clay. Er hörte noch eine gemurmelte, kaum zu verstehende Antwort – etwas darüber, wer hier eigentlich der Chef sei –, stieß die Hintertür auf und schaute hinaus in die grelle Sonne, die auf den Resten des Schnees der vergangenen Woche glitzerte.

Hermans Knochen täuschten sich nie.

* * *

Die Lokomotive bremste quietschend und stieß zischend eine Dampfwolke aus. Der Zug kam langsam zum Stehen.

»Helena!«, rief der Schaffner, während er von Waggon zu Waggon ging. »Helena, Montana!«

Madeline Barstow holte ihren Pelzmuff und ihre Reisetasche unter dem Sitz hervor und knöpfte sich den Mantel zu. Sie hatte viel Bewegungsfreiheit, denn ihre Sitznachbarin war zwei Haltestellen zuvor ausgestiegen – zu ihrer großen Freude. Die Frau hatte während mindestens hundert Meilen der gesamten Reise über ihren Sohn geschnattert, den sie besuchen wollte.

Durch das Fenster beäugte Madeline verdrießlich die Landschaft. Jenseits der Gebäude und der Rauchsäulen, die von Hunderten Wohnhäusern und Geschäften aufstiegen, sah sie die schneebedeckten Berge, die die Stadt Helena umgaben. Es gab nur wenige Bäume, und die, die sie an den Berghängen entdeckte, waren allesamt Kiefern oder andere immergrüne Bäume.

Auf der letzten Etappe ihrer Reise hatte sie mehr Kiefern gesehen, als ihr lieb war. Ihr fehlten die Laubbäume fern im Osten, deren spindeldürre, blätterlose Zweige sich zum Himmel reckten und nur auf den Frühling und die Gelegenheit warteten, ihre frischen grünen Blätter zu entfalten. Bestürzt wurde ihr klar, dass sie hier ihr Leben verbringen würde, an einem Ort, an dem es keine großen Bäume voller Blätter gab, unter denen man Schatten vor der heißen Sommersonne finden konnte. Ob es in Montana wohl jemals heiß wurde?

Sie war an starke Schneefälle im Winter gewöhnt und auch an die schwülen Sommer, wie sie in Boston üblich sind. Zu den Dingen, die sie am liebsten tat, sobald sich die Blätter im Frühling zeigten, gehörte es, die Beacon Street Mall entlangzuschlendern – einen sehr breiten, gepflasterten Weg durch den Boston Common Park, der von zwei Reihen Bäumen gesäumt wurde, deren Äste sich in mehr als zwei Stockwerken Höhe zu einer Kuppel wölbten. Im Sommer hatte sie oft auf einer Bank im kühlen Schatten der Bäume gesessen und die flanierenden jungen Damen beobachtet und deren elegante Spazierkleider mit ihrem eigenen Ausgehstaat verglichen.

Bei der Erinnerung daran, wie vornehm sie früher gelebt hatte, legte sie die Stirn in Falten. Sie nahm ihre Sachen und machte sich auf den Weg durch den Gang des Passagierwaggons in Richtung Ausstieg. Sie vermutete, dass die Tage, an denen sie sich nach der neuesten Mode kleidete – oder diese auch nur zu Gesicht bekam –, ohnehin vorüber waren, ob nun mit schattenspendenden Bäumen oder ohne. Die schon etliche Jahre alten feinen Kleider, die sie noch besaß, waren oben herum etwas eng geworden und zeigten an Kragen und Manschetten erste Anzeichen von Verschleiß – einer der vielen Gründe, derentwegen sie Boston verlassen musste. Sie hatte es nicht mehr aushalten können, von ihren früheren Bekannten in ihrer unmodernen Garderobe gesehen zu werden. Das Gekicher. Die spöttischen Blicke. Die jungen Männer, die sie bei allen gesellschaftlichen Ereignissen als Tanzpartnerin mieden. Es war unerträglich.

Am Ausstieg half ihr der Schaffner die Stufen hinunter, und sie setzte den Fuß zum ersten Mal auf den Boden Montanas – oder jedenfalls auf den darauf errichteten Bahnsteig. Der Wind zerrte an ihrer Kleidung, und obwohl sie den Kragen ihres Wollmantels enger zog, drang ihr die Kälte durch den Stoff hindurch bis auf die Knochen. Es war eisig. Innerhalb weniger Sekunden schmerzten ihr die Wangen vor Kälte, und ihre Lippen waren aufgesprungen und trocken. Noch niemals hatte sie eine derartige Kälte erlebt.

Angst ergriff Madeline. Ihr Instinkt sagte ihr, sie solle fliehen, ins warme Zugabteil zurückkehren und augenblicklich nach Massachusetts zurückfahren.

Ich habe keine andere Wahl.

Sie riss sich zusammen, schritt weiter voran und ging in der kleinen Gruppe ausgestiegener Passagiere unter.

Sie begutachtete die Garderobe der Einheimischen von Helena, die die Passagiere erwarteten. Mit kritischem Blick stellte sie fest, dass die meisten von ihnen schlicht, einige sogar schäbig gekleidet waren, so als sei ihnen das Wort »Mode« nie über die Lippen gekommen. Es war haarsträubend.

In Montana jedenfalls werde ich wahrscheinlich immer noch für hochmodisch durchgehen, dachte sie. *Jedenfalls solange meine derzeitige Garderobe noch hält.* Tatsächlich war ihre Garderobe weniger abgetragen als die meiste Kleidung, die sie jetzt zu Gesicht bekam. Vielleicht lagen ja auch Vorteile darin, so weit ab von der Zivilisation zu leben!

Sobald ihre eigenen Kleider nicht mehr tragbar wären, würde ihr zukünftiger Ehemann sicher in der Lage sein, für neue zu sorgen. Die wären zwar nicht gerade vom La Maison Worth in Paris, aber dennoch eleganter als jene Kleider, die sich die meisten Damen in Helena leisten konnten.

Und niemand aus Boston würde es je erfahren. Das musste reichen.

Um sie herum begrüßten Paare und Familien einander lachend oder weinend. Sie sah sich die Gesichter genau an, nach dem einen suchend, das zu der Fotografie in ihrer Tasche passte. Samuel Croft war ein großer Mann, so hatte er ihr geschrieben. Auf der Fotografie, die er ihr geschickt hatte, hatte er sehr dunkles Haar, einen kräftigen Schnurrbart und dunkle Augen. Sie konnte niemanden entdecken, der so aussah.

»Miss Barstow?«, ertönte eine sanfte, tiefe Stimme rechts von ihr.

Sie drehte sich um. Meine Güte! Der Mann vor ihr sah ganz anders aus als auf der Fotografie. Das Gesicht auf der Fotografie war nicht besonders gut aussehend, sondern solide, mit starken Augenbrauen und einem nüchternen Zug um den Mund. Der Mann, der vor ihr stand, war schlanker als erwartet, von mittlerer Größe, doch mit breiten Schultern und einem markanten Kinn. Seine Haut war heller, seine Augen blaugrau, und unter seinem Hut schaute haselnussbraunes Haar hervor. Er hatte ein liebenswürdiges Lächeln und volle Lippen, von denen sie ihren Blick kaum losreißen konnte. Sie fragte sich, wie es wäre, diese Lippen zu küssen …

»Ich … aber ja … ja, ich bin Madeline Barstow«, stammelte sie. »Es tut mir leid, Sie sehen ganz anders aus, als ich erwartet hatte. Die Fotografie, die Sie mir geschickt haben …«

Er lachte – ein volles, herzliches, unbekümmertes Lachen, das sie mit einer seltsamen Wärme erfüllte.

»Miss Barstow, Sie irren sich. Ich bin nicht Mr Croft. Ich bin Clay Porter. Ihr Fahrer.«

»Oh!« Madeline spürte, dass ihre Wangen sich röteten. Da erst blickte sie an ihm herunter und sah seinen abgetragenen langen Mantel und die durchweichten, abgenutzten Stiefel. Sie vermutete, dass ihr sein abgewetzter Aufzug aufgrund der schäbigen Bekleidung der anderen Leute auf dem Bahnsteig weniger aufgefallen war.

Oder das gut aussehende Gesicht hat dich abgelenkt, meldete sich eine leise Stimme in ihrem Inneren.

Das ließ sie noch stärker erröten. »Der Fahrer?« Selbstverständlich, ein erfolgreicher Ranchbesitzer hat einen Fahrer. Mr Croft wartete sicherlich im Bahnhofsgebäude, wo es warm war. Ihr Versehen war ihr peinlich. »Das erklärt Ihren Aufzug.« Sie blickte verächtlich auf seinen Mantel.

Der Mann straffte sich, schaute sie etwas irritiert an und streckte ihr die Hand entgegen. »Darf ich Ihre Tasche nehmen, Miss Barstow?«

»Ja.« Sie übergab ihm die Tasche, ohne ihm in die Augen zu sehen. Als er den Griff der Reisetasche umfasste, streifte seine Hand kurz die ihre, und obwohl sie beide Handschuhe trugen, durchlief sie ein Schauder, als hätte ihrer beider Haut sich berührt. Sie räusperte sich. »Und wo ist Mr Croft? Im Bahnhof?«

»Nein, Ma'am. Er ist draußen auf seiner Ranch.«

»Auf seiner Ranch?« Madeline war entsetzt. Wie konnte es angehen, dass er seine zukünftige Braut nicht am Zug abholen wollte? Das empfand sie als äußerst unhöflich. Vielleicht hatte es ja einen Notfall gegeben, oder er konnte nicht kommen, weil er das Personal beaufsichtigen musste, das sein Haus für ihre Ankunft herrichtete.

Würden sie sofort heiraten, oder plante er, bis zur Eheschließung jemanden als Anstandsdame auf der Ranch aufzunehmen? Vielleicht würde er sie ja in einem eleganten Hotel unterbringen. Er hatte ihr mitgeteilt, dass Helena erstaunlich modern sei und bereits seit einigen Jahren über Strom und Telefonleitungen verfüge. Überdies gäbe es dort einige Hotels – mindestens zwei davon seien erstklassig – und auch einige Pensionen.

Ja, ein Hotel und ein warmes Bad – das klang traumhaft nach der langen Reise. Sie hoffte, seine Planungen sähen genau das vor. »Bringen Sie mich in ein Hotel in der Stadt?«

»Nein, Miss Barstow, ich bringe Sie jetzt sofort zur Ranch. Warten Sie, ich helfe Ihnen.« Der Fahrer nahm ihren Arm und führte sie den vereisten Bahnsteig entlang, hinaus zu einem Platz. Dort warteten an Stangen gebundene Pferde, und es standen auch einige Wagen und Schlitten da, vor die einzelne Pferde oder Gespanne geschirrt waren.

Sie war furchtbar enttäuscht, ging jedoch davon aus, dass Mr Croft kaum erwarten könne, sie zu sehen. Als sie auf den offenen Platz kamen, fror sie noch mehr, soweit das überhaupt möglich war. Sie hoffte, dass die Ranch von Mr Croft nicht allzu weit außerhalb der Stadt lag.

»Da sind noch zwei Koffer und eine Tasche, die Sie aus dem Gepäckwaggon holen müssen, Mr Porter.« Als sie zu ihm aufsah, blickte er sie mit aufgerissenen Augen an.

»Sie haben …« Er ließ ihren Arm los, ihm klappte die Kinnlade herunter – dann schloss er den Mund schnell wieder. »Es tut mir leid, Miss, aber ich hab nur einen leichten einspännigen Schlitten, keinen Lastschlitten.«

»Was genau wollen Sie mir damit sagen, Mr Porter?«

»Ihr Gepäck passt nicht hinein.« Er zeigte auf einen Schlitten, auf den sie zugingen. »Ich hab nur einen kleinen Albany-Schlitten.«

Vor den Schlitten war ein Pferd gespannt, ein zweites war hinten angebunden. Der Schlitten war schwarz, hatte schwarze Lederpolster und nur eine Sitzbank. Er bot reichlich Fußfreiheit sowie etwas Stauraum unter dem Sitz, der allerdings mit seinen eigenen Sachen vollgestopft zu sein schien.

»Mr Porter, wie kommen Sie dazu, Ihre eigenen Habseligkeiten in den Schlitten zu laden, obwohl Sie eine Passagierin mit Gepäck befördern sollen?« Seine Dummheit empörte sie.

»Ich hab diese Dinge mitgebracht, damit Sie es angenehm haben, Miss Barstow.« Er sprach ihren Namen mit einem Anflug von Gereiztheit aus.

»Ich benötige lediglich meine eigenen Sachen, um es mir bequem zu machen. Bringen Sie einfach diesen Krimskrams fort und schaffen Sie Platz für meine zweite Tasche. Für meine Koffer können Sie dann ja noch mal fahren.«

Sie stand da, die Hände im Muff vergraben, und wartete, dass er tat, was sie von ihm erwartete. Er aber rührte sich nicht von der Stelle, hielt ihre Reisetasche in der Hand und sah sie an, als sei sie gerade einer Irrenanstalt entlaufen.

»Also?« Sie blickte ihn fordernd und ungeduldig an.

»Ich glaube, hier liegt ein weiteres Missverständnis vor. Sie scheinen der Ansicht zu sein, dass die Croft-Ranch in Helena liegt.«

»Selbstverständlich nicht, aber ich weiß, dass sie kurz außerhalb von Helena liegt. Sie werden sich doch wohl nicht sperren, nur weil Sie ein paar zusätzliche Meilen einzulegen haben. Immerhin ist es doch Ihre Schuld, da Sie nicht für ein angemessenes Transportmittel gesorgt haben.«

»Hat er Ihnen das gesagt … dass die Ranch kurz außerhalb von Helena liegt?«

Madeline seufzte gereizt. »Ja. Worauf wollen Sie eigentlich hinaus? Wirklich, es überrascht mich, dass Mr Croft einen Fahrer beschäftigt, der so schwierig ist.«

Der Fahrer kratzte sich im Nacken, blickte auf die Berge, die die Nordseite des Tales von Helena säumten, und dann wieder zu Madeline. »Miss Barstow, ich fürchte, Sie täuschen sich. Die Croft-Ranch liegt keinesfalls kurz außerhalb von Helena. Oder auch nur in der Nähe der Stadt. Sie ist eine ganze Tagesreise entfernt – bei gutem Wetter, auf guten Straßen.«

Madeline riss entgeistert die Augen auf. »Ein ganzer Tag? Das kann doch nicht sein.«

»Bei gutem Wetter. Auf guten Straßen«, fuhr er sie an, mit seiner Geduld schier am Ende, »aber wie Sie sehen, ist es Winter. Die Straßen sind vereist, auf den Wegen liegt Schnee. Im Sommer, wenn die Sonne abends bis halb zehn am Himmel steht, könnten wir es trotz der ausgefahrenen Straßen an einem Tag schaffen. Aber jetzt geht die Sonne um halb fünf unter, und es ist gefährlich, nach Einbruch der Dunkelheit mit einem Schlitten zu fahren. Der leichte Schlitten ist nicht sehr wendig, und die Straße schlängelt sich durch die Berge. Außerdem ist der halbe Vormittag bereits vorbei.«

»Aber können Sie nicht …«

»Die Vorräte im Schlitten sind für Sie«, unterbrach er sie, einen raueren Ton anschlagend. »Ein Fußwärmer, Kohlen, Decken, Felle, Ölzeug, ein Gewehr, Wasser und Lebensmittel. Das alles soll es Ihnen angenehmer machen und Sie – hoffentlich – am Leben halten. Man kann nie wissen, was da draußen passiert. Dort gibt es Wölfe. Und Berglöwen. Und Bären – die eigentlich jetzt Winterschlaf halten sollten, was allerdings keine Garantie dafür ist, dass sie nicht aus irgendeinem Grund aufgescheucht umherlaufen. Wir brauchen das Tageslicht, um die Straße sehen und möglicherweise auch Raubtiere entdecken zu können. Die Fahrt wird zwei Tage dauern.«

»Aber …«, sie war völlig durcheinander, »können wir nicht

wenigstens etwas Gepäck auf das Pferd dort laden?« Sie zeigte auf das Pferd hinten am Schlitten.

»Nein, das können wir nicht.« Seine Stimme klang kalt. »Tansy ist hier, damit Sunny sich auf der Reise zwischendurch mal erholen kann. Ich wechsle die Pferde nach Bedarf aus. Es ist ein langer Weg, und ich werde die Tiere nicht damit schinden, dass beide während der ganzen Zeit den Schlitten ziehen oder Lasten tragen müssen.«

»Aber ich …«

»Es tut mir leid, wenn Ihnen das Unannehmlichkeiten bereitet, aber für Ihre Koffer ist schlicht kein Platz«, beharrte er. »Wir müssen sie am Bahnhof lassen. Ich arbeite in der Schlachterei und habe über dem Geschäft ein Zimmer. Ich lasse Ihre Koffer und Ihre Tasche dorthin bringen, und Mr Croft kann später jemanden danach schicken oder mich engagieren, was er vermutlich tun wird. Und wo wir schon einmal dabei sind: Ich bin nicht etwa bei der Croft-Ranch angestellt – Gott sei Dank –, sondern Angestellter des Schlachters und übernehme an meinen freien Tagen selbstständig Transporte. Mr Croft hat mich angeheuert, Sie zu seiner Ranch zu bringen, weil er offensichtlich Besseres zu tun hat, als seine Braut zu empfangen, nachdem diese zweitausendfünfhundert Meilen gefahren ist, um zu ihm zu kommen!«

Bei seinen letzten Worten schwankte Madeline Barstow, und um sie herum begann sich alles zu drehen. Ihre Knie wurden weich, und der Boden kam ihr entgegen.

Kapitel 2

Die Farbe wich aus dem Gesicht der jungen Frau, ihre Knie gaben nach, und sie sackte zusammen. Clay ließ die Tasche fallen, konnte Madeline gerade noch auffangen. Er hob sie auf und trug sie zum Schlitten. Trotz ihres voluminösen Reisekleides und ihres Mantels war sie leicht wie ein Vögelchen. Er legte sie vorsichtig auf die Bank, ihren Kopf mit der Hand stützend.

Was für ein unsensibler Flegel er doch war, die arme Frau derart einzuschüchtern. Sie war gerade aus der Eisenbahn gestiegen, nach einer Reise quer durch das ganze Land. Sie mag sich ja wie eine anspruchsvolle kleine Göre benommen haben, aber das war keine Entschuldigung für seine Tirade. Wenn er ganz ehrlich war, musste er zugeben, dass er ärgerlicher auf Croft war als auf Miss Barstow. Croft hatte die Frau offenkundig getäuscht, zumindest teilweise. Sie war ganz eindeutig eine Dame der besseren Gesellschaft, die an ein gewisses Maß an Annehmlichkeiten gewöhnt war. Und Croft hatte sie glauben gemacht, dass er kurz außerhalb der quirligen Bergbaustadt – der Hauptstadt von Montana – lebt und nicht an einem Ort, der im Winter eine Zweitagesreise entfernt liegt.

Und ich habe es ihr direkt entgegengeschleudert und dazu noch die Tatsache, dass sie Croft so gleichgültig ist, dass er sie nicht einmal persönlich abholt.

Clay war überrascht gewesen, als Croft im frühen Dezember in die Schlachterei gekommen war, um ihn zu fragen, ob er seine zukünftige Braut abholen und sie zur Ranch bringen könnte.

»Ich hab's schon satt, einmal im Monat nach Helena zu kommen, um die Post abzuholen und Vorräte zu besorgen«, hatte Croft erklärt. »Da werde ich doch verdammt noch mal keine Zeit für eine zweite Reise verschwenden, nur um eine Frau abzuholen.«

Das hatte sich angehört, als spreche er davon, einen räudigen Hund einzusammeln und nicht eine elegante Dame in Empfang zu nehmen, mit der verlobt zu sein er das Glück hatte.

Was ist bloß los mit diesem Mann?

Wie Crofts Gebaren auch gewesen sein mochte, es ging Clay nichts an. Für ihn hatte lediglich gezählt, dass er zusätzliches Geld für seine »Ladenrücklage« verdiente.

Aber jetzt, mit der ohnmächtigen Frau vor Augen, wurde ihm klar, dass es ihn durchaus etwas anging. Er benötigte das Geld – benötigte es dringend, bevor Herman womöglich seine Meinung änderte und den Laden an jemand anderen verkaufte –, aber er sollte auch mehr Mitleid für diese nichts ahnende junge Frau aufbringen. Sie sollte zumindest wissen, was auf sie zukam.

»Miss Barstow?« Er tätschelte ihr die Hand. »Miss Barstow?«

Ihre Lider flackerten, dann öffnete sie die Augen. »Was ... was ist passiert?« Strahlend blaue Augen blickten ihn an, geweitet und voller Angst. Sie blinzelte, blickte um sich. Dann setzte sie sich auf, kletterte mühsam zurück an ihren Platz auf der Bank. »Was tun Sie da?«

»Sie sind in Ohnmacht gefallen, Miss Barstow. Ich habe Sie zum Schlitten getragen.«

»Zum Schlitten«, wiederholte sie und senkte den Blick missbilligend. Ihre rote Wollhaube saß schief, eine schwarze Ringellocke hatte sich gelöst und fiel ihr über die Wange.

Wäre sie nicht so unerträglich großspurig, hätte man sie als ziemlich hübsch bezeichnen können.

»Es tut mir leid, Miss Barstow, es ist alles meine Schuld.

Ich hab mich von meinem Zorn hinreißen lassen und Dinge gesagt, die ich nicht hätte sagen sollen.«

»Ja, das haben Sie.« Sie strich ihren Rock glatt und zog ihn über die Knie, wo er durch einen Spalt hervorblitzte, den der Mantel offen gelassen hatte. Sie wich seinem Blick aus.

Seine Blicke fielen auf ihre zarten Hände, die in geschmeidigen schwarzen Lederhandschuhen steckten. Sie trug ein modisches Kleid, eleganter als alles, was er je an einer Frau in Helena gesehen hatte – es war in einem dunklen Rubinrot gehalten, das auf den Besatz ihrer Haube und ihres Mantels abgestimmt war. Die Jacke, die sie über dem Kleid trug, war am Revers und an den Manschetten aufwendig bestickt, wodurch sein Blick auf die leichten Tragespuren entlang der Manschettenkanten gezogen wurde. In einem Anflug von Kleinkariertheit weidete er sich an dieser winzigen Unvollkommenheit. Zumindest bewies dies, dass die Frau nicht ganz das makellose Püppchen war, das zu sein sie vorgab. Beinahe war sie es – aber eben nicht ganz.

Ihre Augen blitzten ihn an, ertappten ihn, als sein Blick auf ihren vollen rosaroten Lippen ruhte, die durch ihre alabasterfarbene Haut noch betont wurden. »Vielleicht sollten wir Ihre Abmachung mit Mr Croft einfach stornieren und einen Fahrer mit Lastschlitten engagieren. Der wäre sicherlich besser für mein Gepäck und den kurvenreichen Weg geeignet.«

»Bestimmt. Aber Mr Croft hat mich für die Fahrt bereits bezahlt. Sie können sie gerne stornieren, aber dann müssten Sie einen neuen Fahrer bezahlen.« Die junge Frau tat ihm leid. Dennoch würde er es nicht zulassen, dass ihre Lage oder die Tatsache, dass sie sich wie eine verwöhnte Göre aufführte, ihn seinen Auftrag kostete.

Sie warf ihm einen kurzen Blick zu, ihre Blicke trafen sich. »Wirklich?«

Er nickte.

Sie schien sich unwohl in ihrer Haut zu fühlen, rückte ihre Haube zurecht und steckte die lose Strähne zurück.

Er musterte noch einmal den leichten Verschleiß an ihren Manschetten und bemerkte weitere Tragespuren an den Reverskanten. Sein Instinkt sagte ihm, dass Madeline Barstow keine Frau war, die auch nur den geringsten Makel an ihrer Garderobe tolerieren würde, wenn es denn in ihrer Macht läge. Nur eine Verschlechterung ihrer Lebensumstände konnte erklären, warum eine Miss Barstow sich dazu herablassen konnte, den postalischen Heiratsantrag eines Mannes anzunehmen, der in einer Gegend lebte, die ihr wie das Ende der Welt erscheinen musste.

»Nun, Mr Porter«, sie seufzte und zog sich den Mantelkragen hoch, »ich bin mir sicher, dass Mr Croft mir meine Auslagen erstatten würde. Doch ich möchte sein Geld nicht verschwenden. Lassen Sie uns losfahren, bevor es noch kälter wird.«

»Wie Sie wünschen.« Er nahm ihre Tasche, hob den heruntergefallenen Muff auf und reichte ihr die Sachen. Dann legte er neue Kohlen in die kleine Pfanne, in der sich nur noch Asche und schwelende Kohlereste befanden, und schob sie zurück in den mit Löchern versehenen Fußwärmer aus Zinn.

»Was ist das denn für ein hässliches kleines Ding?«

Er blickte hinauf zu der jungen Frau, die über seine Schulter auf den Fußwärmer starrte.

»Den hab ich selbst gebaut«, sagte er nachdrücklich.

»Oh.« Sie blinzelte ihn an. »Tut mir leid.«

Er war sich nicht sicher, ob sie damit meinte, dass ihr leidtat, was sie gesagt hatte, oder dass er den Fußwärmer – den sie jetzt Nase rümpfend betrachtete – selbst gebaut hatte.

»Ich kenne nur die Art, die wir zu Hause in den Schlitten haben, die wir mieten. Dieser hier ist offensichtlich aus Zinn in einem Holzkasten. Die ich kenne, sind aus Gusseisen und halten die Wärme noch recht lange, nachdem die Kohlen bereits verbrannt sind.«

Er riss sich zusammen, nicht die Augen zu verdrehen. »Die meisten Leute in dieser Gegend benutzen solche hier.«

»Das wird sicherlich schon irgendwie gehen.« Sie schenkte ihm ein gönnerhaftes Lächeln.

»Da bin ich aber sehr froh.« Dieses Mal verdrehte er dann doch die Augen.

Ihr herablassendes Lächeln war umso ärgerlicher, als es auch noch schön war. Ihre gleichmäßigen weißen Zähne und ihre vollen Lippen waren betörend und erinnerten ihn daran, wie lange – sehr lange – es her war, dass sein Mund die weichen Lippen einer Frau berührt hatte.

Er räusperte sich und ging wieder an seine Arbeit. Doch der Schwung dieser rosaroten Lippen ging ihm nicht aus dem Kopf.

Verdammt, dieses hochmütige kleine Ding! Warum konnte sie nicht eine reizlose, langweilige Frau sein? Er wusste schon jetzt, dass die zwei Tage, die er neben ihr sitzen würde, wahrscheinlich eine Woche schlafloser Nächte nach sich ziehen würden – mit Schlafstörungen, erregenden Träumen und Umherwälzen.

Nachdem er den Fußwärmer aufgefüllt und unter Madelines Füße platziert hatte, zog Clay die Decken hervor, breitete sie über seiner Passagierin aus und legte noch schwere Felle darüber.

»Ich regle eben noch das mit Ihren Koffern und der Tasche, dann machen wir uns auf den Weg.«

»Sie wollen mich hier in der Kälte sitzen lassen?«, schmollte Madeline.

»Es ist viel wärmer, wenn Sie hier unter den Decken bleiben, als mit mir im bitterkalten Wind umherzulaufen. Außerdem bin ich gleich zurück.« *Und ich muss meinen Kopf klar kriegen.*

Vor sich hin brummelnd, ging er über den Platz zum Bahnhofsgebäude und vereinbarte dort am Schalter, dass jemand die Koffer zur Schlachterei bringen und gleichzeitig Herman eine Nachricht übergeben solle. Auf der Croft-Ranch würde er sich das Geld für die Lieferung des Gepäcks von Croft geben lassen und bei Rückkehr nach Helena mit einem anderen Fahrer vereinbaren, die Koffer zu liefern. Clays Laune verschlechterte sich sichtbar, weil er wusste, dass Croft ihm das Geld, das er für die Lieferung der Koffer zur Schlachterei hatte ausgeben müssen, wahrscheinlich nicht erstatten würde.

Er hätte den Auftrag, die Koffer nachzuliefern, gern selbst angenommen, wusste aber, dass er es nicht könnte. Diese Frau würde ihr Gepäck sofort haben wollen, und mit Herman hatte Clay vereinbart, dass er nach dem Transport sofort wieder zur Arbeit in der Schlachterei erschien. Da er gewusst hatte, dass Herman eine Vertretung finden würde, hatte er sich für diesen Auftrag bereits zwei zusätzliche Tage freigenommen. Herman machte das nichts aus, denn ihm war klar, dass das Geld für den Kauf seines Geschäfts bestimmt war. Außerdem wollte Jack unbedingt arbeiten. Allerdings war er eine Quasselstrippe, und obwohl er eine untadelige Arbeitsauffassung hatte, trieb er Herman in den Wahnsinn – er konnte Jack unter keinen Umständen länger als vier Tage ertragen.

Als Clay das Bahnhofsgebäude verließ, sah er gerade noch, dass die beiden Koffer von Miss Barstow ausgeladen wurden – es stand außer Zweifel, wem diese Monster gehörten. *Wofür in aller Welt benötigt ein Mensch dermaßen viele Sachen?* Noch niemals hatte er davon gehört, dass jemand mit einer solchen Unmenge an Gepäck gereist war.

Als er wieder beim Schlitten angekommen war, hatte Miss Barstow es sich inzwischen unter den Decken warm und gemütlich gemacht. Sie beobachtete ungeduldig, wie er Sunnys Zaumzeug nochmals überprüfte und dann um den Schlitten herumging, um sicherzustellen, dass die Leine gut befestigt war, mit der er Tansy am Schlitten angebunden hatte.

»Ich verstehe immer noch nicht, warum Sie nicht beide Pferde anspannen. Dann wären wir doch schneller«, beklagte Miss Barstow sich, als er sich neben sie setzte.

Er blickte die junge Frau unverwandt an und wartete darauf, dass sie zu scherzen aufhörte.

»Ich weiß, Sie möchten, dass die beiden einander ablösen«, fuhr sie fort, »aber werden die Tiere nicht genauso müde sein, wenn sie sich ablösen und die Fahrt sich deshalb über zwei Tage hinzieht, als wenn sie gemeinsam ziehen, dadurch schneller sind und die Reise sich verkürzt?«

Er starrte sie weiter an.

Sie blinzelte ihm zu, auf eine Antwort wartend.

»Sie meinen das ernst.« Das war keine Frage – es war eine verblüffte Feststellung. »Miss, haben Sie überhaupt keine Ahnung von Pferden?«

»Selbstverständlich hab ich das.« Sie blickte ihn grimmig an, reckte entrüstet das Kinn. »Was für eine lächerliche Frage! Vater mietete immer eine Kutsche oder einen Schlitten, mit denen wir in die Stadt gefahren wurden, wohin auch immer wir wollten. Und jeden Sommer, wenn wir in Mattapoisett eine Villa am Meer mieteten, gehörten eine Kutsche und ein Fahrer dazu.«

Clay prustete vor Lachen. »Sie glauben doch wohl nicht, dass Sie von sich behaupten können, wirklich etwas von Pferden zu verstehen, weil sie ab und an sechs Fuß hinter dem Hintern eines Pferdes gesessen haben, während jemand anderer die Kutsche lenkte?!«

»Ich freue mich, dass es mir gelingt, Sie so gut zu unterhalten.« Sie presste die Lippen aufeinander und blickte zur Seite. »Irgendetwas sagt mir, dass dies eine sehr lange Fahrt wird, in der Tat.«

Das brachte ihn nur noch mehr zum Lachen. Er ließ die Zügel leicht schnalzen, und Sunny setzte sich in Bewegung. Die Glöckchen an den Schellengurten der Pferde klingelten leise.

»Sie werden also nicht beide Pferde einsetzen?«

Clay antwortete nicht. Er bemühte sich krampfhaft, nicht wieder loszuprusten.

»Wollen Sie mich eigentlich nur ärgern, Mr Porter?«

Das war's. Er brach erneut in Lachen aus, ein Zwerchfell erschütterndes Lachen, bis ihm der Bauch wehtat und Tränen in die Augen traten. Er konnte kaum noch die Zügel halten, und der strenge Ausdruck in Miss Barstows entzückendem Gesicht war auch nicht dazu angetan, seiner Heiterkeit Abbruch zu tun.

»Miss Barstow«, er kam wieder zu Atem, wischte sich die Tränen aus den Augen, »wenn ich beide Pferde anspanne, wären sie innerhalb weniger Stunden erschöpft und würden eine lange Pause benötigen. Sie können nicht den lieben langen Tag, ohne auszuruhen, einen Schlitten über den Schnee ziehen – und das auch noch in den Bergen. Für eine lange Fahrt benötigt man mindestens zwei Pferde, damit man sie wechseln kann, oder vier, wenn man mit einem Zweiergespann fährt. Wenn Sunny erschöpft ist, wechsle ich sie gegen Tansy aus, sodass sie sich ein wenig erholen kann.«

»Oh.« Sie war etwas verstört. »Nun, wie sollte ich das wissen? Ich bin schließlich nicht selbst durch Boston gefahren, und selbstverständlich habe ich auch niemals die Pferdebahn benutzt.«

Es war nicht zu überhören, dass nach Miss Barstows Überzeugung Damen, die die Pferdebahn benutzten – was auch immer das sein mochte –, gewöhnlich und vulgär waren.

Während er den Schlitten auf die Straße lenkte, wurden sie schneller, und die Schlittenglöckchen klingelten lauter.

»Müssen wir diesen Lärm auf dem ganzen Weg ertragen?«

Clay biss sich auf die Lippe, um keine scharfe Antwort zu geben. »Haben die Schlitten in Boston denn keine Glocken?«

»Doch, selbstverständlich.« Ihre Stimme klang, als würde sie mit einem Kind sprechen. »Aber diese hier scheinen mir viel lauter zu sein.«

»Dies ist nicht Boston. Ich bin sicher, dass es hier viel ruhiger ist – deshalb macht es wahrscheinlich den Eindruck, als seien sie lauter.«

»Hm.« Miss Barstow ließ die Stadt, durch die sie fuhren, auf sich wirken. Der Schlitten sauste über die matschigen Straßen. »Dies ist keine sehr saubere Stadt, nicht wahr?« Sie streckte die Nase hoch in die Luft, als rieche sie etwas Schlechtes.

Wird sich diese nervtötende Frau während des ganzen verdammten Weges nur beklagen? »Eigentlich ist sie sehr sauber, vor allem verglichen mit Coulson, wo ich gelebt habe, als ich nach Montana kam. Ich kann mir kaum vorstellen, dass Boston sehr sauber ist. Ich hab bereits ein, zwei Großstädte gesehen.«

»Ich vermute, es gibt einige Viertel, die schmutziger sind – davon weiß ich nichts. Wo ich lebe, ist es jedenfalls sauber.«

»Nun ja, dies mag nicht Boston sein, aber Helena ist eine junge Stadt. Nur etwa eine Meile entfernt, ein paar Häuserblocks hinter Last Chance Gulch, gibt es einige ziemlich schöne Häuser, die den Wohlhabenden gehören.«

»Ach wirklich?« Sie schaute ihn ungläubig und etwas spöttisch an.

»Möchten Sie sie sehen?«

»Nein, vielen Dank«, antwortete sie überheblich schmunzelnd. »Ich bezweifle, dass es hier Häuser von Bedeutung gibt.«

»Sie würden sich wundern. Andererseits, wenn ›Häuser von Bedeutung‹ Ihnen so wichtig sind, hätten Sie sich vielleicht lieber entschließen sollen, einen dieser Minenmillionäre zu heiraten und keinen Rancher.«

Das bescherte ihm einen bösen, tadelnden Blick, dann schniefte sie und wandte ihre Aufmerksamkeit wieder der Straße zu.

Das hat gesessen. Er grinste und bog in die Straße ein, die nach Norden, quer durch das Tal und über die Berge führte.

Kapitel 3

Dieser Mann war zum Verzweifeln. Einfach nur zum Verzweifeln.

Es war schlimm genug, eine Reise quer durch das Land damit zu beenden, dass sie von einem angeheuerten Fahrer statt von ihrem Verlobten begrüßt wurde, und dann auch noch zu erfahren, eine zweitägige Schlittenfahrt über die wilde Prärie und durch die Berge durchstehen zu müssen. Aber zu allem Übel auch noch von einem abgerissenen jungen Mann ausgelacht zu werden, der keine Ahnung zu haben schien, wofür ein Kamm gut war? Das war mehr, als Madeline ertragen konnte.

Mr Croft würde über sich selbst hinauswachsen müssen, um das bei ihr wiedergutzumachen. Sie nicht am Bahnhof abzuholen war ziemlich rüde. Doch sie nahm an, dass er als vielbeschäftigter Großgrundbesitzer und Rancher seine Aufgaben nicht ruhen lassen konnte. Wenn es für sie eine Zweitagesfahrt war, hätte die Hin- und Rückfahrt für ihn eine nahezu viertägige Reise bedeutet. Also war seine Abwesenheit entschuldbar.

Aber dennoch – hätte er nicht wenigstens einen korrekten Fahrer mit einem geeigneten Schlitten schicken können? Es brachte sie entsetzlich auf, dass sie ihre Sachen hatte zurücklassen müssen. Sind Männer denn so beschränkt, nicht voraussehen zu können, dass eine Dame, die von einem Ende des Landes in das andere umzieht, mehr als nur ein oder zwei Taschen benötigt? Sie hatte nicht einmal Gelegenheit gehabt, das Lebensnotwendigste aus ihren Koffern zu holen. In ihrer Reisetasche hatte sie lediglich ein weiteres Kleid, ein Nachthemd, einige

Bücher sowie diverse Toilettenartikel und persönliche Gegenstände.

Wie konnte es angehen, dass die Tochter von Chandler Barstow derart mittellos endete – mit einer einzigen Tasche als Besitz, gestrandet in den Prärien Montanas? Sie fürchtete, von Tränen überwältigt zu werden, drängte sie jedoch zurück. Sie durfte nicht weinen. Nicht in Anwesenheit eines Individuums wie Clay Porter.

Als sie auf die Prärie hinauskamen, frischte der Wind zu einem heulenden Sturm auf. Einen solchen Wind hatte sie noch nie erlebt. Auch in Boston pfiff der Wind durch die Zeilen der Sandsteinhäuser in Back Bay, aber niemals derart stark oder so bitterkalt.

Madeline lehnte sich unter den warmen Decken zurück, dankbar für den Fußwärmer, so hässlich der auch sein mochte. Die von ihm ausgehende Wärme stieg in die Decken und ihre Röcke hoch, sodass ihre Beine warm blieben. Ihr Po war immer noch kalt, da sie auf der Lederbank saß, und ihr Rücken fühlte sich an, als würde sie sich an Eis lehnen. Doch zumindest ihre Arme und Beine waren angenehm warm.

Eine lange Zeit verging, ohne dass einer der beiden auch nur einen Ton von sich gab. Als sie Helena hinter sich ließen – sie hatte keine Gelegenheit gehabt, den Ort tatsächlich kennenzulernen, da der Bahnhof eine Meile nördlich der eigentlichen Stadt lag –, verschwand das enge Tal, in das sich die Stadt schmiegte, in der Ferne, und der Schlitten machte sich auf den Weg über die offene Prärie des Tales von Helena.

Sie musste zugeben, dass der Blick bezaubernd war – mit den niedrigen schneebedeckten Bergen, die das Tal umgaben und in jede Richtung einen reizvollen Blick boten. Der Schlitten fuhr auf einem leicht ansteigenden Weg einen nahezu baumlosen Hügel hinauf. Als sie sich dem Rücken des Hügels näherten, blickte sie zurück, tief beeindruckt von dem lieblichen Tal. Sie überlegte, wie lange in dieser Gegend wohl schon Menschen lebten und ob jenseits der Berge, die man von hier sehen konnte, auch Prärien lagen. Obwohl sie gern mehr über die Landschaft gewusst hätte, wollte sie dem Fahrer nicht die Befriedigung geben, als Erste das angespannte Schweigen zu brechen.

Bis ihr die Füße kalt wurden.

»Meine Zehen sind eisig«, sagte sie widerwillig. »Können wir nicht mal anhalten, um Kohle nachzulegen?«

Clay blickte sie finster an. »Die müssen für zwei Tage reichen. Oder mindestens, bis wir bei meiner Schwester sind.«

»Aber mir ist kalt und … warten Sie, was sagten Sie über Ihre Schwester?«

»Wir werden bei meiner Schwester, am Fuße der Berge, übernachten. Morgen brechen wir dann so früh auf, dass wir die Ranch vor Einbruch der Dunkelheit erreichen.«

»Wir übernachten nicht in einem Hotel? Oder einem Gasthaus?« Ihr blieb der Mund auf höchst unattraktive Art offen stehen, bis sie ihn schnell wieder zumachte.

Erneut brach der unverschämte Mann in Gelächter aus. »Nein, Miss Barstow. Sehen Sie da eine Stadt vor uns?« Er zeigte mit ausholender Geste auf die Landschaft – eine weitere flache, offene Ebene, die sich Richtung Osten erstreckte, und dahinter zeichneten sich die Berge ab. »Dort gibt es keine Gasthäuser, keine Geschäfte, keinen Strom.«

»Keinen Strom?«, kreischte sie auf. »Das kann nicht Ihr Ernst sein!«

Er warf ihr einen amüsierten Blick zu. »So weit draußen gibt es keine Elektrizität. Meistens nur mitten in der Stadt. Und einige Farmer in der Nähe der Stadt haben Telefon.«

Madeline schnappte nach Luft. Mr Croft hatte in seinen Briefen erwähnt, dass es in Helena Strom gab. Obwohl er nicht genau angegeben hatte, ob seine Ranch Strom hatte oder nicht, so hatte sie es doch angenommen – oder jedenfalls, dass sein Anwesen in Kürze an das Stromnetz angeschlossen würde.

Allerdings war das zu einem Zeitpunkt gewesen, zu dem sie noch davon ausging, dass seine Ranch kurz außerhalb von Helena lag. Sollte sie tatsächlich so weit entfernt liegen, wie Mr Porter angedeutet hatte, wäre sie – das wurde ihr jetzt klar – womöglich eine sehr alte Frau, bis es endlich Strom auf der Croft-Ranch geben würde.

In ihrem Kopf drehte sich alles, und in ihrem Magen herrschte Aufruhr. *Ein Fehler. Dies war ein fataler Fehler.* Plötzlich drückte das Gewicht all dessen sie nieder, was sie bereits verloren hatte oder in Kürze verlieren würde. »Ich … ich … bekomme … keine Luft …«

»Miss Barstow?«

»Ich … zu viel …« Sie bot all ihre Kräfte auf, kämpfte mit aller Macht gegen die aufsteigenden Tränen, doch es ging über ihre Kräfte. Madelines Brust schnürte sich zusammen, eine Hitzewelle stieg in ihr hoch. Sie rang nach Luft und stieß die Decken von sich.

»Alles in Ordnung?«

Clay Porters Stimme klang alarmiert … und verschwand in der Ferne, ging im Geräusch ihres rasenden Herzens unter, das ihr ohrenbetäubend laut vorkam.

Sie nahm wahr, dass der Schlitten langsam zum Stehen kam. Kaum war das geschehen, raffte sie ihre Röcke und stieg aus. Sie ging über den knirschenden Schnee und blieb an einem Findling stehen, der in der Nähe einer kleinen Tanne am Hang hervorragte. Die kühle Luft tat ihrem glühenden Hals gut. Sie öffnete den obersten Knopf ihres Mantels.

Madeline sank auf den schneebedeckten Findling, die Erkenntnis ihres immensen Verlustes stürzte auf sie ein. Sie hatte ihn seit Monaten aus ihren Gedanken verbannt und sich Gefühle dazu erst nach und nach zugestanden, als ihr klar wurde, wie prekär ihre Lage war und wie dringend sie daran etwas ändern musste. Jetzt stürzte alles auf sie ein, die ganze ungeschminkte Wahrheit – und die konnte sie nicht ertragen.

Sie hörte die hinter ihr knirschenden Schritte ebenso wenig wie den Wind, der ihr um die Ohren pfiff. Sie saß nur da und starrte hinaus auf das Richtung Tal abfallende Gelände, auf dem sich hier und da junge Kiefern und niedriges Gestrüpp zeigten.

Die karge Schönheit der Landschaft kam ihr zwar zu Bewusstsein, doch sie konnte sie nicht würdigen. Sie erschien ihr kalt und unwirtlich. Verlassen.

»Trostlos«, flüsterte sie.

In ihrer Nähe ließ sich eine tiefe Stimme vernehmen, die nach und nach lauter wurde. Doch bildete sie kaum mehr als ein Hintergrundgeräusch, ein Murmeln, so als raschelte der Wind durch das trockene, verholzte Gras, das durch die schüttere Schneedecke stieß.

»Miss Barstow? Madeline!« Jetzt schrie die Stimme, und jemand rüttelte heftig an ihren Schultern. Da erst wurde ihr bewusst, dass sie nicht mehr auf die Landschaft, sondern in die blaugrauen Augen von Clay Porter starrte.

Sie blinzelte, sagte jedoch nichts. Einen Augenblick lang wusste sie nicht genau, wo sie war und wie sie dort hingekommen war.

»Was ist los? Warum antworten Sie mir nicht?«

»Ich …« Sie fand keine Worte.

»Kommen Sie bitte zurück zum Schlitten.« Er wandte sich um und blickte hinter sich. »Der Himmel verändert sich, und was ich da sehe, gefällt mir gar nicht. Es dämmert langsam. Wenn wir jetzt nicht losfahren, schaffen wir es nicht vor Einbruch der Dunkelheit. Wie ich die Wolken einschätze, schaffen wir es ohnehin nicht mehr sehr weit.«

Sie gestattete ihm, sie an die Hand zu nehmen und zurück zum Schlitten zu führen. Die Bank war eiskalt und ebenso die Decken, die er über sie legte. Er hob ihre Füße hoch und platzierte den Fußwärmer darunter. Allerdings strömte das Metallkistchen kaum noch Wärme aus. Madelines Zähne klapperten.

»Die Kohlen gehen zu Ende. Es tut mir leid, aber wir haben keine Zeit, sie anzufachen oder neue aufzulegen.« Er trat aus ihrem ins Unendliche gerichteten Blick heraus. Kurz darauf wackelte der Schlitten, und er saß neben ihr.

Madelines Blick wurde wieder klar, und sie bemerkte, dass jetzt beide Pferde vor den Schlitten gespannt waren. »Ich dachte …«

»Wir müssen uns unbedingt beeilen.« Er ließ die Zügel schnalzen, und die Pferde setzten sich in Bewegung, munter durch den Schnee stapfend, mit klingelnden Glöckchen.

Der Wind heulte ihr um die Ohren, Madeline band ihre Haube fester um den Kopf. Im Nu waren ihre Wangen taub, und sie zog sich die Decken fast vollständig über das Gesicht.

»Was zum Teufel war denn das eben?«, wollte der Fahrer wissen.

»Es gibt keinen Grund zu fluchen …« Ihre Stimme war durch die Felle kaum zu hören.

»Verdammt noch mal … doch! Sie hatten so eine Art Anfall … ich konnte Sie erst da rausholen, als ich Sie ganz fest packte.«

»Ich war nur …«

»Ist Ihnen eigentlich klar, in welcher Gefahr wir sind?« Seine Stimme klang wütend.

Madeline betrachtete sein Gesicht und warf ihm dann über die Schulter einen Blick zu.

Von Südwesten fegten niedrig hängende, düstere Wolken in allen Grauschattierungen in Richtung Nordosten. Die Wolkenwand zog über der Stadt Helena herauf und bewegte sich auf sie zu.

»Woher kommen die denn auf einmal?«

»Miss Barstow, Sie waren mehr als eine Viertelstunde lang weggetreten. Während Sie geistig abwesend waren, ist die Temperatur extrem gefallen. Und jetzt zieht ein Schneesturm auf.«

»Ich … eine Viertelstunde? Das kann doch gar nicht sein.«

»*Mindestens* eine Viertelstunde. Ich wollte Sie nicht aufschrecken. Sie schienen völlig verstört zu sein, und ich wusste nicht, was ich tun sollte. Ich hab Ihnen Zeit gelassen, wieder zu sich zu kommen. Dann hab ich vorsichtig auf Ihre Hand geklopft, Ihren Namen gerufen. Nichts. Als ich die Wolken aufziehen sah, begann ich mir Sorgen zu machen. Und als dann auch noch die Temperatur sank und die Wolken sich verdunkelten, war mir klar, dass uns einiges bevorsteht. Ich war drauf und dran, Sie mir kurzerhand über die Schulter zu legen, wenn Sie nicht wieder zu sich gekommen wären.«

»Sollten wir nicht lieber umkehren und in die Stadt zurückfahren?«

Clays Gesichtsausdruck verhärtete sich. »Wahrscheinlich. Allerdings würden wir direkt in das Unwetter hineinfahren. Es würde uns mitten in der Prärie treffen, schutzlos. Ohne uns an irgendetwas orientieren zu können. Wir könnten uns verirren und sterben, selbst wenn wir nur fünfzig Schritte von einer Farm entfernt wären.«

»Und wohin wollen wir jetzt?» Madeline blickte sich nach einem Unterschlupf um, konnte aber nichts entdecken … nur den Saum der Bäume ihnen voraus.

»Nördlich von hier gibt es eine Hütte, nicht weit abseits des Weges. Sie ist etwas dürftig, bietet aber immerhin Schutz. Wir haben die Hälfte der Strecke bereits hinter uns und eine größere Chance, dort noch rechtzeitig anzukommen, als wenn wir zurück nach Helena fahren würden.«

»Es … es tut mir leid. Das ist alles meine Schuld.« *Wie kann es angehen, dass mir eine Viertelstunde fehlt? Mir kommt es vor, als hätte ich nur eine Minute lang dort gesessen, höchstens.* Madeline hatte Angst. Sie erkannte sich selbst nicht mehr. Sie war eine starke Frau. Das sagten alle. Manchmal vielleicht sogar zu stark, zu eigenwillig. Jedenfalls hatte sie sich noch niemals gestattet, Dingen lange nachzutrauern.

Er warf ihr einen gereizten Blick zu, der sich jedoch zu

einem – ziemlich – mitfühlenden auflöste. »Sagen Sie mir doch, was Sie derart erschreckt hat. So etwas darf nämlich nicht noch einmal passieren.«

»Ich habe nur …« Sie blickte über die Schulter zurück, die dunklen Wolken beobachtend, die hinter ihnen her jagten, und erschauderte. »Ich weiß nicht, was über mich gekommen ist. Es war wohl einfach zu viel für mich. So hatte ich es mir nicht vorgestellt, als ich Mr Crofts Briefe gelesen habe. Ich muss seine Beschreibung der Ranch wohl missverstanden haben.«

Mr Porter warf ihr einen seltsamen Blick zu. »So wird es wohl sein.«

»Es ist nicht so, dass ich vollkommen verwöhnt bin, Mr Porter. Wir hatten bei uns zu Hause erst seit wenigen Jahren Strom. Vater war begeistert vom elektrischen Licht, nachdem er es im Vendrome-Hotel erlebt hatte. Er war immer ziemlich angetan von den neuesten Fortschritten und hat unser Haus so schnell wie möglich an das Stromnetz anschließen lassen. Aber man gewöhnt sich recht schnell daran … und kann dann kaum noch darauf verzichten. Bei jedem Schneesturm fiel der Strom aus, und es kam uns vor, als wären wir ins dunkle Mittelalter zurückgeworfen. Ich war sehr erfreut, von Mr Croft zu hören, dass es in Helena schon Strom gibt, und – um ganz ehrlich zu sein – vermutlich hätte ich nicht eingewilligt, hierherzukommen, hätte ich gewusst, dass Mr Croft zu weit entfernt lebt, als dass er in absehbarer Zeit Strom erhalten könnte.«

»Wir können morgen jederzeit umkehren, wenn Sie es möchten.«

Madelines Herzschlag setzte kurz aus. Sie würde nicht zulassen, dass ein Schlittenführer über das ganze Ausmaß ihrer Lage Bescheid weiß. »Keinesfalls. Ich bin eine Verpflichtung eingegangen. Ich beabsichtige, sie einzuhalten.« *Selbst wenn ich diese Verpflichtung ab heute jeden Tag meines Lebens bereuen sollte.*

»Wie Sie möchten.«

Sie fuhren eine weitere halbe Stunde, im Wettlauf mit dem sich immer weiter verdunkelnden Himmel. Zum Sprechen war es zu kalt – Madeline hatte sich bis über die Nase in die Decken eingehüllt. Mr Porter hatte sich einen Schal um Hals und Mund gewickelt und steckte das Revers seines Mantels darunter. Ihr Angebot, ihm eine ihrer Decken zu überlassen, lehnte er ab. Seine Beine mussten starr vor Kälte sein, waren sie doch durch die Überwürfe, die sie kaum bedeckten, nur unzureichend geschützt. Möglicherweise war er jedoch besser an die niedrige Temperatur gewöhnt als sie.

Das Zentrum des Sturms zog genau nordwestlich an ihnen vorüber. Dennoch wirbelte Schnee auf sie herab und zwang sie, die Fahrt zu verlangsamen. Eine Zeit lang fuhren sie über einen offeneren, hügeligen Landstrich, bevor sie eine schmale, gewundene Straße erreichten, die sich durch schroffe, hohe Felsen und Hügel schlängelte. Wolken verdunkelten den Himmel, und das letzte Tageslicht verschwand gerade, als sie von der Hauptstraße auf einen langen Pfad zu einer kleinen Hütte abbogen, die am Fuß der Berge stand. Durch die Fenster drang auch nicht der kleinste Anschein eines Lampenlichts, und über dem Schornstein bauschte sich kein Rauch.

»Werden wir hier eine Weile ausruhen, bis wir weiterfahren?«, wollte sie wissen und schob die Decken von sich.

Er brachte die Pferde direkt vor der Tür zum Stehen. »Nein. Wir schaffen es heute nicht mehr. Wir müssen hierbleiben.«

»Das kann nicht Ihr Ernst sein.« Sie zog sich die Felle fest um den Oberkörper »Sie haben gesagt, dass wir hier Unterschlupf nehmen – nicht, dass wir hier schlafen werden!«

Er sprang vom Schlitten und begann, die Pferde auszuspannen. »Ich werde es jedenfalls tun. Bis zu meiner Schwester sind es noch einmal zwei Stunden, und die Sicht verschlechtert sich zusehends. Von hier bis zum Haus meiner Schwester gibt es keinen vernünftigen Platz mehr, an dem man Schutz finden könnte. Hier schon. Wir haben Glück, dass wir die Hütte überhaupt gefunden haben – um ein Haar hätte ich die Abzweigung verpasst.«

»Aber… aber…«, stammelte sie, »hier ist sonst niemand.«

»Und das ist ein wahres Glück für uns. Hier können nur zwei Personen unterkommen. Vorausgesetzt natürlich, dass nicht jemand einen der beiden Stühle hat mitgehen lassen, die letztes Mal hier waren.«

»Das ist nicht komisch, Mr Porter.« Sie richtete sich im Schlitten auf und stampfte zornig mit dem Fuß auf. »Ich bestehe darauf, dass Sie mich an einen schicklichen Ort zum Übernachten bringen.«

Die Pferde wieherten und traten auf der Stelle, sodass sie den Schlitten anruckten. Madeline verlor den Halt und plumpste zurück auf ihren Sitz. Der Fahrer nahm die Pferde beim Zaumzeug und redete beschwichtigend auf sie ein, bis sie sich wieder beruhigten. Dann ging er mit ausladenden Schritten zum Schlitten zurück.

»Wenn Sie unbedingt einen kindischen Wutanfall inszenieren müssen«, stieß er ungehalten hervor, »dann tun Sie das bitte nicht im Schlitten und bringen meine Pferde noch dazu, durchzugehen. Die Tiere sind erschöpft und ich auch. Ich möchte sie und meinen Schlitten nicht in einem Schneesturm verlieren, nur weil Sie ausrasten, weil Ihnen kein schicker, behaglicher Platz geboten wird, an dem sie heute Nacht Ihr Haupt betten können.«

Sie schluckte ihre Empörung, derart respektlos angefahren zu werden, nur deshalb hinunter, weil sie wusste, dass er recht hatte – sie hätte einen furchtbaren Unfall verursachen können. »Es tut mir leid. Wirklich. Aber es geht nicht um einen schicken Platz zum Schlafen. Dies ist…«, sie deutete auf die marode Behausung, »eine sehr kleine Hütte, in der – wie Sie selbst sagen – nur zwei Personen schlafen können. Zwei! Es ist niemand hier, der als Anstandsdame dienen könnte. Was soll mein zukünftiger Ehemann denken, wenn er herausfindet, dass ich die Nacht alleine mit dem Schlittenführer verbracht habe?«

»Wenn er seinen Verstand beieinander haben sollte, wird er froh sein, dass ich eine besonnene Entscheidung getroffen habe, die zur Folge hatte, dass seine zukünftige Braut in Sicherheit war und am Leben geblieben ist. Was nicht heißen soll, dass ich Croft jemals verdächtigen würde, seinen Verstand beieinander zu haben.« Den letzten Satz murmelte er vor sich hin, während er zurück zu den Pferden ging. Allerdings hatte Madeline ihn mitbekommen.

»Was für ein Problem haben Sie eigentlich mit Mr Croft? Es liegt auf der Hand, dass Sie ihn nicht mögen. Was hat er Ihnen getan?«

Er ließ den Blick nicht vom Pferdegeschirr, tat einen tiefen Seufzer. »Nichts. Er hat mir immer die verabredete Bezahlung gegeben. Er ist unverschämt, hat mich persönlich aber noch nicht schlecht behandelt. Ich habe keinen Grund, ihn nicht zu mögen.«

»Und dennoch ist es so.« Sie legte den Kopf schief, auf eine Antwort wartend.

»Gehen Sie wieder unter Ihre Decken, Miss Barstow, bevor noch alle Wärme verfliegt.«

»Welche Wärme?«, nuschelte sie, während sie sich zurücksetzte und in die Decken einwickelte. »Sie haben die Kohlen schon vor einer Ewigkeit ausgehen lassen.«

Er warf ihr einen gereizten Blick zu, lenkte die Pferde zu einem Wassertrog und band sie an eine darüber angebrachte Stange. »Keine Sorge, meine Mädchen, ich hole euch gleich etwas Wasser vom Bach.« Er tätschelte jedes Pferd, streichelte ihnen die Hälse und wandte sich dann an Madeline. »Ich muss die Pferde versorgen, bevor es dunkel wird. Können Sie mir helfen, die Hütte für uns vorzubereiten?«

Sie nickte, schob die Decken zur Seite und kletterte hinaus in die Kälte. Porter half ihr vom Schlitten herunter und begann, ihn schnell zu entladen. Madeline ging vor, öffnete ihm die Tür.

Sie war fassungslos. Im Inneren der Hütte war alles staubdeckt. Es sah aus, als hätten dort Wilde gehaust. An der Wand in Richtung Westen stand eine niedrige Anrichte, über der ein Regal für das spärliche Geschirr und die dürftigen Vorräte angebracht war. In der Mitte des Raumes befanden sich ein kleiner Tisch und zwei wackelige Stühle. Ein schmales Bett, von dem sie annahm, dass es für zwei Personen gedacht war, war an die östliche Wand geschoben. Vor Entsetzen blieb ihr der Mund offen stehen. Unter keinen Umständen konnte er glauben, dass sie beide …

»Bitte, zünden Sie die Lampen an und machen Sie das Bett, während ich die Pferde versorge. In den Lampen müsste eigentlich noch Kerosin sein. Falls nicht, schauen Sie unter der Anrichte nach. Dort müsste auch Feuerholz sein, und falls Sie es benötigen, ist im Schuppen hinter der Hütte noch mehr. Die Zündhölzer waren das letzte Mal, als ich welche suchte, in der kleinen Dose auf dem Tisch.«

»Wem gehört die Hütte?«

»Josiah – einem Freund meines Schwagers. Wir haben letzten Herbst eine Woche hier verbracht. Man kann hier gut jagen. Außerdem ist es himmlisch ruhig.«

Weil sich hier Fuchs und Hase Gute Nacht sagen. Sie zog ein säuerliches Gesicht, als er gerade nicht hinsah.

Porter brachte die zweite Ladung Gepäck vom Schlitten herein, schnappte sich einen Metalleimer und ging wieder hinaus in den Schnee. Madeline zündete die Kerosinlampen an und staunte darüber, wie oft sie gezwungen war, sich den Staub von den Fingern zu wischen. *Es ist nicht zu übersehen, dass die Hütte einem Junggesellen gehört – diese Bruchbude hat noch nie eine Frau gesehen.*

Kurz danach kam Porter zurück, um sich eine der Lampen zu holen, und ging dann wieder hinaus. Es war bereits dunkel. Madeline fand einen Besen und versuchte, sauber zu machen, doch sie führte einen aussichtslosen Kampf. Sie konnte die

Tränen kaum zurückhalten, würde sich jedoch nicht gestatten zu weinen. *Mein Zuhause bei Mr Croft wird nicht so sein wie dieses hier. Es mag dort keinen Strom geben, aber mit Sicherheit hat er alles, was eine Dame wirklich benötigt.*

Nach zwanzig Minuten hatte Madeline es ohne allzu große Schwierigkeiten geschafft, Feuer zu entfachen – eine der wenigen den Dienern obliegenden Aufgaben, die sie auszuführen wusste, da sie die Hausmädchen dabei Tausende Male beobachtet hatte. Dann deckte sie den Tisch mit den karierten Baumwollservietten und den Zinnbechern, die im Korb gelegen hatten, und breitete das Papier aus, in das große Stücke Käse und eine Trockenwurst eingewickelt waren. Der Anblick der Wurst reichte ihr … sie beabsichtigte auch nicht, die trockenen, steinharten Kekse zu essen. Mr Porter konnte das alles gern für sich allein haben.

Einen Augenblick später kam er zurück, klopfte sich den Schnee vom Mantel und schlug seine Stiefel vor der Tür ab. Er trat ein, verriegelte die Tür, stellte den Eimer wieder an seinen Platz und hängte seinen Hut an den Haken in der Nähe der Tür. Er behielt seinen Mantel an, genau wie Madeline, denn in der Hütte war es inzwischen kaum wärmer geworden. »Die Temperatur fällt immer weiter. Das wird eine kalte Nacht.«

Madelines Blick wanderte zur Bettstatt, dann zurück zu ihm. »Wo werden Sie schlafen?«

Er stand still da, sah sie an. »Hier gibt es nur das Bett und zwei kleine Stühle. Der Tisch ist so klein, dass nicht einmal ein Kind darauf schlafen könnte.«

Sie hielt seinem Blick stand, weigerte sich, ihren zu senken. Eher würde sie den Blick eines Grizzlybären niederzwingen als neben einem Mann zu schlafen, mit dem sie nicht verheiratet war.

»Also gut«, seufzte er. »Ich ziehe die beiden Stühle an die Feuerstelle heran. Aber ich nehme die wärmere Decke und ein Kopfkissen. Und machen Sie mir morgen früh keine Vorwürfe, wenn ich mit dem Schlitten vom Pfad abkomme und ihn in die Schlucht lenke.«

Sie lächelte. »Immer noch besser, als wenn ich meinen Ruf gänzlich verliere. Es ist schon schlimm genug, Mr Croft erklären zu müssen, dass wir die Nacht in einer Hütte ohne Anstandsdame verbracht haben – ich könnte ihm aber keine plausible Erklärung dafür liefern, dass wir ein Bett geteilt hätten. Ein erfolgreicher Mann wie er erwartet von seiner zukünftigen Braut mit Sicherheit untadeliges Verhalten.«

Clay schnaubte verärgert und ging zurück zum Feuer, um ein weiteres Scheit aufzulegen.

Sie aßen eine Weile schweigend, und Clay kam nicht umhin, die elegante Art und Weise zu bewundern, in der Madeline ihr Essen zu sich nahm. Ihre Fingerhaltung war so anmutig, als nähmen sie ihr Abendessen in der noblen Villa des Kupferkönigs Clark ein, die gerade unten in Butte gebaut wurde, wie er gehört hatte. Ihre Hände waren zierlich, blass und sahen weich aus. Trotz der Reise quer durchs Land zeigte sich auch keine Spur von Schmutz unter ihren sorgsam gepflegten Nägeln. Sie biss winzige Stückchen vom Käse und vom Fleisch ab. Ihr Mund wies einen fein gezeichneten Amorbogen auf, und Clay ertappte sich dabei, dass sein Blick jedes Mal magisch von diesem Mund angezogen wurde, wenn ihre rosafarbene Zunge fast unmerklich hervorschnellte, um einen vorwitzigen Krümel zu erwischen. Seine Gedanken wanderten an Orte, an denen sie nichts zu suchen hatten.

Er räusperte sich. »Möchten Sie gar keinen Keks?« Die Portion auf ihrem Teller hätte kaum gereicht, ein Vögelchen am Leben zu erhalten.

»Nein. Vielen Dank.«

»Mögen Sie sie nicht?«

Sie presste die Lippen auf eine Art aufeinander, die wohl als Lächeln gelten sollte. »Nun, ich bin es gewohnt, andere Speisen zu mir zu nehmen.«

»Sie werden sich an das gewöhnen müssen, was hier im Westen gegessen wird. Ich glaube nicht, dass Sie in der Prärie Montanas die feinsten Delikatessen Bostons finden werden.«

»Ich bin mir sicher, dass Mr Croft mir alles zukommen lassen wird, wessen ich bedarf.«

»Da wäre ich mir nicht so sicher. Schon die lebensnotwendigen Dinge sind hier draußen sehr teuer, und ich kann mir nicht vorstellen, dass Croft viel Geld für Luxus ausgeben wird.«

»Sie sollten nicht so hart über Mr Croft urteilen. Bestimmt wird er wollen, dass ich es angenehm habe. Und was die Kosten betrifft – Mr Croft ist ein kultivierter Großgrundbesitzer. Das wird für ihn sicherlich kein Problem sein.«

Clay verschluckte sich fast an seinem Keks. »Ein kultivierter Großgrundbesitzer?« *Was für einen Bären hat dieser Mann ihr aufgebunden?*

»Was ist daran so komisch?« Sie schaute ihn grimmig an.

»A…« Er verbiss sich das Lachen, das in ihm aufstieg. »Miss Barstow, was hat Mr Croft Ihnen über seine Verhältnisse erzählt?«

»Das ist eine ziemlich indiskrete Frage. Doch ich weiß alles über seine Verhältnisse, wenn Sie es genau wissen wollen. Zugegeben, was die Entfernung seiner Ranch zur Stadt betrifft, habe ich zu viele Mutmaßungen angestellt. Wie es scheint, habe ich lediglich missdeutet, was er geschrieben hat. Dass er ein erfolgreicher Rancher ist, weiß ich allerdings sehr genau. Er hat es selbst gesagt.«

»Hat er ausdrücklich den Begriff ›kultivierter Großgrundbesitzer‹ benutzt?«

Sie öffnete den Mund, als wollte sie etwas antworten, schloss ihn dann aber wieder. »Ich… ich bin mir nicht sicher. Falls nicht, bin ich mir aber recht sicher, dass er etwas sehr Ähnliches gesagt hat.«

Er wischte sich den Mund mit der Serviette ab und legte diese dann seufzend auf den leeren Teller. Wenn er jetzt etwas sagte, würde er seinen Auftrag riskieren. Doch er konnte diese arme, naive junge Frau nicht losziehen lassen, um Croft zu heiraten, ohne dass sie dies zumindest offenen Auges tat. Es wäre, als führte man ein unschuldiges Lamm zur Schlachtbank.

»Miss Barstow, ich weiß nicht recht, wie ich es sagen soll, aber ich glaube, Mr Croft hat sie getäuscht, wenn nicht gar unverblümt belogen. Er ist ein erfolgreicher Rancher, das ist wahr. Doch ist er in keiner Weise ein kultivierter Mann und schon gar kein ›kultivierter Großgrundbesitzer‹. Ich gehe davon aus, dass Sie mit diesem Begriff meinen, dass er ein reicher Mann mit guten Manieren ist, der andere die Arbeit tun lässt, während er gepflegt dasitzt und Bücher liest oder mit seiner Ehefrau Tee trinkt.«

»Ich habe nie gesagt …«

»Die Wahrheit ist«, unterbrach er sie, bevor ihn der Mut verließ, seine Zusatzeinkommen aufs Spiel zu setzen, »dass er tagtäglich von Sonnenaufgang bis Sonnenuntergang draußen auf der Ranch ist, Zäune repariert und gemeinsam mit seinen Hilfskräften das Vieh versorgt. Er ist zwar der Boss, aber einer, der eigenhändig mit anpackt. Er ist noch nicht so erfolgreich, als dass er sich auf seinen Lorbeeren ausruhen und andere für sich arbeiten lassen könnte, die etwa die Verwaltung der Ranch oder die Beaufsichtigung der Rancharbeiter übernehmen. Und selbst wenn er es könnte, habe ich so meine Zweifel, dass er es tun würde. Er hält alle seine Leute gern am kurzen Zügel und sorgt dafür, dass alles so läuft, wie er es will. Und, Miss Barstow«, er beugte sich ein wenig vor und schaute ihr direkt in die Augen, »alles wird genauso gemacht, wie Croft es will. Immer.«

Ihre Augen weiteten sich, als sie verstand, was er damit meinte. Dann senkte sie den Blick, wischte sich die vollen Lippen mit der Serviette. »Nun, Mr Porter, Sie haben sehr klar zum Ausdruck gebracht, dass Sie Mr Croft nicht mögen. Ich respektiere Ihre Meinung und hoffe, dass Sie auch meine respektieren.« Sie warf ihm einen kalten Blick zu. »Bitte, besudeln Sie das Ansehen meines Verlobten nicht weiter. Offenbar neiden Sie Mr Croft seinen Erfolg … oder sein Geld, seinen guten Ruf und vielleicht sogar die Tatsache, dass er eine junge Dame heiraten wird.«

»Augenblick mal … Sie glauben, dass ich eifersüchtig bin? Auf *ihn*? Weil er *Sie* bekommt?«

»Ja, ich weiß, hier gibt es generell zu wenige Frauen, vor allem aber zu wenige wirkliche Damen. Ich bin sicher …«

»Unterstehen Sie sich«, stieß er aufgebracht hervor, mit dem Finger auf sie zeigend. »Sie werden den Charakter der Frauen in dieser Gegend des Landes nicht in Zweifel ziehen! Sie wissen nichts von ihnen, haben keine einzige kennengelernt! Meine Schwester ist weit mehr eine Dame, als Sie es je erhoffen können. Denn sie würde niemanden jemals so hochmütig behandeln, wie Sie es tun, Miss Barstow. Sie ist eine warmherzige, achtbare Frau, wie es viele Frauen hier sind.« Clay erhob sich, legte die Hände auf den Tisch und stellte sich vor ihr in Positur. »Und ihr fiele nicht im Traum ein, jemanden zu beleidigen, der sein Bezahlung riskiert, um sicherzustellen, dass eine Dame genau im Bilde ist, bevor sie einen geizigen, niederträchtigen Dummkopf wie Samuel Croft heiratet!«

»Das reicht!« Madeline erhob sich, blickte ihm grimmig geradewegs in die Augen, vor Wut fast zitternd. »Sie wurden bezahlt, um Mr Crofts Verlobte abzuholen, nicht um ihn zu verleumden«, stieß sie mit hartem Gesichtsausdruck hervor. »Bitte halten Sie sich an die Aufgaben, für die Sie bezahlt wurden. Dann werden wir gut miteinander auskommen.«

»Sehr gerne.« Er stieß den Stuhl von sich und ging hinaus in den wirbelnden Schnee, die Tür heftig hinter sich zuschlagend.

Kapitel 4

Tränen standen ihr in den Augen, während sie die verbliebenen Lebensmittel zügig zusammenräumte und zurück in den Korb legte. Wie konnte er es wagen, Mr Croft so vor ihr herunterzumachen – den Mann, der ihn für diesen Auftrag bezahlt hatte! Das war absolut inakzeptabel. Unverkennbar war er auf alles neidisch, was Mr Croft besaß. Und nach seiner Tirade vermutete sie, dass ihr Instinkt sie nicht täuschte – ganz sicher missgönnte Mr Porter es Mr Croft, mit ihr verlobt zu sein.

Plötzlich kam ihr ein entsetzlicher Gedanke – könnte es sein, dass die ganze Geschichte darüber, dass sie unbedingt in der Hütte unterschlüpfen müssten, nichts als ein Trick war, um mehr Zeit mit ihr zu haben? Hoffte er, sie davon abbringen zu können, Samuel Croft zu heiraten, damit er sie selbst heiraten konnte? Oder – noch schlimmer – wollte er allein mit ihr sein, weil er darauf setzte, sie werde den Eindruck bekommen, in seiner Schuld zu stehen, und er bekäme dann die Gelegenheit, sie auszunutzen?

Angst schnürte ihr das Herz zusammen, sie konnte kaum atmen. Vielleicht wollte er sie nicht nur ausnutzen. Vielleicht plante er, ihr Gewalt anzutun! Er war ein Fremder – sie wusste nichts über ihn. *Und hier sitze ich allein mit ihm – gestrandet in der Wildnis!*

Ihr schwirrte der Kopf, als sie ihre Notlage durchdachte und überlegte, wie sie fliehen könnte. Panik erfasste sie, und sie fühlte eine Ohnmacht nahen. *Nein*, dachte sie, sich auf einen Stuhl setzend, *verfall jetzt nicht in Panik. Denk nach. Er mag unverschämt und unsensibel sein, aber ist er ein gewalttätiges Scheusal?* Sie ließ die Ereignisse des Tages Revue passieren – was er gesagt hatte, seine Gesichtsausdrücke, wie er sich ihr gegenüber verhalten hatte. Nein, es gab keinen Grund für die Annahme, dass er derartig abscheulich sein könnte. Sie war nur ärgerlich über seine Unhöflichkeit. *Aber könnte es sein, dass er mich in diese Hütte gelockt hat, weil er hofft, mich hier verführen zu können?* Sie war sich nicht sicher. Sie glaubte es nicht – schließlich hatte er keine Gewalt über das Wetter. Aber sie musste ihn genau im Auge behalten.

Eines war klar – sie würde nicht das Bett mit ihm teilen. Und sich auch nicht entkleiden. Sie zog lediglich ihren Mantel aus und hängte ihn auf, in der kühlen Luft der Hütte zitternd. Sie überlegte hin und her, ob sie ihr Korsett ablegen sollte, entschied sich dann jedoch für die sicherere Variante, es zwar etwas zu lockern, aber darin zu schlafen, obwohl das recht unbequem war. Es gab nicht einmal Vorhänge an den Fenstern, die ihr etwas Privatheit hätten verschaffen können, und Mr Porter stand vermutlich nur wenige Schritte entfernt von der Hütte. Er war zu vernünftig, sich während eines Schneesturms weiter zu entfernen und das Risiko einzugehen, sich zu verlaufen. Madeline hatte in Boston viele Blizzards erlebt, und während des schlimmsten hatte sie nicht einmal die Stadthäuser auf der anderen Seite der schmalen Straße sehen können.

Madeline löschte alle Lampen bis auf eine und schlüpfte dann unter die Decken. Die eiskalten Bettlaken ließen sie schaudern. Der Raum war inzwischen einigermaßen warm geworden, aber die schweren Steppdecken hatten verhindert, dass sich das Bett erwärmte. Sie hätte sich gern nach einem Bettwärmer umgesehen, in den man Kohle hätte legen können. Doch sie wusste, dass das Holz wahrscheinlich noch nicht zu Glut heruntergebrannt war. Außerdem wollte sie Mr Porter nicht begegnen, wenn er hereinkam und sie aufgestanden war. Sie verkroch sich weiter unter die Decken, darauf hoffend, dass die Wärme ihres Körpers auch das Bett wärmen würde.

Wenig später kehrte der Schlittenführer zurück. Sie rollte sich zur Seite, der Wand zu. Sie konnte hören, dass er die Lampen löschte, das Feuer schürte und noch ein Scheit nachlegte.

Dann quietschte das Bett und senkte sich leicht zur Seite, während sie spürte, dass er sich auf die Bettkante setzte.

Was um alles in der Welt hatte er vor? *Wenn er mich berührt, schreie ich.*

Sie hörte einen Stiefel auf den Boden fallen, dann noch einen …

Oh, mein Gott!

Das Bett quietschte noch einmal, und er schlüpfte unter die Decken. Es fühlte sich an, als würde er ihr den Rücken zuwenden, was sie erleichterte. Aber unter keinen Umständen würde sie das Bett mit diesem unverschämten Mann teilen. Verärgert setzte sie sich auf.

»Was bilden Sie sich eigentlich ein? Was tun Sie hier, Mr Porter?«

»Ich gehe schlafen, Miss Barstow.« Er machte es sich bequem, stopfte sich ein Kissen unter den Kopf.

Die Umrisse seiner breiten Schultern im schwachen Licht des Feuers lösten in ihrem Inneren ein Kribbeln aus. »Nein, das werden Sie nicht. Nicht hier!«

»Es gibt hier kein anderes Bett. Ich bin müde. Ich muss schlafen.«

»Sie haben mir versprochen, dass Sie auf den Stühlen schlafen.«

»Ich hab gar nichts versprochen. Ich hab mich lediglich Ihren unfairen Forderungen gefügt – einzig und allein, um Ihnen eine Freude zu machen. Sie hingegen halten es für angebracht, mich – und meine Schwester – zu beleidigen, wo ich doch nur versuche, Ihnen zu helfen. Ich hab es satt, mich von Ihnen herumkommandieren zu lassen.«

»Ich habe Ihre Schwester niemals beleidigt. Zumindest war das nicht meine Absicht. Was Sie betrifft, so haben Sie die Beleidigung verdient, da Sie es für nötig hielten, meinen Verlobten zu beleidigen.«

»Ich wollte Croft nicht beleidigen. Ich wollte Sie nur darüber informieren, welche Zukunft Ihnen bevorsteht – damit Sie offenen Auges hineingehen. Es ist mir egal, ob Sie Croft heiraten. Es ist Ihr Leben. Ich dachte nur, Sie sollten wissen, was auf Sie zukommt.«

»Das geht Sie nichts an.«

»Gut. Dann heiraten Sie den niederträchtigen, selbstsüchtigen Mistkerl. Ich wünsche Ihnen ein schönes Leben!«

»Sie sind unmöglich! Verlassen Sie auf der Stelle dieses Bett!«

»Ich sehe keinen Grund, eine qualvolle Nacht auf einem kleinen Stuhl zu verbringen, um einer Frau etwas Gutes zu tun, die es nicht zulassen kann … nicht zulassen will, dass man ihr etwas Gutes tut.«

Madeline rang nach Worten, wusste keine Antwort. »Sie … Sie verlassen dieses Bett, augenblicklich! Ich bestehe darauf!«

»Bestehen Sie, soviel Sie wollen. Ich werde mich keinen Zoll vom Fleck rühren.«

Madeline schlug ihm auf die Schulter. »Weg!«

»Nein.«

»Aus dem Bett!«

»Nein.«

»VERLASSEN – SIE – DAS – BETT!«, schrie sie und versetzte ihm einen Schlag.

Er rührte sich kaum. Es war, als versuchte man, einen Berg fortzuschieben. Er schwieg weiter.

»Das kann nicht Ihr Ernst sein.«

Keine Reaktion.

Sie schnaubte entnervt, kreischte und sprang schließlich mit einem Satz aus dem Bett. Dann schnappte sie sich die schwerste, zuoberst liegende Steppdecke, zog so heftig, sie konnte, daran und schleifte sie vom Bett zum Tisch. Nachdem sie einige Minuten lang die Stühle hin und her geschoben und sich fest in die Decke eingewickelt hatte, kauerte sie sich unbequem vor der Feuerstelle zusammen.

* * *

Clay musste über Madelines entrüstetes Gekreische beinahe lachen. Er fragte sich, wie lange ihr zarter Allerwertester es auf dem harten Stuhl wohl aushielt.

Das spornte seine Fantasie an … wie zart ihr Po wohl sein mochte … wie ihre Haut sich anfühlen mochte … wie es sich anfühlen würde, wenn sie sich unter den Steppdecken an ihn kuscheln würde – ohne irgendetwas zwischen ihnen beiden. Die Vorstellung erregte ihn, und er versuchte, den Gedanken beiseitezuschieben, indem er sich ihren Streit ins Gedächtnis rief.

Die Frau konnte einen zur Weißglut bringen. Als er nach draußen gestürzt war, hätte er am liebsten auf etwas eingeschlagen. Er wollte von der Hütte weg, hätte gern einen schweißtreibenden Fußmarsch durch den Wald unternommen, bis seine Raserei verflogen wäre. Doch das wäre verrückt gewesen. Viele Menschen waren schon in Schneestürmen nur hundert Schritte von ihren Häusern entfernt ums Leben gekommen, weil sie so töricht gewesen waren, zu meinen, dass sie ja »nur« zur Scheune gehen wollen oder so ähnlich. Clay war nicht töricht.

Daher war er nur hinüber zu den Pferden gegangen, die wenige Schritte von der Hütte entfernt angebunden waren. Er sah nach ihnen und erzählte ihnen, vor sich hin murmelnd, etwas von der eingebildeten jungen Frau, die er am Hals hatte. Die Pferde schmiegten sich im Schutz der Tanne aneinander. Er spürte, dass seine Körpertemperatur sich in der Kälte wieder normalisierte. Seine Wut – und ein ungewollter Respekt für Miss Barstow, sollte sie sich gerade zum Zubettgehen entkleiden – hielt ihn davon ab, in die Hütte zurückzugehen, bis er bemerkte, dass das durchs Fenster dringende Licht der Lampe etwas schwächer wurde.

Als er in die Hütte zurückkam, hatte er sich unter Kontrolle. Wirklich, die Situation war amüsant, vor allem Madelines wilde Entschlossenheit, sich mit fest verschlossenen Augen in ihre Ehe zu stürzen, ohne sich auch die geringsten Gedanken um die Konsequenzen zu machen. Hinter dem kühlen, damenhaften Gebaren der zimperlichen kleinen Frau verbarg sich ein feuriges Temperament. *Wenn sie so dickköpfig sein will, dann lass sie doch. Ich habe meine Pflicht als Gentleman getan. Ab sofort mache ich mir nur noch Gedanken um das Geld für den Laden, nicht mehr um Miss Barstows Zukunft.* »Heirat in Eile bereut man in Weile«, so der Volksmund. Clay ging davon aus, dass es nicht lange dauern würde, bis Madeline ihre Heirat mit Sam Croft bereuen würde, bezweifelte jedoch, dass sie für die viele Reue genug Weile haben werde.

Clay wusste nicht, wie lange er so dagelegen und über Madeline und ihre Starrköpfigkeit nachgesonnen hatte. Doch gerade als er im Begriff war, einzunicken, quietschte das Bett ganz leicht.

Ha! Ich wusste, dass sie es nicht lange aushalten würde. Er grinste süffisant unter den Decken, bewegte sich aber nicht, sondern gab vor, zu schlafen.

Er spürte, dass sie unter die Decken schlüpfte, und kurz darauf konnte er die Wärme ihres Körpers am Rücken spüren. Vermutlich hatte sie versucht, sich zusammenzurollen, denn ihr Hinterteil berührte kurz seines, zog sich dann aber ruckartig zurück, als sei es an eine Flamme geraten. Wieder spürte er Begehren in sich aufsteigen und verfluchte die Frau dafür, ihn verrückt zu machen – in jeder Hinsicht.

Wenn er endlich wieder zurück in Helena wäre, würde er vermutlich vor Verlangen seinen Verstand verloren haben. Dank Madeline Barstow. Er würde seine Bedürfnisse mit einem

Saloongirl befriedigen können. Diese Vorstellung lockte ihn allerdings nicht. Er konnte nur an die Wärme der Frau denken, die neben ihm lag, und daran, wie sehr er sich wünschte, er könne die Arme nach ihr ausstrecken und ihre köstliche Haut spüren …

* * *

Am nächsten Morgen erwachte Madeline früh. Denn obwohl das Fenster nur klein war, erhellte das vom Schnee reflektierte grelle Sonnenlicht die Hütte. Sie konnte Clay leise schnarchen hören und spürte die Wärme seines Körpers an ihrem.

Was? Wie konnte er wagen …

Dann bemerkte sie, dass nicht er es war, der sich an sie gedrängt hatte … *sie* hatte sich an *ihn* geschmiegt. Sie verharrte reglos, wusste nicht, was sie jetzt tun sollte. Ein kleiner Teil von ihr wollte genau hier bleiben, die Wärme seines Körpers in sich aufnehmen. Sie spürte, dass die kalte Luft in der Hütte unter die Decken kroch, und ihr Körper rebellierte bei der Vorstellung, die wohlig warme Geborgenheit des Bettes zu verlassen.

Clay stöhnte im Schlaf, sich dabei ein wenig bewegend. Die Reibung seines Rückens an ihrem ließ sie erbeben. Etwas tief in ihrem Inneren, eine Sehnsucht, wollte, dass sie sich zu ihm hinüberrollte. Wieder stöhnte er, und dieser Laut verstärkte ihre Sehnsucht weiter. In diesem Stöhnen lag etwas … es war geradezu urwüchsig. Es trieb ihr die Schamesröte ins Gesicht.

Sie bemerkte, dass ihre Gedanken außer Kontrolle gerieten, und rückte ganz vorsichtig und langsam von ihm ab, schlüpfte aus dem Bett. Dann stand sie da und beobachtete ihn einige Augenblicke … das rhythmische Auf und Ab seines Brustkorbs … das lockige Haar, das ihm in die Stirn fiel …

Als Clay sich im Schlaf bewegte, wurde Madeline aus ihrem Tagtraum gerissen. Auf Zehenspitzen entfernte sie sich vom Bett … und stieß einen markerschütternden Schrei aus.

Kapitel 5

Dort auf dem Tisch war eine Maus – die Königin aller Mäuse – und tat sich an den Lebensmittelresten im Korb gütlich. Bei Madelines Schrei machte die Maus genauso einen Satz wie diese selbst. Madeline stieg über Clay, der – durch den Schrei aufgeschreckt – augenblicklich kerzengerade im Bett saß, und flüchtete sich neben ihn.

»Was? Was ist los?« Er rieb sich die Augen und hielt die Arme vor Madeline, um sie vor dem Angriff – welcher Art der auch sein mochte – zu schützen, der dem Schrei vorhergegangen sein musste.

»Eine Maus! Eine riesige, eklige Maus, Mr Porter! Fangen Sie sie! Töten Sie sie! Bitte!« Sie packte ihn am Kragen, kroch ihm beinahe auf den Schoß. Durch die Decken hindurch spürte sie, dass etwas Hartes an eine Seite ihres Pos drückte. Doch sie hatte keine Zeit, sich zu fragen, was das sein könnte – denn dort war ein schmutziges Ungeheuer von einer Maus und fraß ihre Lebensmittel!

Clay blinzelte gegen das helle Morgenlicht und sah, dass sich der Korb bewegte.

Madeline kreischte erneut auf. Es beschämte sie zutiefst, feststellen zu müssen, dass sie sich genauso benahm, wie ihre Mutter es bei den seltenen Gelegenheiten zu tun pflegte, bei denen eine Maus es geschafft hatte, am Küchenpersonal vorbei ins Haus zu gelangen. Mrs Barstow sprang dann immer auf einen Stuhl und kreischte wie von Sinnen. Dies hier war allerdings keine gewöhnliche Maus. Sie war widerlich groß, hatte Knopfaugen, und der Tumult schien sie nicht so verängstigen, als dass sie deshalb von ihren gerade entdeckten Leckerbissen abgelassen hätte.

Clay sank erleichtert auf sein Kopfkissen zurück und lachte. Der Mann hatte die Unverfrorenheit zu lachen!

»Was erlauben Sie sich?« Sie beugte sich über ihn und riss erneut heftig an seinem Kragen. »Stehen Sie endlich auf! Töten Sie sie!« Sie wusste, dass sie vor lauter Verzweiflung einen irren Blick hatte. Doch das war ihr gleichgültig.

Es brachte ihn nur noch heftiger zum Lachen.

»Worüber lachen Sie eigentlich?«, herrschte sie ihn an, sich immer noch an seinem Hemd festklammernd.

»Über Sie.« Er lachte so heftig, dass ihm die Tränen in die Augen traten. »Sie … Sie …«, er konnte kaum an sich halten, »haben derart geschrien, dass ich schon dachte, wir würden von Marodeuren überfallen!«

Plötzlich war die Maus so gut wie vergessen, Madeline schlug ihm so heftig auf die Schulter, wie sie nur konnte. »Das ist nicht komisch!«, rief sie. »Und Sie sind kein Gentleman! Welcher Mann lacht über eine Dame, die sich in Gefahr befindet?! Diese Kreatur da könnte eine tödliche Krankheit übertragen.«

»Ich hab nie behauptet, ein ›Gentleman‹ zu sein. Und Sie befinden sich in keiner Weise in Gefahr. Sie haben lediglich Angst vor einer kleinen Waldratte.«

»Einer was?!« Madeline stieß erneut einen kurzen kreischenden Laut aus und zerrte mit aller Macht an ihm, riss seinen Oberkörper vom Kopfkissen hoch und verkroch sich hinter ihm. »Eine Ratte! Herr im Himmel!«

Wieder überkam ihn ein Lachanfall. »Die ist so was von harmlos.« Clay wischte sich die Tränen aus den Augen, als sein Lachen langsam verebbte. »Allerdings ist unser Reiseproviant mittlerweile wohl futsch.«

Sie klammerte sich an seinen Rücken – die Arme unter seine gehakt und um seinen Brustkorb gelegt – und spähte über seine Schulter. Von der Ratte war keine Spur mehr zu entdecken.

Plötzlich streckte das Tier sein Köpfchen unter dem umgekippten Korb hervor.

Madeline hielt sich die Augen zu und drückte sich an Clay, sodass sie weniger Angriffsfläche bot.

Clay fing erneut an zu lachen und beugte sich vor, um sich einen seiner Stiefel zu schnappen, die neben dem Bett standen. Er schlug heftig damit auf den Tisch, traf die Kante mit voller Wucht.

»Daneben!«, schrie sie.

Die verängstigte Ratte floh vom Tisch und verschwand in Schlupfwinkeln der Hütte.

»Wohin ist sie?! Wohin ist sie?!« Sie blickte wie von Sinnen um das Bett herum, die Arme um Clay geschlungen, sich an ihm festhaltend, als ginge es um ihr nacktes Leben.

»Ich schau mal nach.« Er wollte aufstehen, doch sie krallte sich eisern an ihm fest.

»Neeeeiiin! Lassen Sie mich nicht allein!«

»Ich kann nicht die Ratte suchen und gleichzeitig hierbleiben, um Sie zu beschützen.«

»D...dann los«, stammelte sie. »Schnell!«

Clay stieg aus dem Bett, sein zerknittertes Hemd hing ihm über die Hose, und schlüpfte in einen Stiefel, fand dann den anderen und zog auch den an. Er nahm sich ein Scheit vom kleinen Holzstoß und ging in der Hütte umher, suchte unter den wenigen Möbeln, inspizierte Ecken und Spalten. An einer Stelle hielt er inne und nahm eine Ecke genauer in Augenschein.

»Können Sie sie sehen?« Sie legte sich die Finger auf die Lippen, um ihren Drang zu unterdrücken, erneut aufzuschreien.

»Ich glaube ...« Er schaute genauer hin, zog dann den Arm zurück und legte sich das Stück Holz in der Hand zurecht.

Madeline duckte sich.

Er ließ den Arm sinken. »Das war's, sie ist weg.«

»Woher wissen Sie das?« Ihr Puls raste immer schneller. »Sind Sie sicher?«

»Ja. Es fehlte nicht viel, und ich hätte sie erwischt. Dann ist sie durch das kleine Loch entschwunden. Genauso ist sie wohl auch hereingekommen.«

»Oh.« Sie seufzte, am bronzenen Betthaupt zusammensinkend. Jetzt, da das Ungeheuer fort war, fingen ihre Zähne an zu klappern. »Es ist so kalt.« Sie zitterte und schlang fest die Arme um sich.

»Alles in Ordnung?« Er sah besorgt aus.

»Ja.« Dann brach sie in Tränen aus. »Nein«, schluchzte sie.

Kurz schien es, als sei Clay in Panik, dann lief er hinüber zu ihr und setzte sich aufs Bett. »Alles ist gut. Sie ist weg. Ich verstopfe jetzt das Loch. Dann kann sie auch nicht zurückkommen.«

»Es ist nicht… Mir ist…« Ihre Worte lösten sich in Schluchzen auf. Es war ihr peinlich, sich zum zweiten Mal in zwei Tagen wie durchgedreht vor ihm gebärdet zu haben. Doch es war ihr gleichgültig. Sie legte den Kopf an seine Brust, ihr Brustkorb hob und senkte sich heftig, ihre Nase lief.

»Mir ist nur so kalt, und ich habe Angst und bin müde. Ich habe seit Tagen kein Bad mehr genommen und genauso lange nichts Vernünftiges gegessen. Und ich habe Angst, dass es ein furchtbarer Fehler war, nach Montana zu kommen«, wehklagte sie.

Er legte die Arme um sie, strich ihr über den Rücken. »Schschh, alles wird gut.«

»Ich hatte ja keine Ahnung, wie es in Montana ist. Dies hier ist überhaupt nicht meine Welt. Ich werde eine schreckliche Ehefrau für einen Rancher abgeben.«

»Sie müssen nicht die Ehefrau eines Ranchers werden, wenn Sie es nicht wollen. Sie sind noch nicht verheiratet. Noch haben Sie die Wahl.«

Sie fing erneut an zu weinen, ihre Tränen benetzten sein Hemd. Er tröstete sie, bis ihre Schluchzer wieder leiser wurden.

»Ich habe keine Wahl«, schniefte sie. »Sie können das nicht verstehen.«

Er legte die Arme um sie. »Dann helfen Sie mir, es zu verstehen.«

Eine bissige Replik schoss ihr durch den Sinn, erstarb aber, bevor sie ihr über die Lippen kam. Stattdessen brach die Geschichte aus ihr hervor, bevor sie auch nur darüber nachdenken konnte, dem Einhalt zu gebieten.

»Mein Vater war Chandler Barstow. Er genoss in ganz Massachusetts – im ganzen Land – hohes Ansehen, weil er ein äußerst erfolgreicher Investor war. Er hatte einiges Geld von seinem Vater geerbt und es klug investiert. Sehr schnell besaß er Immobilien, Fabriken, Hüttenwerke und Eisenbahnaktien. Viele Menschen kamen zu ihm, um sich in geschäftlichen Angelegenheiten Rat zu holen. Er hatte viele Freunde. Wir hatten ein sehr angenehmes Leben.«

»Und dann?«

»Dann starb er. Vergangenes Jahr. Es war so unwirklich – völlig unerwartet, ein Schock. Sein Herz hat einfach ausgesetzt. Nach dem, was ich heute weiß, bin ich mir sicher, dass es die Belastung war, retten zu wollen, was noch zu retten war …«

Ein Schauder erfasste sie. Es überstieg ihre Kräfte, darüber zu sprechen … allein der Gedanke daran war ihr zu viel. *Deshalb breche ich jetzt zusammen. Ich hätte diese Gefühle schon vor langer Zeit zulassen sollen, statt sie immer wieder beiseite zu schieben.*

»Wir … wir hatten keine Ahnung, dass alles Geld verloren war – dass er es kaum noch schaffte, seine Familie über die Runden zu bekommen. Alles gehörte der Bank.«

»Wie kann das sein? Sie haben ein Leben im Überfluss geführt. Haben Sie nicht bemerkt, dass er die Ausgaben für Ihren

Luxus einschränkte? Es sind doch sicherlich Gläubiger an ihn herangetreten und Investoren, die Fragen hatten?«

Sie schüttelte den Kopf, während ihr die Tränen über die Wangen liefen. »Nein. Irgendwie hat er es geschafft, alles von uns fernzuhalten. Auch im Rückblick können wir uns an nichts erinnern, das uns einen Hinweis hätte geben können. So war Vater. Effizient bis zum Schluss – sogar darin, unsere verzweifelte finanzielle Lage vor uns zu verbergen. Allerdings bin ich mir sicher, wenn er länger gelebt hätte, hätten wir wohl allmählich etwas bemerkt ... Veränderungen, die Fragen aufgeworfen hätten.«

»Das tut mir sehr leid.«

Madeline spürte, dass ihr, an ihn gelehnt, trotz der kühlen Luft in der Hütte langsam wärmer wurde. Clay hatte seine Arme tröstend um sie gelegt, und davon ging eine Art Magie aus, die sie veranlasste, diesem vollkommen Fremden ihre Geheimnisse zu offenbaren. Es hätte erniedrigend für sie sein können, dass dieser Mann – dieser *Schlittenführer* – ihre dunkelsten Geheimnisse erfuhr. Aber auf seltsame Weise war es auch eine Erleichterung. Endlich konnte sie jemandem die Wahrheit erzählen – zudem kannte er weder sie noch ihre Familie. Auch wenn es ihr peinlich war, sie würde ihn ja niemals wiedersehen. Das war befreiend, auf eine bestimmte Weise.

»Als das Allerschlimmste vorüber war und das Haus nicht mehr uns gehörte, lebten meine Mutter, meine Schwestern und ich erst einmal bei einer Tante und deren Mann. Aber dort konnten wir nicht ewig bleiben. Ich wusste, dass von meinen Schwestern und auf jeden Fall von mir erwartet wurde, auszuziehen. Außerdem hasste ich es, jemandem zur Last zu fallen. Ich wollte unbedingt einen Weg finden, für mich selbst zu sorgen. Daher habe ich mich zu einer Eheanbahnung per Brief entschlossen.« Sie zitterte wieder, beobachtete ihren Atem, der in der kühlen Luft als kleine Wölkchen sichtbar war.

»Warum haben Sie nicht jemanden aus Boston geheiratet?«

Er strich ihr übers Haar, und sie spürte, dass sie sich etwas beruhigte. »Sie sind eine wunderschöne Frau aus einer Familie der Oberklasse. Ihre Lage mag eine erstklassige Partie unwahrscheinlich gemacht haben, aber bestimmt gab es doch erfolgreiche Geschäftsleute, die nur allzu gerne eine solche perfekte Ehefrau gehabt hätten, oder?«

Madeline schniefte, von den vielen Tränen lief ihr die Nase. »Ich hätte nie in Boston zwischen meinesgleichen bleiben und einen Mann unter meinem Stand heiraten können. Das Geläster hätte ich nicht ertragen. Selbst wenn das bedeuten sollte, dass ich mich durch eine Ehe in eine noch schlimmere Lage bringen würde, wollte ich lieber an das andere Ende des Landes ziehen – weit weg von allen, die ich kenne –, als dort zu bleiben und mich zum Gespött zu machen. Jedenfalls dachte ich das damals. Jetzt bin ich mir nicht mehr so sicher.«

In seinen warmen Armen ließ ihr Zittern allmählich nach. Sie wollte dort bleiben, in seiner Umarmung. Zum ersten Mal, seit sie in Montana angekommen war, fühlte sie sich warm und sicher. Sogar … glücklich.

Er streichelte ihr weiter übers Haar, fuhr mit den Fingerspitzen sanft ihren Haaransatz entlang. Bei dieser Berührung lief ihr ein Schauder über den Rücken, und ihr wurde bewusst, dass sie sich wünschte, er würde nicht nur ihr Haar berühren. Sie hob den Blick und bemerkte, dass er zu ihr herabsah, allerdings an ihren Augen vorbei. Als sie an sich herunterblickte, bemerkte sie, dass sich in dem Tumult einige Knöpfe ihrer Bluse geöffnet hatten, sodass er freien Blick auf ihren Busen hatte, der beinahe vollständig aus ihrem Korsett und dem Unterkleid hervorlugte.

Er wandte den Blick ab, es schien ihm peinlich zu sein. Doch es war zu spät – sie hatte ihn ertappt.

Madelines Herz raste, und sie blickte zur Seite. Scham brannte auf ihren Wangen. Sie setzte sich auf, raffte ihre Bluse zusammen und räusperte sich. »Vielen Dank, dass Sie mich vor dieser widerwärtigen Ratte bewahrt haben.« Sie wischte sich die Tränen ab und strich sich übers Haar. »Sie müssen ja den Eindruck haben, dass bei mir das völlige Chaos herrscht – innerlich wie äußerlich.«

»Nennen Sie mich doch Clay. Und nein, den Eindruck hab ich nicht. Ich glaube, dass Sie eine sehr schwere Zeit durchmachen. Sie haben alles verloren, was Sie kannten, und sind jetzt in eine Welt geworfen, die Ihnen Angst einjagt und fremd ist. Es ist verständlich, dass Sie von Gefühlen überflutet werden. So etwas zu verarbeiten wäre für jeden schwer.«

Sie quittierte seine Freundlichkeit mit einem Lächeln, mied jedoch seinen Blick. »Danke für Ihr Mitgefühl.« Sie stieg mit so viel Würde aus dem Bett, wie sie nur aufbringen konnte. »Ich denke, wir sollten jetzt aufbrechen. Mr Croft wird sich schon Sorgen um mich machen.«

»Madeline … Miss Barstow«, korrigierte er sich.

Sie hielt inne, drehte sich aber nicht zu ihm um.

»Ich kann Ihre Notlage verstehen, aber Sie müssen ihn wirklich nicht heiraten, wenn Sie es nicht wollen. Mir gefällt der Gedanke überhaupt nicht, dass Sie dort draußen in der Wildnis festsitzen und an einen Mann gebunden sein werden, der … nun … nicht zu Ihrem Naturell passt. Es gibt andere Möglichkeiten. Ich kann Sie zurück nach Helena bringen, Ihnen eine Unterkunft besorgen und mich umhören. Vielleicht finden wir einen Geschäftsmann in der Stadt, der eine Ehefrau sucht.«

Sie drehte sich langsam zu ihm um. »Ich schätze Ihre Anteilnahme wirklich sehr, Clay, aber ich wäre nie in der Lage, Mr Croft das Geld zurückzuzahlen, das er für meine Reise bezahlt hat. Es gibt keine Garantie, dass ich einen geeigneten Ehemann finde, und auch keine Garantie, dass ich in Helena glücklicher werde als auf der Croft-Ranch. Der Spatz in der Hand ist besser als die Taube auf dem Dach, wie man so sagt. Und ich bin eine Frau, die zu ihrem Wort steht. Ich habe versprochen, Mr Croft zu heiraten, und so wird es sein.«

Sie wandte sich ab und ging hinüber zum Fenster, starrte hinaus auf die glitzernde Schneedecke, die den Boden und die Bäume bedeckte. Sie begriff nicht, was mit ihr geschah. Richtete diese wilde, unzivilisierte Gegend Verheerungen in der Seele an?

Eine Fahrt, die ihr vor nur zwei Tagen wie ein aufregendes Abenteuer erschienen war, erschien ihr jetzt wie ein eisiger Trauermarsch zum Begräbnis ihres alten Ich.

Kapitel 6

Nachdem er die Pferde versorgt und angespannt hatte, holte Clay das Gepäck aus der Hütte und lud es in den Schlitten. Er entzündete die Kohlen, legte die Felle und Steppdecken aus. Dann holte er Madeline aus der Hütte und half ihr auf den Sitz.

Sie war seltsam still, schien tief in Gedanken versunken. Es hätte ihm Missbehagen verursachen können, tat es aber nicht. Er konnte sie jetzt besser verstehen, hatte eine andere Seite von ihr gesehen und mehr Verständnis für ihre Situation als zuvor.

Er wusste nicht, was er tun sollte. Er wollte ihr helfen, war dazu aber eigentlich nicht in der Lage. Abgesehen davon, schien sie seine Hilfe auch gar nicht zu wollen. Und ihren eigenen Worten zufolge war Madeline völlig mittellos. Vielleicht war es das Beste, dass Croft sich um sie kümmerte.

Das ist so gut für sie, als würde ihr ein Maulesel einen Tritt an den Kopf versetzen. Der Gedanke blitzte ungebeten in seinem Kopf auf. Er spürte, dass ihm die Galle hochkam, und mit ihr kamen qualvolle Erinnerungen. Doch er schluckte den bitteren Geschmack hinunter. *Sie ist nicht meine… es ist nicht meine Verantwortung.*

Das dämmte die Flut seiner Schuldgefühle jedoch nicht ein. Er hatte nun einmal gehört, was er gehört hatte. Er erinnerte sich, dass er etwa einen Monat zuvor im Saloon mit einigen Männern an der Bar gesessen und sich unterhalten hatte. Einige von ihnen waren Rancharbeiter, und ausnahmslos jeder von ihnen war von Croft entlassen worden, wenngleich zu unterschiedlichen Zeiten. Je mehr sie tranken, desto länger und länger wurde die Liste mit Geschichten über Crofts Untaten. Es war nichts Ungewöhnliches, von Crofts Launen zu hören, von seiner knauserigen Art und seiner Angewohnheit, seinen Mitarbeitern den ihnen zustehenden Lohn zu verweigern. Da diese Geschichten aber üblicherweise von gefeuerten Rancharbeitern erzählt wurden, die gerade zu tief ins Glas schauten, nahm Clay sie mit einer gewissen Skepsis zur Kenntnis.

An jenem Tag allerdings hatten die Geschichten eine bösartigere Wendung genommen. Es wurde von Vorfällen erzählt, bei denen Croft einen Fahrer nicht bezahlt hatte, weil dieser nach einer langen, schwierigen Lieferung einen halben Tag verspätet eingetroffen war. Außerdem hieß es, er habe ein Pferd fast zu Tode geprügelt und einen Stalljungen so in den Magen geboxt, dass dieser sich übergeben musste. Clay allerdings hatte sein Geld immer im Voraus bekommen, und obwohl die Bezahlung nicht überragend war, kam doch einiges zusammen. Denn es waren Lieferungen über lange Strecken. Seiner Rücklage für die Schlachterei kam das sehr zugute.

Angesichts der düsteren Einzelheiten dieser Geschichten überkam ihn das kalte Grausen bei dem Gedanken, Madeline diesem Mann zu überlassen. Eine Frau hatte in einer Ehe grundsätzlich nur wenige Rechte – welche Möglichkeiten würde sie da ganz allein in der Wildnis mit einem Mann wie Croft haben? Die Rancharbeiter würden ihr nicht helfen – sie arbeiteten für den Mann. Wenn auch nur die Hälfte dessen, was er gehört hatte, der Wahrheit entsprach, war das eine Lage, in der er keine Frau gern sehen würde. Was aber konnte er tun, wenn Madeline nicht zuhören wollte?

Er ließ die Zügel leicht schnalzen, und die Pferde setzten sich in Bewegung.

»Sie haben heute beide angespannt«, stellte Madeline fest.

»Ja. Wir haben jetzt mehr Schnee und fahren weiter hügelaufwärts. Da ist es leichter für sie, gemeinsam zu ziehen.«

»Und was ist, wenn sie müde werden? Ist es nicht noch ein weiter Weg zur Ranch?«

»Wir schaffen es heute nicht zur Ranch. Wenn wir es versuchen würden und dann schlechtes Wetter kommt, könnten wir draußen in der Prärie stranden, sobald wir die Hügel hinter uns haben. Das Risiko möchte ich lieber nicht eingehen. Wir sollten – wie geplant – über Nacht bei meiner Schwester bleiben, auch wenn das nicht allzu weit von hier entfernt ist. Und dann starten wir morgen recht früh und hoffen auf gutes Wetter.«

»Oh! Die kurze Fahrt wird sie also nicht ermüden.«

»Überhaupt nicht. Von hier zu Cara sind es nur wenige Stunden. Ich hab mir gedacht, es ist sinnvoller, für die kurze Fahrt beide Pferde einzuschirren. So haben wir mehr Zeit, uns auszuruhen, und bekommen ordentlich Schlaf, bevor wir morgen früh zeitig aufstehen müssen.«

»Das hört sich vernünftig an.« Sie blickte starr nach vorn, mit ausdruckslosem Gesicht.

Er konnte nicht umhin, sie von Zeit zu Zeit immer mal wieder anzusehen. Sie hatte sich das Haar unter die Wollhaube gesteckt und einen Schal um den Hals geschlungen, der ihr bis zum Kinn reichte. Da die Kohlen allmählich knapp wurden, wollte er nicht mehr als unbedingt nötig verbrauchen. Zudem hatte er ihr wegen der Ratte kein Frühstück machen können. Sie sah blass aus, unter ihren Augen begannen sich Ringe abzuzeichnen. Er machte sich Sorgen um ihre Gesundheit. Und mehr noch sorgte er sich wegen ihres leeren Blickes. Es war, als sei das Funkeln in ihren Augen erloschen.

Vielleicht hatte sie recht. Vielleicht war er eifersüchtig auf Croft. Immerhin war er nicht einmal in der Lage, das Geld dafür aufzubringen, auf Raten eine bescheidene Schlachterei zu kaufen. Croft dagegen nannte eine Ranch von siebentausend Morgen und dazu noch fünfhundert Stück Vieh sein Eigen. Und jetzt hatte er noch eine schöne, elegante Frau, die mehr als zweitausend Meilen gereist war, um ihn zu heiraten – unbesehen. Nicht dass Clay eine Frau suchte, aber trotzdem … Croft hatte sie mit Sicherheit nicht verdient.

Croft hatte es nicht für nötig gehalten, seine Zukünftige persönlich am Bahnhof abzuholen. Dabei war zurzeit nicht einmal Hauptsaison für Viehzüchter – was könnte er dafür je als Entschuldigung vorbringen? Es gab keine. Sein Kommentar Clay gegenüber, als er ihm den Auftrag erteilte – dass es die Hin- und Rückfahrt in die Stadt nicht wert sei –, sagte alles.

Nein, es stimmte schlicht nicht, dass Clays Urteilsfähigkeit durch Eifersucht getrübt wurde. Man konnte es drehen und wenden, wie man mochte, mit Croft hatte es nichts Gutes auf sich. Er musste eine Möglichkeit finden, Madeline davon zu überzeugen, dass es Alternativen für sie gab. Vielleicht könnte seine Schwester sie überzeugen. Um Madelines willen, sagte Clay sich. Nicht um seinetwillen. Er wollte so eine eigensinnige, dünkelhafte Frau wie Madeline Barstow wahrhaftig nicht am Hals haben.

Da sie weit entfernt von jeder Stadt fuhren und das Zusammentreffen mit einem anderen Schlitten unwahrscheinlich war, hatte Clay die Schlittenglöckchen nicht ausgepackt. Der Wind hatte nachgelassen, daher waren nur noch das Rauschen der Kufen durch den Schnee, das Knarzen des Zaumzeugs und das Knirschen der Hufe auf dem Pulverschnee zu hören.

Nach eine Stunde Fahrt verschwand die Sonne hinter den Wolken, sodass der Schnee nicht mehr so stark blendete.

»Ist Ihnen warm genug?« Er blickte kurz zu ihr hinunter.

Madeline nickte. Doch er konnte hören, dass sie mit den Zähnen klapperte.

»Ich kann anhalten und Kohlen nachlegen.«

Sie schüttelte so langsam den Kopf, als stecke er in einem Topf Melasse.

Clay hielt dennoch an und stieg aus, um Kohlen nachzulegen. Sie starrte die ganze Zeit geradeaus, ließ zu, dass er ihre

Füße vom Fußwärmer nahm und wieder daraufsetzte, als sei sie eine Marionette. Als er damit fertig war, steckte er die Decken und Felle um sie herum fest, streichelte die Pferde und stieg wieder in den Schlitten.

»Wir müssten in etwa einer Stunde bei meiner Schwester sein.«

»Hm«, murmelte sie.

»Miss Barstow? Miss Barstow? Alles in Ordnung mit Ihnen?«

Sie antwortete nicht.

»Madeline.« Er legte ihr die Hand auf den Arm.

Sie starrte ihn an, als käme sie gerade aus einer Trance zurück.

»Ja?«

»Alles in Ordnung mit Ihnen?«

Sie blinzelte. »Ja. Mir geht's gut. Ich glaube, ich bin … müde. Es war eine sehr anstrengende Woche.«

»Bei meiner Schwester zu Hause werden Sie besser schlafen. Die Unterkunft ist viel angenehmer als in der Hütte, wenngleich nicht so vornehm, wie Sie es gewohnt sind, befürchte ich.«

»Es wird schon gehen, bestimmt.«

Er konnte erkennen, dass er sie schon wieder an eine wie auch immer geartete Welt verlor, in die ihr Bewusstsein abdriftete. »Nehmen Sie es mir nicht übel, aber gab es denn gar keine Verwandten oder Freunde, die Ihrer Familie in ihrer Notsituation hätten helfen können?«

Madeline presste die Lippen aufeinander, ersparte ihm einen gereizten Blick. »Nein. Nun ja. Das hätte man erwarten können. Aber wir mussten feststellen, dass unsere reichen ›Freunde‹ sich von uns abwandten wie Ratten, die das sinkende Schiff verlassen. Unsere Verwandten mieden jeden Kontakt, betrachteten uns als Belastung, für die sie keine Verantwortung zu übernehmen hatten. Offensichtlich hatten diejenigen, die in Vaters Schwierigkeiten eingeweiht waren, ihm dringend angeraten, vorsichtiger bei seinen finanziellen Unternehmungen zu sein. Doch er wollte davon nichts wissen. Und so hatten sie den Eindruck, dass wir unsere Misere selbst verschuldet haben – wegen seiner Fahrlässigkeit.«

Ihr Gesicht nahm einen verbitterten Ausdruck an. »Dass wir alle von Vaters Geschäften überhaupt nichts wussten, spielte für sie keine Rolle. Wir waren gesellschaftlich von Grund auf blamiert. Einzig meine Tante war bereit, uns aufzunehmen – und das zum großen Entsetzen ihres Mannes. Meine Mutter wohnt immer noch bei ihr, hat aber versucht, meine Schwester und mich woanders unterzubringen, um den Onkel nicht ständig über Belastungen und Verantwortung murren zu hören. Clara, meine jüngste Schwester, ging zu einer schwangeren Cousine von uns, um ihr während des Wochenbetts zu helfen. Und Grace willigte ein, einen Anwalt zu heiraten, von dem Mutter annimmt, dass er irgendwann ein guter Politiker wird. Mutter hat versucht, mich an einen wohlhabenden Besitzer eines Kurzwarengeschäfts loszuwerden.« Das Letzte sprach sie aus, als sei der Mann ein Habenichts und Trunkenbold und nicht ein erfolgreicher Geschäftsmann.

»Und trotzdem haben Sie eingewilligt, einen Rancher zu heiraten. Einen vollkommen Fremden.«

»Ja.« Sie presste die Lippen so fest aufeinander, dass nur noch eine schmale Linie sichtbar war. »Vermutlich denken Sie, dass ich verrückt bin. Oder stolz. Oder beides. Vielleicht bin ich es ja auch. Aber ich werde nicht in Boston herumsitzen und mich zum Gespött aller Angehörigen der besseren Gesellschaft machen. Ich werde mir nicht auf Bällen und Wohltätigkeitsveranstaltungen einen Mann mit ›neuem Geld‹ angeln, um mich dann von bösartigen, klatschsüchtigen Menschen lächerlich machen zu lassen.«

»So wie Sie andere lächerlich gemacht hätten, wenn die einen Ehemann mit ›neuem Geld‹ geheiratet hätten?«

Ihre Augen weiteten sich zunächst verblüfft, ließen dann

kalte Wut erkennen, die aber schnell wieder verebbte. »Ja. So wäre es wohl gewesen.«

»Könnte es nicht sein, dass die anderen Mitglieder der besseren Gesellschaft Sie womöglich gar nicht so harsch verurteilen würden, wie Sie glauben?«

»Sie meinen, es könnte sein, dass sie mich nicht so harsch verurteilen würden, wie *ich sie verurteilt hätte*?« Sie blickte ihn fragend an.

»Ja … ja, genau.«

»Unwahrscheinlich. Sie mögen mich für sehr steif und überheblich halten. Doch ich kann Ihnen versichern, ich bin das Lamm in der Grube von Löwinnen. Die meisten von ihnen würden nur zu gerne das schwächste Tier eines jeden Rudels verschlingen, selbst wenn es ihr eigenes sein sollte.«

»Oha.«

»Was ist mit Ihnen, Mr Porter?«

»Was soll mit mir sein?«

»Sie scheinen es für angebracht zu halten, mir sehr persönliche Fragen zu stellen. Da ist es doch wohl eine Frage der Fairness, dass es mir gestattet sein muss, Ihnen im Gegenzug ebenfalls ein oder zwei Fragen zu stellen.«

»Wo Sie recht haben … Schießen Sie los.«

»Sie sind ein bisschen zu alt dafür, unverheiratet zu sein.«

Das machte ihn zornig, doch er hielt seine Zunge im Zaum. »Hier in Montana gibt es viele Männer, die nach einer Ehefrau Ausschau halten, und es sind nicht genügend junge Frauen da.«

»Deshalb sind Sie also unverheiratet? Weil Sie kein Mädchen finden konnten, das bereit war, Sie zu heiraten?«

Sie sah ihn von oben bis unten an, als begutachtete sie ihn … als sei er ein kümmerliches Kalb auf einer Auktion.

»Warum muss sich eigentlich jeder Gedanken um meinen Familienstand machen?«, brummte er.

»Da hab ich wohl einen wunden Punkt getroffen, was?« Ihre Mundwinkel gingen leicht nach oben.

Es biss die Zähne zusammen. Die Wendung des Gesprächs gefiel ihm nicht. Aber er hatte seine Nase in ihr Leben gesteckt, also war er ihr wohl auch eine Antwort schuldig.

»Ich war verheiratet. Ich habe meine Frau verloren. Ich brauche keine neue Frau. Ende der Geschichte.«

»Sie haben sie verloren?«

Na, großartig! Mehr Fragen. Er hätte wissen müssen, dass sie es nicht dabei bewenden lassen würde. »Sie ist gestorben.«

»Oh.« Madeline senkte den Blick. »Das tut mir sehr leid.«

»Das geht allen so. Mir auch. Ich kann mein Leben aber nicht damit verbringen, zurückzuschauen.«

Sie fuhren einen Augenblick schweigend. Er spürte, dass sie ihn aus dem Augenwinkel beobachtete.

»Sie haben sie also sehr geliebt.« Das war keine Frage.

»Ja.«

»Wie ist das?«

Er wandte sich ihr zu und war im Begriff, ihr giftige Worte entgegenzuschleudern … da bemerkte er den sanften, fragenden Ausdruck in ihrem Gesicht. Sie hatte noch niemals geliebt. Er konnte es in ihren Augen sehen. Und er vermutete, sie werde die Liebe nie kennenlernen, sollte sie Croft wirklich heiraten. Hätte sie die Liebe je kennengelernt, würde sie ihn vielleicht nicht heiraten. Sie würde sich nach einer anderen Lösung umsehen.

Er schob die Gefühle beiseite, die im Begriff waren, ihn zu erdrücken, und schluckte den bitteren Geschmack in seinem Mund hinunter. »Es ist … schwer zu beschreiben. Es fühlt sich an, als ob das Herz ganz erfüllt ist. So erfüllt, dass es überfließt. So erfüllt, dass es fast schmerzt. Erfüllt bis zum Bersten. Man liebt nicht nur diesen einen Menschen … man liebt die ganze Welt. Alles ist heller, schöner, einfach nur wunderbar. Man kann nur noch an diesen einen Menschen denken. Er ist das Einzige, was man will. Das Einzige, was man braucht. Sie würden alles für ihn tun. Alles opfern … alles, für nur einen Augenblick …«

Seine Stimme brach, und Tränen drohten seinen Blick zu verschleiern. Er holte tief Luft, drängte die Emotionen zurück, wie er es seit Jahren getan hatte.

»Wie … wie haben Sie das bemerkt?«, fragte Madeline liebevoll. »War es auf einmal da, oder ist es über längere Zeit gewachsen?«

»Ich weiß nicht, wie es bei den anderen ist. Bei mir jedenfalls kam es ziemlich schnell. Ich wusste es nicht von vornherein, aber ich hatte gleich so ein Gefühl. Als wüsste ich tief in meinem Inneren, dass sie die Richtige ist. Ich wusste, dass wir … zusammenbleiben würden …« Es fehlte nicht viel, und er hätte »für immer« gesagt, aber das stimmte ja nicht. Tabitha war nicht mehr da.

Clay blickte auf den vor ihnen liegenden Weg, der unter dem Neuschnee verborgen lag. Er blinzelte die Tränen fort, die ihm in die Augen traten. Auf einmal spürte er den leichten Druck einer Hand auf seinem Arm.

»Ihnen ist ein großes Glück zuteil geworden, eine so beglückende Liebe erlebt zu haben. Ich habe noch nie jemanden kennengelernt, der je etwas so Wertvolles hatte. Nicht einmal für eine kurze Zeit.«

Was weiß sie schon? Er wütete innerlich. *In ihren Ohren klingt das alles ganz herrlich. Denn sie kennt die unerträglichen Qualen nicht, die man durchlebt, wenn man jemanden verliert, dessen Seele mit der eigenen verwoben ist.* Mehr konnte er nicht sagen, wenn er ihr die eine Sache nicht erzählen wollte … doch er erstickte seine immer stärker werdende Wut und nahm ihre Worte als die liebevolle Geste, als die sie gemeint war.

Sie ließ ihre behandschuhte Hand kurz auf seinem Arm ruhen, auf geheimnisvolle Weise löste sich dadurch seine Verbitterung … dann verschwand Madeline wieder unter den Fellen. Sie fuhren schweigend weiter – dieses Mal war es ein angenehmeres Schweigen. Währenddessen war Clay tief in Gedanken versunken, erstaunt darüber, was für eine schwierige, verwirrende und überraschende Frau seine Passagierin doch war.

Kapitel 7

»Hier ist es.« Clay lenkte den Schlitten von der Straße auf einen kaum wahrnehmbaren Weg, der hinunter in eine kleine Niederung zwischen den Hügeln führte.

Auch Madeline konnte jetzt die Hütte vor ihnen sehen. Rauch stieg fröhlich aus dem Schornstein auf. Sie meinte riechen zu können, dass bereits Brot gebacken wurde. Der Duft ließ ihren leeren Magen knurren. Als sie näher kamen, sahen sie durch das Fenster einen kleinen Kopf auf und nieder hüpfen, und es dauerte nicht lange, bis eine wildes Gewusel von Kindern aus der Eingangstür gestürzt kam.

»Onkel Clay! Onkel Clay!«, riefen sie und sprangen umher, ihre Gesichter leuchteten regelrecht vor Freude.

Madeline zählte vier – zwei Jungen und zwei Mädchen. Eine Frau stand in der Tür.

»Kinder, kommt sofort hierher, bevor ihr euch noch den Tod holt! Ihr habt nicht einmal Stiefel an – und vergesst nicht, eure Schuhe an der Matte abzustreifen, bevor ihr wieder hereinkommt.«

Die Kinder murrten und gingen im Gänsemarsch zurück ins Haus. Wenig später erschienen sie am Fenster.

Die Frau lächelte und winkte Clay zu. »Warum kommt ihr erst jetzt? Wir haben uns schier zu Tode geängstigt!«, rief sie.

»Schlechtes Wetter!«, rief er zurück, als er den Schlitten vor dem Haus zum Halten brachte. »Wir mussten in Josiahs Hütte unterkriechen.«

»Ach, du liebe Zeit! Na ja, ihr habt Glück, ich habe gerade Eintopf auf dem Herd. Bring deine Freundin her, damit sie sich schon mal aufwärmen kann, während du die Pferde ausspannst.« Sie lächelte Madeline zu und verschwand in der Hütte, die Tür hinter sich schließend.

Clay half Madeline vom Schlitten, und bevor ihr noch klar war, ob sie klopfen oder geradewegs hineingehen könnte, öffnete ihr ein flachsblonder Junge die Tür.

»Bitte, kommen Sie herein, Miss!» Er hielt ihr die Tür auf und wies ihr mit einer tiefen Verbeugung und einem Grinsen den Weg ins Haus.

»Oh, meine Güte, was für ausgezeichnete Manieren!«, rief Madeline, was dem Jungen sehr gefiel, und lächelte Clays Schwester an, die neben dem Herd stand und in einem Topf rührte.

»Er hat es den ganzen Morgen lang geübt«, sagte die Frau lachend. »Toll gemacht, Joseph. Jetzt geh mal zur Seite und ihr anderen Kinder auch! Lasst der armen Frau etwas Platz zum Atmen!«

Die Kinder traten unwillig zurück, überschütteten Madeline allerdings mit Fragen, die sie in schneller Folge beantwortete.

»Wie heißen Sie?«

»Woher kommen Sie?«

»Das ist so ein schönes Kleid. Haben Sie es selbst genäht?«

»Sind Sie verheiratet?«

»Heiraten Sie unseren Onkel Clay?«

Bei der letzten Frage errötete Madeline, doch die Mutter der Kinder sprang ein, um sie zu retten.

»Genug Fragen jetzt, Kinder! Entschuldigen Sie bitte!« Die letzten Worte richtete sie an Madeline. »Wir haben hier nicht allzu oft Gäste. Dies ist meine Älteste, Martha. Sie ist sieben. Dann kommt Lawrence, fünf Jahre; Joseph, drei Jahre; und die kleine Mary, die letzten Monat gerade ein Jahr alt geworden ist.« Die Frau zeigte nacheinander auf jedes der Kinder.

Madeline begrüßte sie alle und staunte darüber, wie viele Menschen in so einer kleinen Hütte wohnten.

»Lawrence, deck bitte den Tisch für unsere Gäste und bring mir dann einen Eimer Wasser. Martha, bring Mary bitte in mein Schlafzimmer und wechsle ihr die Windeln. Ich glaube, sie hat sich nassgemacht. Joseph, kannst du dich ohne Mama an den Tisch setzen und ein guter Junge sein?«

»Ja, Mama.« Der flachsblonde Junge kletterte unter einiger Anstrengung auf einen Stuhl und strahlte Madeline an, während er auf den Stuhl neben sich klopfte, weil er gern wollte, dass sie sich zu ihm setzte. Die anderen Kinder schwärmten aus, um ihre Aufgaben zu erledigen.

»Puh, heute war viel zu tun. Entschuldigen Sie, ich bin Caroline. Aber alle nennen mich Cara.« Sie strahlte Madeline mit einem Lächeln an, das dem ihres Sohnes Joseph glich.

»Ich freue mich so, Sie kennenzulernen. Ich bin Madeline Barstow.«

Madeline erkannte die Ähnlichkeit zwischen Clay und Cara sofort. Ihre Augen waren größer, ihre Lippen ein wenig schmaler. Sie war sehr hübsch. Hätte sie sich Zeit genommen, die richtigen Lotionen zu benutzen und ihr Haar gut zu pflegen, hätte sie schön sein können. So wie die Dinge lagen, ließ das schlichte Arbeitskleid und die abgetragene Schürze Cara älter, müder erscheinen – genau wie die Ringe unter ihren Augen und die Haarsträhnen, die sich aus ihrem dunkelblonden Haarknoten gelöst hatten. Doch Cara hatte ein angenehmes Gesicht, und Madeline erkannte, dass sie eine herzensgute und liebevolle Mutter war. Zu schade nur, dass sie in der Wildnis von Montana festsaß ohne Aussicht darauf, jemals einen Schönheitssalon besuchen zu können. *Was für ein ödes Leben die arme Frau führen muss!*

»Ich war ja so erstaunt, als ich hörte, dass Clay bei seiner Übernachtung während dieser Tour eine Frau dabeihaben würde, deren Ehe per Post angebahnt worden war. Sonst liefert er immer nur Pakete oder Vorräte aus.« Cara machte sich wieder an ihren Eintopf. »Ben hat es mir erzählt, als er letzte

Woche von einer Tour mit Vorräten aus Helena zurückkam. Sie müssen sehr aufgeregt sein – was für ein Abenteuer!«

»Ja. Es ist wirklich… ein Abenteuer.« Madeline lächelte angespannt. *So kann man es auch sehen.*

»Ben ist draußen in der Scheune. Er kommt sicherlich gleich, sobald er Clay geholfen hat, die Pferde zu versorgen.«

»Wie lange sind Sie beide schon verheiratet?«, fragte Madeline, während sie sich zu dem strahlenden Joseph am Tisch gesellte und damit dafür sorgte, dass das kleine Grinsen noch breiter wurde.

»Oh, es sind jetzt so um die acht Jahre.«

»Wird es hier draußen nicht einsam?« Acht Jahre allein in der Wildnis erschienen ihr wie eine Ewigkeit.

Cara seufzte. »Ja. Ich liebe Ben mehr als mein Leben und würde ihm überall hin folgen. Dennoch wünschte ich mir, wir wohnten näher an Helena. Direkt in einer Stadt zu leben würde mir nicht gefallen – während der ersten Monate unserer Ehe haben wir in Coulson gelebt; das fand ich gar nicht schön. Dort geht es rau zu, es ist schmutzig und häufig auch gefährlich. Helena ist allerdings viel schöner. Es wäre fantastisch, so eben am Stadtrand zu wohnen. So weit außerhalb wie hier… nun ja, das hat schon seine Schattenseiten.«

Und die Croft-Ranch ist sogar noch weiter entfernt von Helena. Madeline hätte gern gewusst, ob einer der Rancharbeiter wohl eine Frau hatte. Sicherlich gab es dort eine Köchin oder eine Haushälterin, mit der man sich unterhalten konnte. Die Tatsache, dass sie, Madeline Barstow, tatsächlich darauf hoffte, eine Hausangestellte zu haben, um sich mit jemandem unterhalten zu können, machte überdeutlich, wie düster ihre künftigen Lebensumstände womöglich sein würden.

Lawrence setzte zwei Schüsseln mit zwei Löffeln auf den Tisch und verschwand dann mit einem Eimer durch die Hintertür.

»Natürlich«, nahm Cara den Faden wieder auf, »werden die Mädchen Freundinnen für mich sein, wenn sie erst einmal älter sind. Das wird schön. Aber jetzt sind sie noch so klein, dass man keine wirkliche, erwachsene Unterhaltung mit ihnen führen kann. Ben ist meist sehr mit Jagen und Fallenstellen beschäftigt. Und wenn es richtig eng wird, verbringt er den Sommer unten in Butte und verdient mit Arbeit in den Minen zusätzliches Geld.«

»Wo ist Butte?«

»Südlich von Helena. So weit entfernt, dass ich ihn während des ganzen Sommers vielleicht nur einmal zu Gesicht bekomme, wenn er zu Besuch kommt – falls überhaupt. Allerdings ist das bisher nur zweimal passiert. Ich glaube, in diesem Sommer kann er zu Hause bleiben.«

»Hatten Sie keine Angst, hier allein zu sein?«

»Schon … ja. Nachts war es unheimlich, doch man gewöhnt sich daran. Und Clay schaute so oft nach uns, wie er nur konnte. Wenn er Aufträge hatte, blieb er manchmal über Nacht hier und mehrmals monatlich übers Wochenende, wenn sein Arbeitsplan es zuließ.«

Madeline konnte sich ein so abgeschiedenes Leben in Caras kleinem Tal ohnehin kaum vorstellen – und noch viel weniger, wenn nicht einmal der Ehemann da war. Was geschah mit solch einer Frau, wenn sich eine Tragödie ereignen sollte und der Mann nicht wiederkam? Und das mit vier durchzufütternden Kindern? *Gott sei Dank hat Mr Croft ausgesorgt. Bei seinem Grundbesitz und seinen vielen Mitarbeitern werde ich mir um derartige Dinge keine Gedanken machen müssen.*

Im hinteren Zimmer weinte ein Kind, während ein anderes es beruhigte und tröstete. Joseph nahm sich einen Löffel und begann, damit Tschu-Tschu-Eisenbahn zu spielen. Madeline stellte sich vor, dass es in dem Haus an Regentagen oder bei heftigen Schneefällen sehr eng sein musste, wenn sich alle Kinder innen zusammendrängen mussten.

Das knirschende Geräusch von Stiefeln, die durch Schnee stapften, ließ den kleinen Joseph aufmerken. »Onkel Clay!«

Die Tür schwang auf, zwei Männer klopften ihre Stiefel ab und kamen mit den Vorräten herein, die sie vom Schlitten abgeladen hatten.

»Leg das alles dort in die Ecke, Ben!« Cara bedeutete ihm, wo. »Ich kümmre mich darum.«

»Onkel Clay! Onkel Clay! Onkel Clay! Onkel Clay!« Joseph brach in einen übermütigen Singsang aus, sprang vom Stuhl und hüpfte von einem Fuß auf den anderen. In der ganzen Hütte fielen die anderen Kinder ein – Martha schleppte die glucksende, pummelige Mary herbei, und Lawrence tat einen erfreuten Aufschrei, während er vorsichtig einen Eimer Wasser durch die Hintertür hereinschleppte. Kaum hatte Clay seine schwere Last in der Ecke abgestellt, wuselten die Kinder um ihn herum und krabbelten über ihn.

»Genug, genug jetzt, beruhigt euch, ihr kleinen Ungeheuer!« Clay humpelte hinüber zum Tisch – Lawrence hatte sich an einem seiner Beine festgekrallt – und ließ sich nieder … schon wurde er von ihren Umarmungen geradezu erdrückt. Sogar die kleine Mary griff nach seiner Hand und kaute auf ihr herum. »Man könnte meinen, ich sei zuletzt vor vier Jahren hier gewesen und nicht vor vier Wochen!«

Cara stellte Madeline ihren Mann vor – Ben Miller, einen großen breitschultrigen Mann mit dunklem Haar, grünen Augen und einem Bart. Er sah von Kopf bis Fuß wie ein Jäger und Fallensteller aus, der einem Abenteuerroman für Jungen entsprungen war. Madeline hätte sein Aussehen als degoutant empfunden, hätte er nicht ein so freundliches Wesen und fröhliches Lächeln gehabt – ein Lächeln, das jeden im Raum ansteckte. Er war von der schweigsamen Sorte und sprach kaum mehr als ein oder zwei Sätze. Madeline mochte ihn sofort.

Während die Kinder ihren Onkel weiter umarmten und über ihn hinwegstiegen, konnte Madeline die unmanierliche

Art nicht fassen, in der sie ihre Zuneigung zeigten. In der besseren Gesellschaft Bostons wurden Kinder gesehen, aber nicht gehört. Man erwartete von ihnen, ordentlich und sauber zu sein und immer den Mund zu halten. Derartige Gefühlsausbrüche hielt man für albern und ungezogen; sie mussten von einer Gouvernante, die ein strenges Regiment führte, augenblicklich unterbunden werden. Madeline war davon ausgegangen, dass sie eines Tages ein oder zwei Kinder haben würde. Aber so eine unartige Bande von Kindern? So bezaubernd sie – trotz ihres ungebärdigen Verhaltens – auch waren, war es ihr doch unvorstellbar, mit einer solchen Brut auch nur einen Tag zu überleben.

Die Kinder überschütteten Clay mit Fragen – ebenso unablässig, wie sie es bei Madeline getan hatten.

»Wie lange bleibst du hier?«

»Wohin fährst du dann?«

»Warum hast du die Dame dabei?«

»Nimmst du mich huckepack?«

»Wird die Dame deine neue Frau?«

Die letzte Frage kam von Joseph. Das Lachen der Erwachsenen erstarb und wurde zu einem peinlichen Schweigen … man hörte nur noch das Brabbeln der kleinen Mary.

»Was ist denn los?«, wollte Joseph wissen, verwirrt von einem Erwachsenen zum anderen blickend.

Cara und Ben wanden sich und beobachteten, wie Clay reagierte.

»Nein, Joseph.« Clay räusperte sich. »Miss Barstow ist verlobt und wird Mr Croft heiraten, den Mann, dem ich immer die Vorräte liefere. Ich bringe sie nur zur Ranch.«

»Warum bringt Mr Croft sie denn nicht selbst zur Ranch?«

Jetzt war Madeline an der Reihe, sich peinlich berührt zu fühlen. »Das liegt sicherlich nur daran, dass Mr Croft sehr viel zu tun hat.«

»Ja«, stimmte Cara ihr zu, »er ist sicherlich jetzt dabei, das Haus für seine junge Braut schön herrichten zu lassen.«

»Ach so.« Joseph legte den Kopf auf Clays Knie. »Ich hab dich vermisst, Onkel Clay. Du musst uns öfter besuchen.«

»Ich weiß, kleiner Mann, aber jetzt bin ich ja hier, nicht wahr?« Er wuschelte dem Jungen durchs Haar. »Wir müssen eben jede Menge Spaß an einem einzigen Abend unterbringen. Aber jetzt lass mich und Miss Barstow erst einmal kurz etwas futtern, und dann machen wir uns alle ganz schnell daran, im Schnee herumzutoben.«

Die Augen der Kinder leuchteten auf, und sie ließen ihn los, sodass er essen und danach mit ihnen spielen konnte.

»Ihr beide müsst Hunger haben.« Cara nahm eine Schüssel vom Tisch und schöpfte Eintopf hinein.

»Kurz vorm Verhungern!« Clay klopfte sich auf den Bauch. »Ich hatte für heute einige Lebensmittel übrig gelassen. Die hat allerdings heute früh eine Ratte stibitzt. Einiges hat sie zwar nicht angerührt, aber ich vermute, Miss Barstow hätte es nicht gefallen, wenn ich ihr das zum Frühstück aufgetischt hätte.«

Schon bei dem Gedanken daran drehte sich Madelines Magen fast um.

»Nun, ihr beide habt Glück. Ich hab viel Eintopf fürs Abendessen gekocht. Daher ist reichlich übrig, und ziemlich frisch ist er auch noch.« Cara brachte die erste Schüssel zurück und setzte sie Madeline vor. Dann nahm sie die zweite Schüssel, füllte sie und gab sie Clay. Anschließend brachte sie zwei knusprige Brötchen und tunkte eines in jede Schüssel.

Clay stürzte sich mit Begeisterung auf das Essen. Madeline rührte lediglich darin herum und pustete den Dampf weg, während Clay und seine Verwandten plauderten. Sie wollte Cara nicht beleidigen, aber das Essen sah viel … rustikaler … aus, als sie es gewohnt war. Doch ihr knurrender Magen und ihr Gespür für gute Manieren besiegten schließlich den anfänglichen Widerwillen gegen ein Probieren. Und so gab sie auf, schöpfte eine winzige Menge mit ihrem Löffel heraus und nippte daran.

Sie war verblüfft. Geradezu baff. Es war köstlich! Ein wenig salziger, als sie erwartet hatte, und mit recht viel Wild, aber ziemlich gut. Zwar waren nicht viele Gewürze daran, doch sie konnte eine Vielzahl an Gemüsearten herausschmecken und auch das Suppenfleisch und die schmackhafte Brühe. Sie probierte das eingeweichte Brötchen, und auch das schmeckte sehr gut. Es war dunkler als das Weißbrot, das sie gewohnt war, aber schmackhafter.

Clay hatte bereits die dritte Portion verdrückt, bevor Madelines elegante Art zu speisen es ihr ermöglicht hatte, auch nur ihre erste zu beenden. Normalerweise nahm sie nie einen Nachschlag, denn sie wollte schlank bleiben und nicht gefräßig erscheinen. Doch da die Fahrt lang gewesen war und es so wenig zu essen gegeben hatte, akzeptierte sie nach einiger Überlegung schließlich dankend eine zweite Portion.

Nach dem Mittagessen gingen die Männer mit den Kindern nach draußen, um Schneemänner zu bauen und sich eine Schneeballschlacht zu liefern, während Cara den Tisch abräumte. Madeline kam der Gedanke, dass sie Cara vielleicht beim Aufräumen helfen sollte, da sie keine Hausangestellten hatte. Sie ging davon aus, dass Cara kein Geld dafür erhielt, ihr Unterkunft zu gewähren. Daher fühlte sie sich fast wie ein nicht eingeladener Gast. Also stellte sie das Geschirr auf die Anrichte, dann starrte sie auf die Abwaschschüssel und überlegte, was jetzt zu tun sei.

»Ach, Sie müssen hier nichts machen«, winkte Cara ab. »Es sind ja nur zwei Schüsseln.«

»Ich habe aber das Gefühl, ich sollte etwas tun. Das ist doch das Mindeste. Nur …« Sie verstummte, es war ihr peinlich. »Ich weiß nicht so genau, was ich machen soll.«

Cara war verwirrt. »Heißt das, Sie wissen nicht, wo Sie anfangen sollen?«

»Ja … das auch, aber … ich weiß nicht, wie man das macht.« Madeline war nicht ganz klar, warum es ihr so peinlich war. In der Hütte gab es nicht einmal fließend Wasser – selbstverständlich wusste sie nicht, wo sie beginnen sollte. Wer kann so etwas schon wissen?

Cara fiel die Kinnlade herunter. »Oh! Ach, du meine Güte! Ach, Madeline.« Sie trat näher an Madeline heran und legte, sichtlich mitfühlend, den Arm um sie, was Madeline in Verlegenheit brachte. »Oh, Süße, bist du sicher, dass du das Richtige tust, wenn du Mr Croft heiratest?« Sie zog ihren Arm zurück, betrachtete fragend Madelines Gesicht.

»Warum fragen alle mich das immer wieder?« Der übergriffige und nicht erbetene Rat von Clay hatte Madeline verstimmt, und jetzt tat seine Schwester genau das Gleiche. Außerdem legte sie keinerlei Wert darauf, bemitleidet zu werden.

»Meine Liebe, weißt du gar nicht, was es bedeutet, die Frau eines Ranchers zu sein? Was man von dir verlangen wird? Die vielen Arbeitsstunden, die nicht enden wollende Arbeit im Haus, die langen Zeiten des Alleinseins?«

»Was? Nein! Selbstverständlich nicht. Warum sollte ich etwas Derartiges durchmachen? Mr Croft ist ein erfolgreicher Geschäftsmann. Er hat Angestellte, die diese Arbeiten alle erledigen. Er hat es mir selbst geschrieben. Er hat sogar eine Putzfrau.«

»Ach, meine Liebe, setzen wir uns erst mal.« Cara führte sie zum Tisch und setzte sich neben sie. »Ich fürchte, da liegt ein Missverständnis vor. Ich habe eine Nachbarin, die einige Meilen nördlich von hier wohnt und deren Cousin auf der Croft-Ranch arbeitet. Nach allem, was ich gehört habe, hat Mrs Giebler, Mr Crofts Haushälterin, vor zwei Monaten ihren Mann verloren. Mr Giebler war für die Instandhaltung des Hauses und der Scheune zuständig und kochte während des Viehtriebs für die Cowboys. Jetzt, nach seinem Tod, möchte die alte Mrs Giebler, die für alle auf der Ranch kocht und dort auch sauber macht, zurück in den Osten zu einem ihrer Söhne. Mr Croft hat sie überredet, noch etwas länger zu bleiben. Doch sie hat darauf bestanden, Ende des Monats zurück in den Osten zu gehen, und … nun ja, es hörte sich an, als wenn er nicht plant, Ersatz für sie zu finden.«

Madeline war wie vom Donner gerührt. »Aber wer wird dann …«

Cara blickte sie mit einem vielsagenden Ausdruck an.

»O nein! Nein! Er kann doch unmöglich glauben …« Madeline faltete ihre Hände und legte sie auf den Tisch, um zu verhindern, dass sie zittern.

»Madeline.« Cara legte ihre Hand auf die Madelines und drückte sie. »Selbst wenn Mr Croft sich entschließen sollte, eine neue Haushälterin einzustellen, würde er von dir erwarten, dass du diese Arbeiten übernimmst, bis ein passender Ersatz gefunden ist … was hier draußen nicht einfach ist, zumal Mr Croft im Ruf steht, sehr schlecht zu bezahlen. Und von der Frau eines Ranchers erwartet man auf jeden Fall, dass sie kochen und sauber machen kann. Nicht nur für ihren Mann, sondern häufig auch für die Rancharbeiter.«

Für alle Rancharbeiter? Madeline war wie vor den Kopf geschlagen. Mr Croft wollte keine Ehefrau – er wollte eine Angestellte. Schlimmer noch, eine unbezahlte Dienstmagd. Angestellte erhalten immerhin Geld. Madeline würde ans Haus gefesselt sein und tagein, tagaus für wer weiß wie viele hungrige, hart arbeitende Männer kochen. *In was habe mich da hineinmanövriert?*

Es schien, als werde immer dann, wenn Madeline gerade ein wenig umgedacht und ihr selbst gewähltes Schicksal angenommen hatte, alles noch schlimmer … und noch schlimmer. Sie konnte den Mann unmöglich heiraten. Sie wusste ja nicht einmal, wie man einen Teller abwäscht!

»Du weißt, dass du ihn nicht heiraten musst, wenn das alles zu viel für dich ist, ja?«

Madeline seufzte. »Das hat Clay auch gesagt. Aber … da ist … einiges zu berücksichtigen …«

Sie erwog Clays Idee, nach Helena zurückzukehren. Doch bei dem Gedanken daran, Mr Croft die enormen Reisekosten erstatten und außerdem das Geld für die Rückreise nach Boston aufbringen zu müssen, spürte sie Panik in sich aufsteigen. Sie konnte nicht einmal mehr darauf hoffen, einen geeigneten Junggesellen zu finden – wer würde eine Frau einstellen, die ihren zukünftigen Ehemann verlassen hat, nachdem er ihr die Reise von einem Ende des Landes ans andere bezahlt hatte? Man würde sie für eine Schwindlerin halten. Kein anständiger Mann würde sie haben wollen.

Madeline wusste weder ein noch aus. Sie musste Croft heiraten. »Ich bin eine Verpflichtung eingegangen. Ich muss sie erfüllen«, seufzte sie. »Aber was soll ich nur machen? Ich habe von nichts eine Ahnung, Cara. Wie soll ich die Rolle einer Rancherfrau übernehmen, wo ich doch überhaupt nichts vom Kochen verstehe? Oder vom Abwasch? Oder vom Wäschewaschen?«

»Musstest du denn als Kind zu Hause nie mithelfen?«

Sie schüttelte den Kopf, Tränen traten ihr in die Augen. Wie schon bei Clay, so war sie auch jetzt im Begriff, einem vollkommen fremden Menschen ihr Herz auszuschütten. *Was hat es nur mit dieser Familie auf sich?*

»Meine Jugend war mit Klavierstunden, Französischunterricht, Kunsterziehung, Sticken und Schönschrift ausgefüllt – mit endlosen Lektionen speziell für ein junges Mädchen, das als perfekte junge Frau in die Gesellschaft eingeführt werden sollte. Wir hatten Diener für alles – sogar zum Ankleiden!« Tränen liefen ihr über die Wangen. Sie fühlte sich völlig hilflos.

Cara tätschelte ihr die Hand und versuchte, sie zu trösten. »Jetzt komm, wenn du all diese schicken Sachen lernen konntest, dann musst du ein sehr kluges Mädchen sein. Bevor du uns morgen wieder verlässt, kannst du ganz sicher lernen, wie man Geschirr abwäscht und die eine oder andere Suppe kocht.«

Madeline zog ein Taschentuch aus ihrem Ärmel und tupfte sich die Augen trocken. »Du meinst … du bringst es mir bei?«

»Klar mach ich das! Ich weiß nicht, wie viel wir an einem Tag schaffen, aber ich kann dir das Nötigste beibringen, und hier …« Sie nahm ein Buch aus dem Regal. »Dies ist das Buch, das meine Mutter mir gegeben hat, als ich geheiratet habe. Nimm es mit.«

»O nein, das kann ich nicht …«

»Ich bestehe darauf. Abgesehen davon, hab ich die Rezepte, die ich brauche, sowieso hier.« Cara tippte sich an die Schläfen. »Meine besten Rezepte hab ich hinten hineingeschrieben. Sie sind ziemlich unkompliziert – nicht zu viele Zutaten, aber sehr schmackhaft. Vielleicht brennt dir am Anfang mal etwas an, aber Mr Croft muss eben Geduld mit dir haben.« Ihr warmes Lächeln ließ die Hoffnung in Madeline aufkeimen, dass es wirklich zu schaffen sei.

»Danke. Vielen Dank.«

»Du bist sicherlich erschöpft. Mach dich ein bisschen frisch und ruh dich etwas aus. Ich rufe dich dann, damit du mir bei der Zubereitung des Abendessens zur Hand gehen kannst.«

* * *

Nach einer Stunde im Schnee fingen die Kinder an, über die Kälte zu klagen, und Ben entschied, dass es an der Zeit sei, wieder ins Haus zu gehen. Cara hatte warme gesüßte Milch für sie zubereitet, um die Kälte zu vertreiben.

Clay war verblüfft, als er Madeline vor dem Herd stehen sah, langsam in weiteren Portionen Milch rührend. Wie es aussah, hatte sie abgewaschen und ihr Haar anders frisiert. Sie trug ein sauberes hellblaues Kleid, über das sie eine von Caras Schürzen gebunden hatte.

»Jetzt auf keinen Fall aufhören«, instruierte Cara sie. »Und immer hinten stehen lassen, an der rechten Seite. Wenn sie zu nah am Feuer steht, brennt sie an.«

Madeline fing Clays erstaunten Blick auf. »Ich lerne

kochen!« Ihr Lächeln erhellte ihr ganzes Gesicht. Das Kleid hatte die Farbe des Himmels im Frühling und ließ ihre funkelnden blauen Augen noch mehr erstrahlen.

»Wow! Das ist… toll!« Clay hatte seine Schwester immer dafür bewundert, dass sie es schaffte, andere dazu zu bringen, zu tun, was sie wollte, und dabei auch noch Spaß zu haben. Aber dieses Mal war er regelrecht baff – die piekfeine Madeline Barstow lernte kochen? Freiwillig? Das musste er sich ansehen.

Er pflanzte sich an den Tisch und nahm sich einen Becher gesüßter Milch. Er schnupperte daran und fragte sich, ob Cara oder Madeline die erste Portion zubereitet hatte. Es roch gut, also nahm er einen kleinen Schluck. »Hmm, das ist aber lecker!«

Madeline wandte sich errötend um. »Danke.«

Alle Kinder gesellten sich ihnen zu und gaben anerkennende Laute von sich, während sie ihre Milch schlürften.

»Was gibt's zum Abendessen, Liebling?«, erkundigte sich Ben, die Hände auf Caras Schultern legend.

»Winterwurzelsuppe, Kekse und Honig.«

»Hört sich himmlisch an.« Er küsste seine Frau auf die Wange und setzte sich an den Tisch. »Caras Winterwurzelsuppe ist eine Wucht. Und die Pastinaken sind dieses Jahr besonders gut und süß.«

»Ich hab sie sehr einfach gemacht, wegen Madeline. Bisher hat ihr niemand das Kochen beigebracht, und ich konnte sie doch nicht den Wölfen zum Fraß vorwerfen – besser gesagt, einer Meute hungriger Rancharbeiter.« Sie zwinkerte Madeline zu. »Und so bleibt Mrs Giebler auch noch Zeit, dir während ihrer letzten Tage auf der Ranch beizubringen, wie man den Haushalt führt.«

»Und Wäsche wäscht und Fußböden schrubbt und…« Madeline versagte die Stimme, sie biss sich auf die Lippe.

»Mach dir darum keine Sorgen«, beruhigte Cara sie. »Vielleicht finden wir noch etwas Zeit, einige andere Dinge anzugehen, wie Wäschewaschen und Bügeln.«

»Wirklich? Ich möchte dir aber keine Umstände machen.«

»Das tust du nicht. Sicherlich willst du dringend dein Reisekleid waschen. Also machen wir das, und ich gebe dir für den Anfang nur ein paar Hinweise. Im Handbuch wird alles andere erklärt. Und sosehr es dir am Anfang auch misslingen mag, denk immer daran: Übung macht den Meister.«

»Scheint, dass ich jede Menge Übung bekommen werde.«

»Geht uns das nicht allen so?«, sagte Cara lachend. »Schau doch mal nach den Keksen, vielleicht sind sie schon fertig. Ich rühre derweil die Suppe um.«

Die Männer unterhielten sich und spielten mit den Kindern, während Cara Madeline zeigte, wie man feststellt, ob die Kekse fertig gebacken sind, wie man sie schneidet und mit Butter bestreicht und wie stark der Eintopf gesalzen werden muss. Der Duft der dampfenden Suppe erfüllte die Hütte, und wenig später setzten sich alle zu einem perfekt zubereiteten Abendessen an den Tisch.

»Hmm«, murmelte Ben. »Das schmeckt köstlich.«

»Hmm, das stimmt«, pflichtete Clay ihm bei, den Mund voller Kekse. »Ich bin beeindruckt, Madeline.«

Sie errötete. »Oh ... na ja ... vielen Dank!« Sie blickte auf Clays Mund, während er kaute. »Das liegt allerdings vor allem an der guten Anleitung von Cara.«

»Sei jetzt nicht zu bescheiden. Ich hab mein erstes Blech Kekse verbrannt, als meine Mutter mir das Backen beibrachte.«

»Und wie alt warst du damals?«, wollte Madeline wissen und blickte sie ahnungsvoll an.

»Nun ... ich glaube, ich war sechs, aber trotzdem ...«

»Ich danke dir für dein Vertrauen.« Madeline lächelte ihr angespannt zu. »Ich kann nur hoffen, dass mein Mann ausgesprochen geduldig ist. Ich habe noch so viel zu lernen.«

Clay und Cara tauschten Blicke miteinander, sagten aber kein Wort. Clay wusste, dass Croft vieles war, aber »geduldig« gehörte nicht dazu. Er hatte Cara nicht von den schlimmsten

Gerüchten über Croft erzählt. Doch sie wusste um seinen Geiz, seine Ungeduld und seine Übellaunigkeit. Er bemerkte, dass sie Madeline besorgt ansah.

Nach dem Abendessen half Madeline, den Tisch abzudecken, und Cara zeigte ihr, wie man Geschirr abwäscht. Nachdem Madeline den Bogen erst einmal heraushatte, scheuchte Cara Ben fort, damit er die Kleinen für die Nacht fertig machte, und schaffte es dann, Clay unter dem Vorwand, ihr zur Hand gehen zu müssen, in die Scheune zu locken.

»Was denkst du dir eigentlich dabei, diese arme Frau zu Samuel Croft zu bringen?«, ging Cara auf ihn los, noch bevor er das Scheunentor schließen konnte. »Er wird sie lebendigen Leibes verspeisen! Sie ist überhaupt nicht darauf vorbereitet, irgendjemandes Frau zu werden. Ganz zu schweigen davon, den kompletten Haushalt einer Ranch für einen Mann zu führen, der zu geizig ist, eine neue Haushälterin einzustellen, die sie unterstützen könnte!«

»Ich dachte, die Gieblers arbeiten immer noch dort. Haben sie denn gekündigt?« Er hängte die Laterne an einen Haken, die Flamme flackerte schwach und schaffte es kaum, die Schatten in Schach zu halten.

»Nein, Giebler ist gestorben, und Mrs Giebler möchte zurück in den Osten, um bei ihrem Sohn zu sein. Nach allem, was ich gehört habe, hat Croft sie unter Druck gesetzt, so lange zu bleiben, bis er eine Ehefrau gefunden hat, die sie ersetzen und obendrein noch einige der Pflichten von Mr Giebler übernehmen kann. Es hat sich nicht so angehört, als wollte er jemanden einstellen, wenn Mrs Giebler erst einmal fort ist. Es macht ganz den Eindruck, als plant er, sich eine Ehefrau wie eine unbezahlte Dienstmagd zu halten.«

»Wenn du das für einen so schlechten Plan hältst, warum hilfst du ihr dann?« Clay verschränkte die Arme, verärgert darüber, dass Cara ihn für Madelines Lage verantwortlich machte. Er führte nur seinen Auftrag aus.

»Weil sie irgendwann lernen muss, einen Haushalt zu führen. Ihre Mutter war allem Anschein nach nicht in der Lage, es ihr beizubringen. Also muss jemand anderer es tun. Aber man kann sie nicht so den Wölfen vorwerfen. Hast du dir eigentlich mal die Mühe gemacht, ihr von Croft zu erzählen? Oder hattest du zu große Bedenken, zukünftige Einnahmen für deine Rücklage für die Schlachterei einzubüßen?«

»He! Ich hab den Auftrag, die Frau zu ihrem künftigen Ehemann zu bringen. Damit hat es sich. Es ist nicht mein Auftrag, mich in anderer Leute Angelegenheiten einzumischen. Das überlasse ich lieber den Frauen.« Er warf ihr einen erbosten Blick zu.

»Ich erwarte nicht, dass du dich in anderer Leute Angelegenheiten einmischst. Aber das Mindeste, was du tun könntest, wäre, diese arme Frau vor dem zu warnen, in was sie hineinzugeraten droht.«

»Das hab ich doch versucht! Meinst du wirklich, ich hätte es nicht versucht? Herrje, Schwester, du solltest mich wirklich besser kennen! Stimmt, ich wollte die Aufträge von Croft nicht verlieren, aber ich fühlte mich sehr unwohl, als mir klar wurde, dass sie ihn für so eine Art Viehbaron hält. Also hab ich versucht, sie ins rechte Bild zu setzen. Sie ist eine störrische Frau. Sie wollte partout nicht zuhören. Ich weiß nicht, was ich noch machen soll. Wenn sie so wild entschlossen ist, Samuel Croft zu heiraten, sehe ich keine Möglichkeit für uns, sie davon abzuhalten – außer sie zu kidnappen.«

Cara hob eine Augenbraue. »Bring mich nicht auf Ideen! Madeline ist eine liebeswürdige Frau. Sie hat einen liebeswürdigen Ehemann verdient. Meinst du, Croft wird dieser liebeswürdige Ehemann sein?«

Clay blickte zur Seite.

»Was ist los?« Sie warf ihm *den Blick* zu. Jenen Blick, der ihm klarmachte, sich jetzt besser nicht mit ihr anzulegen. »Was ist los?«, wiederholte sie.

»Äh. Nichts. Es ist nichts. Nur … ich hab einiges gehört. Noch üblere Sachen. Er wird kein liebeswürdiger Ehemann sein. Er wird sich ihr gegenüber nicht einmal annehmbar verhalten. Davon gehe ich jedenfalls aus.« Er seufzte und fuhr sich mit der Hand durchs Haar. »Ich weiß nicht, was ich noch tun soll. Ich hab versucht, sie davon abzubringen. Es hat zu nichts geführt. Sie meint … sie meint, dass ich mir das alles nur ausdenke … dass ich eifersüchtig bin.«

»Wie kommt sie wohl darauf?« Jetzt verschränkte Cara die Arme vor der Brust, ihn argwöhnisch musternd.

Die Erinnerung an den Morgen blitzte in ihm auf. Ihr tränenüberströmtes Gesicht. Ihre vor Angst geweiteten Augen. Die geöffneten Knöpfe ihrer Bluse, die seinen Blick angezogen hatten. Um Haaresbreite hätte er sie geküsst. Er schüttelte den Kopf, scheuchte die Gedanken fort. Wenn er seine vorwitzigen Augen unter Kontrolle gehabt hätte, wäre sie ihm gegenüber vielleicht nicht so misstrauisch. Vielleicht hätte sie ihm zugehört.

»Was hast du getan, Clay? Warum sollte sie glauben, dass du eifersüchtig bist?«, hakte Cara nach.

»Weil sie so hochmütig ist! Deshalb!« Er ging auf und ab, verärgert über die Neugier und aufdringlichen Andeutungen seiner Schwester. »Sie ist eine blasierte, hochnäsige kleine Nervensäge, der man alles auf einem silbernen Tablett serviert hat. Sie hält sich für so wunderbar und sitzt auf einem derart hohen Ross, dass sie meint, jeder Mann würde am liebsten gleich vor ihr auf die Knie fallen und ihr huldigen. Niemals käme es ihr in den Sinn, dass es Männer gibt, die sie überhaupt nicht haben wollen. Die sie nicht brauchen – und auch keine andere Frau, wenn wir schon mal dabei sind …«

Ihre Gesichtszüge entspannten sich. »Sieh an, sieh an.« Sie tat einen Schritt auf ihn zu und streichelte seinen Arm, tätschelte ihn dann. »Mein armer Kleiner, du hast dich in sie verguckt.«

»Was?! Nein, hab ich nicht! Hast du mir überhaupt zugehört? Die Frau ist eine Heimsuchung. Ich möchte sie lieber heute als morgen auf der Croft-Ranch absetzen und los sein!« Er ruderte genervt mit den Armen. »Was habt ihr nur, dass ihr immer alle Leute verkuppeln müsst? Warum will keiner sehen, dass es Menschen gibt, die alleine sehr gut zurechtkommen? Einige von uns sind glücklich mit dem, wie es ist.« Er war in Rage, sein Herz pochte laut gegen seine Rippen.

Cara trat vor und umarmte ihn fest, was ihn völlig entwaffnete. »Bruder, wenn ich nur eine Sekunde lang glauben könnte, dass du glücklich bist mit deinem Leben, würde ich niemals wieder über eine Frau oder eine Ehe sprechen. Ich will doch nur eines: dass du glücklich bist. Aber das bist du nicht. Und du warst es nicht mehr seit Tabithas Tod …«

»Ich will darüber nicht sprechen.« Er versuchte, sich von Cara freizumachen, doch sie hielt ihn fest und sah zu ihm auf.

»Du musst. Es ist Jahre her, Clay, und du hältst es immer noch so tief in dir vergraben. Ich habe nie daran gerührt. Es ist an der Zeit, loszulassen.«

»Loszulassen?«, fragte er ungläubig. »Meine Frau loszulassen, meine Liebe zu ihr? Die Zukunft, die uns bestimmt war, die mir gestohlen wurde?«

»Nein. Du wirst niemals aufhören, sie zu lieben, und das sollst du auch nicht. Sie war deine Frau! Aber du solltest den Schmerz loslassen. Die Seelenqualen. Den irrwitzigen Gedanken, dass du sehr gut allein zurechtkommst und niemanden brauchst. Lass die Angst los, du könntest, wenn du eine Frau in dein Leben lässt«, sie klopfte ihm liebevoll auf die Brust, »das alles noch einmal erleben.«

Clay machte sich von ihr los und wandte sich um, mit den Tränen kämpfend.

»Lass ab von der Vorstellung, dass du es nicht verdient hast, glücklich zu sein. Du hast es nämlich verdient. Und Tabitha würde das auch wollen.«

»Woher willst du wissen, was Tabitha gewollt hätte?«

»Ich weiß, was ich mir für Ben wünschen würde, sollte ich sterben. Ich würde wollen, dass er um mich trauert. Mich vermisst. Eine Zeit lang. Dann aber würde ich mir für ihn wünschen, dass er wieder auf die Füße kommt. Wieder glücklich ist. Dass er sich an die guten Zeiten erinnert, die wir miteinander hatten … und das Gefühl hat, dass sie es trotz allem wert waren. Dass das, was wir hatten, es wert war – trotz des großen Schmerzes, des Leides und des Verlustes, und auch wenn es nur von kurzer Dauer war. Ich würde wollen, dass er sich liebevoll an mich erinnert und dabei lächelt. Und ich würde wollen, dass er wieder ins Leben zurückfindet und sein Leben lebt.«

So hatte Clay es zuvor noch nie betrachtet. Entehrte er Tabithas Andenken, wenn er an seiner Trauer festhielt? Eigentlich trauerte er nicht mehr wirklich. Er hatte ihren Tod akzeptiert. Hatte akzeptiert, dass er die Verantwortung dafür trug. Er war nicht einmal mehr so besessen von seiner Schuld wie früher. Zumindest glaubte er das. Er konnte sich aber nun mal nicht vorstellen, noch einmal zu heiraten. Mit diesem Teil seines Lebens war er durch.

»Vielleicht«, flüsterte er, »bedeutet ›ins Leben zurückfinden‹ nicht unbedingt, mit einer neuen Frau zusammen zu sein. Vielleicht begegnet man nur einer einzigen Liebe im Leben.« Er drehte sich um, ohne seiner Schwester in die Augen zu sehen, und ging an ihr vorbei, hinaus in die Dunkelheit.

Kapitel 8

Wo waren alle auf einmal geblieben? Innerhalb weniger Augenblicke waren alle fort und mit anderen Dingen beschäftigt. Madeline traute Caras Bitte, Clay möge ihr in der Scheune helfen, nicht so ganz. Sie war etwas vage gewesen. *Könnte es sein, dass die beiden über mich reden? Ist Cara verärgert darüber, dass Clay mich mitgebracht hat? Vielleicht hilft sie mir nur, weil sie sich dazu verpflichtet fühlt. Ich hätte ihr gegenüber nicht so klagen sollen.*

Sie grübelte noch einen Augenblick, stahl sich dann aus der Hütte und lief vorsichtig durch den Schnee. Zwar war ihr klar, dass sich das nicht gehört, doch sie konnte nicht anders. Sie ging so nah an das Scheunentor heran, wie sie sich nur traute, denn sie befürchtete, das Knirschen im Schnee könne zu hören sein.

Madeline konnte sie leise sprechen hören. Sie hörte Cara ihren Namen sagen, hörte dann, dass Clay sagte, er wisse nicht mehr, was er tun solle. Noch mehr Gemurmel. Dann vernahm sie erschüttert, wie Clay in eine Tirade über sie ausbrach, sie eine hochnäsige Nervensäge und eine Heimsuchung nannte, und sagte, dass er sie lieber heute als morgen los sein würde. Dann hörte sie, dass Cara tröstend auf ihn einredete – vermutlich versuchte sie, ihn zu beruhigen.

Das reichte. Jetzt verstand Madeline, warum ihre Mutter ihr immer gesagt hatte »Der Lauscher an der Wand hört sein eigen Schand«. Ihr Herz zog sich schmerzhaft zusammen, ihr Blut kochte. Während sie sich davonschlich, hörte sie noch Clays Beschwerde darüber, dass alle ihn verkuppeln wollten.

Es war also nicht Cara, die sie loswerden wollte – es war nur Clay. Und jetzt war ihr klar, warum Cara ihr beibringen wollte, wie man einen Haushalt führt. Sie hoffte, Madeline an ihren verwitweten Bruder zu verheiraten.

Sie schaffte es, zurück zur Hütte zu kommen, ohne dass jemand ihre Abwesenheit bemerkt hätte. Da sie sich für ihren unklugen Ausflug ins Freie nicht einmal einen Schal umgebunden hatte, zitterte sie.

Schnell beendete sie den Abwasch, ihre Wangen glühten vor Empörung und Scham. Wie konnte er es wagen, so über sie zu sprechen?! Sie hatte ihm doch nichts getan! Er war es, der sie gezwungen hatte, eine Nacht in einer schmutzigen Hütte ertragen zu müssen, und sie dann zum Übernachten zu seiner Schwester mitgenommen hatte, sodass sie sich wie ein Eindringling fühlte – sie wusste, dass Clay für die Fahrt bezahlt wurde, nicht aber Cara. Ganz zu schweigen davon, dass er ihren Verlobten verleumdete!

Und dann hatte sie für diesen Mann auch noch gekocht! Der Gedanke daran brachte sie auf. Aus einem unerfindlichen Grund hatte sie ihm mit ihrer ersten selbst gekochten Mahlzeit unbedingt eine Freude machen wollen. Vielleicht nur, um ihm zu zeigen, dass sie nicht dieses hilflose kleine Ding war, als das sie ihm erscheinen musste.

Sie wusste, dass sie in Clays Gegenwart mehr als einmal emotional am Ende ihrer Kräfte gewesen war. Das erfüllte sie mit Scham. Madeline war sonst nie um ein Wort verlegen gewesen und hatte ihre Gefühle stets vollkommen unter Kontrolle gehabt. Es war die Ermüdung durch die lange Reise und die Beklemmung angesichts der neuen Umgebung, die zu diesem Verhalten geführt hatten. Und das alles war zu dem hinzugekommen, was ihr erst jetzt mit voller Wucht wirklich bewusst wurde: der Tod ihres Vaters und ihre finanzielle Situation. Doch jetzt war Schluss! Sie würde ihm klarmachen, dass sie sehr gut in ihrem neuen Leben zurechtkommen würde.

Es ist doch völlig egal, was dieser Flegel von dir denkt! Er ist ungepflegt, ungehobelt, hat schlechte Manieren und ist ein Klatschmaul. Seine Meinung spielt nicht die geringste Rolle!

Sie würde sich nicht erlauben, den Gedanken auch nur in Erwägung zu ziehen, seine Meinung könne möglicherweise doch eine Rolle spielen. Dennoch konnte sie diese bitterbösen Worte nicht aus dem Kopf bekommen … hochnäsig … Nervensäge … auf einem hohen Ross … eine Heimsuchung. Sie hallten in ihrem Kopf nach, bis sie drauf und dran war, eine Schüssel an die Wand zu schleudern. Sie war kurz davor, diesem Drang nachzugegeben, als Ben hereinkam und sie vor der Demütigung bewahrte, einen derartigen Ausbruch erklären zu müssen.

»So, die Kleinen sind im Bett …« Seine Stimme erstarb, als er sah, dass Madeline allein war. »Wo sind denn die beiden anderen?«

»Oh!« Sie wischte sich die Tränen ab, die sie zuvor gar nicht bemerkt hatte, und wandte sich ihm zu. »Ich glaube, Clay ist in der Scheune, um Cara bei etwas zu helfen.«

Die Tür öffnete sich. Cara kam, sich duckend, ins Haus, schloss die Tür gegen den Wind und hängte ihren Schal an einen Haken. »Meine Güte, ganz schön frisch da draußen!«, rief sie mit einem fröhlichen Lächeln, das erlosch, als sie Madelines Gesicht sah. »Was ist los?« Sie setzte die Laterne auf dem Tisch ab und warf ihrem Mann einen verärgerten Blick zu.

Ben blickte zwischen den beiden Frauen hin und her, er wollte offensichtlich nicht in das hineingezogen werden, in das er womöglich bereits hineingeraten war. »Ich bin eben erst gekommen.« Er blickte Cara mit einem Ich-war-es-nicht-Gesichtsausdruck an.

Cara wandte sich mit einem mitfühlenden, fragenden Blick zu Madeline um. Sie war keine Frau, die ein »Nichts« als Antwort akzeptierte und es dabei bewenden ließ. Madeline musste etwas dazu sagen.

»Oh, ich bin nur so deprimiert, weil ich nichts von der Küchenarbeit verstehe«, tat sie das Thema ab. »Macht euch um mich keine Gedanken. Ich bin hiermit in ein paar Minuten fertig.«

»Nein, lass das mal sein, du bist müde von der Fahrt. Möchtest du früh ins Bett gehen?«

»Schon gut. Ich krieg das hin. Vielen Dank.«

»Die Kleinen schlafen«, wechselte Ben geschickt das Thema, »und die Großen lesen. Ich hab ihnen gesagt, dass die Lampen am Ende des Kapitels ausgehen müssen.«

»Ach, sehr gut, vielen Dank, mein Lieber.«

Von draußen waren knirschende Schritte zu vernehmen, dann hörte man das Aufstampfen von Stiefeln. Die Tür öffnete sich, und Clay trat ein.

Madeline mied Clays Blick und wandte sich an Cara. »Weißt du, ich kann den Abwasch noch fertig machen, aber vielleicht sollten wir lieber erst mal eine Pause machen und meine Sachen dort zurechtlegen, wo ich schlafen soll, bevor die Kinder eingeschlafen sind. Ich möchte sie nachher nicht wecken.«

»O ja, gute Idee«, pflichtete Cara ihr bei. »Du teilst dir das Bett mit Martha – ich hoffe, das ist dir recht.«

»Das ist in Ordnung.« Madeline warf einen verstohlenen Blick auf Clay, der ihr den Rücken zugedreht hatte, sich die Stiefel am kleinen Vorleger in der Nähe der Tür abstreifend.

»Mary schläft bei uns im Zimmer.« Cara zeigte auf die Tür, die am weitesten vom Küchenbereich entfernt lag. »In Marthas Zimmer werdet also nur ihr beiden schlafen. Clay schläft mit den Jungen auf dem Dachboden – wie immer, wenn er uns besucht. Und du schläfst hier …« Sie ging auf die Tür eben hinter dem Holzofen zu und öffnete sie.

Madeline huschte an den beiden Männern vorbei, die Augen abgewendet, und folgte Cara in das Zimmer.

»Tut mir leid, dass es so klein ist. Das Doppelbett nimmt nahezu den ganzen Platz ein.«

Das war noch untertrieben. Das Zimmer war gerade mal so groß, dass das an der hinteren Wand stehende Doppelbett mit einer kleinen Kommode hineinpasste, die zugleich als Nachttischchen diente. Madeline würde kaum genug Platz haben, sich umzukleiden. Martha lächelte den beiden Frauen vom Bett aus zu, in dem sie eingemummelt lag und ein Buch las.

»Du hast ja ein hübsches Zimmer, Martha.« Madeline lächelte das kleine Mädchen an. »Und dann auch noch so schön aufgeräumt.«

»Ich bin die Ordentliche«, sagte das Mädchen mit den langen hellblonden Zöpfen lächelnd. »Lawrence ist nicht ganz so ordentlich, und Joseph ist ein richtiges Ferkel.« Bei dem Wort rümpfte Martha die Nase, als rieche sie etwas Schlechtes.

Die Frauen lachten.

»Martha, rück doch etwas hinüber zur Wand. Dann müssen wir dich später nicht stören. Miss Barstow wird auf dieser Seite des Bettes schlafen. Du kannst dein Buch nachher unter dein Kopfkissen legen, damit nichts auf dem Nachttischchen liegt. Lies ruhig weiter und lass die Lampe heute ausnahmsweise ein wenig brennen, sodass Miss Barstow sich zurechtfinden kann.«

»Mach ich, Mama.«

Cara wandte sich an Madeline. »Sollte sie noch wach sein, wenn du ins Bett gehst, bitte sie, sich zur Wand zu drehen, damit du dir dein Nachthemd überziehen kannst. Ich glaube allerdings, dass sie nach der Toberei im Schnee bald tief eingeschlafen ist.« Sie gab ihrer Tochter einen Gutenachtkuss und verließ das Zimmer.

Madeline folgte ihr, um sich ihre Tasche zu holen, als Clay mit dieser in der Hand an der Tür erschien.

»Ich dachte mir, dass du sie vielleicht brauchst. Wohin soll ich sie stellen?«

»Oh.« Sie wich seinem Blick aus. »Da drüben auf das Nachttischchen wäre gut.« Sie trat einen Schritt zurück, um ihn hereinzulassen, doch die Enge des Zimmers machte es unvermeidlich, dass sein Arm beim Vorbeigehen den ihren berührte.

»Entschuldigung! Es ist etwas eng hier.« Er setzte die Tasche auf dem Nachttischchen ab und drehte sich um. Zeigte sich da etwa ein Anflug von Röte auf seinen Wangen?

Ihre waren mit Sicherheit rosarot. »Danke, dass du sie hergebracht hast.« Sie hatte die Augen niedergeschlagen, bemerkte aber sofort, dass das, in dem kleinen Zimmer und so nahe bei ihm stehend, zur Folge hatte, dass ihr Blick auf seinem Unterkörper ruhte. Sie atmete scharf ein und drehte den Kopf zur Seite, stattdessen auf die Lampe schauend.

Es folgte ein Moment peinlichen Schweigens, dann wandte er sich um und verließ das Zimmer. »Madeline?« Er drehte sich um und lehnte sich gegen den Türrahmen. Mit einem unguten Gefühl blickte er kurz an Madeline vorbei auf seine im Bett liegende Nichte und suchte dann wieder ihren Blick. »Hab ich … stimmt etwas nicht?«

»Nein, alles in Ordnung.« Sie wandte erneut den Blick ab.

»Ich hab das Gefühl, als ob … dein Verhalten mir gegenüber sich verändert hat. Hab ich dich verärgert?«

»Wie kommst du darauf?«

»Madeline.« Er seufzte. »Ich kenne mich besser mit Frauen aus, als du vermutlich denkst. Ich weiß, wie es ist, mit Schweigen bestraft zu werden, und merke es sofort. Ich erkenne eine verärgerte Frau, wenn ich sie sehe.«

»Ich bin nicht verärgert, Mr Porter. Ich bin nur müde.«

»Siehst du!«, flüsterte er in scharfem Ton. »Genau so! Jetzt nennst du mich wieder ›Mr Porter‹, stimmt's? Ganz sicher bist du wütend.«

»Nein, ich bin …«

»Deine Schuhe.«

Sie blickte hoch zu ihm, folgte dann seinem Blick nach unten. »Meine Schuhe?«

»Sie sind nass.«

Ihre Augen weiteten sich. *Oh, nein.* »Sind sie nicht, sie sind nur …«

»An den Schuhrändern kann man auch noch Schneereste sehen.«

Sein Blick traf ihren, sie fühlte sich wie ein Reh vor der Flinte des Jägers. »Ich …«

»Warst du draußen? Als ich mit Cara in der Scheune war?« Jetzt weiteten sich seine Augen.

Madeline blickte zu Martha hinüber und dämpfte ihre Stimme zu einem zischenden Flüstern. »Dies ist ein freies Land, Mr Porter. Wohin ich gehe, hat Sie überhaupt nichts anzugehen, und ich werde es nicht mit Ihnen diskutieren.« Bevor er noch ein Wort sagen konnte, war sie behände wie eine Maus um ihn herum aus dem Zimmer geflitzt.

»He …«, flüsterte Clay mit Nachdruck.

Sie hörte, dass die Tür von Marthas Zimmer leise geschlossen wurde und er ihr auf den Fersen folgte. Madeline konnte Caras und Bens Blicke auf sich spüren, während sie zur Spülschüssel ging.

»Nein, das hast du nicht getan.« Clay packte sie an den Handgelenken und zog sie zur Eingangstür.

»Lass mich los!«, fauchte sie ihn an.

»Nein.« Er schnappte sich die Laterne, die immer noch erleuchtet auf dem Tisch stand, und zog Madeline hinter sich aus dem Haus.

»Was machst du da? Wohin willst du?«

Er sagte nichts, ging nur weiter schnurstracks zur Scheune, sie hinter sich her ziehend. Kaum waren sie in der Scheune, schlug er die Tür zu, hängte die Laterne in eine Halterung und begann, aufgebracht auf und ab zu gehen.

»Was hast du gehört?«, drängte er, ihr direkt ins Gesicht blickend. Sein Brustkorb hob und senkte sich, als sei er außer Atem.

»Wer hat gesagt, dass ich etwas gehört habe?« Sie faltete die Hände geziert vor der Brust.

»Bitte.« Seine Stimme klang sanft. Verzweifelt. »Madeline. Was hast du gehört?«

»Genug«, sagte sie leise, den Blick abwendend.

»Es tut mir leid. Du musst das verstehen. Ich hatte eine Frau. Es ist nicht so, dass ich dich nicht attraktiv finde. Das bist du. Sehr sogar.« Er fuhr sich mit den Händen durchs Haar. »Meine Schwester hat den Eindruck, dass ich in dich verliebt bin.«

»Was?« Sie starrte ihn an. *Was redet er da?*

»Ich weiß! Das ist verrückt, nicht wahr?« Er lachte – es war ein angespanntes, raues Lachen – und ging weiter mit ausholenden Schritten auf und ab. »Wir haben uns gerade erst kennengelernt, und sie redet dauernd davon, dass ich mich in dich verliebt habe. Sie will nur, dass ich glücklich bin. Sie meint es gut. Es ist nur so, dass ich niemand anderen heiraten kann. Nicht einmal, um ihn zu retten. Das verstehst du doch, oder?«

Madeline spürte, dass ihr die Zornesröte ins Gesicht stieg. »Und wer hat dir gesagt, dass ich gerettet werden muss? Oder dass ich überhaupt Interesse daran hätte, dich zu heiraten? Zumal du eine so niedrige Meinung von mir hast?«

Er hielt inne. »Niedrig? Wie kommst du dazu, so etwas zu sagen?«

Sie schniefte, den Blick abwendend. »Bitte, lass uns nicht so tun, als wüssten wir beide nicht, was du gesagt hast.«

»Was ich …?«

»Hochnäsig?« Sie ging auf ihn zu, unterstrich jeden seiner beleidigenden Ausdrücke mit einem kräftigen Schritt, bis er gezwungen war, zurückzutreten, wollte er nicht von ihr überrannt werden. »Blasiert? Nervensäge? Heimsuchung?«

Clays Augen weiteten sich. »Oh, Madeline, nein …«

»Mach dir keine Mühe, es zu leugnen. Ich habe alles gehört. Oder jedenfalls genug. Ich bin mir sicher, dass deine Schimpfkanonade danach noch lange weiterging, aber ich sah keine Notwendigkeit, mir das länger anzutun.«

»Warte … Du hast also nichts von dem gehört, was ich danach gesagt habe?«

»Nein. Erleichtert dich das? Meine Güte, du musst ja noch einiges vom Stapel gelassen haben, nachdem ich gegangen bin!« Sie ging zurück, quer durch die Scheune, die Arme zum Schutz vor der Kälte um sich gelegt. In der Scheune war es zwar wärmer – geschützt vor dem Wind und mit den Pferden und Kühen in den Boxen –, doch die Luft war dennoch kühl. Ihre Finger wurden allmählich taub.

»Es tut mir leid, dass dir so kalt ist. Nimm meinen Mantel.« Er hatte ihn, als er zuvor ins Haus gekommen war, nicht ausgezogen und hielt ihn ihr hin.

»Nein. Ich will ihn nicht. Ich will überhaupt nichts von dir. Ich bin deine Passagierin und mehr nicht. Du bist dafür bezahlt worden, mich zu fahren, nicht mich zu beleidigen oder mich vor irgendeiner imaginären Gefahr zu bewahren.«

»Madeline, sie ist nicht imaginär. Ich hab dir noch nicht die ganze Geschichte erzählt. Croft, er … er könnte gewalttätig werden.«

»Stopp!« Sie hob abwehrend die Hand. »Ich habe genug von deinem bösartigen Gerede. Ich werde Samuel Croft heiraten.«

»Madeline, bitte!« Er warf den Mantel in die Sattelbox und packte sie an den Armen, schüttelte sie leicht. »Ich habe das alles gesagt … weil ich ärgerlich auf meine Schwester war. Und ich bin verwirrt und fühle mich schuldig.« Er ließ sie los.

»Schuldig?« Sie war verdutzt und überlegte, welchen Blödsinn er jetzt wieder von sich geben würde.

»Schuldig, ja … weil mir meine Finanzen wichtiger waren als deine Sorgen. Es ist nicht so, dass ich dich nicht leiden kann, ganz bestimmt nicht. Du bist … wir sind …« Er fuhr sich mit der Hand durchs Haar. »Wir sind sehr verschieden, das ist alles. Du hast so eine Art, an mir herumzumäkeln, die mich in Rage bringt. Lass dich von meinem dummen Gerede nicht davon abhalten, mir jetzt zuzuhören. Ich muss dir nämlich etwas Wichtiges erzählen, und du musst zuhören.«

»Ich weiß wirklich nicht, warum ich mir überhaupt etwas anhören sollte, was du zu sagen hast.« Sie verschränkte die Arme, um sich gegen die Kälte zu schützen. Ihre Entschlossenheit, seinen Mantel abzulehnen, ließ in dem Maße nach, in dem die Kälte von ihr Besitz ergriff, ihr bis auf die Knochen drang.

»Bitte … hör mir nur zu. Gib mir eine Minute, danach werde ich nie wieder ein Wort sagen.«

Sie warf ihm einen erbosten Blick zu, sagte aber nichts.

»Es gibt Gerüchte, dass Croft seine Angestellten übers Ohr haut, was allerdings nichts Neues ist. Aber ich hab auch gehört, dass er ein Pferd fast zu Tode geprügelt und einem Jungen, der für ihn arbeitete, einen Faustschlag versetzt hat. Die Einzelheiten – ich kann über solche Dinge nicht mit einer Dame sprechen. Wenn aber auch nur die Hälfte davon wahr ist, wäre es sehr unklug für eine Frau, sich in die totale Abhängigkeit eines solchen Mannes zu begeben.« Clay legte ihr die Hände auf die Schultern. »Du wirst allein sein, Madeline. Allein. Keiner der Arbeiter wird einen Ton sagen, um ihn zu stoppen, sollte er dich je … misshandeln. Du wirst in der Falle sitzen. Es wird keine Möglichkeit geben, zu entkommen.«

Angst flackerte in ihr auf, Grauen packte sie. Dann machte sie sich von ihm frei. »Du versuchst nur, mir Angst einzujagen«, herrschte sie ihn an.

»Warum sollte ich das tun? Wenn du mir glaubst – wenn du jetzt mit mir zurückfährst –, muss ich Croft sein Geld zurückzahlen, und ich werde in Zukunft keine Geschäfte mehr mit ihm machen können. Wenn er will, kann er Gerüchte über mich verbreiten. Kann behaupten, dass ich unzuverlässig bin … Ladung verloren habe … was immer er will. Croft hat zwar einen schlechten Ruf, aber wenn die Leute solche Verleumdungen gehört haben, werden sie es sich dennoch zweimal überlegen, bevor sie riskieren, mich für wertvolle Lieferungen anzuheuern.«

»Wenn er so ein Schurke ist, warum arbeitest du dann für ihn?«

Clay seufzte. »Ich kannte seinen Ruf. Hatte die Geschichten gehört. Doch die meisten drehten sich darum, dass er den Leuten, die sich bei ihm verdingt haben, immer irgendwelche Fehler vorgeworfen und ihnen dann die Bezahlung gekürzt hat. Um das Risiko auszuschalten, hab ich darauf bestanden, mein Geld vorab zu bekommen. Ich brauchte das Geld, deshalb war es mir die Sache wert. Die schlimmsten Geschichten hab ich erst kürzlich gehört. Und ich hab mir eingeredet, dass das alles nur Klatsch war.«

»Warum brauchst du das Geld so nötig? Du hast doch keine …« Um ein Haar hätte sie gesagt »Familie zu ernähren«, konnte sich aber gerade noch zurückhalten. »Ich kann mir gar nicht vorstellen, dass du etwas so dringend haben möchtest, dass es dir wert ist, für einen Mann zu arbeiten, den du offensichtlich verabscheust.« Das war eine äußerst ungehörige Frage. Doch Madeline kümmerte sich im Moment keinen Deut um gute Manieren.

»Ich arbeite beim Schlachter in Helena. Er ist nicht gesund und muss sich zur Ruhe setzen. Doch er hat keine Kinder, an die er das Geschäft weitergeben kann. Er hat mir angeboten, es auf Raten zu kaufen. Allerdings benötigt er eine bestimmte Summe als Anzahlung, damit er seinen Lebensunterhalt finanzieren kann. Ich habe nicht so viel Geld. Deshalb gibt er mir Zeit, die Anzahlung zusammenzubekommen. Wenn seine Gesundheit sich allerdings sehr verschlechtern sollte, wird er es jemandem verkaufen müssen, der den Betrag bar zahlen kann. Er möchte das zwar nicht, aber in dem Fall würde ihm nichts anderes übrig bleiben.«

»Und Schlachter zu sein ist dein Traum?«

»Mein eigenes Geschäft zu haben, mein Leben selbst bestimmen zu können – das ist mein Traum.«

»Warum? Hast du dein Leben denn bisher nicht selbst bestimmen können?«

Clay seufzte und fuhr sich mit der Hand durchs Haar. »Ich bin in sehr armen Verhältnissen in Saint Louis aufgewachsen. Meine Eltern starben an einem Fieber, als Cara und ich noch Kinder waren. Mein Onkel nahm uns auf. Es gab nie genug zu essen. Mein Onkel war sehr großzügig und sorgte gut für uns, obwohl es bedeutete, dass seine eigenen Kinder weniger zu beißen hatten. Wir hatten das Gefühl, es ihm schuldig zu sein, unseren eigenen Weg zu gehen, sobald wir alt genug wären. Ich war fest entschlossen, eine Möglichkeit zu finden, uns beide ohne seine Hilfe durchzubringen. Ich nahm eine Arbeit an und begann zu sparen. Schmiedete Pläne. Als Siebzehnjährige lernte Cara dann Ben kennen und verliebte sich leidenschaftlich in ihn. Er träumte davon, in den Westen zu gehen und an der Frontier zu leben. Sie wollte mit ihm gehen, und da Cara das Einzige war, was mir von meinen Eltern geblieben war, bin ich mit ihnen gegangen. Ben und Cara heirateten, noch bevor der Treck sich auf den Weg machte. Nachdem wir in Coulson in Montana angekommen waren, kamen die beiden bei Verwandten von ihm unter. Und ich arbeitete eine Zeit lang auf einer Ranch.« Seine Stimme wurde heißer, er räusperte sich.

»Und dort hast du deine Frau kennengelernt?« Madeline wurde sanfter, als sie beobachtete, dass sich Trauer auf Clays Gesicht legte. »Nein. Tabitha und ich … wir haben uns auf dem Treck nach Montana kennengelernt. Sie war siebzehn, genau wie Cara, und ihre Familie war auf dem Weg nach Westen, um sich Verwandten anzuschließen, die in Coulson lebten. Wir … na ja, wir vier wurden schnell Freunde. Unzertrennlich. Sie und Cara haben sich sehr gut verstanden. Sie war fast so am Ende wie ich, als …« Er brach ab. »Egal, die meiste Zeit meines Lebens hatte ich kein wirkliches, eigenes Zuhause. Ich habe das Haus meines Onkels verlassen, lebte dann auf etlichen Ranchen in Schlafbaracken und jetzt über der Schlachterei. Die einzige Zeit, in der ich ein eigenes Zuhause hatte, war das letzte Jahr, in dem ich ... bevor Tabitha ... wir, äh, hatten eine kleine Hütte auf einer Ranch gemietet, nicht weit von Ben und Cara entfernt, als sie noch außerhalb von Coulson wohnten.«

Er wischte sich mit dem Handrücken die Nase ab. Seine Augen waren gerötet, Madeline empfand tiefes Mitleid für ihn.

»Nachdem sie nicht mehr da war ... bin ich fortgegangen. Hab den Ort verlassen und wieder eine Zeit lang auf einer Ranch gearbeitet. Ein Jahr später sind Cara und Ben hierhergezogen, und ich bin nach Helena gegangen, wo ich schließlich Arbeit in der Schlachterei gefunden habe. Ich möchte nur einen Platz haben, der mir gehört – das ist alles. Mein eigenes Geschäft. Ich will unabhängig sein und in der Lage, für mich selbst zu sorgen, ohne dass mir jemand reinredet.«

»Das kann ich gut verstehen.«

Er lachte. »Du hast doch in deinem ganzen Leben noch nicht einen einzigen Tag gearbeitet, oder?«

Sie schürzte eingeschnappt die Lippen. »Das vielleicht nicht. Dafür wurde mein gesamtes Leben von meiner Mutter reglementiert, und es wurde mit Erwartungen an mich ebenso vollgestopft wie mit Regeln, die ich zu befolgen hatte. Jeder Schritt, den ich tat, wurde von meiner Gouvernante, meiner Mutter oder meinen Hauslehrern ganz genau beobachtet. Dann wurde mir alles genommen, was ich kannte, und wieder wurde von mir erwartet, zu tun, was mir gesagt wurde, oder mich alleine durchzuschlagen.«

»Ich kann mir vorstellen, dass das schwierig war.«

»Das war es. Aber auch befreiend. Und beängstigend. Ich musste zuvor noch nie eigene Entscheidungen treffen. Jetzt habe ich Angst, die falsche zu treffen.«

»Dann tu es nicht!« Er trat näher an sie heran. »Heirate Croft nicht.«

Der letzte Rest ihrer Wut wich. Er hasste sie nicht. Er mochte sie. Immerhin so sehr, dass er lieber sein eigenes Einkommen, seinen Traum riskierte, als mit anzusehen, wie sie ihr Leben ruinierte.

»Clay«, flüsterte sie, Tränen brannten ihr in den Augen, »ich weiß nicht, was ich sonst machen soll.« Die Worte brachen aus ihr heraus. Sie wusste, dass sie verzweifelt klang, und es brachte sie fast um, dass er – dass überhaupt ein Mensch – gewahr wurde, wie verzweifelt ihre Lage war.

»Ich helfe dir.« Seine Stimme klang sanft. »Bestimmt. Wir finden einen Weg … einen Platz für dich. Eine Arbeit. Irgendetwas.« Er stand jetzt noch näher bei ihr, ohne dass sie es auch nur bemerkte. Sein Gesicht war ihrem ganz nah.

Madeline konnte nicht mehr atmen. Es fühlte sich so seltsam an … Dann war er da – seine Lippen auf ihren. Sanft, zärtlich. Er umfasste ihr Gesicht, streichelte ihr die Wange. Ihr kam es vor, als bewegten sich ihre Hände von allein, sich ihm entgegenstreckend. Sie legte ihm die Arme um den Hals. Alles drehte sich um sie, sie rang nach Atem, und all ihre Sinne waren darauf gerichtet, seine Lippen auf ihren zu spüren … suchend … schmeckend …

Verstohlen legte er ihr die Arme um die Taille, zog sie zu sich heran. Er drückte sie an sich – eine Welle von Hitze überflutete Madeline. Seine Küsse wurden fordernder, fester, während er sie an sich riss. Sie konnte sein Verlangen spüren – ein tiefes, gefährliches Verlangen, und sie konnte spüren, dass er sich kaum noch zurückhalten konnte.

Ihr ging es genauso. »Nein!« Madeline riss sich los, machte sich von Clays Umarmung frei. Das Geräusch der Ohrfeige schallte durch die Scheune, noch bevor sie registrierte, dass sie selbst es war, die ihm den Schlag verabreicht hatte – und das nicht gerade sanft, denn ihre Hände steckten nicht in Handschuhen. Sie trat einen Schritt zurück, schnappte nach Luft, die ihr sowohl die Angst als auch seine Küsse geraubt hatten. Sie war überfordert, den Tränen nahe.

»Was um alles …?« Clay trat einen Schritt zurück, war fassungslos.

»Es tut mir leid«, flüsterte sie, die Finger an den Lippen. »Ich …«

»Ein einfaches Nein hätte es auch getan, Madeline«, stieß er hervor, sich die Wange reibend, auf der sich der Abdruck ihrer schmalen Hand abzeichnete.

Die bissige Bemerkung entfachte ihren Zorn. »Ein bisschen mehr Respekt einer Dame gegenüber auch, Mr Porter! Ich bin Mr Crofts Verlobte, nicht Ihre. Jetzt sehe ich, was Ihren Kampf um die Auflösung meiner Verlobung beflügelt – und das ist nicht Ihre Sorge um mich, das ist ganz klar. Nein, was Sie antreibt, ist etwas viel Niedrigeres und Unanständiges.« Sie zitterte jetzt vor Kälte und bebte vor Wut… und aus einem anderen Grund, den sie nicht recht unterzubringen wusste.

»Ach wirklich? Es wird Ihnen ganz und gar nicht gefallen, *Prinzessin Madeline*, aber es gibt viele Frauen in Helena, die nur zu bereit und willig sind, mir das zu geben, von dem Sie glauben, dass ich es Ihnen entreißen wollte!«

»Ha! Bereit, Ihnen dafür Geld abzuknöpfen – wohl eher.« Sie hielt ihn mit einem kalten und zornigen Blick fest.

»Wissen Sie, mit wie vielen Frauen die Leute mich schon verkuppeln wollten? Mindestens einem Dutzend. Und diese Frauen konnten etwas leisten. Sie wussten, wie man kocht, sauber macht, einen Haushalt führt und Kinder großzieht! Das waren keine unnützen kleinen Wichtigtuerinnen, die sich über alles beschweren und jedes Mal in Schockstarre verfallen, wenn ihnen etwas ›zu viel‹ wird! Ich brauchte diese Frauen nicht, und Ihresgleichen brauche ich mit Sicherheit auch nicht«, fauchte er.

Madeline öffnete den Mund, um etwas zu erwidern, klappte ihn aber entsetzt augenblicklich wieder zu. Eine Welle von Wut überkam sie. »Sie sind ein grässlicher, abscheulicher Mann! Sie tun gerade so, als wollte Sie jede Frau sofort verheiraten, aber vermutlich versuchen alle lediglich, Sie loszuwerden – Sie und Ihr erbärmliches Selbstmitleid! Ich bezweifle, dass auch nur eine dieser Frauen Sie wirklich heiraten wollte, und falls doch, dann sicherlich nur, weil sie keine Ahnung davon haben, was für ein nichtswürdiger Schuft Sie sind. Man muss sich wirklich wundern, dass Ihre Frau Sie überhaupt geheiratet hat!« Die Worte waren ihr entschlüpft, bevor sie sich besinnen konnte.

Das darauf folgende Schweigen erfüllte die Scheune. Einzig das Geräusch des Windes und das Ächzen einer Kuh in einer der Boxen waren zu hören. Madelines Augen weiteten sich, sie wusste, dass sie in ihrer Wut zu weit gegangen war. Viel, viel zu weit.

»Es … es tut mir leid. Ich hätte nicht …«

»Nein! Nein, ich selbst hätte nicht.« Es brodelte in ihm, seine Stimme war leise und klang gefährlich. »Ich hätte mir keine Mühe geben sollen, einer Frau zu helfen, die nichts über die wirkliche Welt weiß und sich um nichts anderes kümmert als um sich selbst.« Alle Farbe war aus seinem Gesicht gewichen, es zeigte keinerlei Gefühl mehr.

In ihr kämpften Wut und Scham miteinander. Madeline brachte keinen Ton heraus.

»Ich werde mit Ben sprechen«, fuhr er fort, »und ihm anbieten, ihn dafür zu bezahlen, dass er Sie die restliche Strecke fährt. Ich wünsche Ihnen viel Glück, Miss Barstow. Gott weiß, wie sehr Sie es brauchen.« Mit ausholenden Schritten verließ er die Scheune, schlug das Tor hinter sich zu, ließ seinen Mantel und die Laterne zurück.

Es beschämte Madeline zutiefst, dass sie etwas derart Hartherziges und Taktloses hatte sagen können. Erschüttert ging sie hinüber zur Sattelbox, wo Clay seinen Mantel abgelegt hatte, und sank dort wie ein Häufchen Elend zusammen, leise schluchzend.

Kapitel 9

Als er ins Haus ging, war Clay so geladen, dass er sich nicht einmal die Schuhe abstreifte.

»Clay!«, rief Cara freudig, aber er ließ sie nicht zu Wort kommen.

»So etwas Dickköpfiges, Hochnäsiges, Gemeines, Mieses, Unverschämtes hab ich noch nie …!« Eine ganze Minute lang schäumte er so vor sich hin, spuckte bitterböse Worte aus und hielt einige Male inne, um gegen die Wände der Blockhütte zu schlagen.

Cara versuchte, ihn zu unterbrechen, doch er gab ihr keine Gelegenheit dazu. Er hörte, dass sie etwas über die Kinder sagte, ignorierte es jedoch. Er war so ärgerlich. In Rage. *Wie konnte sie es wagen?!* Sie wusste nichts von Schmerz, von Leid, von Einsamkeit! Sie war kaum mehr als ein Kind, und noch dazu ein verwöhntes, überbehütetes. *Wen kümmert es, dass sie kürzlich einige Rückschläge erleiden musste?* Sollte sie doch hungrig ins Bett gehen, jede Nacht, mit leerem Magen, weil es nicht genug zu essen gab, so wie er es als Kind musste. Das sollte sie machen – jede Nacht, wochenlang, vielleicht gar monatelang! Sie hatte ja keine Ahnung. Sie hatte kein Recht.

Seine Schwester sprach ruhig mit ihm, wann immer er innehielt, um Luft zu holen. Sie versuchte, ihn aus der Reserve zu locken und herauszufinden, was geschehen war.

Endlich wandte er sich ihr zu. »Diese Frau ist ein Teufel. Seit wir uns begegnet sind, hat sie nichts anderes getan, als mich zu kritisieren, zur Weißglut zu treiben und zu beleidigen. Sie würde es schaffen, den standhaftesten Pfarrer in den Suff zu treiben. Ich kann sie keine Minute länger ertragen, Cara, keine Minute mehr!«

Er ging mit ausladenden Schritten auf und ab.

»Clay!«, fuhr Ben ihn an. »Setz dich hin! Du machst mich nervös wie eine Katze in einem Zimmer voller Schaukelstühle.« Er lehnte sich auf seinem Stuhl zurück, der am Kopf des Tisches stand, und öffnete eine Tür des Speiseschranks. Dann schnappte er sich etwas und setzte es auf den Tisch. »Das klingt ganz so, als könntest du einen Drink gebrauchen.«

Clay hörte auf, herumzulaufen, und ging zum Tisch. »Gute Idee. Wie gesagt, sie würde den standhaftesten Pfarrer in den Suff treiben. Um so eine Frau zu vergessen, braucht man mindestens eine halbe Flasche Whiskey.«

Er bekam mit, dass Cara und Ben Blicke austauschten, ignorierte das jedoch.

»Fangen wir mal mit einem oder zwei Fingerbreit an, Clay.« Ben öffnete die Flasche, während Cara ein Glas holte. Er goss seinem Schwager zwei Fingerbreit Whiskey ein und füllte nach, nachdem dieser ihn mit einem Schluck hinuntergestürzt hatte.

»Clay, wo ist Madeline?« Seine Schwester schaute besorgt zur Tür.

»In der Scheune. Ich hab ihr meinen Mantel dagelassen. Und die Laterne. Sie wird schon kommen, wenn sie so weit ist. Allerdings könnte das eine Weile dauern … stur, wie sie ist.« Er rieb sich die Stirn, fühlte Kopfschmerz aufsteigen.

»Ich glaub, ich sehe mal nach ihr, trotzdem.« Sie schlüpfte in ihren Mantel und nahm Madelines Mantel mit.

Nachdem seine Schwester fort war, wandte Clay sich an Ben. »Du musst mir helfen. Ich halte das nicht mehr aus. Selbst wenn man mir das Doppelte bezahlen würde, ich will nicht, dass diese Frau noch einmal ihren Fuß in meinen Schlitten setzt.«

»Clay, du musst, du hast das Geld schon …«

»Ich weiß, ich weiß, er hat mir das Geld schon gegeben.« Er

beugte sich vor, erpicht darauf, sich zu befreien und Ben anzuwerben. »Aber du könntest sie übernehmen. Du redest doch immer davon, dass du etwas zusätzliches Geld gut gebrauchen kannst …«

»Lieber nicht. Ich möchte nicht da hineingezogen werden.«

»In was hineingezogen?« Clay haute mit der Faust auf den Tisch. »Sie ist meine Passagierin, nicht meine Freundin. Du wirst in gar nichts hineingezogen. Und ich bin sicher, dass sie dir überhaupt keinen Ärger machen wird. Wie ich dich kenne, wirst du kaum ein Wort sagen. Sie kann keinen Streit anfangen, wenn du nicht redest!« Er grinste, die Arme ausbreitend. »Das ist perfekt!«

Ben schüttelte den Kopf. »Ich weiß nicht so recht. Ich glaube, Cara …«

»Vergiss Cara! Ich werde sie schon bezirzen. Ich werde ihr anbieten, die klapprige Leiter in der Scheune zu reparieren, was du schon seit einer Ewigkeit machen wolltest.«

»He!«

»Ach komm, Ben! Ich war gerade eben in der Scheune. Du hast sie noch nicht einmal angerührt, versprichst aber seit letztem Sommer, sie zu reparieren.«

Ben dachte kurz nach. »In Ordnung. Aber ich möchte die Hälfte des Geldes haben, und du musst die Leiter wirklich reparieren.«

»Abgemacht!« Clay schlug quietschfidel auf den Tisch.

»Schschsch, die Kinder!«, zischte Ben. »Ich kann es kaum abwarten, dass du eines Tages eigene Kinder hast und ich zu dir komme und sie nachts wecke.«

Clay blickte finster drein und prostete Ben zu. »Ich hab's dir doch schon gesagt: Das wird nicht passieren.«

Ben nahm ihn ins Visier und füllte das Glas erneut. »Ja ja. Ich weiß. Trotzdem fände ich es besser. Das Leben ist zu lang, um es allein zu verbringen.«

»Aber leichter. Trotz allem.« Er legte die Stirn in Falten,

kippte den Whiskey hinunter und schüttelte sich, als er seine Speiseröhre hinunterfloss. »Leichter als die Alternative.«

Er schob seinen Stuhl zurück. »Ich muss ins Bett. Vielen Dank für den Whiskey. Und: Hierfür bin ich dir was schuldig.« Dann ging er auf die Leiter zu, die zum Dachboden der Jungen führte.

»Das kann man wohl sagen«, murmelte Ben.

Clay drehte sich zu Ben um und kam wieder zu ihm an den Tisch zurück.

* * *

»Madeline?« Cara stieß das Scheunentor auf und entdeckte die bedauernswerte junge Frau, die zusammengerollt an der Holzbox mit den Pferdedecken und dem Zaumzeug lag und im schwachen Licht der Laterne zitterte. Sie empfand großes Mitleid mit ihr. Sie zog das Tor hinter sich zu, versperrte dem bitterkalten Wind Montanas, der in der dunklen Nacht gespenstisch heulte, den Zugang.

Madeline rappelte sich hoch, wischte sich die Augen. »Es tut mir so leid. Ich brauchte nur einen Moment.« Zitternd wickelte sie Clays Mantel fest um sich.

»Ach, Süße!« Cara lief zu Madeline und legte ihr den Mantel um, den sie mitgebracht hatte. »Lass uns hineingehen, bevor du dir noch den Tod holst.«

»Nein! Nein, jetzt nicht.«

»In Ordnung.« Cara legte den Arm um Madeline, um sie zu wärmen. »Möchtest du darüber sprechen?«

Madeline schüttelte den Kopf, schniefend.

»Lass mich raten! Mein Rüpel von Bruder hat etwas gesagt, was dich aus der Fassung gebracht hat?«

Madeline wandte den Blick ab.

»Oh, das ist schon in Ordnung. Ich liebe ihn wie mein eigenes Leben, aber der Junge ist störrisch wie ein Waldesel.

Und du auch, vermute ich mal.« Sie grinste. O ja, diese magere kleine Frau konnte sich in jedem Wortwechsel behaupten. Sonst hätte Clay nicht so gewütet.

»Ich weiß nicht, was ich mir dabei gedacht habe, hierher in die Wildnis zu kommen.«

»Du bist nicht die erste Frau, die das sagt, nachdem sie den Fuß auf den Boden Montanas gesetzt hat. Und du wirst nicht die letzte sein. Aber du wirst dich damit anfreunden. Eines Tages wirst du dieses Land lieben, genau wie ich.«

»Es ist nicht Montana. Oder jedenfalls nicht nur Montana. Es ist alles. Ich bin aus Boston fortgegangen, weil ich dickköpfig war. Stolz. Ich wollte nicht unter meinem Stand heiraten und dafür den Hohn und Spott der feinen Gesellschaft ernten. Deshalb habe ich die Reise quer durchs Land auf mich genommen und mich mit einem Mann verlobt, den ich nicht einmal kenne. Und jetzt stellt sich diese Reise als so entsetzlich heraus … nichts ist gut gegangen, seit ich Boston verlassen habe.«

»Es ist noch nicht zu spät. Du kannst jetzt umkehren. Den Zug zurück nach Boston nehmen.«

Madeline lächelte durch ihre Tränen hindurch. »So einfach ist das nicht.«

Cara blickte sie wissend an. »Wir können dir helfen, das Geld zusammenzubringen.« Man brauchte kein Genie zu sein, um zu erkennen, das Madeline Barstow in finanzieller Hinsicht schon bessere Tage gesehen hatte.

»Oh, nein! Nein, bitte! Du hast schon genug damit getan, mich hier umsonst übernachten zu lassen. Ich bin nicht einmal deine Passagierin.«

»Ach, Süße, mach dir darum keinen Kopf! Mein Bruder wird uns eine Kleinigkeit geben, wenn er losfährt. Ich werde darauf bestehen, dass er es unterlässt, und er wird so tun, als wenn er aufgibt. Und dann wird er irgendwo etwas Geld hinlegen, und ich werde es erst nach ein, zwei Tagen finden. So ist es immer.«

Madeline war überrascht. »Trotzdem, ich kann eure Gefälligkeit nicht länger in Anspruch nehmen. Dies ist mein Problem, nichts eures.«

»Madeline, ich bin Christin und du auch, nehme ich an. Wenn wir sehen, dass unsere christlichen Brüder oder Schwestern in Not sind, so ist das auch unsere Not. Andere haben Ben und mir in schwierigen Zeiten geholfen, und ich bin glücklich, wenn ich ein wenig Hilfe leisten kann. Dazu haben wir selten Gelegenheit hier draußen.«

»Dafür bin ich sehr dankbar, aber es ist zu viel. Und ich …« Sie hatte es nicht sagen wollen, aber es sprudelte aus ihr heraus. »Ich kann nicht zurück. Ich meine, ich könnte, aber es wäre zu demütigend, und mein Onkel wäre alles andere als erfreut, wenn ich wieder vor seiner Tür stünde und bei meiner Mutter leben wollte. Und dann sind da noch die Zugfahrkarte und die Rückzahlung an Mr Croft für meine Reise und für Clays Bezahlung und die Gebühr, die er der Heiratsvermittlung gezahlt hat, die alles in die Wege geleitet hat.«

»Ach, du meine Güte.«

»Jetzt siehst du es ein, ja? Ich habe keine andere Wahl.«

»Oh, Madeline … ich hab kein gutes Gefühl dabei.«

»Clay erzählt viele Geschichten über Mr Croft, aber ich kann nun einmal nicht glauben, dass sie wahr sind. Vermutlich stammen sie von aufgebrachten Rancharbeitern. Ich mag mir gar nicht vorstellen, was die alles so reden, wenn sie betrunken sind.«

»Wohl wahr«, räumte Cara ein, »aber ich kenne Clay. Er ist grundanständig und hält nichts von Klatsch und Tratsch. Wenn er meint, dass es stimmt, dann hat er dafür gute Gründe.«

Sie bemerkte Madelines Gesichtsausdruck.

»Ich werde dich nicht fragen, was zwischen euch geschehen ist …«

Die junge Frau errötete.

»… doch was es auch immer gewesen sein mag, ich weiß, dass Clay das Beste für dich will. Er hat mir selbst gesagt, dass er sich schrecklich schuldig fühlte, dir nicht sofort erzählt zu haben, welchen Ruf Croft hat.«

»Ja, und er hat dir auch erzählt, dass ich eine verwöhnte, blasierte Nervensäge bin. Ich vermag nicht zu erkennen, dass er sich allzu viele Sorgen um mich macht, wenn er dieser Meinung ist.«

»Hat er dir das gesagt?« Cara war entgeistert. *Warum hat er ihr bloß so etwas gesagt?*

Madeline errötete erneut, blickte auf ihre Schuhe. »Nicht direkt … ich … es ist erbärmlich, aber ich bin euch zur Scheune gefolgt …«

»… und hast uns belauscht«, beendete Cara den Satz.

»Ja. Es tut mir leid. Ich meine … ich glaube, ja, das habe ich. Und ich habe bekommen, was ich verdiene, als ich hörte, was er über mich zu sagen hatte. Was er von mir denkt.«

Cara bekam einen Lachanfall, den sie kaum beherrschen konnte. »Ach, Kleine, das ist nicht das, was Clay wirklich über dich denkt, glaub mir.«

»Ich habe alles gehört, was er gesagt hat. Er hat es ganz bestimmt so gemeint. Und nach seinem Gesichtsausdruck zu urteilen, als er erfuhr, dass ich ihn gehört hatte, muss er noch viel schlimmere Dinge gesagt haben, nachdem ich zurück ins Haus gegangen bin.«

»Was hast du denn gehört?«

»Was ich bereits erwähnt habe und eine Reihe anderer entzückender Beschreibungen. Das hat gereicht.«

Cara biss sich auf die Lippe und überlegte, ob sie etwas sagen sollte oder nicht. In erster Linie fühlte sie sich ihrem Bruder verpflichtet … doch ihr Bauchgefühl verriet ihr, dass sie etwas dazu sagen musste. »Madeline, vermutlich bist du genau zu dem Zeitpunkt fortgegangen, als ich Clay mit der Möglichkeit konfrontierte, dass er …«, sie wählte ihre Worte sorgfältig, »… dich vielleicht – nur vielleicht – lieber mag, als er zuzugeben bereit ist.«

Madeline fiel die Kinnlade herunter. »Soll das ein Witz sein?« *Darüber hatte er in der Scheune also schwadroniert!* Madeline fiel es schwer, das zu glauben – beharrte er doch so eisern darauf, keine Frau haben zu wollen. Sie argwöhnte, dass es nichts als körperliche Anziehung war. Der Mann war verheiratet gewesen … und da seine Frau tot war, gab es für ihn keine Möglichkeit, seine Bedürfnisse zu befriedigen. Doch als seine Schwester wollte Cara natürlich nicht wahrhaben, dass es nur das war.

Cara schüttelte den Kopf. »Ich kenne meinen Bruder. Ich hab an jenem Tag, an dem er Tabitha kennenlernte, den Blick in seinen Augen gesehen. Er konnte nur noch an sie denken. Einmal hab ich zufällig mitbekommen, wie er sie kurz Ben gegenüber erwähnte – ich wusste, dass er verrückt nach ihr sein musste, um das zu tun. Er ist keiner, der viel über seine Gefühle spricht.«

»Dazu kann ich nichts sagen. Er schien aber gut in der Lage zu sein, darzulegen, welche Gefühle er für mich hegt.«

Madeline faltete geziert die Hände. Cara bemerkte allerdings, dass sie ihre Finger so fest verschränkte, dass die Knöchel weiß hervortraten, und sie konnte die Anspannung in Madelines Armen spüren.

»Ach, meine Liebe«, sagte sie tröstend, Madelines Arm streichelnd, »das dachte er nur in diesem einen Moment. Madeline, du störst das wohlgeordnete kleine Leben, das er sich geschaffen hat. Das tröstliche Immergleiche, den Kokon, in dem er sich nach Tabithas Tod eingesponnen hat. Er verschließt sich allen Menschen, außer Mr Kirchner, Ben und mir. Und dann kommst du des Weges und holst ihn aus dem leidenschaftslosen Dasein heraus, das er aufrechtzuerhalten versucht. Durch dich wird ihm klar, dass er vielleicht doch mehr vom Leben möchte, und das macht dem armen Jungen eine Heidenangst.«

»Wie kann das angehen? Ich soll ihn … aus der Ruhe bringen? Er kann es nicht ertragen, mich um sich zu haben.«

»Genau! Er kann es nicht ertragen, dich um sich zu haben, weil du ihn dazu bringst, etwas zu fühlen, was er sich seit Jahren nicht gestattet hat. Du zerstörst seinen Schutzschild. Er sieht dich an und fühlt etwas, von dem er nie erwartet hatte, es jemals wieder zu fühlen.«

Madeline schaute sie fragend an. »Wut?«

Cara lachte. »Ja, vielleicht ein wenig. Aber eigentlich nicht auf dich. Auf sich selbst. Auf die Welt. Vielleicht sogar ein wenig auf Gott, der ihm die Frau genommen hat. Aber er fühlt auch Schmerz.«

»Schmerz?«

»Du bist im Begriff, dich einem Mann auszuliefern, der dich nach Clays fester Überzeugung schlecht behandeln wird. Er weiß, dass er etwas unternehmen müsste, doch er hat Angst, sich dem wirklich zu stellen – und zuzulassen, dass du ihm wichtig bist. Wenn er das zulässt, und sei es nur ein wenig, lässt er womöglich auch zu, dass er sich verliebt. Und davor hat Clay mehr Angst als vor allem anderen.«

»Weil er Tabitha liebte und sie verloren hat.«

Cara nickte. »Er hat sie verloren, und er hat das Gefühl, daran schuld zu sein. Das nagt seit Jahren an ihm.«

»Ist er es denn?«, fragte sie. »Schuld daran, meine ich. Er hat nie erwähnt, wie sie zu Tode gekommen ist.«

»Nein.« Eine verstohlene Träne lief über Caras Wange. Sie wischte sie fort. »Es war ein Unfall. Er konnte es nicht vorhersehen – das konnte niemand. Sie … ach, das ist eine lange Geschichte … sie wurde von einem Pferd getreten. Clay war dabei, als es geschah. Sie war sofort tot. Er konnte sich nicht einmal von ihr verabschieden. Eben noch war sie bei ihm, direkt neben ihm, und im nächsten Augenblick … war sie fort.«

»Oh, das ist entsetzlich. Ich hatte ja keine Ahnung.«

»Selbstverständlich nicht. Er spricht nie darüber. Spricht nie über sie.«

»Doch, das hat er. Heute Abend. Er hat mir erzählt, wie sie einander kennengelernt haben.«

»Wirklich?« Caras Herz setzte kurz aus. »Oh, Madeline, du machst dir keine Vorstellung, wie froh ich darüber bin, dass du hier bist.« Sie umarmte sie fest, Madeline blickte verwirrt und verlegen.

»Ich verstehe nicht.«

»Entschuldige bitte, du musst ja denken, ich hab den Verstand verloren«, gluckste Cara, die sich wie ein Schulmädchen vorkam, und ließ Madeline los. »Verstehst du das nicht? Clay hat seit Jahren mit niemandem über Tabitha gesprochen. Mit niemandem. Er wollte nicht über sie sprechen und erlaubte uns nicht, in seiner Gegenwart von ihr zu sprechen. Das war sehr schwer. Sie war wie eine Schwester für mich.« Die Gefühle, die Cara zu überwältigen drohten, schnürten ihr den Hals zu. Doch dann atmete sie tief durch. Jetzt war keine Zeit für Traurigkeit.

»Es tut mir so leid.« Madeline legte ihre Hand auf die Caras. »Clay hat mir erzählt, dass ihr hier in der Gegend sonst keine Familie habt, und im Osten auch kaum.«

»Siehst du! Er hat dir also auch von unseren Eltern erzählt. Er spricht mit niemandem über sie, außer natürlich mit mir und früher mit Tabitha. Er öffnet sich dir gegenüber. Er empfindet etwas für dich, und das zerreißt ihn innerlich.«

»Wenn das wirklich so sein sollte, dann ist es gut, dass er mich auf der Ranch abliefert und nie wieder sieht. Er hat genug durchgemacht.«

»Nein! Das ist genau das Gegenteil dessen, was er braucht. Es zerreißt ihn nur, weil er innerlich dagegen ankämpft. Er hat Angst. Angst, wieder verletzt zu werden. Angst, wieder jemanden zu lieben. Angst, wieder jemanden zu verlieren, den er liebt.«

»Warte – nein – du kannst doch nicht meinen …«, Madeline war fassungslos, »… willst du damit sagen, dass dein Bruder wirklich in mich verliebt ist?«

»Ja. Oder er ist gerade dabei, sich zu verlieben – mindestens.« Cara konnte ein Lächeln nicht unterdrücken.

»Aber er hasst mich doch.«

»Wenn er dich hassen würde, würde er dich ignorieren. Er würde gar nicht mit dir sprechen, würde dir nicht zwei der schmerzhaftesten Themen seines Lebens anvertrauen. Ich sage dir: Er ist in dich verliebt.«

Madeline starrte verstört ins Leere. »Ich weiß nicht, was ich sagen soll.«

»Sag einfach, dass du Croft nicht heiraten wirst! Du musst in Helena bleiben. Gib Clay Gelegenheit, zu sich zu kommen, seine Gefühle für dich wahrzunehmen. Wenn du fortläufst und Croft heiratest, wird er sich seine Gefühle nicht eingestehen – bis es zu spät sein wird.«

»Aber es ist schon zu spät. Er hasst mich ganz sicherlich. Nach dem, was ich gesagt habe …«

»Was hast du denn gesagt?«

Madeline wurde bleich. »Er hat mich so zornig gemacht, dass ich … ich …«

»Sag es mir doch!«

»Cara … ich hab ihm gesagt, dass ich … ich nicht verstehen kann, warum seine Frau ihn überhaupt geheiratet hat.«

»Oh! Nein! Das hast du nicht gesagt.« Cara schlug die Hand vor den Mund. *Das war das Schlimmste, was sie hatte sagen können.*

»Und jetzt will er, dass Ben den Schlitten fährt und mich zur Croft-Ranch bringt, während er hier bei dir bleibt.«

Cara schüttelte den Kopf. »O nein, das kommt überhaupt nicht infrage.«

Sie griff nach der Laterne, nahm Madeline bei der Hand und marschierte in Richtung Hütte.

Im Haus setzte Cara die Laterne auf dem Tisch ab. Auch im schwachen Licht der Lampe und der Laterne konnte sie erkennen, dass Ben Clay noch einen Drink eingeschenkt hatte, während sie fort war. Er sah entspannter aus, lächelte. Sie konnte Madeline hinter sich spüren, die nicht von ihrer Seite wich und nicht wusste, was sie tun sollte. Cara nahm Madeline die beiden Mäntel ab und hängte sie zusammen mit ihrem Umhang auf.

»He, Schwester! Ben und ich haben gerade miteinander gesprochen. Ich hänge in den Seilen. Deshalb übernimmt er die … ähm … Lieferung für Croft, und ich bleibe hier und helfe dir bei …«

»Ich fürchte, so geht das nicht.«

»Was? Warum denn nicht?«

»Wisst ihr«, Cara zwang sich, nicht nach hinten zu Madeline zu blicken, die gerade an ihr vorbei und in großem Bogen um sie herum zur Abwaschschüssel schlich, »in meinem Zustand ist es mir lieber, dass Ben mich nicht allein lässt.«

»In deinem … Zustand?« Auf Clays Stirn zeigten sich Zornesfalten. Dem großen Bruder gefiel es nicht, dass ihm gerade sein Fluchtweg versperrt wurde. »Welcher Zustand, ganz genau, könnte das denn wohl sein? Ich sehe überhaupt keinen Grund, warum Ben nicht einen Tag – und höchstens eine Nacht – fort sein kann, zumal ich hier bei dir sein werde.«

»Ich bin schwanger.«

Schweigen erfüllte das Zimmer, einzig das Scheppern eines Tellers, den Madeline in die metallene Abwaschschüssel fallen ließ, war zu hören.

»Ich dachte, du wolltest es niemandem sagen, bis du ein bisschen weiter bist, Liebling.« Ben schaute sie fragend an.

»Das wollte ich auch nicht.« Sie bemühte sich, sich nichts anmerken zu lassen. »Aber … mir geht es nicht so gut, und du weißt ja, wie anhänglich ich bin, wenn ich in diesem Zustand wetterfühlig werde.«

Clay schaute Ben an, als wolle er die Wahrheit von Caras Behauptung ergründen.

Cara ergriff die Chance und blickte Ben warnend an. *Spiel mit, wenn du weißt, was gut für dich ist,* sagte der Blick. Sie war tatsächlich schwanger. Allerdings ließ Ben sie ständig allein, Morgenübelkeit hin oder her – es sei denn, sie brauchte ihn wirklich. Clay schien das zu vermuten, aber er war nicht mehr so recht in der Lage, ihr vorzuwerfen, dass sie übertreibt.

»Hm … ja.« Ben nickte. »Dazu neigst du. Ich wusste ja nicht, dass du dich krank fühlst.«

»Nun, wir haben Gäste, ich wollte es nicht so gerne zeigen. Aber es ist nun einmal so. Ich möchte, dass du morgen in der Nähe des Hauses bleibst.«

»Na dann … tut mir leid, Clay.« Ben machte den Eindruck, als bereue er wirklich, seinem Schwager nicht helfen zu können.

Cara wusste, dass es Ben missfiel, Clay nicht helfen zu können – zumal er dafür sicherlich etwas bekommen hätte –, aber außergewöhnliche Umstände erfordern außergewöhnliche Maßnahmen.

Clay schaute Cara argwöhnisch an. »Dann eben nicht.« Er kippte das letzte Schlückchen seines Drinks hinunter und setzte das Glas dann lautstark auf den Tisch. »Wir brechen morgen am besten in aller Frühe auf, Miss Barstow.« Er warf Madeline einen bösen Blick zu, sah sie aber nicht direkt an.

»Kein Problem.« Madeline blickte verletzt zur Seite und wandte sich wieder dem Geschirr zu.

Clay begab sich geräuschvoll auf den Dachboden, und Cara nahm sich vor, ihm dafür am nächsten Tag eine Standpauke zu halten. Es hatte keinen Sinn, spät am Abend mit ihm zu streiten, zumal er schon geladen war.

»Ich schau mal nach Mary und hau mich dann auch hin.« Ben schob seinen Stuhl zurück und ging zu Cara, um ihr einen Kuss auf die Wange zu drücken. »Ich hoffe, du weißt, was du tust«, flüsterte er ihr zu.

»Das tue ich«, flüsterte sie zurück. »Clay ist wie ein kleines Vögelchen – jedenfalls, was seine Gefühle anbelangt. Es wird Zeit, dass jemand ihn aus dem Nest stößt.«

Ben streichelte ihr liebevoll den Arm, seufzte und ging nach hinten in ihrer beider Schlafzimmer. Er schloss die Tür leise hinter sich.

Madeline setzte das Geschirr ab und trocknete sich die Hände, während Cara zu ihr kam, um zu überprüfen, ob sie Fortschritte machte.

»Das geht doch schon ganz fabelhaft. Ich kann kein Fleckchen mehr entdecken.«

»Vielen Dank.« Madeline lächelte. »Bist du wirklich …«, sie senkte die Stimme und beugte sich vor, »… schwanger?«

»Ja.« Cara war amüsiert. »Ab und an taugt das wunderbar als Entschuldigung.«

Die Frauen grinsten und umarmten einander.

»Herzlichen Glückwunsch! Und danke, dass ich hier sein darf und du mir alles beibringst, und dass du mich erträgst …«

»Ach, Schluss jetzt! Ich bin glücklich, dass du hier bist. Und dass ich dir etwas beibringen kann. Der einzige Mensch, den ich im Moment schwer ertragen kann, ist …«, sie blickte hinauf zum Dachboden und flüsterte noch leiser, »… mein starrköpfiger Bruder.« Cara strich ihr über den Rücken und ließ sie los.

»Meinst du wirklich, dass das eine gute Idee ist?« Madeline flüsterte ebenso leise wie Cara. »Clay schien recht ungehalten darüber zu sein, mich fahren zu müssen. Das könnte eine Katastrophe werden.«

»Vielleicht. Vielleicht auch nicht. Das werden wir erst wissen, wenn es so weit ist, oder?« Cara zwinkerte ihr zu.

»Aber wenn ein Mann nicht daran interessiert ist, zu heiraten …«

»Oh, aber er ist interessiert an dir, das ist mal sicher. Auf keinen Fall ist er allerdings daran interessiert, wieder verletzt zu werden. Würdest du ihm wehtun?«, fragte Cara herausfordernd, die Hände in die Hüften gestemmt.

»Nein! Jedenfalls nicht absichtlich.« Madeline senkte den Blick. »Ich weiß nicht einmal, was ich für ihn empfinde, und noch viel weniger, ob ich den Rest meines Lebens mit ihm verbringen möchte.«

»Weißt du das wirklich nicht? Oder ist es so, dass du deine eigenen Gefühle genauso wenig wahrhaben willst wie er? Du weißt, dass er sich für nicht bereit dazu hält. Vielleicht ist er nicht der Einzige hier, der Angst hat, verletzt zu werden.«

»Das ist lächer…« Madeline hielt abrupt inne, von Caras durchdringendem Blick festgehalten. Hatte sie wirklich Angst? Diese Möglichkeit war ihr vorher noch nie in den Sinn gekommen. »Ich weiß nicht, woher das kommen sollte. Ich hatte noch nie eine ernsthafte, auf die Ehe ausgerichtete Beziehung zu einem Mann. Wie sollte ich also Angst davor haben, von einem Mann verletzt zu werden?«

»Es gibt sehr viele Arten, verletzt zu werden, und zwar von vielen Menschen in unserem Leben. Wenn du ein wenig darüber nachdenkst, fällt dir vielleicht etwas ein. Denn eines kann ich dir sagen – ich hab den Blick gesehen, mit dem du ihn anschaust. Er ist kein Niemand für dich. Er ist nicht lediglich dein Fahrer. Ich weiß nicht, was du wirklich für ihn empfindest, aber du empfindest etwas. Das ist sonnenklar.«

»Oh, meine Güte.« Madeline schlug die Hände vors Gesicht, als könne sie so verhindern, dass ihr das Blut in die Wangen steigt. Sie blickte hinauf zum Dachboden, befürchtete, dort Clay, über den Rand spähend, zu erblicken. Doch sie konnte nichts entdecken und hörte lediglich die Bettlaken rascheln, als Clay sich hin und her warf, weil es ihm auf seiner Pritsche über ihnen unbequem wurde.

Ihr kam der Gedanke, dass es sehr behaglich und warm sein muss, sich jede Nacht an jemanden zu schmiegen, mit dem man verheiratet ist. Dann erschien vor ihrem geistigen Auge das Bild von Clay, der sich im Bett an ihren Rücken kuschelte, seinen Arm um sie gelegt, und zwischen ihnen war nur der dünne Baumwollstoff ihres Nachthemds …

Sie wandte sich ab, jetzt glühten ihre Wangen geradezu.

»Siehst du?«, raunte Cara triumphierend. »Da haben wir's! Gerade denkst du an ihn! Du bist ja bis zu den Haarwurzeln rot geworden.«

»Cara, es ist sehr ungezogen von dir, so etwas zu erwähnen oder gar zu betonen«, tadelte Madeline sie und wandte sich wieder dem Geschirr zu.

»Tja, ich bin schon ein ungezogenes Mädchen, vor allem wenn es um meinen Bruder geht. Das muss sein, um mit diesem störrischen Maulesel fertigzuwerden, oder? Wenn ich Clay richtig verstanden habe, kannst du es in der Beziehung ja mit ihm aufnehmen. Vielleicht ist das ein weiterer Beweis dafür, dass ihr beide gut zusammenpasst.«

»Vielleicht.« Madeline sinnierte darüber, während sie einen Teller einseifte und dann abspülte. »Es scheint, ich habe mir bei ihm den Ruf erworben, dass schwer mit mir auszukommen ist.«

Cara zuckte mit den Schultern, griff nach dem Geschirrtuch und nahm einen Teller, um ihn abzutrocknen. »Wenn man bedenkt, wie du aufgewachsen bist, ist das keine Überraschung. Vermutlich ist es schwierig, irgendetwas zu würdigen, wenn einem alles auf einem Silbertablett serviert wurde. Du hast ja für nichts schwer arbeiten müssen. Nicht einmal für die Liebe.«

»Warum sollte man denn für Liebe hart arbeiten?« Madeline wollte sich von Caras Worten nicht beleidigt fühlen. Doch sie verletzten ihren Stolz, so wahr die Aussage auch sein mochte.

Cara lachte. »So kann nur eine Frau sprechen, die noch nie verheiratet war! Nichts ist leicht, nicht einmal die Liebe. Eine Ehe – eine gute Ehe – ist Arbeit. Man muss lernen, geduldig zu sein, gütig und verständnisvoll. In einer Ehe gibt man nicht fünfzig Prozent – man gibt hundert Prozent und noch ein bisschen mehr. Manchmal kommt es zu Missverständnissen, manchmal tut einer etwas, was den anderen verletzt. Und die schwierigen Zeiten können einem wirklich zusetzen. Aber alles, was es wert ist zu besitzen, ist es auch wert, dass man dafür arbeitet. Und eine glückliche Ehe ist es wert, das ist ganz sicher. Es ist nicht immer leicht …«, ihr Blick wanderte zur Schlafzimmertür, »… aber letzten Endes ist es das wert.«

»Ich habe dich und Ben beobachtet … ihr liebt einander wirklich. Seine Augen fangen an zu leuchten, wenn du ins Zimmer kommst, als hätte er … als hätte er den Atem angehalten, während du fort warst.«

»Wirklich?« Cara lächelte, errötete. »Man könnte denken, dass nach so vielen Jahren alles alltäglich und fade wird. Und natürlich gibt es Augenblicke, in denen die Dinge einem … langweilig … erscheinen, aber meistens wird alles nur noch intensiver. Die Liebe, sie ist so tief …« Sie verlor sich in ihren Gedanken, Tränen schimmerten in ihren Augen.

»Es tut mir leid, ich wollte nicht …«

»Ach, papperlapapp, mach dir keine Gedanken um mich. Ich bin das Chaos auf zwei Beinen. So ist es eben, wenn man ein Kind erwartet – mach dich auf viele Wechselbäder von glücklich zu traurig zu wütend zu traurig und wieder zurück gefasst!» Sie wischte sich die Tränen fort und lachte.

»Ach, du meine Güte«, sagte Madeline kichernd. »Ich bin mir nicht so sicher, ob ich das wirklich möchte. Aber ich möchte auf jeden Fall Kinder haben. Und ich möchte … ich habe immer davon geträumt … na ja, das war wohl eigentlich nur eine alberne Fantasie.«

»Nein … was? Erzähl doch!«

»Na ja … als ich jung war, träumte ich immer davon, eine Prinzessin zu sein. Weißt du, mit großem Schloss, gut aussehendem Prinzen auf einem edlen weißen Ross und allem Drum und Dran.« Sie winkte ab, als wolle sie die nebulösen Erinnerungen an den Kindheitstraum vertreiben. »Das ist alles so albern. Für mich ist nicht nur ein Prinz oder ein Schloss unerreichbar. Ich kann nicht einmal einen Mann heiraten, der mir den Lebensstandard bieten kann, den ich gewohnt bin.« Sie schüttelte den Kopf. »Und das ist ja noch gar nicht alles. Ich habe immer davon geträumt, dass mein Prinz mich um meiner selbst willen lieben würde, nicht wegen meines Namens oder meines Geldes. Und weil er ein so viel wertvollerer Mensch wäre, als ich es bin, würde mein Besitz oder meine Herkunft für ihn keine Rolle spielen. Ich würde alles sein, was er je wollte, nach dem er sich je gesehnt hatte. Das muss dir sehr albern vorkommen.«

»Überhaupt nicht. Mit Herz und Seele geliebt zu werden – das möchte jede junge Frau letzten Endes von einem Mann.«

»Nur dass ich es niemals erleben werde. Zwar kann kein Mann eine Mitgift von mir erwarten, aber ich habe immer noch meinen Namen und mein Ansehen. Deshalb kann ich nie sicher sein, ob ein Mann mich nur heiratet, weil er sich davon geschäftliche Vorteile verspricht. Sogar hier in der Wildnis, irgendwo im Nirgendwo, könnte ein Mann Geschäftskontakte aufbauen, die mit den Freunden und Geschäftspartnern meines Vaters in Verbindung stehen. Mr Croft hat das in seinen Briefen sogar angedeutet.«

»Trotzdem hast du der Eheschließung mit ihm zugestimmt.«

»Was blieb mir anderes übrig?« Madeline reichte Cara den letzten Teller und trocknete sich dann die Hände ab. Sie wandte sich um und sank auf einen Stuhl, die Hände auf dem Tisch faltend.

»Du hättest in Boston bleiben können.« Cara trocknete den Teller ab und gesellte sich dann zu ihr an den Tisch.

»Nein. Nein, das hätte ich nicht. Das heißt, ich hätte es schon, aber … ich hätte die Demütigung nicht ertragen. Ich weiß, es muss absurd klingen, dass ich mich lieber einem derart schwierigen Leben aussetze, als mich damit konfrontiert zu sehen, von den Angehörigen der besseren Gesellschaft zudringlich beobachtet zu werden. Aber so ist das Leben der oberen Zehntausend in Boston eben. Das zu durchleben wäre unerträglich. Ein solches Schicksal ist schlimmer als der Tod. Zumindest erschien es mir so. Damals.« Sie seufzte.

»Und jetzt?«

»Jetzt? Ich weiß es nicht. Würde ich mich anders entscheiden, wenn ich noch mal von vorn anfangen könnte? Vielleicht. Zumindest hätte ich, was einen Ehemann betrifft, eine bessere Wahl getroffen … hätte mehr Fragen gestellt. Aber das ist eine müßige Überlegung. Ich kann nichts ungeschehen machen. Ich bin eine Verpflichtung eingegangen, und die muss ich erfüllen.« Sie seufzte und erhob sich resigniert vom Stuhl.

»Aber, Madeline …« Cara streckte die Hand aus, um die Madelines zu ergreifen.

»Nein, Cara.« Madeline zog ihre Hand weg. »Es tut mir leid. Ich weiß, du hast gehofft, dass Clay es sich anders überlegen würde, dass ich ihn dazu bringen könnte – anders über die Ehe denken. Doch ich kann nicht von ihm erwarten, dass er sich mit mir belastet, nur um mich vor einer schwierigen Ehe zu bewahren.«

»Bitte, Madeline, überleg doch …«

»Das hab ich.« Sie streichelte Caras Arm. »Ich bin dir für alles dankbar, was du für mich getan hast. Und vielen Dank für das Buch.« Sie nahm es vom Tisch. »Ich bin mir sicher, Mr Croft werden all diese Rezepte sehr gefallen.« Sie lächelte schwach und verließ das Zimmer, noch bevor Cara sie aufhalten konnte.

Kapitel 10

Am nächsten Morgen wurde Madeline von der gleißenden Sonne geweckt, deren Strahlen glitzernd von den Schneeverwehungen reflektiert wurden. Beim Frühstück zeigte Cara ihr, wie man Pfannkuchen zubereitet. Obwohl die von Madeline unförmig wurden, erwiesen sie sich – sehr zur Freude der Kinder – als äußerst schmackhaft.

Zweimal versuchte Cara, Vorwände zu finden, mit Madeline allein sein zu können. Die ging allerdings auf diese Tricks nicht ein. Madeline wusste, dass Cara es gut meinte, aber sie musste ihr eigenes Leben leben und mit den Entscheidungen zurechtkommen, die sie getroffen hatte – so wenig Cara mit ihnen auch einverstanden sein mochte.

Die beiden Frauen umarmten einander, während Clay den Schlitten belud und die Kinder im Neuschnee tobten.

»Schreib mir bitte, damit ich weiß, ob es dir gut geht, ja?« Voller Sorgen legte Cara die Stirn in Falten. »Was auch geschieht, wenn sich die Dinge schlecht entwickeln sollten – hier ist immer Platz für dich.«

»Ich komme schon zurecht. Aber ich schreibe dir nach der Hochzeit und sag dir, wie es war.«

Clay warf Madeline einen Blick über die Schulter zu. Wie immer, konnte sie seinen Gesichtsausdruck nicht deuten.

Ben half Madeline in den Schlitten und steckte die Decken und Felle um sie herum fest. »Ich gebe dir noch ein zusätzliches Fell mit. Es ist zu kalt, und Cara macht sich Sorgen, weil du nicht daran gewöhnt bist.«

»Oh, das kann ich nicht …«, begann Madeline.

»Doch, das kannst du und wirst du«, beharrte Cara und reichte ihr einen Wollschal. »Wickle dir den um den Kopf und den Hals. Zieh ihn notfalls übers Gesicht, um den Wind abzuhalten. Sonst bekommt deine Haut Risse.« Cara wehrte ihren Widerspruch ab. »Mach dir keine Gedanken! Clay kann die Sachen auf dem Rückweg wieder hier vorbeibringen.«

»Danke euch beiden. Für alles.«

»Immer gerne.« Cara ging um den Schlitten herum, wo Clay sich gerade auf seinem Sitz eingerichtet hatte. »Sei ein guter Junge«, flüsterte sie ihrem Bruder zu, bevor der sich abwandte, starr geradeaus blickend.

»Tschüs euch allen! Bis morgen oder übermorgen!«, rief er und ließ die Zügel schnalzen.

Die Kinder riefen durcheinander, sprangen auf und ab und winkten ihnen zum Abschied. Cara nahm Martha die kleine Mary vom Arm, weil diese zu weinen begann und die Hände nach Clay ausstreckte, als der Schlitten sich in Bewegung setzte.

Madeline drehte sich um und winkte der Familie zu, bedacht darauf, jedes Gespräch mit ihrem sturen, griesgrämigen Fahrer zu vermeiden.

* * *

Clay schäumte innerlich, als sie den Pfad hochfuhren. Er hatte versucht, Cara einen Augenblick lang allein zu erwischen, um mit ihr zu sprechen. Er argwöhnte halbwegs, dass die ganze Sache mit ihrer Schwangerschaft eine Finte war, die Ben dazu veranlassen sollte, zu Hause zu bleiben. Doch sie war ihm jedes Mal ausgewichen. Als sie sich verabschiedete, hatte sie sich auch noch erdreistet, ihn anzuweisen, nett zu seiner überheblichen, hochnäsigen Passagierin zu sein. Und als hätte das nicht schon gereicht, hatte sie wieder mit dieser alten Leier von wegen »Öffne dein Herz, lass einen Menschen hinein« begonnen. Wann würde sie das endlich unterlassen? Wäre sie nicht seine einzige Verwandte, hätte er nicht übel Lust gehabt, ihr aus dem Weg zu gehen. Seine Schwester war die starrköpfigste Frau, der er je begegnet war.

Der Himmel war klar und der Schnee blendend weiß. Er hoffte, nicht schneeblind zu werden. Ihm war eine Fahrt durch den Schnee an einem leicht bedeckten Tag lieber. Doch zumindest waren sie so nicht in Gefahr, sich aufgrund des Wetters zu verfahren oder stecken zu bleiben. *Noch mehr Zeit mit dieser blasierten Frau zu verbringen ist das Allerletzte, was ich gebrauchen kann.* Ein Blick zur Seite zeigte ihm, wie geziert sie auf ihrem Platz saß.

Ja, seiner Schwester stand die Auszeichnung als starrköpfigste Frau zu, aber die Auszeichnung für diejenige, die ihn am meisten in Rage brachte, ging zweifellos an Madeline Barstow. Wie sehr ihm seine Schwester auch in den Ohren lag, das konnte er aushalten. Aber Madeline hatte eine Art, ihn verrückt zu machen, wie niemand sonst.

Kein Wunder, dass sie die Dienste einer Agentur in Anspruch genommen hat, die Eheschließungen auf dem Postwege einfädelt – jeder Mann, der auch nur fünf Minuten mit ihr verbringen müsste, würde schreiend davonlaufen. Es sei denn, vielleicht, er hätte Geld wie Heu. Dann könnte es sein, dass Madeline ein falsches Lächeln aufsetzen würde und zuckersüß zu ihm wäre. Ein solcher Mann könnte ihr das Wasser reichen – in ihren Augen jedenfalls. Doch wer nicht reich und bedeutend war und in der Geschäftswelt keinen Namen hatte, der hatte keine Chance bei Menschen vom Schlage einer Madeline Barstow.

Sie würde natürlich niemals in meine Richtung schauen, dachte er verbittert, *selbst wenn ich mich für sie interessieren sollte. Was ich auf jeden Fall NICHT tue*, sagte er sich augenblicklich, erstaunt, woher ein solcher Gedanke überhaupt kommen konnte. Er war an keiner Frau interessiert, schon gar nicht an einer solchen stocksteifen Zimtzicke, wie sie es war. Er warf ihr einen weiteren Blick von der Seite zu, und etwas wühlte ihn innerlich auf. Ungewollte Vorstellungen wirbelten ihm durch den Kopf – wie würde es sich anfühlen, diese rosigen Wangen zu berühren, ihre zarte Haut zu erkunden? Ob sie sich wohl so zart anfühlte, wie sie aussah, und wie seidig fühlte sich ihr Haar an? Er stellte sich vor, wie es über seine nackte Brust fällt, wenn sie ihren Kopf darauflegt …

Verwirrt schob er die Fantasien beiseite und verbannte die Gedanken. *Was soll's, es ist ganz natürlich für einen Mann, bestimmte Bedürfnisse zu haben, wenn eine attraktive Frau in der Nähe ist. Da kann man nichts machen, wie unsympathisch die Frau auch sein mag. Das ist eine ganz normale Reaktion*, sagte er sich, *und es bedeutet nur eines: Ich muss diese Frau so schnell wie möglich loswerden.*

»Clay.«

Er wurde aus seinen Tagträumen gerissen.

Madeline sah ihn erwartungsvoll von unten an.

»Ja?«

»Ich … ich wollte nur sagen, dass es mir leidtut. Ich … wir haben gestern Abend eine Menge geredet, und ich habe mich sehr aufgeregt. Ich … ich hätte das nicht sagen dürfen, was ich über deine Frau gesagt habe.«

Er biss die Zähne zusammen, sagte keinen Ton.

»Über sie … du weißt … was ich gesagt habe … dass ich nicht weiß, warum sie dich …«

»Ja ja, ich weiß, was du sagen willst. Lass gut sein.«

»Ich wollte mich nur entschuldigen.«

»Entschuldigung angenommen.« Er blickte unverwandt geradeaus, würdigte sie keines Blickes.

Schweigend fuhren sie einen Augenblick weiter.

»Du magst es nicht, wenn jemand über sie spricht.«

»Du hast jedenfalls kein Recht, über sie zu sprechen.«

»Aber du erlaubst absolut niemandem, über sie zu sprechen. Das hat Cara mir gesagt.«

Er musste sich zwingen, die Zügel locker zu halten.

»Hat sie das? Jetzt?«

»Wenn du darüber sprechen würdest … wenn du nicht alles in dir vergraben würdest …«

»Was wäre dann? Dann wäre alles besser?«, herrschte er sie an. »Würde das meine Frau wieder lebendig machen? Was weißt du schon!«

Es folgte eine Stille, die das Geräusch der über den Schnee gleitenden Schlittenkufen ohrenbetäubend laut erschienen ließ.

»Natürlich nicht«, räumte sie nach einer Weile ein. »Aber … vielleicht … wenn du nicht so daran festhalten würdest …«

»Wer sagt denn, dass ich daran festhalte? Ich hab schon lange damit abgeschlossen. Meine Frau ist gestorben. Ich habe Gott verflucht, ich habe mich selbst verflucht, ich habe getrauert. Und dann hab ich weitergemacht. Mein Entschluss, das ohne eine andere Frau zu tun, bedeutet noch lange nicht, dass ich nicht damit abgeschlossen habe. Es heißt lediglich, dass ich daran kein Interesse habe.« Er warf ihr einen durchdringenden Blick zu.

Den sie ignorierte. »Wie ist sie zu Tode gekommen?«

Langsam wandte er den Kopf, wollte ihren Blick niederzwingen. Sie erbleichte unter seinem zornigen Blick, hielt jedoch stand und sah ihm mit einem erwartungsvollen Gesichtsausdruck in die Augen.

Was nimmt diese Frau sich heraus? Was war bloß mit den Leuten los? Konnten sie nicht erkennen, dass es ihm allein ganz prima ging? Fast hätte er ihr mit einem garstigen Kommentar geantwortet. In der Hoffnung, sie würde ihn danach endlich in Ruhe lassen, entschied er sich jedoch, ihre Neugier zu befriedigen.

»Ein Pferd hat sie an den Kopf getreten«, sagte er knapp. »Sie war sofort tot. Aus.«

»Das ist … das ist unvorstellbar, Clay.«

Er spürte, dass sie ihn beobachtete, und biss sich auf die Zunge, um den Schwall galliger Worte zurückzuhalten, die hinauswollten.

»Wie lange warst du verheiratet?«

Er seufzte entnervt. »Zwei Jahre.«

»Keine Kinder?«

Bringt man den Menschen dort, wo sie herkommt, keine Manieren bei? »Nein. Hat sich … nicht ergeben.«

»Oh.«

Vielleicht bringt sie das dazu, endlich den Schnabel zu halten.

»War es eines dieser beiden Pferde?«

Ruckartig drehte er den Kopf zu ihr. »Was?«

»Das Pferd. Das Pferd, das … war es eines von diesen?«

Er biss die Zähne zusammen und schaute wieder auf die Straße, sagte kein Wort.

»Es ist nur, weil … du kümmerst dich so liebevoll um sie. Fast als gehörten sie zur Familie.«

»Nein.« Er räusperte sich. »Es war ein gerade angerittenes Pferd. Sie … Tabitha … hat mir gesagt, ich soll es verkaufen. Sie hatte Angst vor ihm. Es war ziemlich wild, aber ich … ich wollte viel Geld mit dem Pferd verdienen. Ich hatte alle unsere Ersparnisse hineingesteckt. Es stammte von einer edlen Zuchtstute ab. Nach seiner Ausbildung wollte ich es als Deckhengst anbieten und später mit ihm und einer eigenen Stute eine Zucht beginnen. Alle wussten, dass ich ihn gerade gekauft hatte – so sehr habe ich mit ihm angegeben. Hätte ich das Pferd so kurz darauf schon wieder verkauft, hätten alle gedacht, dass mit ihm etwas nicht in Ordnung ist. Ich hätte eine Menge …«

Er räusperte sich erneut, hatte das Gefühl, als habe er einen Kloß im Hals. Er würde nicht weinen. *Warum um alles in der Welt erzähle ich ihr das?* Eigentlich wollte er nur dichtmachen, stattdessen sprudelte plötzlich der Rest der Geschichte aus ihm heraus.

»Egal. Ich hätte auf sie hören sollen. Eines Abends kam sie, um mich zum Abendessen zu holen. Ich war gerade dabei, den Hengst nach einer Übungsstunde zurück in die Scheune zu führen. Als sie hereinkam, um mich zu rufen, scheute das Pferd und schlug aus. Sie … lag da … im Stroh, so still. So still. Ich musste – der Hengst war völlig außer Kontrolle –, ich musste ihn beruhigen, zog ihn in die Box und sicherte ihn. Ich rief immer wieder Tabithas Namen, doch sie rührte sich nicht. Sie war tot, noch bevor sie auf den Boden fiel.«

»Oh, Clay! Das tut mir so leid.«

»Ich habe ihn weggegeben. Das blöde Pferd, das mir so viel bedeutete, dass ich es nicht verkaufen wollte, als meine Frau mich darum bat. Am Ende habe ich es einfach weggegeben.« Er blinzelte die Tränen fort, die ihm in den Augen brannten.

Madeline legte ihm die Hand auf den Arm. »Es ist nicht deine Schuld. Das weißt du, oder? Es war ein Unfall.«

»Ich weiß. Aber wenn ich nicht so dickköpfig gewesen wäre …«

»Und wenn das Abendessen fünf Minuten später fertig gewesen wäre … oder wenn es an jenem Tag geregnet hätte, sodass du das Pferd nicht hättest trainieren können … oder wenn Tabitha etwas vorsichtiger gewesen wäre, als sie in die Scheune kam …«

»Es war nicht ihre Schuld!«, zischte er.

»Natürlich nicht!« Sie streichelte ihm beschwichtigend den Arm. »Das will ich doch gerade sagen. Vieles hat zu diesem Unfall geführt. Und genau das war es. Ein tragischer Unfall. Niemand ist schuld.«

Das wusste er, aber deshalb fühlte er sich keinen Deut besser. Die Trauer war vergangen, und der Schmerz, sie zu vermissen, hatte nachgelassen. Doch die Schuld war immer da. Er blickte hinunter auf Madelines Hand; sie zog sie schnell weg, errötend und zur Seite blickend.

»Es tut mir leid, das angesprochen zu haben. Das war furchtbar unhöflich. Ich … ich konnte einfach nicht anders.«

»Ich bin kein gebrochener Mann. Ihr Tod ist jetzt vier Jahre her. Ich vermisse sie immer noch – das wird immer so bleiben, doch das ist nicht der Grund, warum ich allein lebe.«

»Ich hab doch gar nicht gefragt…«

»Nein, aber alle denken das. Dass ich gebrochen bin und nicht heirate, weil ich keine andere Frau ansehen kann. Aber das ist es nicht. Ich… weiß nur nicht, warum ich heiraten sollte. Ich komme sehr gut alleine zurecht.«

»Du hast Angst, so etwas noch einmal durchmachen zu müssen«, murmelte sie.

Seine Hände verkrampften sich, während er die Zügel fester anzog. Tansy wieherte, wurde langsamer und schüttelte verwirrt den Kopf. Sunny, dem Schlitten folgend, gab ein mitfühlendes Schnauben von sich. Clay zwang sich, die Zügel zu lockern. »Mehr gibt es zu dem Thema nicht zu sagen.«

Die nächste Stunde des Weges verging in beklommenem Schweigen. Clay beobachtete die heraufziehenden Wolken. Er war froh, dass sie den blendenden Widerschein der Sonne auf dem Schnee milderten, zugleich aber beunruhigte ihn, wie schnell sie aufzogen.

»Stimmt etwas nicht?«

»Was?« Er sah, dass Madeline besorgt und mit weit geöffneten Augen zu ihm aufblickte. »Nein, alles in Ordnung.«

Sie sah ihn fragend an. »Du siehst beunruhigt aus.«

Was ist das, konnte sie Gedanken lesen? »Nein. Na ja… ein bisschen. Die Wolken ziehen sehr schnell auf.« Er warf über die Schulter einen Blick zurück auf die Wolkenwand, die von Südwesten herankam, kaum sichtbar über den Bäumen und den steilen, felsigen Hügeln auf beiden Seiten des Pfades.

»Bedeutet das, es gibt noch mehr Schnee?«

»Könnte sein. Ja. Vermutlich.« Er bemerkte, dass sie auch besorgt aussah. »Wird aber wahrscheinlich nicht so schlimm. Nichts, worum man sich sorgen muss, da bin ich mir sicher.«

Eine weitere Stunde verging, und da wusste Clay, dass es durchaus Grund zur Besorgnis gab.

»Madeline, es gefällt mir ganz und gar nicht, aber wir müssen einen Platz finden, an dem wir uns verkriechen können.

Wir haben die Berge jetzt hinter uns, und wenn in der Prärie ein Unwetter losbricht, könnten wir uns verfahren.«

»Aber können wir nicht einfach den Schildern folgen? Sobald wir die Berge hinter uns haben, wird es doch sicher Wegweiser geben.«

Clay blickte sie sprachlos an und brach dann in Lachen aus.

»Was denn?«

Das brachte ihn noch mehr zum Lachen. Er musste den Schlitten anhalten. »So kann nur ein wahres Kind der Großstadt reden.« Schließlich bekam er sich wieder ein und wischte sich die Tränen aus den Augen. »Hier draußen gibt es keine Wegweiser, hast du das noch immer nicht bemerkt? Wenn man Glück hat, findet man an einer Kreuzung ein Schild, das den richtigen Weg in eine Stadt anzeigt – vorausgesetzt, der Wind hat es nicht umgeweht. Abgesehen davon, würden Wegweiser ohnehin nicht viel nützen. Sollte das hier ein Schneesturm werden, wird er womöglich so dicht, dass wir jede Orientierung verlieren und gerade mal bis zu Tansys Hinterteil sehen könnten.«

»Aber … wo wollen wir anhalten?« Sie wandte sich in ihrem Sitz um, blickte auf die kaum bewaldeten Hügel. »Gibt es hier in der Nähe eine Hütte?«

Er verzog das Gesicht. Das würde nicht leicht werden. »Madeline, hier in der Nähe gibt es keine Hütten. Keine Höhlen, keine Unterstände. Wir werden uns wohl unter den Bäumen zusammenkauern müssen.«

»Zusammenkauern? Unter den Bäumen?« Madeline blinzelte, als verstünde sie die Sprache nicht, derer Clay sich gerade bediente.

»Ja. Das geht schon. Ich kümmre mich um alles. Ich war vor einigen Jahren hier mit Ben zum Jagen. Ich finde schon einen Platz für uns.«

»Nein … das geht doch nicht … Clay!« Sie packte ihn am Arm. »Was ist, wenn es dort Tiere gibt? Ratten? Oder … oder …«

»Madeline«, sagte er ruhig, als spräche er mit einem scheuenden Pferd. »Das geht schon. Ich habe schlimmere Schneestürme überlebt, als dieser vermutlich sein wird – und hatte nicht einmal den Vorteil, einen Schlitten und zwei Pferde dabeizuhaben.«

»Ich … ich weiß nicht …«

»Aber ich.« Er umfasste ihr Gesicht mit seinen behandschuhten Händen. »Du bist eine starke Frau, Madeline Barstow. Dies ist eine neue Erfahrung für dich, aber du wirst sie abwettern, wie du bisher alle Stürme abgewettert hast. Mit Stil, Würde und deiner unausstehlich penetranten Haltung.«

Sie blickte ihn an, zunächst perplex, dann entrüstet … und brach schließlich in Lachen aus. »In Ordnung. In diesen Dingen vertraue ich dir.«

Er schaute sie einen Moment an, verlor sich in ihren Augen, bis ihm bewusst wurde, dass er die Hände einen Augenblick zu lange auf ihren Wangen gelassen hatte. »Also los«, sagte er und nahm die Zügel wieder auf, »dann machen wir uns mal auf die Suche nach dem perfekten Platz.«

Nach etwa zwanzig Minuten hatten sie einen Platz mit einer ausreichend großen Baumgruppe gefunden, deren Zweige so tief herabhingen, dass man darunter Schutz finden konnte. Es schneite bereits heftig, und die Welt verschwand hinter einem immer undurchdringlicher werdenden weißen Vorhang.

Clay wies Madeline an, sich mit dem Kopf unter den Decken niederzukauern, sodass ihr warm blieb und sie den Schnee abwehrte, während er Sunny hinten vom Schlitten losband und an einem Baum einige Schritte entfernt festband. Dann ging er um den Schlitten herum, ergriff Tansys Zaumzeug und führte sie zwischen zwei Bäume, sodass das Pferd den Schlitten absicherte. Schnee rieselte herab, als einige der niedriger hängenden Zweige über den Schlitten strichen, und Schneeklumpen verteilten sich auf dem Sitz und über den Fellen, die Madeline bedeckten.

Er klopfte den Schnee fort, sodass Madeline ihren Kopf wieder hervorstrecken konnte, und fegte dann den Rest so gründlich wie möglich aus dem Schlitten.

Madeline blickte zum Baum und zu den Zweigen, die tief herabhingen und dem Schlitten Schutz gaben. »Wie können wir verhindern, dass der Schnee in den Schlitten fällt?«

»Ich hab eine Plane dabei, die ihn so gut wie vollständig zudeckt und den Schnee abhält. Die Pferde werde ich hier rechts an die Bäume binden.« Er zeigte darauf. »Sie werden sich aneinanderdrängen, um sich zu wärmen. Wenn sie nahe genug am Schlitten sind, bekommen wir vielleicht etwas von ihrer Körperwärme ab. Außerdem helfen sie uns, den Wind abzuhalten, falls er die Richtung wechselt.«

»Und wie bleiben wir warm?« Sie blickte ihn voller Bedenken an.

»Ben hat uns Gott sei Dank zusätzliche Kohlen mitgegeben – er bereitet sich immer penibel vor. Die werden uns helfen, es etwas wärmer zu haben.«

»Etwas wärmer?«

Er ging hinüber zu ihr und lehnte sich an den Schlitten. »Madeline, wir können die gesamten Kohlen nicht auf einmal verbrennen. Vielleicht müssen wir den ganzen Tag hierbleiben, die ganze Nacht. Oder noch länger.«

»Noch länger?« Sie schnappte nach Luft. »Wie viel länger?«

»Das kann ich nicht sagen.« Genau genommen wollte er es nicht. Sie würden vielleicht tagelang hier festsitzen, wenn es ganz übel kam – doch das würde er ihr auf keinen Fall verraten.

»Und wenn wir nicht viel Kohle verbrennen können, was machen wir stattdessen?« Sie biss sich auf die Unterlippe.

Fast hätte er eine Hand erhoben, um ihre Wange zu streicheln. Es würde ein langer Tag werden.

»Ich weiß, es wird dir nicht gefallen, aber wir müssen enger beieinander sitzen, um uns gegenseitig zu wärmen, und wir müssen unter den Decken und Fellen bleiben. Die Plane bewahrt die Wärme auch ein bisschen, vor allem aber hält sie den Wind ab.«

»Wir können doch nicht … ich kann unmöglich …«

»Ich glaube, du verstehst das nicht, und wir haben keine Zeit, es lange zu erörtern.« Er umklammerte mit einer Hand ihre Schulter. »Du bist hier in einer anderen Welt, Madeline. Dies ist nicht Boston. Hier geht es nicht um Schicklichkeit. Dies ist eine Angelegenheit von Leben und Tod. Du könntest hier draußen sterben. Du könntest hier einfach so, in Nullkommanichts, erfrieren. Du tust jetzt, was ich dir sage, wenn ich es dir sage. Denn ich habe die Verantwortung für dich, und ich werde dich hier nicht sterben lassen, hörst du?«

Sie nickte steif, die Augen vor Angst weit geöffnet.

»Es tut mir leid«, sagte er und ließ sie los. »Ich wollte dich nicht erschrecken. Doch du musst das wissen.»

»Ist in Ordnung.«

»Rühr dich nicht von der Stelle, während ich mich um die Pferde kümmre.«

Sie zog sich die Felle dichter um das Gesicht und beobachtete, wie er einen großen Kanister mit Wasser unter seinen Vorräten hervorholte. Er wusste, dass es draußen in der Prärie nicht viel Wasser geben würde. Und bei einem aufkommenden Unwetter nach Wasser suchen zu müssen wäre riskant, um das Mindeste zu sagen. Aber das Wasser im Kanister reichte kaum für einen Tag – und auch das nur, wenn man sehr sparsam damit umging. Nachdem er den Pferden etwas gegeben und eine gemeinsame Tasse für sich und Madeline gefüllt hatte, verstaute er den Kanister wieder im Schlitten und hoffte, dass das Wasser reichen würde … und ihre Körperwärme dafür sorgen möge, dass es nicht gefror.

Die Wolken zogen sich über ihren Köpfen zu einer stahlgrauen Wand zusammen, und der Wind nahm zu. Als Clay sich endlich im Schlitten eingerichtet und die Plane über ihnen beiden festgezurrt hatte, wirbelte der Schnee bereits vom Himmel.

»Schneit es hier viel?«, fragte Madeline und bemühte sich, möglichst beiläufig zu klingen, während er über die Sitzbank rutschte, um sich dicht neben sie zu setzen.

»Manchmal schon. Hier ist es ziemlich trocken. Der meiste Regen und der meiste Schnee fallen auf der westlichen Seite der kontinentalen Wasserscheide, aber man kann es nie wissen. Ich bin sicher, dass es nicht allzu schlimm wird. Wir dürfen während der schlimmsten Phase nur nicht in der Prärie festsitzen.«

»Vielleicht hört es ja bald auf, und dann können wir es noch vor Einbruch der Dunkelheit bis zur Ranch schaffen.«

»Vielleicht.« Clay sagte ihr nicht, dass das sehr unwahrscheinlich war. So wie der Schnee jetzt fiel, ging er davon aus, dass sie mindestens noch einige Stunden dableiben mussten. Dann aber wäre es zu spät, weiterzufahren.

Er war durchgefroren bis auf die Knochen und wäre gerne näher an ihren warmen Körper gerückt. Doch er wollte ihr nicht gleich einen Schrecken einjagen oder ihr die Wärme nehmen. Am besten wäre es, sie langsam daran zu gewöhnen. Man musste ihr ja nicht sofort Angst machen. Bei Anbruch der Nacht würden sich ihre Bedenken, was seine körperliche Nähe betraf, in dem Wunsch nach Wärme aufgelöst haben.

Je näher er an sie heranrückte, desto bewusster nahm er ihren Körper, ihre Haut und das Geräusch ihres Atems wahr. Dann konnte er sie riechen – ein Anflug von Lavendel und Vanille –, und er musste sich zwingen, den Duft nicht tief einzuatmen.

Ja, es würde ein langer Tag werden. Und eine sehr, sehr lange Nacht.

Kapitel 11

Der Wind pfiff um den Schlitten herum, ließ die Ränder der Plane flattern. Das Ölzeug lastete schwer auf ihnen. Madeline setzte ihre Haube ab und legte sie beiseite, um zu verhindern, dass die Krempe eingedrückt wurde.

»Du brauchst alle Wärme, die du nur bekommen kannst«, sagte Clay. »Du solltest sie nicht abnehmen. Oder dir zumindest einen Schal um den Kopf wickeln.«

Sie legte sich den Schal um den Kopf. Man musste ja nicht eine Haube ruinieren, die in tadellosem Zustand war – die einzige akzeptable winterliche Kopfdeckung, die sie besaß. Die Schneeflocken fielen jetzt heftiger, tippten leise auf die Plane und rutschten an deren Seiten hinab. Außer diesen Geräuschen waren nur die Pferde zu hören, die schnaubten und sich ein wenig bewegten.

»Kommen sie in diesem Wetter zurecht?«

»Ja.« Seine Stimme war nahe, sehr nahe bei ihr, im Halbdunkel. »Sie kommen schon zurecht, jedenfalls solange die Temperatur nicht allzu sehr fällt.«

»Und falls doch?«

Clay zögerte. »Ich bin mir sicher, dass es nicht so schlimm wird.«

Madeline musste keine ausgemachte Pferdekennerin sein, um sich ausmalen zu können, was geschehen würde, wenn es zu kalt für die Pferde werden sollte. Sie wären gestrandet. Wenn sie überhaupt lange genug überleben würden, um zu stranden.

»Kann man uns von der Straße aus sehen?«

»Nein. Es sei denn, jemand schaut gezielt auf diese Bäume,

was allerdings unwahrscheinlich ist. Die Spuren im Schnee sind innerhalb einer Stunde verschwunden.«

Sie grübelte darüber nach, war sich nicht sicher, ob das nun gut oder schlecht war. Sie hatte Geschichten über Banditen auf Wegen und Straßen im Westen gehört. Vielleicht war es also eher gut, versteckt zu sein. Wenn jedoch die Pferde erfrieren sollten …

»Ist dir zu kalt? Du zitterst ja.«

Das stimmte. Ihre Zähne klapperten. Allerdings lag das ihrem Empfinden nach nicht allein an der Kälte. »Was für Tiere gibt es hier?«

»Bitte, mach dich nicht verrückt!«

»Welche?«, beharrte sie.

Clay seufzte. »Wölfe. Bären. Berglöwen. Aber die Bären sollten jetzt eigentlich Winterschlaf halten. Deshalb …«

»Berglöwen? Sind die sehr gefährlich?«

»Sie kommen seltener vor, als du denkst, aber … ja, sie sind gefährlich«, räumte er ein.

»Ich verstehe.« Sie fühlte sich einer Ohnmacht nahe, bekam kaum noch Luft. »Ich glaube, ich muss hier raus …« Sie begann, die Überwürfe von sich zu schieben, und versuchte aufzustehen, sich gegen die Plane stemmend.

»Nein, Madeline, nein!« Er packte sie an den Armen und zog sie gegen ihren Widerstand zurück.

»Ich bekomme keine Luft. Bitte, lass mich raus …«

»Dort draußen ist es kein bisschen sicherer für dich. Hier bist du in Sicherheit. Alles ist gut. Du bist bei mir. Ich lasse nicht zu, dass dir etwas geschieht. Versprochen.«

Sie ließ sich zurück in den Sitz fallen. Er legte den Arm um sie, zog sie näher zu sich heran und streichelte ihr beruhigend den Arm.

»Ich verspreche dir, dass dir nichts geschehen wird.«

»Wie kannst du das versprechen?«

»Hör zu, ich hab in diesen Wäldern früher gejagt. Ich weiß,

was einen hier draußen erwartet. Hier gibt es nichts, was ich nicht schon zu bewältigen hatte. Ich weiß, wie man hier überlebt. Solange du hier bei mir bist und solange du tust, was ich dir sage, werden wir beide es schaffen. Mir ist klar, dass dies alles neu und fremd für dich ist und dir Angst macht. Aber Menschen überleben hier draußen viel Schlimmeres, immer wieder. Die Menschen aus Montana sind hart im Nehmen.«

»Ich bin nicht aus Montana.«

Er schmunzelte. »Nein, das bist du nicht. Doch du bist viel härter im Nehmen, als du dir selbst zutraust. Und du hast einen Menschen aus Montana an deiner Seite. Deshalb wird dir nichts geschehen.«

Eine verstohlene Träne lief ihr über die Wange. Sie hatte ganz und gar nicht das Gefühl, als könne ihr nichts geschehen. Sie hatte Angst und fühlte sich ausgeliefert. Und so wenig es ihr gefiel, mit einem Schlitten in der Kälte stecken geblieben zu sein, so wenig drängte es sie danach, zur Croft-Ranch zu kommen. Das wurde ihr jetzt klar. Sie machte sich Sorgen darum, welche Zukunft sie erwartete.

Clay strich ihr beruhigend über den Arm. Obwohl sie es für unschicklich hielt, ließ sie den Kopf auf seine Schulter sinken und weinte. Clay Porter war jetzt ihre einzige Zuflucht, und sie war so erschöpft und verängstigt, dass sie sich für den Moment keinerlei Gedanken darum machte, was das zu bedeuten hatte.

Der Nachmittag zog sich hin. In dessen späterem Verlauf aßen sie etwas von ihren Vorräten und plauderten ein wenig. Clay erzählte ihr, wie es in Montana im Sommer ist. Und er rümpfte die Nase, als Madeline die schwülen Sommertage in Boston beschrieb, an denen nur im Hafengebiet eine Brise wehte, und die Menschenmengen in den Parks und auf den Sommerveranstaltungen. Sie erzählte ihm, wie sehr sie es geliebt hatte, im Frühling The Mall entlangzuschlendern, unter den sich zu einer Kuppel wölbenden gerade erblühenden Bäumen.

Immer wenn der Wind auffrischte, hob Clay eine Ecke der Plane an, um nachzusehen, was sich am Himmel tat. Schon diese flüchtigen Blicke ließen Madeline erkennen, dass die wirbelnden Wolken von Schnee die Landschaft immer weiter zudeckten und allmählich auslöschten. Außer dem fallenden Schnee und den dunklen, schemenhaften Schatten der Tannenstämme in der Nähe war nichts zu sehen.

Madelines Zehen waren entsetzlich kalt. Die letzte Wärme der Kohlen hatte sich verflüchtigt. Doch Clay bestand darauf, dass es zu früh sei, weitere nachzulegen, auch wenn das bedeutete, dass sie erneut angezündet werden mussten. Er wollte bis nach Einbruch der Dunkelheit abwarten, sie dann anzünden und in der Nacht möglichst nur einmal Kohle nachlegen.

Zum ersten Mal fragte sie sich, ob die Eheschließung, ihr Ruf… ob irgendetwas davon in einigen Stunden überhaupt noch von Bedeutung sein würde. *Werden wir den Morgen erleben?* Das schien jetzt die größte Sorge zu sein.

»Entschuldige bitte«, flüsterte sie.

»Was denn?«

»Dass ich nach Tabitha gefragt habe. Es gehörte sich nicht, und es ging mich überhaupt nichts an. Ich weiß nicht, was über mich gekommen ist.«

»Ist schon in Ordnung.«

»Nein, das ist es nicht. Ich sehe doch, dass es dir wehgetan hat, darüber zu sprechen. Ich möchte dir aber nicht wehtun.«

»Ist schon in Ordnung, wirklich. Manchmal tut es weh, daran zu denken, ja. Aber ich werde mich wohl daran gewöhnen müssen, ab und an darüber zu sprechen. Heute ist ein Tag, der dafür so geeignet ist wie jeder andere.«

»Du sprichst also nie darüber? Nicht einmal mit Cara?«

»Ich hab überhaupt nicht über Tabitha gesprochen. Mit niemandem. Über eine lange Zeit. Dann irgendwann habe ich zugelassen, dass Cara über sie spricht. Als es nicht mehr ganz so wehtat, es hören zu müssen. Aber ich spreche nie darüber, wie… wie es passiert ist. Wenn Cara es versucht hat, bin ich ausgerastet.«

»Und warum bist du heute nicht ausgerastet?«

»Bin ich ja«, antwortete er lachend. »Ich hab nur nichts gesagt.«

»Das dachte ich mir schon. Warum hast du denn nichts gesagt?«

Er hielt inne. »Ich weiß es nicht. Vermutlich hatte ich den Eindruck, dass ich es aussprechen und hinter mich bringen muss.«

»Du meinst, du hattest gehofft, dass ich danach endlich den Schnabel halte«, sagte sie kichernd.

»Wie machst du das?«

»Was?«

»Du kennst mich kaum, und trotzdem scheint es, als könntest du mühelos erraten, was ich denke.«

»Ich…« Sie spürte, dass sie errötete. »Ich weiß nicht. Mir ist das gar nicht so recht bewusst… ich habe eher das Gefühl, dass ich nie weiß, was du gerade denkst. Wenn du allerdings meinst, ich kann das, dann bist du möglicherweise leicht zu entziffern.«

»Hm. Für Cara vielleicht. Tabitha hat immer gesagt, dass sie sich nie zusammenreimen konnte, was in meinem Kopf vor sich ging. Sie wollte immer, dass ich mich mehr öffne, ihr mehr davon erzähle, was ich fühle.«

»Hm, du scheinst tatsächlich sehr verschlossen zu sein, aber unter den gegebenen Umständen ist das verständlich.«

»So ist es wohl. Und was ist mit dir? Mir kommt es so vor, als wenn du jetzt meine ganze Lebensgeschichte kennst. Ich weiß von dir aber lediglich, dass du bis zum Tode deines Vaters reich warst und dich jetzt darin verbeißt, einen Mann heiraten zu wollen, den du zuvor um nichts in der Welt auch nur in Betracht gezogen hättest.«

»Clay«, ermahnte sie ihn.

»In Ordnung, in Ordnung, ich halte mich zurück. Aber

denk ja nicht, dass du so leicht davonkommst.« Er stupste ihre Schulter mit dem Arm an, den er um sie gelegt hatte, um sie zu wärmen. »Mach schon, rück raus mit der Sprache!«

»Da gibt es nicht viel zu erzählen. Ich bin in Boston aufgewachsen, war als Jugendliche die meiste Zeit im Internat und im Sommer in Mattapoisett. Und selbstverständlich bin ich in die Gesellschaft eingeführt worden.«

»Und wie hast du es geschafft, so lange unverheiratet zu bleiben? Du bist doch mindestens … einundzwanzig?«

»Ich bin im letzten Monat zwanzig geworden. Vater meinte, es sei besser, etwas später zu heiraten als allgemein üblich. Zumindest hat er das gesagt. Allerdings halte ich es für möglich, dass er eigentlich einen anderen Beweggrund hatte: Er wollte einen dickeren Fisch für mich an Land ziehen. Dabei hatte er ein Auge auf einen bestimmten Herrn geworfen, der bereits verlobt war. Doch Vater war sich sicher, dass diese Verlobung nicht halten würde, und er hoffte, mich als zweite Wahl an den frei werdenden Platz manövrieren zu können. Dann …«

»Starb er.«

»Ja.« Sie schluckte den Kloß im Hals hinunter. »Es ging alles so schnell, und dann hat Mutter mich gedrängt, auf Bälle zu gehen, mir einen Mann zu suchen, wo ich doch nur daran denken konnte, dass ich meinen Vater verloren hatte.«

Tränen traten ihr in die Augen, und sie zog ein Taschentuch aus ihrem Ärmel hervor, um sie abzutupfen. »Mein Vater war nicht sehr zärtlich. Die eigenen Gefühle überschwänglich zu zeigen wird in meiner Familie nicht gutgeheißen. Aber ich war sein Lieblingskind. Das wusste jeder. Ich war seine kleine Prinzessin, und er war mir wichtiger als alles andere im Leben. Dann war er fort, und Mutter wollte, dass ich auf Bällen lachte und tanzte, während ich nichts anderes wollte, als mich in meinem Zimmer zu verkriechen. Ich konnte nicht verstehen, wie sie so etwas von mir erwarten konnte.«

»Sie wusste Bescheid.«

»Ja. Der Anwalt hatte das Testament im engsten Kreise verlesen. Nur meine Mutter und mein Onkel – der Bruder meines Vaters – waren anwesend. Mir war es nicht seltsam vorgekommen, dass sie nicht mit mir darüber gesprochen haben – wem sollte Vater sein Geld schon vererbt haben, wenn nicht seiner eigenen Familie? Doch es gab nichts zu vererben, nur Schulden. Gerichtsvollzieher kamen, offene Forderungen wurden eingetrieben, und im Laufe des folgenden Jahres verloren wir fast alles. Das habe ich erst festgestellt, als unser Eigentum konfisziert wurde, um die Schulden zu begleichen. Wir haben uns so geschämt. Zwar wurde darüber spekuliert, dass wir nicht annähernd so viel geerbt hatten wie erwartet, aber es gelang uns, unsere wirkliche finanzielle Lage vor den Leuten – den meisten jedenfalls – zu verbergen, bis wir unsere letzte Immobilie verloren, das Haus in Back Bay. Ab da ließ sich nichts mehr verheimlichen. Mir wurde klar, dass meine Schwester und ich Mutters letzte Hoffnung waren – wir mussten gut heiraten. Deshalb drängte Mutter mich so sehr. Also ging ich auf Bälle und versteckte meine Sorgen hinter meinem Lächeln. Aber es war schon zu spät. Alle wussten Bescheid. Kaum ein Mann wollte mit mir tanzen, es sei denn aus Mitleid. Von den Unmengen an Verehrern, die ich vorher gehabt hatte, war keiner mehr geblieben. Niemand wollte eine mittellose Erbin heiraten – jedenfalls niemand aus meiner Gesellschaftsschicht.«

Clay legte die Hand auf ihren Arm und drückte ihn sanft. »Das tut mir leid. Es muss sehr schwer gewesen sein, dass deine ganze Welt aus den Fugen geraten ist.«

»Ja.« Sie starrte auf ihre Hände, die im matten Licht unter der Plane kaum zu sehen waren.

Als die Sonne, versteckt hinter den dichten Wolken, unterging, verlosch das letzte Tageslicht. Der Schneefall ließ nach, bis nur noch winzige Flocken fielen. Doch der Wind hatte zugenommen. Als Clay hinausspähte, konnte man durch kleine

Wolkenlöcher den tintenschwarzen, von Sternen übersäten Himmel sehen. Sie hatte gehofft, sie würden vor Einbruch der Dunkelheit zur Straße zurückfahren können. Das war jetzt allerdings unmöglich. Nur das blasse Licht der Sterne, von der frischen Schneedecke reflektiert, sorgte für etwas Sicht, sodass sie einen Blick auf die mächtigen Umrisse der schneebedeckten Tannen erhaschen konnte.

Zweige knickten, und Äste knarzten unter der Last des Neuschnees. Bei dem kleinsten Geräusch fuhr sie zusammen, fest davon überzeugt, dass sie jeden Moment von einem riesigen, furchterregenden Ungeheuer verschlungen werden würde.

Als ein dumpfes, rauschendes Geräusch sie aufschreckte, das wie ein Schlitten klang, sprang sie auf, rückte näher an Clay und krallte sich an seinem Ärmel fest. »Was war das?«

Clay lachte. »Das sind ganz sicher die Pferde. Entspann dich! Du bist aufgeregt wie ein Lamm in einer Wolfshöhle.«

»Ich befürchte, ich *bin* ein Lamm in einer Höhle voller Wölfe.«

»Mach dir keine Sorgen. Die Pferde bemerken jedes Raubtier lange vor uns. Solange sie nicht durchdrehen, besteht keine Gefahr für uns.«

Er legte den Arm etwas fester um sie, und sie kam nicht umhin, sich in seinen Armen ein wenig sicherer zu fühlen. Er würde nicht zulassen, dass ihr etwas geschah. Bei all seiner vertrackten Starrköpfigkeit war er doch ein fürsorglicher, verantwortungsvoller Mann, und sie vermutete, dass er es für sie notfalls mit einem Bären aufnehmen würde.

Vermutlich würde er das für jeden Menschen tun. Er musste wirklich ein sehr anständiger Mann sein, sich so um das Wohlergehen einer Frau zu kümmern, die er nicht ausstehen konnte.

So nah bei ihm sitzend, konnte sie in seinem Atem den Duft von Honig ausmachen, der von den Honigkeksen herrührte, die sie zuvor gegessen hatten, und auch seinen eigenen moschusartigen, männlichen Duft. Sie nahm die Wärme seines

Körpers wahr, der sich gegen ihren drängte, und war dankbar dafür. Doch das ließ Gefühle in ihr aufkommen, mit denen sie nicht gerechnet hatte und die sie nach ihrer Überzeugung nicht haben durfte.

»Warum sorgst du dich so um mich, obwohl du mich überhaupt nicht um dich haben magst?« Die Frage war ihr entschlüpft, bevor sie es noch bemerkte. Sie biss sich auf die Zunge, es war ihre unsagbar peinlich, und sie hätte die Worte nur zu gerne zurückgeholt.

Einen Augenblick hing ein Schweigen in der Luft, das ihr unendlich lang vorkam. Sie konnte hören, dass er durchatmete.

»Ich …« Er legte den Arm noch fester um sie.

Sie wappnete sich, erwartete, er werde seinen Arm zurückziehen. Erst da wurde ihr bewusst, wie sehr sie sich wünschte, sein Arm würde genau dort bleiben, wo er war, eng um sie geschlungen, ihr Sicherheit und Wärme schenkend und … da war noch ein weiteres Gefühl. Was war es? Sie wusste es nicht so genau.

»Es ist nicht so, dass ich …« Er atmete hörbar aus. Er zog den Arm nicht fort, löste die Umarmung ihrer Schulter nur ein wenig. »Ich weiß nicht. Du bist mir nun einmal … wichtig. Deine Sicherheit ist mir wichtig. Ich mache mir Sorgen um deine Zukunft. Mir ist wichtig, dass du es angenehm hast – so angenehm ich es dir machen kann – und dass du keine Angst hast.«

»Aber warum? Ich bin doch nur deine Passagierin. Das hast du selbst gestern Abend gesagt. Wenn ich dich zur Weißglut bringe, wenn du es gar nicht abwarten kannst, mich endlich auf der Croft-Ranch loszuwerden, warum machst du dir dann solche Sorgen um mich?« Sie wandte sich ihm in der Dunkelheit zu – im schmerzlichen Bewusstsein, dass sein Gesicht keine Handbreit von ihrem entfernt war. Das elektrisierte sie bis ins Innerste, und in ihr wallten seltsame Gefühle auf, die sie nicht einordnen konnte … die ihr aber gefielen.

»Madeline, ich … ich kann das nicht beantworten. Es ist einfach so.«

Sie wandte den Kopf ab und hörte den Schneeflocken zu, die die Plane hinabglitten. Der Wind hatte ein wenig nachgelassen, sodass es im Schlitten nicht mehr ganz so kalt war.

»Warum lebst du so weit entfernt von deiner Schwester? Früher hast du doch in ihrer Nähe gewohnt, jetzt aber in Helena. Es wundert mich, warum du nicht bei ihr sein möchtest.«

»Ich … wir haben früher ziemlich nah bei ihnen gewohnt, wie ich schon erzählt habe – Tabitha und ich, meine ich. Dann habe ich sie verloren.« Er seufzte, seine Armmuskeln spannten sich an. »Ich hab das Haus verkauft und auf einer Ranch gearbeitet. Und als Cara und Ben sich dann nördlich von Helena niederließen, hab ich … sie sind meine Familie. Alles, was mir geblieben ist. Zwar wollte ich in ihrer Nähe sein, aber trotzdem … ich wollte vergessen. Ich wollte mich in Arbeit stürzen und vergessen. Dann hab ich Arbeit bei Herman in der Schlachterei gefunden und so viel gearbeitet wie möglich. Aber ich lebe immer noch nahe genug bei ihnen, um sie von Zeit zu Zeit besuchen zu können. Wie du schon sagst, Cara ist meine Familie. Und sie besucht mich immer, wenn sie mit ihrer Familie in die Stadt kommt. Es ist nur … es tut so weh, sie zu treffen.«

»Cara zu treffen?«

»Genau. Sie … meine Schwester ist immer so quirlig. Als Tabitha starb, war Cara traurig – Tabitha war wie eine Schwester für sie –, dennoch war sie häufig dieselbe unbeschwerte Cara, die sie immer gewesen war. Sie hatte Kinder. Sie hatte einen Mann, der sie liebte. Die ganze Familie – sie waren so glücklich miteinander. Und ich …«

»Du konntest es nicht mit ansehen. Weil sie das hatte, was du dir so sehr wünschtest.«

Er seufzte, die Anspannung ließ nach. »Ja. Sie hatte, was ich auch hätte haben sollen. Und ich freute mich für sie, wirklich. Aber … es war schwer.«

»Da war es leichter, allein zu sein.«

Er wandte sich in der Dunkelheit ihr zu, sie konnte seinen Atem auf der Wange spüren. »Madeline …«

Sie hob das Kinn, um zu ihm aufzusehen, als er sich zu ihr herunterbeugte. Seine Lippen suchten ihre, fanden sie, und er küsste sie sanft. Madeline war verwundert, sie spürte eine Spannung in sich aufsteigen. Begehren erwachte in ihr. Ohne nachzudenken, hob sie die Hand und strich ihm über die Wange, die unrasiert und rau war. Er legte die Arme um sie, küsste sie verlangender.

Seine Küsse waren warm und schmeckten nach Honig. Er streichelte ihre Wange, ihr Haar. Sie rang nach Atem, wollte mehr. Das war es, was sie schon den ganzen Abend lang gewollt, wonach sie sich gesehnt hatte, ohne sich dessen bewusst gewesen zu sein. Nach seinem Kuss, seiner Berührung, seiner Nähe. Sie verzehrte sich danach, und obwohl etwas in ihrem tiefsten Inneren wusste, dass es falsch war, genoss sie die Nähe seines Körpers, als er sie an die Innenwand des Schlittens drückte.

Er vergrub die Hände in ihrem Haar, und sie konnte spüren, dass er ihre Haarnadeln herauszog, eine nach der anderen. Sie hörte jede einzelne klickend auf den Boden des Schlittens fallen. Ihr Haar löste sich in einem wilden Durcheinander widerspenstiger seidiger Locken, die ihr über die Schultern fielen und das Gefühl vermittelten, attraktiv und begehrenswert zu sein – und ein wenig liederlich.

Das schreckte sie kurz auf, ließ sie innehalten. *Was mache ich hier?* Sie war ganz allein mit einem Mann, mit dem sie nicht verheiratet war. Ihr Haar war gelöst und ergoss sich in einer Weise, von der sie immer angenommen hatte, ein Mann werde sie erst in ihrer Hochzeitsnacht zu Gesicht bekommen. Und sie tat Dinge, die – oh, mein Gott – sich so gut anfühlten, die sie aber mit keinem anderen Mann tun sollte als mit ihrem Ehemann.

Sie war mit einem anderen Mann verlobt.

Sie riss sich zurück. »Halt«, keuchte sie. »Das dürfen wir nicht. Es ist falsch … und ich bin verlobt … ich kann das nicht …«

Clay nahm sich mit einem unwilligen Seufzer zurück. »Es tut mir leid. Ich hätte nicht …«

»Nein, es ist in Ordnung. Ich meine«, fügte sie schnell hinzu, »es ist nicht in Ordnung, aber du hast keine Schuld. Oder jedenfalls nicht allein. Ich war ganz genauso daran beteiligt wie du.«

»Das kann man wohl sagen.«

Sie konnte sein Grinsen geradezu hören.

»Hör auf!« Sie schlug ihm auf den Arm. Madeline war sich sicher, bis in die Haarspitzen errötet zu sein. »Ich hätte niemals zulassen dürfen, dass …«

»Nein, lass! Ich hätte respektvoller sein müssen. Du bist eine Dame, noch dazu verlobt. Du hast Angst, du bist verletzlich, und ich hätte das nicht ausnutzen dürfen. Ich hätte dir nichts vormachen dürfen. Das war nicht richtig.«

Ihr nichts vormachen dürfen? Was sollte das bedeuten? Hieß es, dass er keine Gefühle für sie hatte? Dass es für ihn nur um Lust ging? Jetzt brannten ihre Wangen tatsächlich, dieses Mal vor Demütigung. Mehr war es für ihn nicht gewesen. Er war ein Mann, der seit langer Zeit ohne Frau lebte. Und er hatte sich gehen lassen, hatte zugelassen, dass sein Verlangen ihn übermannte, weil er um der Wärme und Sicherheit willen hier so eng mit ihr eingepfercht war. Für ihn war es nichts weiter gewesen als ein kurzzeitiges Aussetzen seines Denkvermögens. Bei der Vorstellung kam ihr die Galle hoch.

Aber warum eigentlich?, meldete sich Madelines Gewissen. *Hast du nicht eben genau das Gleiche gedacht? Dass es ein Fehler war?*

Aber es *fühlte* sich nicht an, als sei es dasselbe. Ihr war nicht klar, warum. Vielleicht weil sie etwas gespürt hatte – sie wusste nicht genau, was –, das über die körperliche Anziehung hinausging. Sicher, sie hatte ihrer Leidenschaft freien Lauf gelassen. Ein schwerwiegendes Aussetzen ihres Denkvermögens, keine Frage. Aber damit war es, zumindest für sie, nicht getan. Sie fühlte mehr.

Clay nicht.

»Alles in Ordnung?«, fragte Clay, die Hand auf ihrer Schulter. »Du scheinst etwas … angespannt zu sein.«

»Alles gut«, antwortete sie knapp, sehr darum bemüht, sich nicht anmerken zu lassen, wie getroffen und beschämt sie war. »Allerdings halte ich es für angebrachter, dass du mir den Arm nicht um die Schulter legst, wenn du neben mir sitzt.«

»Wenn du das für das Beste hältst, in Ordnung.« Er zog die Decken hoch, die auf ihren Schoß gerutscht waren, und steckte sie über ihren Schultern fest.

»Ja.«

Sie setzten sich ungelenk nebeneinander, in dem Versuch, sich um der Wärme willen aneinanderzuschmiegen, ohne einander allzu viel zu berühren.

Kapitel 12

Clay hätte seine Oberschenkel am liebsten mit den eigenen Fäusten bearbeitet. Oder auf etwas anderes dreingeschlagen. Was war nur über ihn gekommen? Wie hatte er zulassen können, dass das passiert war? Damit hatte er sie sicherlich auf dumme Ideen gebracht. Ihr etwas vorgemacht. Ihr in den Kopf gesetzt, dass er verliebt in sie war oder etwas in der Art. Was nicht der Fall war.

Wirklich nicht?

Nein! Bin ich nicht!, gab er sich zur Antwort.

Nur weil er sich hatte gehen lassen, weil er sich in der Wärme ihres Körpers neben dem seinigen verloren hatte, weil ihr Körper bei jeder Empfindungen in ihm … das alles bedeutete noch lange nicht, dass er Gefühle für sie hegte. Er war ein Mann. Männer haben Bedürfnisse. Es war ganz normal, dass sich – unter den gegebenen Umständen – sein Verlangen meldete.

Dieses Argument war allerdings nicht wasserdicht. Er konnte sich damit selbst nicht so ganz überzeugen. Tatsächlich nämlich hatte er mehr gefühlt – es war das Letzte, was er wollte, und das Letzte, was er irgendjemandem gegenüber zugeben wollte, nicht einmal sich selbst. Doch er hatte viel mehr als nur Lust empfunden. Er fühlte sich schon den ganzen Tag über von Madeline angezogen, seit sie sich zum ersten Mal unter der Plane aneinandergeschmiegt hatten. Dennoch war es nicht das, was ihn um den Verstand gebracht hatte.

Sie war es. *Sie.* Ihr Wesen. Er wusste nicht, wie sie es schaffte, doch es gelang ihr, sich mit ihm gemeinsam den heikelsten Themen zuzuwenden und ihm eine Antwort zu entlocken.

Jedem anderen, der das Gleiche auch nur versucht hätte, hätte er den Kopf abgerissen.

Und mehr noch: Sie schien ihn zu verstehen. Obgleich sie wahrhaftig keine Vorstellung von dem hatte, was er hatte durchleben müssen, war sie in der Lage, es zu verstehen. Wohl weil sie, wenngleich in geringerem Ausmaß, eine ähnliche Erfahrung gemacht hatte. Genau wie sie vor ihren Problemen geflohen war, war auch er vor der Vergangenheit mit Tabitha fortgelaufen, und vor seiner Schwester – vor dem glücklichen Leben, das sie jeden Tag hatte. Er war vor den Erinnerungen und dem Schmerz geflüchtet und hatte niemanden an sich herangelassen.

Ja und? Ist es nicht besser so? Geht es so nicht allen besser, die mich nur gelegentlich treffen und die sich deshalb nicht mit meiner Traurigkeit, meiner Einsamkeit und meinem Verlust befassen müssen?

War es nicht das, was auf eine bestimmte Art auch Madeline getan hatte? War sie nicht aus Boston geflohen, um dem Schmerz und der Beschämung zu entkommen und um ihrer Mutter die Peinlichkeit zu ersparen, ihre Tochter mit einem Mann weit unter ihrem Stand verheiratet zu sehen?

Clay stutzte. War Madelines stocksteifes, hochnäsiges Gebaren nur ein Weg, sich vor mehr Schmerz zu schützen? Sich davor zu schützen, Menschen kennenlernen und sich von ihnen ächten lassen zu müssen, so wie ihre Freunde in Boston sie geächtet hatten? Und war es das, was auch er gerade tat? Er hatte sich immer gesagt, dass es ihm allein besser ging. Aber stimmte das wirklich? Oder könnte es sein, dass er – wie Cara behauptete – nur versuchte, Kummer zu vermeiden?

Vielleicht waren er und Madeline einander gar nicht so unähnlich, wie er gedacht hatte.

Er bemerkte, dass Madeline herumhantierte und sich fester in die Felle und Decken einwickelte. Der kleine Zwischenraum, den er zwischen ihnen beiden freigelassen hatte, ließ der kalten

Luft genügend Raum, sich zwischen sie beide zu drängen. Schon strömte Kälte nach, aber Clay würde nicht näher an sie heranrücken als unbedingt nötig.

So saßen sie eine Stunde da, vielleicht noch länger. Die Stille im Schlitten war unangenehm. Doch der Wind und der Schnee machten das wett. Schneeklumpen fielen von den Zweigen und schlugen dumpf auf die Plane, während die Hufe der Pferde im Schnee knirschten, wann immer diese sich bewegten.

Schon bald wurde die Kälte stärker, als Madeline aushalten konnte. Sie rückte nach und nach immer näher an Clay heran, bis sie sich wieder in seine Arme schmiegte. Sie wandte das Gesicht von ihm ab, und darüber war er froh. Denn er fühlte sich wie elektrisiert von ihr angezogen und konnte kaum an sich halten.

Als die Kälte unerträglich wurde, legte Clay mehr Kohle in den metallenen Fußwärmer, und schon bald war es wieder angenehm warm in ihrem engen Unterschlupf. Die Nacht schritt voran, und irgendwann fiel Madeline der Kopf vor Müdigkeit nach vorn. Schon bald schlief sie fest, den Kopf an seiner Schulter.

Als der Morgen unter den Wolken graute, erwachte Clay, den Kopf an den Madelines gelegt, die noch schlief. Es war inzwischen wieder sehr kalt im Schlitten geworden, und Madeline war ihm im Schlaf beinahe auf den Schoß gekrochen. Er lächelte und stellte sich ihre Reaktion vor, wenn sie erwachte. Bis dahin ließ er sie noch eine Weile schlafen und genoss es, ihre Brust an seiner zu spüren und den Duft ihres Haares riechen zu können.

Es ist nichts dabei, die Gegenwart einer hübschen Frau zu genießen. Das bedeutete nicht, dass er sie haben wollte – als Ehefrau –, es bedeutete lediglich, dass er ein normaler Mann mit normalem Verlangen war.

In dem Moment, mit steifem Rücken neben Madeline sitzend und den rechten Arm taub von ihrem darauf lastenden

Gewicht, erinnerte er sich an die vielen Morgen, an denen er genauso aufgewacht war – mit taubem, kribbelndem Arm, da Tabitha ihren Kopf daraufgelegt hatte. Dennoch ließ er sie immer so lange schlafen, wie er es aushalten konnte, nur um der Freude willen, sie im Schlaf beobachten zu können.

Bei der Erinnerung lächelte er. Als ihm bewusst wurde, dass er das niemals wieder erleben würde, schlug eine Welle der Trauer über ihm zusammen. Es stimmte, er konnte eine andere Frau heiraten und wieder glücklich sein – aber warum eigentlich? Tod und Tragödien lauern ständig an jeder Ecke. Dies umso mehr in der Wildnis von Montana, wo Ärzte so rar gesät waren. Sogar in Helena – wo es Ärzte gab – war das Leben immer bedroht. Viele Frauen in Montana starben im Kindbett, gar nicht zu reden von Krankheiten, Epidemien, Unfällen, Feuer, Erdbeben …

Ja, der Tod lauerte an jeder Ecke, begierig auf ein neues Opfer. Es erschien Clay töricht, dem Tod ein weiteres unschuldiges Opfer vorzuwerfen, um seinen Appetit zu stillen. Es war weit sicherer, allein zu leben. Es gab auch Nachteile, doch das Leben war unkomplizierter, sagte er sich.

Aber, oh, wie gut sie riecht!

Madeline rührte sich, hob langsam den Kopf und gähnte. Sie zuckte überrascht zusammen, als ihr klar wurde, wo sie war und an wen sie sich lehnte.

»Oh, Entschuldigung … ich dachte, ich …«

»Kein Grund, sich zu entschuldigen! Du brauchtest den Schlaf.« Clay ließ sie los, damit sie sich aufsetzen konnte.

»Hast du nicht geschlafen?«

»So gut es unter den gegebenen Umständen eben ging.« Er spürte die warme Stelle an seinem Körper sehr deutlich, die sie hinterlassen hatte und die jetzt, da sie fort war, wieder kälter wurde.

Sie stemmte sich gegen die Plane, die schwer auf ihren Köpfen lag. »Ich mag mir gar nicht vorstellen, was die mit meinem Haar angerichtet hat.«

Beim trüben Licht, das durch die Spalten der Plane fiel, konnte er sehen, dass sie die Hand hob, um ihr Haar notdürftig zu richten. Plötzlich hielt sie inne. Mit den Fingerspitzen fuhr sie durch die Fülle ihrer Locken, die ihren Hals umspielten. Locken, die sich gelöst hatten, als er am Vorabend die Haarnadeln herausgezogen hatte.

»Oh!«, murmelte sie.

Clay war sicher, dass ihr die Röte ins Gesicht stieg.

Sie zog die Revers ihres Mantels herunter und strich den Wollstoff mit ihren behandschuhten Händen glatt.

Er dachte darüber nach, wie es wohl wäre, neben ihr zu liegen, ohne Wollmäntel oder schweren Decken – nur sie beide, mit nichts als einem dünnen Baumwolllaken dazwischen. Er stellte sich vor, das Laken anzuheben, bis über ihre Schenkel … ihre Hüften …

»Was ist?« Madeline sah auf zu ihm.

»Bitte was?«

»Du hast mich gerade angestarrt.«

»Wirklich?« Er schüttelte den Kopf, um die erotischen Bilder zu vertreiben, die sein Gehirn überflutet hatten. »Ich hab mich nur … gefragt, ob du Hunger hast.«

»Ich bin halb verhungert! Wie gut, dass du dafür gesorgt hast, dass wir einige Kekse für heute zurückbehalten haben.«

»Wir müssen sie während der Fahrt essen. Ich möchte nicht riskieren, Zeit zu verlieren. Noch eine solche Nacht überleben wir nicht. Nicht ohne Lebensmittel und Kohlen.«

»Haben wir denn alle Kohlen verbraucht?«, fragte sie besorgt.

»Nicht ganz, ein paar kleine Stücke sind noch da. Aber mehr haben wir nicht für die letzte Strecke.« Er machte sich Sorgen um sie. Obwohl die Nacht bitterkalt gewesen war, hatten sie es geschafft, ihre Körperwärme sehr gut unter der windfesten Plane zu bewahren. Am Tage würden sie nur die Decken und Felle haben. Auf der schnellen Fahrt die Straße hinunter würden sie überdies gegen den Wind zu kämpfen haben. Wie schwach dieser auch sein mochte, während der Fahrt wäre er eisig – die Vorderseite des Schlittens bot kaum Windschutz.

Zweifellos würde sie sich wieder beklagen, wie immer.

Doch sie sagte kein Wort.

Clay stand auf, zog die Plane zurück, schüttelte den Schnee ab und faltete sie zusammen, um sie zu verstauen. Er kümmerte sich um die Pferde, während Madeline die Kekse hervorholte, das letzte bisschen Honig darauf verteilte und alles wieder verstaute. Sie legte sie auf eine Serviette in der Mitte des Sitzes und machte sich dann daran, ihre Haare so ordentlich aufzustecken, wie es eben ging. Dabei suchte sie wortlos nach den Nadeln, die am Abend zuvor auf den Sitz gefallen waren.

Er betrachtete sie während seiner Arbeit aus dem Augenwinkel, fasziniert, wie gekonnt sie die Locken ohne Spiegel zwirbelte und zusammensteckte, und das obwohl ihre bloßen Hände vor Kälte zitterten.

Sie war kaum damit fertig und hatte sich ihre Handschuhe wieder übergestreift, als Clay seine Aufgaben erledigt und die Pferde angeschirrt hatte. Er spannte beide Stuten zusammen und hoffte, sie würden so schnell für ihn laufen, wie sie nur konnten. Er wollte Madelines Gesundheit nicht aufs Spiel setzen, indem er riskierte, noch einmal in schlechtes Wetter zu geraten.

Er zündete die letzten Kohlen an und wickelte Madeline fest ein. Dann stieg er in den Schlitten und setzte sich auf die Ränder der Überwürfe.

»Willst du dir die Decken nicht über die Beine legen?«

»Nein, ich fürchte, dann kommt zu viel Wind darunter. Du musst warm bleiben.«

»Du auch. Du wirst Frostbeulen bekommen, Clay!«

»Das geht schon.« Er blinzelte ihr zu. »Wir hier draußen im Westen können einen Stiefel vertragen.«

»Nein, wirklich. Bedeck sie nur ein bisschen, wenigstens …«

»Nicht nötig. Ich nehme das Ölzeug, breite es etwas aus

und lege es mir über die Beine. Das wird den Wind ganz gut abhalten.«

Sie warf einen zweifelnden Blick auf das Ölzeug, während er es zweimal auseinanderfaltete und sich das schwere Ding über die Beine legte. »Du weißt schon, dass es auch für mich ein Todesurteil ist, wenn du erfrierst, ja? Ich kann keinen Schlitten führen.«

»Warum wundert mich das nicht?«, fragte er lachend. »Hast du jemals irgendein Gefährt gelenkt?«

Sie schüttelte den Kopf. »Wir wurden überall hingefahren. Allerdings wurde ich gelb vor Neid, als ich einmal sah, wie ein Fahrer es seinem Sohn beibrachte. Ich hätte meine sämtlichen Porzellanpuppen dafür gegeben, die Zügel in den Händen zu halten. Doch meine Mutter meinte, das sei würdelos.« Ihre Stimme klang wehmütig.

»Vielleicht bringe ich dir das bei.«

»Was? Nein. Nein!« Sie schnappte nach Luft, die Vorstellung versetzte ihr einen Schrecken. Sie blickte hinaus auf die gewundene Straße, während Clay den Pferden ein Zeichen gab und den Schlitten vorsichtig unter den Bäumen hervor lenkte. Schnee fiel in Klumpen auf sie herab, Madeline kreischte.

»Oh! Er ist hinten in meinen Mantel gefallen!« Sie setzte sich aufrecht hin, drehte und wand sich, um den Schnee herauszuangeln, bevor er schmolz.

»Wirklich?« Clay lachte herzhaft, während er ihre Verrenkungen beobachtete.

»Oh, nein, jetzt ist er auch noch hinten in mein Kleid gerutscht!«

Sein Glucksen verebbte, als ihm bewusst wurde, wie sehr er den Schnee beneidete, der sich an ihre weiche Haut schmiegte und dort nun schmolz. Er unterdrückte ein frustriertes Aufstöhnen. Diese Frau war eine Gefahr für seine Entschlossenheit.

Schnell gab sie es auf, den Schnee aus ihrer Kleidung herauszufischen zu wollen – er musste inzwischen ohnehin geschmolzen sein. Sie setzte sich zurück und zog sich die Decken bis zum Kinn hoch, ihre Zähne klapperten. »Was meinst du, wie lange es dauern wird?«

Clay taxierte den Himmel. »Wenn das Wetter sich hält und wir uns beeilen, könnten wir vor Mittag dort sein.« Er warf einen kurzen Blick auf ihr skeptisches Gesicht. »Das willst du doch, oder?«

»Selbstverständlich«, antwortete sie schnell. »Ja, natürlich will ich das. Es hat keinen Sinn, aufzuschieben, was getan werden muss.« Sie presste ihre weichen Lippen zu einer schmalen Linie aufeinander.

Sie sprach über ihre bevorstehende Hochzeit, als sei sie eine Aufgabe in einer abzuarbeitenden Liste. Niemand sollte so an seine Hochzeit denken. Vor allem keine Braut. Der Gedanke daran sollte Freude bereiten … man sollte darin schwelgen …

Er räusperte sich. »Du freust dich also auf deine Hochzeit?«

»Ich bin bereit, mein neues Leben aufzunehmen.«

»Das ist nicht dasselbe.«

Sie warf ihm einen schneidenden Blick zu. »Bin ich für deinen Geschmack nicht enthusiastisch genug? Es tut mir leid, dich enttäuschen zu müssen. Doch was mich betrifft, handelt es sich um eine Geschäftsverbindung.«

»Aber du weißt schon, dass er von der Verbindung mehr erwartet als nur Geschäftliches, oder?« Er blickte sie vielsagend an.

»Sei nicht so vulgär.« Sie wandte sich ab, schaute hinaus auf die weiße Landschaft.

»Ich hoffe nur, dass du weißt, worauf du dich einlässt.«

»Oh, ist es das, was du gestern Abend getan hast? Mir beizubringen, worauf ich mich einlasse?«

Ihm wurde heiß, als ihm das Blut ins Gesicht stieg. »Das hab ich nicht gemeint. Du weißt nichts über mich. Ich würde niemals eine Gelegenheit ausnutzen.«

»Aber hast du nicht genau das getan?«

»He, Lady, soweit ich mich erinnere, waren deine Hände auf meinem Gesicht, deine Lippen auf meinen, und du hast lustvoll gestöhnt, als ich dich geküsst habe!«

»Ich habe *nicht* …« Sie hielt abrupt inne und fauchte dann ärgerlich durch zusammengebissene Zähne: »Wie kannst du es wagen!« Dann starrte sie beschämt und empört geradeaus. »Vielleicht war ich ein wenig beteiligt, während …«, sie atmete scharf ein, »des Vorfalls. Aber du hast mich ausgenutzt. Ich bin eine Frau, die mit einem vollkommen Fremden in der Wildnis gestrandet ist und Angst um ihr Leben hat.«

»Machst du Witze?«, unterbrach er sie. »Ein Fremder? Ich habe in den vergangenen drei Tagen mehr Zeit mit dir verbracht als mit jedem anderen Menschen, mit Ausnahme von Herman, Cara und deren Familie. Ich hab dir Dinge erzählt, die ich außer meiner Schwester niemandem je erzählt habe. Es mag sein, dass wir uns nicht schon unser Leben lang kennen, aber wie kannst du mich als einen Fremden bezeichnen?«

»Gerade eben hast du gesagt, dass ich nichts über dich weiß.«

»Ich meinte, dass du dem, was genau vor deinem Gesicht ist, keine Aufmerksamkeit schenkst. Auf einer schwierigen Fahrt wie dieser kann man einen Menschen gut kennenlernen. Immerhin ist man den ganzen Tag und manchmal auch die ganze Nacht zusammen. Du solltest inzwischen eine verdammt genaue Vorstellung von meinem Charakter haben.«

»Hör auf zu fluchen!«

»Du bist nicht meine Mutter! Und nicht meine Schwester. Und ganz bestimmt nicht meine Frau. Sag mir also nicht, was ich zu tun habe!«

»Welchen Sinn hätte es wohl, dir zu sagen, was du zu tun hast! Du bist so dickköpfig, du hörst ohnehin nie zu!«

»Bei allen …« Es biss die Zähne zusammen, riss sich am Riemen. »Warum lassen wir das nicht sein, bevor wir noch die Pferde scheu machen und uns gegenseitig umbringen? Ich habe mein Geld bekommen, um dich zu Sam Croft zu bringen. Wenn wenn du töricht genug bist, meine Warnungen in den Wind zu schlagen, werde ich dich gerne direkt vor seiner Haustür absetzen. Mir scheint, je besser ich dich kennenlerne, desto mehr bekomme ich den Eindruck, dass ihr perfekt zueinander passen werdet!«

»Vielleicht werden wir das! Vielleicht hast du die ganze Zeit versucht, ihn als einen Schurken darzustellen, wo er doch eigentlich nur der liebevolle und kultivierte Großgrundbesitzer ist, den ich aus seinen Briefen kenne. Und du bist nur ein jämmerlicher, verbitterter, eifersüchtiger Mann, der es nicht ertragen kann, dass ein anderer das Glück hat, das ihm verweigert wird!«

»He, mir geht's gut! Ich bin glücklich, genauso wie ich bin. Und auch wenn ich es nicht wäre, bräuchte ich deinesgleichen bestimmt nicht. Ich könnte Hunderte von Mädchen finden, die bereit wären, mich glücklicher zu machen.«

»Ach nein, weil du so eine guter Fang bist? Ein Mann, der über einer Schlachterei wohnt und Transporte für einen niederträchtigen Schurken übernimmt, um etwas zusätzliches Bargeld zu haben? Klar, ich bin sicher, die Frauen stehen Schlange, um Sie zu heiraten, Mr Porter.«

Die Pferde schnaubten und wurden langsamer, unruhig drehten sie ihre Hälse. Clay ließ die Zügel etwas locker. »Sie trauen sich was, Miss Barstow! Sie sehen gut aus, und Sie haben in Boston einen Namen. Dennoch haben Sie keinen Mann gefunden, der Sie ohne eine dicke, fette Mitgift heiraten wollte. Weil Sie nämlich die Persönlichkeit einer versauerten und vertrockneten unverheirateten alten Oberlehrerin haben!«

Ihre Augen blitzten, als sie ihm ihr Kinn entgegenreckte. »Ich hätte jeden ehrenwerten Geschäftsmann heiraten können, den ich haben wollte! Es war meine Entscheidung, hierherzukommen.«

»Das sagen *Sie*. Und es war meine Entscheidung, nicht

wieder zu heiraten. Nicht dass irgendjemand das endlich respektieren würde!«

»Oh, sicher, Sie haben Unmengen an Chancen mit einer Unzahl von Frauen. Ha!«, höhnte sie. »Wohl eher jede Menge Verabredungen mit Saloongirls, wette ich!«

Er wurde rot. Es war, als könne sie seine Gedanken lesen, in seine Vergangenheit schauen, und als wisse sie um die paar Begegnungen mit Mädchen im Saloon, die er in der Hoffnung gehabt hatte, sie könnten das beißende Verlangen und die Einsamkeit verschwinden lassen. »Nein, ich spreche von achtbaren, netten jungen Frauen. Aber ich bin mir sicher, viele Saloongirls würden ganz ohne Geld Schlange stehen, wenn ich sie nur fragen würde!«

Sie lachte verächtlich. »Ja, die Saloongirls wären nur zu bereit, Ihnen Zuneigung zu erweisen! Allerdings bin ich mir ziemlich sicher, dass Sie sie dafür ordentlich zur Kasse bitten würden. Immerhin ist das doch ihr Geschäft. Vielleicht ging es gestern Abend auch alles nur darum. Sie haben so viel Geld für Saloongirls ausgegeben, dass Sie ganz vergessen haben, wie man sich in Gegenwart einer Dame benimmt.«

»Maddie, ich brauche kein Saloongirl«, log er. »Ich brauche überhaupt keine Frau. Und ganz sicherlich brauche und will ich keine von deiner Sorte.« Jetzt schrie er so fuchsteufelswild wie nie zuvor in seinem Leben. »Selbst wenn ich es nötig hätte, eine von diesen Frauen zu bezahlen, bin ich mir sicher, dass es viel mehr Spaß machen würde, eine Nummer mit denen zu schieben als mit einer stocksteifen, hochnäsigen Zimtzicke wie dir!«

»Nein, du wolltest mich überhaupt nicht gestern Abend, oder? Welcher Mann würde einer Frau abends Avancen machen, um ihr dann am nächsten Morgen im Licht des Tages zu sagen, dass sie nichts wert ist? Du bist kein Mann, du bist ein Ungeheuer!«

Einige Augenblicke vergingen, ihre Brust hob und senkte sich, während sie um ihre Selbstbeherrschung kämpfte.

Oh, mein Gott, bitte lass diese Frau nicht weinen. Ihm gefror das Blut in den Adern, als hätte ihm jemand einen Eimer Eiswasser über den Kopf gegossen. Er wusste nicht, was er sagen sollte. Aus ihrer Perspektive musste es so aussehen, als hätte er versucht, sie auszunutzen, und sie dann beiseitegestoßen.

War es denn nicht ganz genau so? Was auch meine Beweggründe gewesen sein mochten, ich wusste, dass ich sie nicht heiraten will. Dennoch war ich bereit, meinem Begehren nachzugeben, ohne einen Gedanken darauf zu verschwenden, dass das ihre Zukunft völlig zerstört hätte.

Dummes Gewissen. Immer musste es sich zu Wort melden und dafür sorgen, dass man sich schuldig fühlte. Aber mit welchem Recht konnte sie ihn darauf festnageln, ganz allein Schuld zu haben, so als hätte sie ihn nicht ebenfalls leidenschaftlich geküsst?

Er vibrierte immer noch vor Anspannung, zwang sich jedoch, sich zu beruhigen und durchzuatmen.

»Sieh mal, ich sage nicht, dass ich mich nicht besser hätte verhalten sollen – das hätte ich wohl sollen. Aber es ist nicht fair, mir alles zuzuschieben. Es war nicht richtig. Glaub mir, ich werde es nicht wieder tun.«

Madeline saß da, zog sich die Decke bis zum Kinn, hatte die Augen niedergeschlagen. Ihre Unterlippe bebte, und ihre Schultern zitterten unter den Fellen, während sie stumm weinte.

Er wusste nicht, was er tun sollte. Er fühlte sich wie … wie ein Ungeheuer, genau wie sie gesagt hatte. Nur weil sie wegen der Vorfälle des vorherigen Abends gereizt war und sich schämte, hätte er sie nicht so niedermachen dürfen. Er hätte sich wie ein Mann verhalten können, den Mund halten sollen und sie alles loswerden lassen müssen. Tabitha konnte auch so sein und seine Schwester ebenfalls. Manchmal müssen Frauen eben alles loswerden. Er aber hatte Madeline verunglimpft, sie noch mehr erniedrigt.

»Hör mal, möchtest du, dass ich anhalte? Du könntest dich ausruhen und ein bisschen umhergehen …«

»Nein!«, fuhr sie ihn an. »Das Letzte, was ich möchte, ist, auch nur noch eine Sekunde mit Ihnen zu verbringen, Mr Porter. Fahren Sie mich endlich zur Croft-Ranch. Bringen Sie mich zu meinem künftigen Ehemann, sodass ich heiraten kann und vergesse, dass ich Sie je kennengelernt habe.«

Er seufzte. »Wie Sie wünschen, Miss Barstow.«

Mit einem Zügelschlag trieb er Tansy und Sunny an und brachte Madeline Barstow ihrem selbst gewählten Schicksal näher und näher.

Kapitel 13

Madeline starrte geradeaus, die Hände im Schoß so fest gefaltet, dass sie taub wurden. Sie würde diesen Mann keines Blickes mehr würdigen. Keines einzigen Blickes.

Der Mann war ein Wolf im Schafspelz. Er tat so, als sei sie ihm wichtig, als sorge er sich um ihr Wohlergeben. Er zog das Ansehen ihres künftigen Ehemannes in den Schmutz, während er sich zugleich groß in Szene setzte. Er hatte es erreicht, dass er ihr leidtat, weil er verwitwet war. Hatte sie seiner Familie vorgestellt und sie zusehen lassen, wie er mit seinen Nichten und Neffen im Schnee herumtollte, sodass sie den Eindruck gewinnen musste, er sei ein netter, liebevoller und fürsorglicher Onkel. Hatte geschafft, dass sie bei ihm alle Vorsicht hatte fahren lassen und ihm Dinge erzählt hatte, die sie noch niemals jemandem erzählt hatte. Dann, kaum war die Gelegenheit da – kaum war sie aus der Deckung gekommen –, hatte er zum entscheidenden Schlag ausgeholt, um sie »flachzulegen«, und er hatte sie in genau dem Moment ausgenutzt, in dem sie am verletzlichsten war.

Der jämmerliche Wicht hat die Unverfrorenheit, mich – MICH – zu beschuldigen, gestöhnt zu haben wie … wie irgendeine Dirne. Ihren Lippen bebten. Sie biss sich auf die Unterlippe, damit es aufhörte.

Und als wenn das noch nicht genug gewesen wäre, setzte er den Austausch von Zärtlichkeiten mit ihr mit einer »Nummer« mit einer Prostituierten gleich! Ganz bestimmt hatte er sich derartigen Vergnügungen häufig hingegeben, da hatte sie nicht den geringsten Zweifel. Doch wie konnte ein Mensch so vulgär sein? So grausam? Wie konnte er nur? Wie konnte überhaupt ein anständiger Mann sich in einer solchen Art und Weise benehmen – eine Frau, eine Dame, in einer derartigen Art und Weise zu behandeln?

Sie musste ihre ganze Selbstbeherrschung aufbieten, ihm nicht zu befehlen, anzuhalten, und dann vom Schlitten zu springen. Sie durfte jetzt nicht den Kopf verlieren, keine törichten oder allzu sehr von ihren Gefühlen geleiteten Entscheidungen treffen. Nur noch einige Stunden, höchstens. Damit konnte sie umgehen. Das würde sie schaffen. Dann wäre sie endlich in Sicherheit. Sicher in den Armen ihres künftigen Ehemannes.

Und ihr Mann würde dafür sorgen, dass Clay Porter niemals wieder auch nur einen einzigen Auftrag erhalten würde, Transporte für irgendjemanden zu übernehmen. Niemals wieder.

Der Rest der Fahrt verlief in angespanntem Schweigen. Die Kohle war verbrannt, bis kaum noch genug Glut vorhanden war, das dünne Metall des Fußwärmers zu heizen. Der Wind blies heftig, als sie hinunter in die Prärie kamen. Er löste Strähnen von Madelines Haar, die ihr ins Gesicht peitschten. Er dröhnte ihr in den Ohren und ließ die Haut ihrer Wangen aufspringen. Sie zog sich Caras Schal fester um den Kopf.

Clay trieb die Pferde zu schnellerer Gangart an, sein Gesicht zeigte grimmige Entschlossenheit. Auch er würdigte sie keines Blickes. Sie konnte ihn aus dem Augenwinkel beobachten, einen derart erzürnten Mann hatte sie noch nie gesehen. Das rief weitere, noch lieblosere Gedanken über ihn hervor.

Welches Recht hatte er, wütend zu sein? Abgesehen davon vielleicht, dass er wegen seines gefühllosen Verhaltens zur Rede gestellt worden war! Das war es, befand sie. Er war ertappt worden, und seine Scham darüber hatte sich in Wut gegen sie verwandelt. Denn sie hatte seine wahren Absichten offengelegt. Egal. Schon bald würde sie in ihrem neuen Zuhause angelangt sein, und dann würde er weit, sehr weit wegfahren. Nach den wenigen Tagen mit Clay Porter war sie froh darüber, dass die Croft-Ranch so weit von Helena entfernt lag. Sie hoffte, diesem Mann niemals wieder zu begegnen.

Zwei lange Stunden vergingen. Die Sonne kam heraus, gleißte über dem Schnee, und es war, als seien die Unwetter der letzten Tage nichts als ein Traum. Die Straße wurde breiter, und an den Kreuzungen zeigten sich Spuren anderer Schlitten. Dann lenkte Clay die Pferde zu einer Abzweigung, und sie konnte Weidezäune sehen. Waren sie gleich da? Madeline spürte ein nervöses Flattern im Bauch.

Dann passierten sie ein verwittertes altes Schild an der Straßenseite.

VIEHDIEBE WERDEN ERSCHOSSEN
SOFORT UMKEHREN

Das Schild war übersät von Einschüssen.

Sie schaute zu Clay auf, eine Frage auf den Lippen. Sein fest verschlossener Mund jedoch erinnerte sie daran, dass er wütend auf sie war – und sie auf ihn. Sie blickte auf das Gelände, das vor ihnen lag, und entdeckte etwas, das wie kleine Nebengebäude aussah. Vorratsschuppen vielleicht? Dann kam eine große Scheune in Sicht. Alle Nebengebäude machten den Eindruck, als seien sie hastig errichtet worden. Nichts davon sah aus, als solle es viele Jahre überdauern.

Als sie näher kamen, wirkte die Scheune viel größer, und Madeline sah, dass zwischen den Nebengebäuden etwa ein Dutzend Männer hin und her liefen, die Pferde beluden und Gegenstände aus der Scheune holten. Aber wo war das prächtige Zuhause, das Mr Croft beschrieben hatte?

Dann entdeckte Madeline etwas, von dem sie befürchtete, es müsse das Haus sein. Sie hatte es fälschlicherweise für noch ein »Nebengebäude« gehalten.

Es war eine Hütte, nicht das großartige Haus, das sie erwartet hatte. Es hatte keine gestrichene Holzfassade, keine Verzierungen im Zuckerbäckerstil, wie sie sich vorgestellt hatte. Das Gebäude war schlicht und streng, mit einer Veranda entlang der Vorderseite und einigen Stufen, die hinunter zum Hof führten, der nur aus festgestampftem und vereistem Schlamm und Morast bestand und sich vom Haus zur Scheune und zu den anderen Gebäuden erstreckte. Sonst war alles von Schnee bedeckt, der sich zu einem unendlichen Meer von Weiß bis hinaus auf die weiten Ebenen ausdehnte. Eine öde Landschaft, und das Haus stand mitten darin. Es sah einsam und verlassen aus. Wären nicht die vielen Männer und Pferde und die Spuren im Schlamm gewesen, hätte der Ort ausgesehen, als sei er bereits aufgegeben.

Madeline schob die Felle von sich, nahm ihre Haube, befestigte sie vorsichtig mit der Hutnadel und strich ihr Haar glatt. Sie hatte keine Zeit, einen Spiegel hervorzuholen. Daher konnte sie nur hoffen, dass die Anstrengungen der Reise sie nicht allzu erschöpft aussehen ließen.

Als der Schlitten hielt, kam einer der Männer die Vorderstufen herunter und rief etwas ins Haus. Clay sprang vom Schlitten und hielt Madeline ungelenk die Hand hin, um ihr beim Aussteigen behilflich zu sein. Madeline erhob sich, glättete ihren Mantel, atmete tief durch und stieg aus.

»Steh da nicht so rum, Porter, bring das Gepäck rein!«, polterte eine tiefe, ruppige Stimme. »Da draußen ist es kalt wie das Herz des Teufels, und dann kommst du auch noch zwei Tage zu spät!«

Madeline blickte gerade auf, als der Kopf, der an der offenen Haustür erschienen war, im Inneren des Hauses verschwand. Dann wurde eine Tür zugeknallt. Sie hatte kaum einen Blick erhaschen können, hatte nur das dunkle Haar gesehen und dass der Mann viel kleiner war, als sie es von Mr Croft erwartete. War das also vielleicht Mr Crofts Diener? Es schien, dass man diesem Menschen erst einmal Manieren beibringen musste.

Wie konnte er sich herausnehmen, Gäste in dieser Weise zu begrüßen? Ihr war klar, dass da eine Aufgabe auf sie wartete. Dem Personal musste Etikette beigebracht werden. Offenkundig hatte Cara sich darin getäuscht, dass Mr Croft kein neues Personal einstellen würde – fraglos hatte der Mann, den sie nur kurz zu Gesicht bekommen hatte, seine Arbeit erst kürzlich angetreten.

Sie wandte sich um und ertappte Clay dabei, wie er sie beobachtete. Doch kaum hatte ihr Blick den seinen getroffen, wandte er die Augen ab. Er nahm Madelines Reisetasche und bot ihr seinen Arm an, um sie über die vereisten Stufen zu geleiten. Nachdem er die Tür geöffnet hatte, trat Madeline ein und musste einen Seufzer des Entsetzens unterdrücken.

Das Haus war verwahrlost. Mit »schlicht« und »streng« ließ sich das Innere des Hauses ebenso beschreiben wie das Äußere. Es gab keine Dekoration, nicht den leisesten Hinweis auf die Hand einer Frau und nicht den geringsten Komfort. Während Caras Hütte gemütlich und einladend gewesen war, war diese düstere Höhle kahl und ließ nichts Gutes erahnen.

In der großen Küche stand ein langer, aus zwei großen Planken grob zusammengezimmerter Tisch mit zwei dazu passenden langen Bänken. Auf dem Tisch war ein dickes, schmieriges Tuch ausgebreitet, und darauf stand ein verdreckter, abgewetzter Sattel, um den herum etliche kleine Werkzeuge verteilt waren. An der Feuerstelle gab es keine bequemen Sitzgelegenheiten, und es schien kein Wohnzimmer zu geben, es sei denn, eine der in den hinteren Bereich der Hütte weisenden Türen führte zu einem.

Madeline nahm all das mit einem einzigen ausholenden Blick auf. Dann traf ihr Blick auf den Mann, von dem sie angenommen hatte, er habe sie am Eingang »empfangen«. Er war klein – fast so klein wie sie –, hatte einen gewaltigen Schmerbauch und war mindestens zwanzig Jahre älter als sie. Das war zwar ein gutes Alter für einen Diener, schien ihr aber dennoch

Schwierigkeiten zu verheißen. Denn augenscheinlich hatte sich der Mann in den vielen Jahren seines Dienstes schlechte Manieren angeeignet, die ihm womöglich schwer wieder abzugewöhnen sein würden. Selbst als sie darauf wartete, angemeldet zu werden, stand der Mann nur da und starrte sie beide – oder zumindest Clay – finster an. Und zwar mit einem Blick, der so hart war, wie sie es noch nie gesehen hatte.

Sie schaute um sich, darauf wartend, dass Mr Croft erscheinen möge. Als er das nicht tat, wandte sie sich an den bärbeißigen Diener. »Würden Sie Mr Croft bitte melden, dass Madeline Barstow eingetroffen ist? Mr Croft erwartet mich, obgleich wir uns, wie ich fürchte, ein wenig verspätet haben.«

Der Mann hob die buschigen dunklen Augenbrauen, die – wie sein Haar – bereits ergrauten. Die Strenge seines Gesichtsausdrucks ließ nach und verschwand gänzlich, während er in ein Grinsen verfiel, das seine verrotteten Zähne bloßlegte. Dann brach er in ein lautes, schallendes Gelächter aus und klopfte sich dabei auf die Schenkel. Das Lachen nahm und nahm kein Ende. Clay trat, sich erkennbar unbehaglich fühlend, an ihre Seite.

»Worüber lachen Sie eigentlich?«, fragte Madeline den Mann stirnrunzelnd. *Wirklich, mit der Unverschämtheit dieses Mannes wird man sich noch zu befassen haben!*

»Ach Gott, Schätzchen, du bist vielleicht eine Marke!« Das Gelächter des Mannes ließ nach, er wischte sich die Tränen aus den Augenwinkeln. »Er steht vor Ihnen, Miss Barstow! Sam Croft, Ihr Zukünftiger.« Mit einer überschwänglichen Geste breitete er die Arme aus.

Ein Grauen erfasste Madeline. Nein. *Nein!* Das war nicht der Mann auf den Fotografien, die sie erhalten hatte. Der Mann auf den Bildern war wesentlich jünger, gepflegter. Nicht wie dieser heruntergekommene, schlampige, verdreckte Mann, der da vor ihr stand. *Das muss ein Witz sein. Natürlich ist es das!* Es gab eine gewisse Ähnlichkeit, das konnte sie erkennen, also war er wohl der Vater ihres Verlobten. *Er möchte sehen, ob ich Spaß verstehe, das ist es!*

Sie räusperte sich, griff nach der Reisetasche, die Clay immer noch trug, und holte das Buch für Hausfrauen, das Cara ihr geschenkt hatte, aus der Seitentasche. Sie schlug es auf, nahm den letzten Brief heraus, den sie von Mr Croft erhalten hatte, und zog seine Fotografie aus dem Briefumschlag.

»*Dies* ist Mr Croft. Ich fürchte, so leicht können Sie mich nichts aufs Glatteis führen«, sagte sie mit einem schmalen Lächeln. Sie hielt diesen Witz nicht für besonders gelungen, nahm ihn aber mit so viel Würde, wie sie nur aufbringen konnte.

»Madeline«, sagte Clay leise an ihrer Seite. »Madeline.«

Sie wandte sich um, blickte ihm unwillig in die Augen.

»Das ist Mr Croft.« Er hob ganz leicht eine Augenbraue, einen Ich-hab-es-dir-doch-gesagt-Ausdruck im Gesicht.

»Nein.« Ihr gefror das Blut in den Adern, als sie zunächst auf die Fotografie und dann wieder zu Mr Croft blickte. »Ich verstehe das nicht.«

Crofts schmieriges Grinsen und sein Schulterzucken ließen sie erkennen, dass er log, noch bevor er den Mund aufmachte. »Es war die neueste Fotografie, die ich hatte.«

»Sie … Sie haben geschrieben, dass Sie dreißig Jahre alt sind.« Sie versuchte, ihr Entsetzen zu verbergen – sie wollte den Mann nicht beleidigen –, doch dies war nicht der Mann, zu dem er sich selbst gemacht hatte.

»Nein, ich glaube, ich hab geschrieben, die Fotografie wurde gemacht, als ich dreißig war. Und das stimmt ja auch.«

Madeline war sich absolut sicher, dass er das nicht geschrieben hatte. Hätte er es getan, so hätte sie nachgefragt, wann das Bild aufgenommen worden war. Sie hatte bemerkt, dass es etwas abgegriffen war, war dem jedoch nicht weiter nachgegangen. Denn sie hatte sich daran erinnert, dass er sich für den Zustand der Fotografie entschuldigt hatte, der darauf zurückzuführen sei, dass er sie bei seiner Reise quer durchs Land gemeinsam mit anderen Gegenständen in einer Kiste aufbewahrt hatte, die während des Transports entzweigegangen sei. Daher hatte sie sich darüber keine weiteren Gedanken mehr gemacht.

»Außerdem sagten Sie, dass Sie in der Nähe von Helena lebten.« Sie nagelte ihn mit ihrem starren Blick fest.

Er begegnete ihrem Blick mit seinen kalten schwarzen Augen. »Genauso ist es. Helena ist die Stadt, die der Ranch am nächsten ist. Jedenfalls die nächste, die an der Eisenbahn liegt.« Ein durchtriebenes Lächeln umspielte seinen Mund.

Croft war ein Lügner. Und wenn er sie schon belog, was sein Alter, die Fotografie und die Entfernung der Ranch zu Helena anging, war es wahrscheinlich, dass Clay mit allem recht hatte, was er gesagt hatte. Entsetzen schnürte ihr die Brust zu, als sie das Buch zurück in die Tasche steckte. Sie blickte zu Clay, in seinem Blick lag Mitleid.

Nein! Einen solchen Blick würde sie nicht erdulden! Sie hatte Boston verlassen, um dem Mitleid und den spöttischen Blicken zu entgehen, die die Angehörigen der besseren Gesellschaft ihr zugeworfen hätten, wenn sie unter ihrem Stand geheiratet hätte. Sie würde sich das von einem Mann wie Clay Porter nicht bieten lassen! Lieber würde sie sterben.

»Also, die Vorstellung hätten wir hinter uns. Jetzt zurück zum Geschäft.« Crofts durchtriebener Gesichtsausdruck verhärtete sich zu einer hasserfüllten Grimasse. »Warum hat das so verdammt lange gedauert, Porter?«, wollte er wissen. »Ich hab dir einen Auftrag gegeben, und wenn ich dich schon beschäftige, erwarte ich pünktliche Lieferung.«

»Es tut mir leid, Mr Croft, das Wetter war sehr schwierig. Wir hatten immer wieder Schneestürme. In der ersten Nacht mussten wir in einer Hütte unterkommen statt bei meiner Schwester. In der zweiten haben wir dann, wie geplant, bei meiner Schwester übernachtet. Am nächsten Tag, nach nur zwei Stunden Fahrt, ereilte uns wieder ein Schneesturm, sodass wir im Schlitten unter einigen Bäumen und einer Plane ausharren mussten. Das Wetter klarte erst mitten in der Nacht auf, und am Morgen haben wir uns dann sehr früh auf den Weg gemacht, so schnell es beim Zustand der Straßen nur möglich war.«

Crofts Gesichtsausdruck verhärtete sich kurz, entspannte sich dann wieder. »Wie praktisch für dich. Hast wohl gedacht, du könntest meine kleine Braut als Erster ausprobieren, was? So lange, wie es her ist, dass deine Frau gestorben ist … da hast du dir bestimmt ausgerechnet, du könntest dir meine schnappen, stimmt's?«

Madeline war angeekelt. Doch Clay ergriff das Wort, noch bevor sie es konnte.

»Das ist eine Beleidigung – nicht nur für mich, sondern auch für Ihre zukünftige Frau. Wenn Sie mir schon nicht vertrauen, so sollten Sie wenigstens ihr vertrauen.«

Madeline konnte sehen, dass Clay seitlich die Fäuste ballte. Mit einer Hand umklammerte er den Griff ihrer Reisetasche so fest, dass sie erwartete, der Griff werde jeden Moment zerspringen. Allerdings machte er keine Anstalten, Croft körperlich herauszufordern.

»Ach, sollte ich das?« Croft wandte den Blick Madeline zu, ließ ihn langsam an ihrem Körper hinunter und dann wieder nach oben wandern.

Allein von diesem abtastenden Blick fühlte sie sich beschmutzt. Bestimmt stellte er sich gerade jeden Zoll ihres Körpers nackt vor.

»Ich finde, wenn du meine Lieferung mit einer solchen Verspätung bringst, müsste ich die Hälfte des Geldes zurückbekommen.« Er blickte Clay mit zusammengekniffenen Augen an, musterte ihn von Kopf bis Fuß. »Ich hatte meinen Männern schon gesagt, sie sollen die Pferde satteln und nach euch suchen.«

»Mir scheint«, knurrte Clay, »dass ich eher das Doppelte bekommen sollte, wenn ich an die vielen zusätzlichen Schwierigkeiten und die Mehrarbeit denke, die ich hatte, um Ihre Dame sicher und in einem Stück herzubringen. Und dabei hab ich auch noch meinen eigenen Hals riskiert.«

Croft brach erneut in Gelächter aus. »Na, wir beide wissen, dass das nicht passiert, oder? Weißt du was? Ich glaub, wir sind quitt.«

Clay antwortete nicht, aber Madeline bemerkte, dass seine Armmuskeln sich anspannten.

»Wird Zeit, dass du losfährst, Porter. Lass mich und meine Frau allein!«

»Sie ist noch nicht Ihre Frau, Mr Croft. Wo ist denn der Pfarrer?«

»Er war vor zwei Tagen hier, als ihr eigentlich schon hier sein solltet. Musste wieder weg, sich um seine eigenen Angelegenheiten kümmern.« Wieder blickte er Madeline mit seinem niederträchtigen Lächeln an. »Der alte Carter war in seiner Jugend Pfarrer. Hat den Laden aber verlassen und ist Weizenfarmer geworden. Er kann ein Paar aber immer noch astrein trauen. Heute Nachmittag fahren wir zu ihm und bringen das hinter uns. Dann sind wir noch rechtzeitig zurück, dass du das Abendessen machen kannst. Die Jungs haben kein anständiges Essen mehr gehabt, seit Mrs Giebler letzte Woche abgereist ist.«

»Sie … Ihre Haushälterin ist fort? Schon?« Madelines Magen schnürte sich zusammen.

»Oh, hat dieser Porter dir davon was erzählt?«

»Nein, seine Schwester, Cara. Ich dachte, die Haushälterin würde so lange bleiben, bis Sie einen Ersatz gefunden haben.«

»Süße, du bist der Ersatz. Ich hatte überlegt, eine neue Haushälterin einzustellen. Aber warum sollte ich das machen, wenn eine Ehefrau das alles ohne Bezahlung erledigt? Außerdem kann eine Frau auch alle anderen Bedürfnisses eines Mannes befriedigen, nicht nur dafür sorgen, dass sein Magen gefüllt ist.« Er grinste sie anzüglich an, ließ seinen Blick auf ihrem Busen verweilen.

Sie trat einen Schritt zurück, ihr wurde fast übel. Sie stieß Clay versehentlich mit dem Arm an und musste ihre ganze Kraft zusammennehmen, sich nicht an ihn zu klammern und ihn zu bitten, sie nicht mit diesem elenden Samuel Croft allein zu lassen. Als sie zu Clay aufsah, lag in seinem Blick immer noch Mitleid … gepaart mit Wut und Besorgnis.

»Bist du sicher, dass du hierbleiben willst, Madeline? Noch ist es nicht zu spät«, flüsterte er ihr zu.

Sie straffte sich und trat einen Schritt zur Seite. Sie würde nicht zulassen, dass er den Eindruck bekäme, sie sei auf sein Mitleid angewiesen. »Ich kann mein Gepäck jetzt selbst nehmen, Mr Porter. Vielen Dank, dass Sie es mir hereingebracht und mich sicher hergebracht haben. Grüßen Sie Ihre Schwester von mir. Richten Sie ihr bitte aus, dass ich ihr so bald wie möglich schreiben werde. Vielleicht können wir bei ihr vorbeifahren und sie besuchen, wenn wir das nächste Mal nach Helena fahren.«

Clay überreichte Madeline die Tasche. Sie hielt den Atem an, und ihr Herz schlug schneller, als er sich zu ihr beugte. Sie wünschte sich, so etwas auch zu fühlen, wenn ihr Mann sie nach ihrer Eheschließung berühren würde. Doch allein beim Gedanken daran, dass Croft sie berühren könnte, lief es ihr kalt über den Rücken.

»Ach nein, mach dir keine Mühe, das deiner Schwester zu sagen, Porter. Es gibt keinen Grund, warum meine Frau mit mir nach Helena fahren sollte, wo doch hier im Haus so viel zu tun ist. Hab ich recht, meine Liebe?« Er sah sie lauernd an, mit dem gleichen drohenden Blick, den er Clay zugeworfen hatte.

»J…ja. Natürlich.« Sie senkte den Blick, da sie nicht in Clays Augen blicken wollte, in denen sicherlich erneut Mitleid lag. Es gab keinen Zweifel daran, dass sie auf der Croft-Ranch festsitzen würde. In der Falle. Genau wie Clay gesagt hatte.

»Also, Porter, ich hätte dir angeboten, dass du über Nacht bei den Männern in der Schlafbaracke bleiben kannst. Aber wie es aussieht, kannst du es bei Tageslicht noch leicht zu deiner Schwester schaffen und dort übernachten, stimmt's?«

»Stimmt«, nuschelte Clay.

Madeline konnte seinen Blick auf sich spüren, sträubte sich jedoch, ihn anzusehen. Sie hätte es nicht ausgehalten. Hätte sie ihn angeschaut, wäre sie in Tränen ausgebrochen. Stattdessen biss sie sich auf die Lippe und sagte keinen Ton, obwohl sie sich mit jeder Faser ihres Leibes danach sehnte, mit ihm zusammen aufzubrechen.

»Alles Gute, Miss Barstow!« Er nickte ihr zu und ging in Richtung Tür. Sie wartete und hörte, wie er die Stufen hinabstapfte. Einen Augenblick später war ein Knirschen im Schnee zu vernehmen, als die Pferde sich in Gang setzten.

Sie blickte zu ihrem Verlobten. »Wir hätten ihm für die Fahrt etwas zum Essen mitgeben sollen. Er hat mir heute Morgen seinen restlichen Vorrat gegeben.«

Croft verzog das Gesicht zu einem höhnischen Grinsen. »Ach nein, hätten wir das? Damit eins klar ist: Hier gibt es kein ›wir‹, hier gibt es nur ›ich‹. Genauso wie diese Ranch meine ist und du tun wirst, was *ich* dir sage. Und ich verschwende keine Vorräte an einen kleinen Lieferanten, der sich so schlecht vorbereitet, dass er nicht einmal auf ein Unwetter eingestellt ist.«

Sie rang nach Atem, eiskalte Angst legte sich um ihr Herz.

»Also«, er trat einen Schritt auf sie zu, Madeline trat einen Schritt zurück und ergriff ihre Reisetasche, »sprechen wir mal darüber, dass meine Frau die Nacht mit einem Fremden verbracht hat. Hast du erlaubt, dass er dich anfasst? Hast du ihn zwischen deine Beine kriechen lassen und dich von ihm rammeln lassen?«

»Nein!« Sie war außer sich, welche Meinung er von ihr hatte, und seine vulgäre Ausdrucksweise empörte sie. »Das würde ich niemals!«

»Natürlich würdest du das«, höhnte er. »Alle Frauen sind

Huren. Na, jetzt bist du jedenfalls meine Hure, vergiss das niemals!«

Er riss ihr die Reisetasche aus der Hand und schleuderte sie durchs Zimmer. Als sie gegen die Holzwand prallte und dann hinfiel, konnte Madeline hören, dass in der Tasche etwas zu Bruch ging.

»Wenn du jemals zulässt, dass ein Mann dich auch nur mit einem Finger berührt, ohne dass ich das so will«, er drängte sie in eine Ecke des Zimmer, »ziehe ich dir das Fell über die Ohren!«

Er packte sie am Hinterkopf, fasste ihr mit dem anderen Arm um die Taille, zog sie brutal an sich und presste seine Lippen rabiat auf ihre. Während Clays Kuss zärtlich und voller Leidenschaft gewesen war und auf seinen Lippen der Geschmack süßen Honigs gelegen hatte, war Crofts Kuss hart und gewalttätig, und auf seinen trockenen, gesprungenen Lippen lag der saure Geschmack von Tabak. Sie war abgestoßen, angeekelt und versuchte unter Einsatz all ihrer Kräfte, sich von ihm loszumachen.

Doch Croft ließ sie erst los, als er es wollte. Dann drückte er sie erneut brutal gegen die Wand und fixierte sie mit einer Hand, sodass sie sich nicht rühren konnte. Seine andere Hand wanderte ihren Oberkörper hinauf, öffnete ihren Mantel und die Jacke ihres Kleides. Sie wehrte sich, doch er war zu stark. Durch die Bluse und das Unterkleid hindurch umfasste er ihre Brust, hob sie aus dem Korsett heraus und drückte sie grob.

»Halt!«, schrie Madeline. »Wir sind noch nicht verheiratet. Du tust mir weh!«

Die Hand, die ihre Schulter gegen die Wand gedrückt hatte, griff ihr an die Kehle. »Wag – es – NICHT. Sag mir NIEMALS, was ich zu tun habe! Ich bin jetzt dein Mann, ob ich dich nun zu dem alten Pfaffen schleppe oder nicht. Du gehörst MIR. Und alle, die mir gehören, tun, was ich ihnen sage, oder sie werden was erleben. Ich nehme dich, wann ich will und so oft ich will. Und du wirst mitmachen, und es wird dir gefallen, Hure, die du bist! Hast du mich verstanden?«

Seine Augen versprühten Gift. Madeline gewahrte in diesem Blick eine Gefährlichkeit, an der es keinerlei Zweifel geben konnte. Er würde sie töten. Wenn sie ihm nicht gehorchte, würde er sie töten – und er würde es auch noch genießen.

»J…ja«, flüsterte sie, während ihr die Tränen über die Wangen liefen. Sie blickte zur Seite, konnte den Anblick des Mannes nicht noch mal ertragen.

Er riss ihre Bluse auf. Sie schluchzte, als er versuchte, sie ihr zusammen mit dem Mantel und der Jacke über die Schultern hinunterzuziehen.

»Bitte. Warte«, bettelte sie. Er hatte vor, sie zu nehmen – gleich hier in der Küche, wo unmittelbar vor der Tür Männer standen. Und die würden ihn nicht davon abhalten, das wusste sie. Wie sehr sie auch schreien würde, die Männer würden nicht hereinkommen.

»Was hab ich gesagt?«, knurrte er sie wutschnaubend an und drückte ihr einen Finger ins Gesicht. »Du hast mir nicht zu sagen, dass ich aufhören soll.«

»Ich bitte dich ja gar nicht, aufzuhören.« Sie versuchte, die Tränen fortzublinzeln, und setzte ein falsches Lächeln auf. »Heute ist doch unser Hochzeitstag. Möchtest du nicht auch, dass er etwas ganz Besonderes ist? Dass ich so schön wie möglich bin? Ich könnte mich erst mal ein bisschen herrichten, wenn du möchtest. Mich schön machen, sodass du beim Pastor mit mir angeben kannst. Dann könnten wir hierher zurückkommen, ich bereite uns ein schönes Abendessen, und du kannst… kannst… mir zuschauen, wenn ich ein Bad nehme und mich für dich frisch, sauber und hübsch mache.«

Ihr grauste bei dem Gedanken, dass er sie beim Baden beobachtete. Dennoch gelang es ihr, ein eingefrorenes Lächeln zu bewahren. Sie versuchte, seine schmutzigen Hände auf ihrem Körper zu ignorieren. Das Leuchten in seinen Augen zeigte ihr, dass er fasziniert war, und so machte sie weiter, innerlich betend, er möge den Köder schlucken.

»Immerhin wird es doch für uns nur ein einziges ersten Mal geben. Und du merkst doch, dass ich im Moment nervös wie eine Straßenkatze bin. Die lange Fahrt, zum ersten Mal in Montana, die erste Begegnung mit meinem …«, sie schluckte den galligen Geschmack hinunter, der ihr in die Kehle gestiegen war, »… Ehemann. Nach der Trauung, dem Abendessen und einem schönen heißen Bad haben wir beide uns schon ein wenig aneinander gewöhnt, und ich werde … entgegenkommender sein. Das wird dir gefallen, ganz bestimmt.«

Er grinste. »Na also. Das klingt doch schon besser, mein Schätzchen. Ich hatte schon befürchtet, dass du eine hochnäsige Großstadtpflanze bist. Dass man es dir erst beibringen muss, auf die harte Tour. Aber wie es scheint, bist du schlauer, als du aussiehst. In Ordnung. Wir machen es, wie du willst. Dieses eine Mal, weil du mich so niedlich darum gebeten hast. Aber danach«, sein Blick verdunkelte sich, lüstern und bedrohlich, »machen wir es, wie ich es will. Jeden Tag.«

»Wie du möchtest.« Sie versuchte, süß zu lächeln. Doch es war ein nervöses, schmallippiges Lächeln.

»Nimm deine Tasche.« Er ließ sie los und zeigte mit einem Kopfnicken auf die Reisetasche, die verknautscht an der am weitesten entfernten Wand lag. Dann zeigte er mit einem weiteren Kopfnicken auf eine Tür in der Nähe. »Zieh dich um. Ich sag den Jungs eben, was sie heut zu tun haben, repariere kurz den Sattel hier«, er zeigte auf den Tisch, »und lasse dann die Pferde anspannen. Sieh zu, dass du wie eine perfekte Dame aussiehst, wenn ich fertig bin, und dass mein Zimmer aufgeräumt und sauber ist. Und bezieh unser Bett mit dem frischen Laken. Du willst es doch heut Abend alles ganz romantisch haben.«

Madeline nickte, bewahrte ihr aufgesetztes Lächeln, während sie ihre ramponierte Garderobe richtete, und holte ihre Reisetasche. Sie hörte, dass in der Tasche etwas klirrte –

vermutlich die Scherben des Spiegels, den ihre Mutter ihr zum zwölften Geburtstag geschenkt hatte. Sie unterdrückte ein Schluchzen, als sie zur Schlafzimmertür ging, auf die Croft gezeigt hatte.

Als sie im Zimmer war, sah sie, dass es klein und schmutzig war. Vor die Fenster waren dunkle Vorhänge gezogen. Sie betrachtete das Zimmer, wie sie die Wände eines Gefängnisses betrachtet hätte. Sie ging hinüber zum Bett, sackte darauf zusammen, setzte sich die Reisetasche auf den Schoß, stützte den Kopf in die Hände und weinte.

Kapitel 14

Noch nie hatte Clay einen Blick auf dem Gesicht einer Frau gesehen wie den von Madeline. Entsetzen, Grauen, Angst und Verzweiflung. Er wusste, dass sie nicht bleiben wollte – sie konnte gar nicht bleiben wollen –, doch er hatte nicht die Macht, ihr zu helfen. Was konnte er tun, wenn die Frau darauf bestand, dort zu bleiben? Sie sich über die Schulter werfen und versuchen, sich mit ihr aus dem Staub zu machen? Wenn Croft oder seine Leute ihn nicht auf der Stelle erschießen würden, würde er wegen Kidnapping vor Gericht landen. Nein. Es gab nichts, was er hätte tun können, ohne dass Madeline zumindest zugegeben hätte, nicht dableiben zu wollen.

Das war es jedenfalls, was Clay sich sagte.

Er hatte in ihren Augen gesehen, wie aufgewühlt sie war, und dann beobachtet, wie sie gegen ihre Gefühle ankämpfte, innerlich erkaltete und ihren Blick abwandte. War sie dermaßen wütend auf ihn? Oder war sie nur so fest entschlossen, ihre Vereinbarung durchzuziehen? Sie konnte doch unmöglich so sehr an die Vorstellung gefesselt sein, ihr Wort halten zu müssen, dass sie bereit war, dafür ein elendes Leben an der Seite von Samuel Croft zu führen.

Sein Magen verkrampfte sich schmerzhaft. Jeder Muskel seines Körpers war angespannt, er wollte etwas tun. Aber es gab nichts, was er hätte tun können. Madeline hatte ihre Entscheidung getroffen und würde jetzt damit leben müssen.

Muss sie das wirklich? meldete sich sein Gewissen. *Ist sie wirklich die Einzige, die damit leben muss? Du hattest die Ge-*

legenheit, du hättest sie davor bewahren können. Wenn du ihr angeboten hättest, sie zu heiraten – vielleicht hätte sie es getan. Möglicherweise nicht sofort, doch nachdem sie Croft kennengelernt hätte, wäre sie mit dir fortgegangen.

Er schüttelte den Kopf, scheuchte den Gedanken fort. Er wollte keine Frau. Er ließ die Zügel schnalzen, trieb die Pferde zu einer rascheren Gangart an, als könne er seinem Gewissen entfliehen.

Willst du keine Frau, oder hast du Angst davor, wieder eine Frau zu haben? Jetzt hörte er Caras Stimme in seinem Inneren. Es war fast, als säße sie neben ihm.

Cara. Sie würde ihm den Kopf abreißen. Sie hatten beide befürchtet, dass Croft ein fieser Ehemann sein würde. Doch nachdem er gesehen hatte, wie Croft sich direkt vor seinen Augen gebärdete, hatte er keine Zweifel daran, dass der Mann sich als bösartiger Bastard herausstellen würde. Er hatte mit ihr gesprochen, als sei sie eine Sklavin. *Wenn Cara das erfährt, wird sie mir nie verzeihen, dass ich Madeline dort gelassen habe.* Er würde es ihr nie erzählen können.

Was sonst hätte er tun können? Er hatte Madeline quasi angefleht, diesen Mann nicht zu heiraten. Er hatte ihr eine letzte Chance gegeben! Die Frau war dickköpfig, dickköpfiger ging es gar nicht.

Er biss die Zähne zusammen und klappte seinen Kragen gegen den Wind hoch. *Wenn der Mann sie schlecht behandelt, ist sie ganz allein dafür verantwortlich. Wir haben ihr Hilfe angeboten – sie hat uns eine Absage erteilt. Ihre Entscheidung. Außerdem: Warum soll ich meinen Ruf als Transporteur aufs Spiel setzen – künftige Einnahmen für meine Ladenrücklage riskieren – und das alles für eine Frau, die nicht einmal gerettet werden will?*

* * *

Das stapfende Geräusch von Crofts Schritten verklang, dann wurde eine Tür zugeschlagen, und er ging hinaus, um mit seinen Leuten zu sprechen. Madeline zwang sich, nicht mehr zu weinen. Sie hatte nicht viel Zeit. Sie würde ziemlichen Lärm machen mit dem, was sie vorhatte. Daher durfte er währenddessen nicht im Haus sein.

Sie nahm sich nicht einmal die Zeit, ihre ruinierte Bluse zu wechseln – steckte sie nur wieder ein und knöpfte dann die Jacke ihres Kleides und ihren Mantel zu.

In der Ecke stand ein Stuhl, über den Croft einen Stapel übel riechender Kleidung geworfen hatte. Madeline fasste den Stuhl an der Lehne und kippte ihn nach vorn, sodass sie kurzerhand zu Boden fiel. Dann klemmte sie den Stuhl unter die Türklinke, ging zum Fenster, schob die staubigen dunklen Vorhänge beiseite, entriegelte das Fenster und drückte den Rahmen nach oben.

Er rührte sich nicht.

»Nein!«, flüsterte sie. »Nein, nein, nein, nein, nein.« Sie versuchte es noch einmal, beugte sich vor, drängte sich mit ihrem ganzen Körper unter den Fensterrahmen und drückte erneut mit aller Kraft nach oben. Da vernahm sie ein leises Knacken, dann noch eines. Schließlich brach Eis ab, und das Fenster ließ sich ein Stück weit öffnen, bis der Rahmen erneut stecken blieb. Sie kniete sich hin, horchte am Fenster, um sicherzugehen, dass niemand so nahe hinten am Haus war, dass er sie hören konnte. Dann schob sie den Fensterrahmen vorsichtig weiter hoch, ein winziges Stückchen nach dem anderen. Als er hoch genug war, nahm sie ihre Reisetasche, beugte sich so weit wie möglich aus dem Fenster und ließ die Tasche nach draußen fallen, sodass eine Wolke weißer Schneekristalle aufflog und dann wieder zu Boden rieselte.

Sie konnte hören, dass Croft weit entfernt jemanden anschrie – vermutlich einen Rancharbeiter. Er war wohl in der Scheune oder dahinter. Perfekt.

Sie atmete tief durch, nahm ihren ganzen Mut zusammen. Sie war noch niemals aus einem Fenster gestiegen, nicht einmal aus einem im ersten Stock. Sie hatte auch noch nie eine Leiter bestiegen oder war auf einen Baum geklettert. Als Tochter von Chandler Barstow wurde von ihr erwartet, sich stets wie eine wohlerzogene junge Dame zu verhalten – sogar schon als kleines Mädchen. Und sie hatte immer getan, was man von ihr erwartete. Die Sommer verbrachte man sitzend, in weißen Kleidern, und sah bei Tennisspielen zu oder trank Tee. Niemals damit, auf Bäume zu klettern oder im Teich zu schwimmen, wie sie es von anderen Kindern gehört hatte. Nein, von ihr war viel zu viel erwartet worden! Sosehr sie sich auch gewünscht hätte, sich ihren Eltern zu widersetzen und aus dem Fenster zu klettern, wenn sie wieder einmal zur Strafe auf ihr Zimmer geschickt worden war, so hatte sie es doch niemals getan. Nicht Chandler Barstows Tochter.

Als sie auf den Schnee schaute, nur vier Fuß unter dem Fenster, wurde ihr klar, dass es gut gewesen war, nie einen Versuch unternommen zu haben, aus dem zweiten Stock ihres Zimmers in Back Bay zu steigen. Sie wäre hinuntergefallen und hätte sich auf dem gepflasterten Fußweg das Genick gebrochen. Hier war es wenigstens nicht hoch, und zudem würde der Schnee, der bis auf Kniehöhe an die Hütte geweht war, ihren Aufprall abfangen.

Das Geschrei in der Ferne ging weiter. Madeline hoffte, den richtigen Zeitpunkt für ihre Flucht gewählt zu haben. Sie überlegte kurz, ob es sinnvoll sei, zu warten, bis Croft zurückkam, um seinen Sattel zu reparieren. Doch sollte sie beim Hinausklettern gegen die Wand stoßen, würde das seine Aufmerksamkeit erregen. Nein, am sichersten war die Flucht, während er sich in der Scheune aufhielt und die armen Rancharbeiter anschnauzte. Der Lärm bot ihr perfekten Schutz.

Es bedurfte einiger Verrenkungen, sich im Korsett durch das Fenster zu zwängen, und während sie dabei war, schalt sie sich, es vorher nicht abgelegt zu haben. Schließlich aber gelang es ihr, sich im richtigen Winkel unter dem Schieberahmen zu ducken und ein Bein hinauszustrecken.

Und was mach ich jetzt? Sie konnte den Fuß nirgends aufsetzen und war im Korsett nicht beweglich genug, das andere Bein ebenfalls hinauszustrecken. Einen Moment lang saß sie rittlings auf der Fensterbank und überlegte ihre nächste Bewegung, während das schmelzende Eis ihr durch den Unterrock und die Unterwäsche drang. Schon das fühlte sich derart unangenehm an, dass sie sich nur allzu gut vorstellen konnte, um wie viel unangenehmer es sein würde, nach ihrer Flucht quer über die Prärie zu laufen und Schutz zu suchen. Das Land war hügelig. Sie musste es nur bis über den nächsten Hügel schaffen und dann zu den Bäumen entlang des Flusses nahe der Straße laufen, die ihr aufgefallen waren. Dort würde sie warten, bis ein Schlitten vorbeikam oder die Nacht anbrach. Wenn sie es bis zum Einbruch der Dunkelheit nicht schaffen sollte, von jemandem mitgenommen zu werden, würde sie zur Straße gehen, dort während der Nacht weitergehen und am Tage Schutz suchen. Denn sie vermutete, dass Croft und seine Leute tagsüber nach ihr suchen würden.

Das war alles andere als ein narrensicherer Plan. Vermutlich würde sie erfrieren, lange bevor sie Schutz gefunden hätte. Doch das war ihr egal. Lieber wollte sie allein in einem Graben sterben, als mit diesem entsetzlichen Mann ihr Leben zu verbringen. Am meisten Angst hatte sie davor, dass Croft sie finden und zurückschleifen würde. Gott allein wusste, was der Mann mit ihr machen würde, sollte das geschehen. Dann blieb ihr nur noch, ihn so aufzubringen, dass er sie tötete.

Chandler Barstows Tochter würde ihr Leben nicht damit verbringen, die Hure und Dienerin eines Mannes zu sein, der es nicht wert war, die Stiefel ihres Vaters – oder irgendeines anderen Menschen – zu putzen.

Sie hielt den Atem an, schlug alle Vorsicht in den Wind und

ließ sich seitwärts aus dem Fenster gleiten. Ächzend landete sie mit dem Rücken auf dem Schnee. Schnee gelangte unter ihren Kragen und die Röcke, die ihr über die Knie gerutscht waren. Doch ihr war nichts geschehen. Sie erhob sich, klopfte sich leise ab, nahm sich die Reisetasche und entfernte den Schnee davon.

Also bitte. Das war doch gar nicht mal schlecht.

»Was soll das denn werden?«

Madeline erstarrte.

* * *

Clay legte am Bach eine Rast ein, um Sunny und Tansy zu tränken und ihnen die Möglichkeit zu geben, von dem hohen, trockenen Gras zu fressen, das sich durch den Schnee schob. Weil es Samuel Croft an Gastfreundschaft gebrach, würde es ein langer Tag für die beiden werden. Er schwor sich, es den Tieren zu vergelten, sobald sie bei Cara angekommen wären. Er würde seine Schwester beschwatzen, ihnen Karotten aus ihrem Wurzelkeller zu geben.

Wenn er an Cara dachte, überkam ihn erneut eine Welle von Schuldgefühlen. Er wusste nicht, was er ihr erzählen sollte. Sie hatte Madeline schon nach kurzer Zeit ins Herz geschlossen und sich ganz offensichtlich darauf kapriziert, dass er die junge Frau heiratete. Andererseits schien es ihm so, als wolle sie ihn mit absolut jedem Mädchen verheiraten, das ihr über den Weg lief.

Das stimmt nicht. Sie wollte immer, dass du dich dem Gedanken an eine neue Ehe öffnest oder zumindest daran, eine Frau kennenzulernen. Doch bisher schien sie sich nie darauf zu versteifen, dass du eine von ihnen tatsächlich heiratest.

Wäre sein Gewissen ein Mensch gewesen, hätte er ihm bereits eine Kopfnuss verpasst.

Er konnte seine Schwester – sein zweites »Gewissen« – sogar jetzt hören, als innere Stimme. Er konnte sich ihre Reaktion auf die Neuigkeiten gut vorstellen. *Du hast was?* – würde sie sagen –, *wie konntest du sie nur dort lassen, Clay? Wie kann man so dumm sein? Du musst der größte Dickkopf auf Erden sein!*

Er war es nicht, der so dickköpfig war. Madeline war es. Er hat ihr seine Hilfe angeboten, doch sie wollte sie nicht annehmen.

Du bist wirklich der größte Dickkopf auf Erden!, meldete sich eine andere Stimme in seinem Inneren. Clay erstarrte, suchte Halt und stützte sich auf die andere Seite des Schlittens.

Tabitha. Dieses Mal war es Tabithas Stimme in seinem Inneren, ein aus der Vergangenheit aufsteigendes Bild …

»Clay, bitte, sei vernünftig …« Tabitha stand am Abtropfblech der Spüle, aus ihrem blonden Haarknoten hatten sich Strähnen gelöst, während sie das Geschirr nach dem Abendessen abwusch. An den Abenden war es immer so ruhig. Nach drei Jahren Ehe waren sie immer noch nicht mit einem Kind gesegnet. Das machte seine Frau traurig und gereizt, und Clay war erschöpft – er hatte für diese Woche genug vom ihren Genörgel.

»Du bist es doch, die keine Vernunft annimmt!« Er schlug auf den Tisch. »Du weißt, wie viel ich für den Hengst bezahlt habe – ich kann ihn jetzt nicht verkaufen. Ich hab ihn erst vor einem Monat gekauft! Die Leute werden denken, dass mit ihm etwas nicht stimmt. Ich verliere alles Geld, das ich in ihn investiert habe.«

Sie warf sich das Geschirrhandtuch über die Schulter und ging hinüber zu ihm, legte ihm die Hand auf die Schulter. »Was nützt das Geld, wenn dieses Pferd dich oder jemand anderen verletzt?« Tabitha blickte ihm mit einem flehenden Gesichtsausdruck direkt in die Augen. »Ich sage dir, er ist gefährlich. Ich habe Angst in seiner Nähe. Und ich habe Angst um dich, wenn du in seiner Nähe bist.«

Er wandte sich ab, machte sich von ihr los. Seit Beginn des

Abendessens hatten sie darüber gestritten. Er war es leid, dass sich ihr Gespräch im Kreise drehte.

»Du bist eben nicht an Pferde gewöhnt, die noch nicht ganz ausgebildet sind«, fuhr er sie an. Hatte sie denn gar kein Vertrauen in ihn? Traute sie ihm überhaupt nichts zu? »Ich weiß schon, was ich tue. Ich schaffe das. Und wenn er dich so nervös macht, komm nicht zum Korral, wenn ich dabei bin, ihn auszubilden.«

»Clay, bitte! Bitte. Ich flehe dich an. Um meinetwillen. Such in aller Stille einen Käufer. Oder bezahl wenigstens jemand anderen dafür, ihn zu auszubilden.«

»Wir haben kein Geld für einen Ausbilder, das weißt du doch. Hör jetzt auf, dich wie ein Kind aufzuführen, und lass mich in Ruhe die geschäftlichen Angelegenheiten regeln, okay?«

Tabitha grummelte entnervt und warf das Geschirrhandtuch nach ihm. »Du bist wirklich der größte Dickkopf auf Erden!« Sie drohte ihm mit dem Finger. »Warte nur, dieses Pferd wird noch jemanden umbringen. Denk an meine Worte.«

Eine Woche später war Tabitha tot.

Clay ließ den Schlitten los und fiel auf die Knie. Er musste sich erbrechen, würgte aber vergebens, da sein Magen leer war. Diese Erinnerung – so frisch, als sei alles erst gestern geschehen – verfolgte ihn seit Jahren bis in seine Träume. Jede Nacht der vergangenen fünf Jahre, mit der Regelmäßigkeit eines Uhrwerks, erwachte er aus diesem Traum – oder aus dem Albtraum über jenen Tag, an dem sie starb. Schwitzend, weinend …

»Warte«, flüsterte er mit Nachdruck, als die Welle der Übelkeit nachließ. In der letzten Nacht hatte er diesen Traum nicht gehabt. Auch nicht in der vorhergehenden. Er überlegte, war wie vor den Kopf gestoßen. »Ich habe diesen Traum nicht mehr gehabt, seit ich von Helena aufgebrochen bin.«

Seit du Madeline kennengelernt hast, stupste sein lästiges Gewissen ihn an.

Das war reiner Zufall. Er war zu beschäftigt gewesen – und zu sehr in Rage, als dass er an irgendetwas anderes hatte denken können als an den Zank und Streit mit Madeline. Das war alles.

Oder du bist zu sehr damit beschäftigt, ganz allgemein an Madeline zu denken. Ihr seidiges dunkles Haar, ihre rosaroten Lippen, das Gefühl ihrer Haut, wenn du sie berührst …

»Nein.« Er stand zitternd auf, fühlte sich immer noch schwach. Dann klopfte er den Schnee ab und schleppte sich zu den Pferden. »Es ist nur eine ganz natürliche körperliche Anziehung. Manchmal fühlt ein Mann sich eben einsam, mehr nicht.« Er führte Sunny zurück zum Schlitten und spannte sie an. »Ein Mann hat nun einmal seine Bedürfnisse, stimmt's, Sunny?«

Nachdem er überprüft hatte, ob alles in Ordnung war, blickte er in Sunnys große braune Augen und konnte sich ihre Antwort vorstellen.

Clay hob eine Augenbraue. »Ach, was weißt du schon? Du bist ja ein Mädchen.« Er ging zurück zu Tansy und führte auch sie zum Schlitten.

Tabitha ist wegen deiner Dickköpfigkeit zu Tode gekommen.

Die Selbstanklage hatte ihm Tausende Male in den Ohren geklungen. Er versuchte, den Gedanken zu verjagen, während er Tansy an den Schlitten schirrte.

Sie starb, weil du nicht die richtige Entscheidung zur richtigen Zeit getroffen hast. Du hast nur an dich gedacht. Deine Bedürfnisse, deine Wünsche, deine Sehnsüchte. Es ging nur um dich, und Tabitha musste dafür bezahlen.

Nein.

»Clay«, hatte seine Schwester nach Tabithas Tod versucht, ihn zu trösten, »das konntest du nicht voraussehen. Tiere sind unberechenbar. Es ist nicht deine Schuld.«

Doch Cara wusste nicht, dass Tabitha es eben doch vorausgesehen hatte. Sie hatte ihn angefleht, auf sie zu hören. Ihm war ein dummes Pferd wichtiger gewesen als seine Frau. Ihm war Geld wichtiger gewesen als seine Frau.

Machst du nicht genau das Gleiche jetzt wieder? Ist dir die Rücklage für deinen Laden nicht wichtiger als Madeline?

Grauen überkam ihn, er hielt die Lederriemen fest umklammert. Sein Herz zog sich schmerzhaft zusammen. Ein Bild schoss ihm in den Kopf: Madeline stand in der dunklen, verdreckten Küche, sich vor Croft duckend, der sie niedermachte, weil sie wieder einmal ein Abendessen hatte anbrennen lassen. Sie hatte dunkle Ringe unter den Augen, ihr Haar war zu einem nachlässigen Knoten gebunden. Ihre Kleidung sah aus, als sei es von einer alten Frau ausrangiert worden. Clay sah vor seinem geistigen Auge, dass Croft sie immer weiter anbrüllte, dann eine eiserne Pfanne ergriff, damit auf Madeline einschlug und grinste, als sie zusammengekrümmt auf dem Boden lag. Er beugte sich über sie und schlug immer wieder zu. Die Küche war voller Blut. Als er fertig war, stand er keuchend über ihr, von ihrem Blut besudelt. Madeline lag dort – tot in ihrem Blut.

Genau wie Tabitha.

Nein.

Das Bild stellte sich ungebeten ein – Tabithas Körper lag reglos im Stroh, aus der klaffenden Wunde, die der Tritt des Pferdes ihr zugefügt hatte, lief ein einziger dünner Blutfaden.

Nein. Es ist nicht das Gleiche. Das ist es nicht.

Er stieg in den Schlitten, und die Zügel auf den Rücken der Pferde schnalzten. Die Tiere setzten sich in Bewegung, quer über die Prärie in Richtung Berge. Je früher Clay wieder bei seiner Schwester wäre, desto früher konnte er sich daranmachen, zu vergessen, dass es Madeline Barstow gab.

* * *

»Was soll das denn werden?« Die raue Stimme kam von hinten.

Madeline war wie gelähmt, zitterte am ganzen Körper. Sie drehte sich um und sah einen großen Mann in Wollmantel, Arbeitshose und mit Cowboyhut auf sie herabblicken. Er war derjenige, der Croft Bescheid gegeben hatte, als sie und Clay sich dem Haus genähert hatten.

Sie entschied sich für Angriff als beste Verteidigung.

»Was geht Sie das an? Ich meine, mich zu erinnern, dass Mr Croft hinausgegangen ist, um euch Jungs an die Arbeit zu bringen. Vielleicht sollten Sie das jetzt endlich tun.« Sie reckte ihm furchtlos das Kinn entgegen.

»Nee«, sagte er grinsend und beugte sich vor, um einen Strahl Tabak auszuspeien. »Das wohl eher nicht. Sieht ganz so aus, als ob du abhauen und den armen Mr Croft allein lassen willst. Das ist aber gar nicht nett.«

Angriff schien nicht zu funktionieren, also wechselte sie ihre Taktik. »Bitte, sagen Sie ihm nichts. Er wird es nie erfahren. Lassen Sie mich gehen. Sie wissen doch, dass er brutal ist. Sie können doch nicht zusehen wollen, dass er eine Frau misshandelt, oder?«

»Nein!« Ein Ausdruck der Besorgnis huschte über sein Gesicht. »Nein, selbstverständlich nicht.« Dann verschwand die Besorgnis und machte Platz für ein teuflisches Grinsen. »Nein, wo ich doch weiß, wie man eine Frau behandelt. Ich kann dich *sooo* was von gut behandeln. Ich mach's dir so gut, dass du es nie vergessen wirst.« Er platzierte seine Hände links und rechts von ihr an der Wand und drückte sie gegen die Hütte.

»Aufhören!«, zischte sie, als er eine Hand hob, um ihr die Wange zu streicheln. »Ich werde Mr Crofts Frau. Er hat mir selbst gesagt, dass kein Mann es wagen sollte, mich auch nur mit einem Finger zu berühren.«

»Das stimmt nicht ganz. Ich war draußen auf der Veranda und hab zugehört. Er hat gesagt, dass kein Mann dich auch nur mit einem Finger berühren sollte, wenn er es nicht will.« Sein Grinsen wurde noch breiter. »Du bist nicht die erste Hure, die Croft herbringt, um sie sich mit seinen Männern zu teilen. Es macht ihm Spaß, ein paar Mal im Jahr eine Dirne hier zu haben, die einige Tage bei ihm bleibt. Aber er ist ein geiziger Bastard und sorgt dafür, dass er auf seine Kosten kommt. Deshalb gibt er sie an alle Männer weiter. Jedenfalls an die, die wirkliche Männer sind und mitmachen können. Die anderen halten die Klappe. Die wissen nämlich, dass man besser nichts gegen Croft unternimmt.«

Madelines Magen rebellierte. *Mein Gott, in was bin ich da hineingeraten?* Sie hätte in der Hütte bleiben sollen. Sie hätte Croft dazu bringen können, gewalttätig gegen sie zu werden. Jetzt würde sie von einem Mann zum anderen weitergegeben werden, und jeder konnte sich ihrer bedienen, wie er es nur wollte. Sie blickte über seinen Arm hinweg, hoffte – gegen alle Vernunft –, dass Croft um die Ecke kommen würde. Sie wusste nicht, ob sie schreien sollte oder ob dadurch alles noch schlimmer werden würde – es könnte andere Männer herbeirufen.

Der Mann fasste Madeline beim Kinn und drückte seine Lippen brutal auf ihre. Der ekelerregende Geschmack von Tabak machte sich in ihrem Mund breit.

»Nein!« Sie drückte sich mit ihrer Reisetasche gegen ihn. Doch er war riesig, und trotz all ihrer Anstrengung gelang es ihr lediglich, ihn leicht zu schubsen.

Ihm schien das auch noch zu gefallen.

»So so, du bist eine ganz Kratzbürstige, was?« Er riss ihr die Tasche aus den Händen und schleuderte sie davon. Dann schob er ihre Röcke und die Beine ihrer Pantalons hoch, sodass ihre Unterschenkel völlig nackt waren. Er drückte sie mit seinem Körper gegen die Wand, während er mit einer Hand seine Hose öffnete. Als diese hinuntergerutscht und er entblößt war, blickte Madeline zur Seite, drückte und hämmerte gegen seine Brust und versuchte mit aller Macht, freizukommen.

Es war sinnlos. Er zog sie hoch, zwang sie, ihm die Beine um die Taille zu legen, während sie ihn die ganze Zeit mit Tritten bearbeitete. Alles, was sein Fleisch noch von ihrem trennte, waren die Pantalons, die sie unter ihren Röcken trug.

Sie wollte schreien, schaffte es jedoch nicht, ihrer Kehle mehr als ein Flüstern zu entringen. Er zerriss ihre Pantalons mit den Händen und vergrößerte deren kleine Öffnung. Sie schrie, keuchte und kämpfte verzweifelt, um zu entkommen. Ihr war klar, was auf sie zukam.

Etwas Dunkles erschien jählings vor ihrem Gesicht, dann wurde sie zu Boden geworfen. Sie landete mit dem Steißbein auf dem jetzt festgetretenen Schnee. Die Nässe durchdrang sofort den dünnen Baumwollstoff ihrer Pantalons. Der Mann lag ausgestreckt zu ihren Füßen und bemühte sich aufzustehen, hatte damit jedoch Schwierigkeiten, da seine Hose bis zu den Knien heruntergezogen war.

Als sie aufsah, erblickte Madeline Clay, der über dem Mann stand, ihre Reisetasche in der Hand und mit einem Gesichtsausdruck, in den der Furor eingeätzt zu sein schien. Er schleuderte die Tasche auf den sich immer noch abmühenden Mann, stürzte sich dann auf ihn und schlug mit den Fäusten auf ihn ein. Dem Mann gelangen einige heftige Gegenschläge, die Clay beinahe zu Boden brachten. Doch er konnte wegen seiner verhedderten Hose nicht aufstehen, und Clay drückte ihn immer wieder nieder.

Madeline kämpfte sich hoch und richtete ihre Kleidung. Dann blickte sie um sich, nach einem Stein oder etwas anderem suchend, mit dem sie Clay zu Hilfe kommen konnte, bevor der große Mann wieder auf die Füße kam und Clays einziger Vorteil verloren wäre. Doch es gab nichts, was sie hätte ergreifen können. Nicht einmal ihre Reisetasche war in Griffweite, da diese halb unter den beiden Männern lag, die versuchten, einander zu überwältigen.

Sie sah den Revolver erst, als der Schuss abgefeuert wurde.

Kapitel 15

Der Schuss hallte durch die unwirtliche Prärie. In der Ferne knirschten Schritte im Schnee, alle Männer kamen angerannt.

Die beiden Männer lagen reglos am Boden, und Madeline blickte auf in das bösartige Gesicht von Samuel Croft.

»Stopp!«, polterte er und senkte den rauchenden Revolver, mit dem er gerade einen Schuss in die Luft abgegeben hatte.

Seine Männer kamen mit gezogenen Revolvern um die Ecke der Hütte gerannt.

Clay ließ langsam von dem riesigen Mann ab, dessen Hose immer noch halb heruntergezogen war.

»Was zum Teufel …« Croft sah verwirrt aus.

Peinlich berührt wurde Madeline klar, wie sich die Situation den ankommenden Männern darstellen musste – zwei auf dem Boden kämpfende Männer, einer von ihnen mit heruntergezogener Hose. Beschämt blickte sie zur Seite.

»Porter, lass meinen Mann in Ruhe!« Croft steckte seinen Revolver in das Holster und zog den Mann auf die Füße. »Zieh deine Hose hoch, Jimmy. Was ist los mit dir?«

»Das Schwein wollte Miss Barstow vergewaltigen!« Clay zeigte auf ihn und trat einen Schritt auf den Mann zu.

»Das ist eine Lüge!« Jimmy stürzte sich auf Clay, und Croft befahl seinen Männern, Jimmy und Clay auseinanderzubringen. »Er lügt! Er war es. Ich hab ihn erwischt, als er sie heimlich durch das Fenster rausschaffen wollte.«

Croft wandte sich an Clay. »Ich wusste es doch! Du bist hinter meiner Frau her!«

»Mr Croft, nur einer von uns steht hier mit heruntergezogenen Hosen. Und das bin nicht ich.«

Croft nahm Jimmy ins Visier, der gerade seinen Gürtel schloss, packte ihn beim Kragen und zwang ihn mit seinem Blick nieder, ihm direkt in die Augen schauend. »Was denkst du eigentlich, wer du bist?«, zischte er zwischen zusammengebissenen Zähnen. »Geh zurück in die Baracke. Ich kümmere mich nachher um dich.« Dann versetzte er Jimmy einen Hieb.

Jimmy schlich davon, während Croft sich den anderen Rancharbeitern zuwandte.

»Ihr anderen, zurück an die Arbeit!«, schnauzte er sie an.

Die Männer trotteten davon und versuchten dabei, noch etwas aufzuschnappen.

Dann wandte Croft sich an Madeline. »Was machst du hier? Hältst du mich für einen Idioten?« Er zeigte auf das Fenster und blickte dann auf ihre Reisetasche.

Sie wusste nicht, was sie sagen sollte, und konnte den Blick nicht vom Revolver lassen, der im Holster an Crofts Hüfte steckte.

»Ist das nicht klar?«, ging Clay dazwischen. »Sie will Sie nicht heiraten.«

Croft trat drohend einen Schritt auf ihn zu. »Du gehst zu weit, mein Sohn. Ich hab dir gesagt, dass du abhauen sollst. Ich hab das Recht, mein Eigentum zu verteidigen – falls nötig, mit todsicheren Mitteln.«

»Meine Schwester und halb Helena wissen, dass ich den Auftrag hatte, zu Ihnen zu kommen. Wenn Sie also nicht wollen, dass der Sheriff sich auf eine kleine Reise hierher macht und Ihren Laden unter die Lupe nimmt, können Sie auch nicht wollen, dass ich in den nächsten Tagen vermisst werde.«

Croft hielt inne, dachte kurz nach und trat einen Schritt zurück. »Verschwinde von meinem Land.«

»Noch nicht. Ich bin hergekommen, um Miss Barstow mitzunehmen.«

Croft warf den Kopf in den Nacken und lachte.

»Du denkst, du kannst mir mal eben so meine Frau klauen, weil du unter ihre Röcke willst? Sheriff hin oder her, ich mach dich kalt, mein Junge!«

»Ich bin nicht daran interessiert, Ihnen die Frau wegzunehmen. Aber sie möchte Sie nicht heiraten. Sie haben sie unter Vorspiegelung falscher Tatsachen hergelockt. Das könnte als Betrug durchgehen. Ich bin mir sicher, dass sie die Briefe noch besitzt, die das belegen können. Außerdem wissen wir beide, dass sie eine Fotografie von Ihnen hat, mit der Sie sie arglistig getäuscht haben.«

»Es ist nicht meine Schuld, dass sie alles missverstanden hat, was ich in meinen Briefen geschrieben hab.«

»Na, das können wir ja den Richter entscheiden lassen.«

Clay verschränkte die Arme und wartete. Er vermutete stark, dass ein Mann, der so gewalttätig war, wie er es gehört hatte, keinerlei Skrupel hatte, auch andere Gesetze zu brechen – und daher nicht allzu großen Wert auf die Aufmerksamkeit des Sheriffs legte.

Croft hätte Clay am liebsten in Stücke gerissen, bewegte sich jedoch nicht von der Stelle. Nach einer schier endlosen Pause betrachtete er Madeline von oben bis unten. »Die ist wirklich anstrengend. Vielleicht so anstrengend, dass ich mich nicht mit ihr abgeben mag. Aber sie hat Schulden bei mir. Ich hab ihr die Zugfahrkarte und das Geld für die Reise geschickt. Und ich hab dich dafür bezahlt, sie herzubringen.«

Empörung stieg in Madeline auf, als sie hörte, dass er – wieder einmal – über sie sprach, als sei sie nur ein Paket, das von der Post zugestellt werden musste. Doch sie hielt es für klüger, Clay sprechen zu lassen.

»Ich gebe Ihnen das Geld, das Sie mir gegeben haben. Ich hab es dabei.«

»Und der Rest?«

Clay zögerte. »Dafür hab ich nicht genug. Nicht genug dabei.«

»Dann kriegst du das Mädchen, wenn ich das Geld von dir bekomme.« Er packte Madeline so heftig am Arm, dass es ihr wehtat, und zog sie an sich.

»Halt!«

Clay trat einen Schritt vor, doch Crofts Revolver war bereits an Madelines Kopf.

»Sehen Sie«, sagte er mit über dem Kopf erhobenen Händen, um Croft zu verstehen zu geben, dass er ihn nicht angreifen würde, »wir können einige Abmachungen treffen. Sie kennen mich. Sie kennen meinen Ruf. Sie wissen, dass ich ehrlich bin. Ich hab das restliche Geld, aber ich hab es nicht hier.«

»Wie ich schon sagte, wenn du mir das Geld bringst, kannst du das Mädchen haben.«

Tränen traten Madeline in die Augen. Wenn Clay fortgehen würde, wäre sie bei seiner Rückkehr nicht mehr am Leben. Irgendwie würde sie an Crofts Revolver gelangen, und wenn nötig, würde sie ihn sich an die Schläfe setzen. Sie würde niemals Crofts Hure sein. Nicht für einen einzigen Tag.

Clay schaute Madeline an. Sie beide wussten, was passieren würde, sobald er Crofts Ranch verlassen hätte. Sie würde von jedem der Männer hier missbraucht werden, noch bevor er die Berge erreicht hätte.

»Mein Schlitten«, sagte er mit erstickter Stimme. »Nehmen Sie meinen Schlitten in Zahlung, bis ich mit dem Rest des Geldes wieder zurück bin. Und ich nehme Madeline mit. Sie wissen ja, wo ich wohne. Also wissen Sie auch, dass ich mit dem Geld zurückkommen muss.«

»Nein.« Ein belustigtes Grinsen machte sich auf Crofts Gesicht breit. »Nein, ich will den Schlitten. Behalten. Und die Pferde auch.«

»Nein!«, schrie Madeline auf, sich gegen Croft wehrend. »Clay, nein! Das ist deine halbe Existenzgrundlage. Dem kann ich nicht zustimmen …«

»Halt die Klappe, Weib!« Croft drückte ihr den Lauf des Revolvers an den Kopf. »Vergiss nicht, wer hier das Sagen hat.«

»Der Schlitten ist viel mehr wert, als Sie für die Reise ausgegeben haben können.«

Croft zuckte mit den Schultern. »Entschädigung für meinen ganzen Ärger. Und dann muss ich mir jetzt auch noch eine neue Frau bestellen, und in der Zwischenzeit hab ich keine Haushälterin. Außerdem bin ich nicht mal dazu gekommen, sie richtig ranzunehmen.« Er bedachte Madeline mit einem schmierigen Blick.

Madeline errötete, blickte kurz zur Seite und zog den Kragen ihres Mantels enger.

Die Farbe wich aus Clays Gesicht, während ein gepeinigter Ausdruck darüberhuschte. »Gut. Der Schlitten. Nur der Schlitten. Die Vorräte gehören mir nicht alle, und wir benötigen die Pferde, um zurückzukommen. Außerdem traue ich Ihnen mit Pferden genauso wenig wie mit einer Frau.«

Croft überlegte, grinste dann. »Abgemacht. Es war mir eine Freude, Geschäfte mit dir zu machen.«

Er schob Madeline hinüber zu Clay. Sie strauchelte, bevor Clay sie auffangen und zu sich ziehen konnte.

Sie klammerte sich an ihm fest, hatte Angst, ihn loszulassen, während sie beobachtete, dass er ein Geldbündel hervorzog und es Croft hinwarf. Sie wollte protestieren, ihm sagen, dass er nicht alles, was er besaß, für eine Frau hergeben sollte, die er kaum ertragen konnte. Doch sie hätte alles getan, um von Croft fortzukommen – sogar ihren Stolz hinunterschlucken und zulassen, dass Clay seinen Lebenstraum aufgab, um sie in Sicherheit zu bringen.

Croft zählte das Geld, bevor er es sich in die Tasche stopfte. »Ich fürchte, sie wird dir keine Freude machen. Mit einem Saloongirl wärst du bestimmt besser dran.« Er lachte, während er zur Vorderseite der Hütte ging.

Madeline barg das Gesicht an Clays Schulter und schluchzte erleichtert.

Er wich zurück und schaute ihr in die Augen. »Alles in Ordnung mit dir?«

Sie nickte, Tränen liefen ihr über die Wangen.

»Hat er …?«

»Lass uns schnell gehen«, flüsterte sie, »bevor er noch seine Meinung ändert.«

Clay legte den Arm um sie, nahm ihre Reisetasche und führte sie zur Vorderseite der Hütte.

* * *

Nachdem Clay die Pferde vom Schlitten ausgeschirrt hatte, sah er, wie Crofts Leute den Schlitten in Richtung Scheune schoben. Der Gedanke, dass Croft darin umherfahren würde, wurmte ihn.

Er befestigte Madelines Tasche und die Rolle mit Decken und Fellen an Tansys Zaumzeug mit einem Seil, das ein mitfühlender Rancharbeiter ihm heimlich zugesteckt hatte. Dann sicherte er die restlichen Vorräte an Sunnys Zaumzeug und tauschte einiges wieder aus, um sicherzugehen, dass kein Pferd schwerer als das andere zu tragen hatte.

Anschließend legte er eine zusammengefaltete Decke über Tansys Rücken und wandte sich an Madeline. »Ich hab keine Sättel, deshalb müssen wir ohne reiten. Du kannst doch reiten, oder?«

»Ich mag zwar keine Kutsche gelenkt haben, aber es gibt keine Frau meiner Gesellschaftsschicht, die nicht an einer Jagd oder einem Reitwettbewerb teilgenommen hat. Einmal haben wir einen Monat bei Verwandten in England verbracht. Dort drüben mögen sie die Jagd ganz besonders.« Sie lächelte ihn matt an.

Bei dem Gedanken, was ihr beinahe geschehen wäre – und was Croft ihr möglicherweise bereits angetan hatte –, wurde ihm das Herz schwer. Es nicht zu wissen brachte ihn fast um. Doch er hatte ja versucht, es von ihr zu erfahren, und sie war ihm ausgewichen. Vermutlich gehörte es sich nicht, sie so etwas zu fragen.

Madeline betrachtete Tansy eingehend. »Es ist schwieriger, ohne Sattel aufzusitzen. Und ich muss im Damensitz reiten.«

Wegen ihres engen Rocks und ohne Steigbügel, Stufen oder Leiter als Hilfe dauerte es etwas, bis sie auf dem Pferd saß. Nachdem Clay sie richtig auf Tansys Rücken zurechtgesetzt hatte, schwang er sich auf Sunny.

»Es tut mir so leid wegen deines Schlittens«, murmelte Madeline. »Ich weiß zwar nicht, wie, aber ich werde dir helfen, einen neuen zu bekommen.«

»Ich hab genug Geld für einen neuen. Jedenfalls fehlt nicht viel. Aber ich brauchte den Schlitten eigentlich, um das Geld für den Laden zu verdienen. Nun brauche ich das Geld für den Laden, um einen neuen Schlitten zu kaufen. Egal, es spielt ohnehin keine Rolle mehr. Ich bin mir sicher, dass Croft alles in seiner Macht Stehende tun wird, dafür zu sorgen, dass mich keiner jemals wieder für Transporte engagiert.«

Er entdeckte Croft, der mit verschränkten Armen auf seiner Veranda stand und sie beobachtete. Clay musste seine ganze Willenskraft zusammennehmen, um nicht von Sunny abzusitzen, zu Croft zu laufen und den Mann zusammenzuschlagen. Einzig seine Sorge um Madelines Sicherheit hielt ihn davon ab. »Auf geht's, bevor er noch den Verstand verliert und uns beide über den Haufen schießt.«

Sie warf einen ängstlichen Blick über die Schulter und gab Tansy Zeichen, sich in Bewegung zu setzen.

Als sie das Warnschild für Viehdiebe am Tor zur Ranch passierten, seufzte Clay erleichtert. Croft war ihnen wahrscheinlich nicht auf den Fersen. »Lass uns etwas schneller reiten. Wir müssen uns beeilen, wenn wir es vor Einbruch der Dunkelheit bis zu Cara schaffen wollen. Aber sei vorsichtig. Wir dürfen im

Schnee auch nicht zu schnell reiten, sonst könnten die Pferde ihren Halt verlieren.«

Er beobachtete sie im Damensitz reiten und war beeindruckt, wie elegant sie ihre Beine – von ihrem modischen Kleid bedeckt, unter dem ein winziges Stück ihrer Krinoline hervorblitzte – an der Seite des Pferdes übereinandergeschlagen hatte. Sie war es gewohnt, sich aufrecht zu halten, und das war ein Anblick zum Niederknien. Er nahm an, dass dort, wo sie herkam, die meisten Frauen so ritten. In der Wildnis Montanas ritten die Frauen allerdings zumeist wie Männer. Dabei trugen sie voluminöse Röcke, die diese Reitweise ermöglichten.

Sie hielten einmal, um die Pferde zu tränken und selbst etwas zu trinken. Dann ritten sie so schnell wie möglich zur Straße zurück, im Wettlauf mit der aufziehenden Dämmerung. Der Himmel hatte aufgeklart, sodass sie etwas länger Tageslicht hatten als sonst üblich, und ohne den Schlitten ziehen zu müssen, waren die Pferde schneller.

* * *

Sie erreichten Caras Haus kurz vor Einbruch der Nacht.

Als sie ankamen, kamen Cara und die Kinder herausgerannt, um Clay zu begrüßen. Cara war sehr erschrocken, dass er zwar mit Madeline, aber ohne Schlitten kam. »Hattet ihr einen Unfall? Hast du eine Kufe verloren? Alles in Ordnung mit euch beiden?«

»Uns geht's gut«, sagte er nachdrücklich, als er absaß und zu Madeline ging, um ihr dabei behilflich zu sein. Doch seine Schwester löcherte sie weiter mit Fragen. »Cara.« Er warf ihr einen strengen Blick zu. »Ich erkläre es dir später.«

»Ich hätte auf euch hören sollen«, flüsterte Madeline. »Es … es war entsetzlich.«

»Gott im Himmel, du bist ja kreidebleich.« Cara legte den Arm um Madeline, die unsicher auf den Beinen war.

»Bring sie rein, Cara. Sie muss sich ausruhen.«

Cara warf ihm einen schnellen Blick zu, in dem sich Verwirrung und Besorgnis zeigten, und führte Madeline dann fort.

»Wo ist dein Vater?«, erkundigte Clay sich bei Lawrence.

»Die Fallen abgehen«, antwortete er verdrießlich und kratzte sich den Schnee von einem Stiefel. »Ich durfte aber nicht mit.«

»Na dann … ich könnte gut jemanden gebrauchen, der mir bei den Pferden hilft.«

»Wirklich?« Die Augen des Jungen leuchteten auf.

»Mich auch?«, meldete sich Joseph zu Wort.

»Aber klar doch. Euch beide. Die Pferde sind ziemlich geschafft, und wir müssen uns dringend um sie kümmern. Kommt mit!«

Die Jungen folgten Clay. Martha trug Mary auf dem Arm und folgte Madeline und Cara ins Haus. Zweifellos wollte auch sie Madeline mit Fragen überschütten. Clay vertraute auf Cara, dafür zu sorgen, dass sie dennoch die nötige Ruhe bekam.

Er fürchtete sich davor, mit Caras Fragen konfrontiert zu werden. Vor einem Exekutionskommando zu stehen wäre einfacher.

Die Jungen plauderten und stellten ihm eine Unzahl von Fragen, während sie ihm halfen, die Pferde zu striegeln, zu füttern und zu tränken. Er machte sich nicht einmal die Mühe, Cara um Karotten zu bitten – er schickte Lawrence kurzerhand los, sie zu holen. Denn er wusste, dass sie unter den gegebenen Umständen nichts dagegen hätte. Sunny und Tansy hatten es sich verdient.

Als sie mit den Pferden fertig waren und Clay den Jungen geholfen hatte, ihre Aufgaben in der Scheune zu erledigen, nahmen sie alle Reisevorräte und gingen in die Hütte, um sich aufzuwärmen.

»Legt das ganze Zeug dahinten in die Ecke. Ich kümmere mich später darum.« Clay gab ihnen ein Zeichen und stellte sich neben den Holzofen, um sich die Hände zu wärmen. Die beiden Jungen gesellten sich zu ihm, als Cara aus Marthas Zimmer kam, wo sie Madeline untergebracht hatte. Sie balancierte ein Tablett mit einem leeren kleinen Teller und einer Teetasse und schloss die Tür leise hinter sich.

»Ich hab ihr gesagt, sie soll ein wenig schlafen. Sie sieht sehr erschöpft aus.« Cara setzte das Tablett auf den Tisch, an dem Martha die kleine Mary fütterte. »Martha, nimm doch bitte die beiden Decken, die ich dahinten auf die Bank gelegt habe, und bring sie den Jungs auf den Dachboden. Jungs, ihr geht nach oben und schafft etwas Platz. Martha teilt die Bettstatt mit dir, Joseph, und Lawrence schläft zusammen mit Clay.«

Martha nahm den Stapel Decken von der Bank neben sich und trug ihn umständlich die Leiter hoch. Die Jungen beschwerten sich, taten aber, was ihnen gesagt worden war.

»Martha muss ihr Zimmer räumen, und die Jungs beschweren sich.« Cara schüttelte den Kopf. Dann, nach einem kurzen Blick zum Dachboden, zog sie Clay beiseite.

»Clay Porter, ich weiß nicht, was hier vor sich geht … und ich hab Madeline nicht gefragt. Aber sie hat Druckstellen am Hals, und ihre Bluse ist zerrissen. Was um alles in der Welt ist passiert?«

»Oh, mein Gott.« Seine Beine gaben nach, er wankte zum Tisch und setzte sich Mary gegenüber, die sich mit ihrem Essen bekleckert hatte. »Das hab ich nicht gesehen. Ihr Mantel war zugeknöpft, als ich ankam.«

»Na ja, sie hat versucht, es zu verstecken, aber …« Sie setzte sich mit einem tiefen Seufzer neben Clay. »Das war Croft, nicht wahr?«

Er nickte. »Zum Teil jedenfalls. Ich … ich hätte sie niemals dalassen dürfen.«

»Du hast sie dagelassen?« Cara war völlig entgeistert.

»Na ja, dafür bin ich ja bezahlt worden«, gab er zurück und vergrub dann das Gesicht in den Händen. »Sie wollte nicht mit mir kommen. Ich hab ihr eine letzte Chance gegeben, aber sie wollte nicht … Ich weiß nicht, warum. Wahrscheinlich, weil sie wütend auf mich war.«

»Ihr habt gestritten? Wieder? Oh, Clay!«

Er schaute sie unglücklich an. »Es war mehr … es war ein … Missverständnis. Und sie hat überreagiert.«

»Aha.« Der Ton in Caras Stimme verriet ihm, dass sie ihm nicht glaubte.

»In Ordnung, vielleicht hab ich auch überreagiert. Ich mache ihr ja keine Vorwürfe, dass sie nicht mit mir gehen wollte, als ich sie fragte. Aber ich schwöre, Cara, ich hätte niemals gedacht, dass es so schlimm ist. Anderenfalls hätte ich sie auf keinen Fall dort gelassen.«

»Also, er hat einen Jungen geschlagen und ein Pferd fast zu Tode geprügelt. Was dachtest du denn, was er vorhatte?«

»Ich dachte wohl … ich weiß nicht. Ich war mir nicht hundertprozentig sicher, ob das nicht alles nur Diffamierungen gefeuerter Rancharbeiter waren. Und ich fühlte mich hilflos. Ich konnte sie mir doch nicht mal eben so schnappen und fortlaufen. Falls du es noch nicht bemerkt haben solltest, die Frau ist ein Dickkopf.«

»Hm, erinnert mich an jemanden. An wen nur?« Sie hob eine Augenbraue und blickte ihn an.

»Ich war schon auf dem Rückweg, als mir bewusst wurde, dass die ganze Situation genauso war wie damals mit Tabitha – ich wusste, was das Richtige war, hatte aber nicht den Mumm, es zu tun. Und ich wusste, dass ich sie nicht dort lassen konnte. Ich musste etwas unternehmen. Als ich mit dem Schlitten auf die Ranch kam, konnte ich hören, dass die meisten Männer in der Scheune waren. Also ging ich zum Haus – in der Hoffnung, Madeline zur Vernunft zu bringen. Doch dann hörte ich ein … ein Geräusch. Gedämpft. Dann hörte ich Madeline …« Seine Stimme brach.

Cara klopfte ihm beruhigend auf die Schulter.

»Sie sagte ›aufhören!‹. In mir krampfte sich alles zusammen. Ich rannte um das Haus herum und sah einen Mann bei ihr. Er hatte … hatte sie mit dem Rücken gegen die Hauswand gedrückt …« Unbändiger Zorn stieg in ihm auf. »Ich sah, dass ihre Tasche auf dem Boden lag – vermutlich hatte sie versucht, aus dem Haus zu fliehen –, also nahm ich die Tasche und schleuderte sie auf ihn.«

Er erzählte die Geschichte zu Ende, seine Augen brannten, weil er gegen Tränen kämpfte.

Cara war tief bestürzt. »Ich fühle mich entsetzlich«, brachte sie hervor. »Wir hätten sie niemals gehen lassen dürfen. Meinst du, Croft hat …«

»Ich weiß nicht. Ich glaube nicht, aber er hat angedeutet, dass … dass etwas vorgefallen ist. Ich weiß nur nicht, was. Und ich möchte sie nicht bedrängen.«

»Ich werde mit ihr sprechen und es herausfinden.« Sie räusperte sich. »Clay, wenn er es getan hat … wenn sie schwanger ist …«

»Ich werde mich um sie kümmern. Ich werde nicht zulassen, dass sie weiter leiden muss, weil ich einen Fehler gemacht habe. Was auch immer nötig ist, ich werde es tun.«

* * *

In Marthas Zimmer schlüpfte Madeline leise wieder ins Bett. Eigentlich hatte sie dieses Mal nicht wieder lauschen wollen, aber als sie nach der Türklinke gegriffen hatte, hatte sie Cara und Clay miteinander sprechen hören. Sie hatte innegehalten und mit dem Ohr am Türpfosten zugehört. Ihre Wangen glühten, weil sie sich schämte, als sie hörte, dass Cara Clay von ihrer zerrissenen Kleidung erzählte. Das hätte Cara besser für sich behalten sollen.

Ich werde mich um sie kümmern … Clays Worte hallten in ihrem Kopf … *Was auch immer nötig ist, ich werde es tun.*

Er fühlte sich irgendwie für sie verantwortlich, obwohl es doch ihre Entscheidung gewesen war, zu bleiben. Sie war der Dickkopf gewesen, und ihr Stolz hatte dazu geführt, dass er das Wertvollste verloren hatte, das er besaß. Jetzt fühlte der Mann sich sogar verpflichtet, sie nötigenfalls zu heiraten. Gott sei Dank würde es nicht nötig sein. Da musste er sich keine Sorgen machen. Sie könnte niemals einen Mann heiraten, der sie nur heiraten wollte, weil er sich dazu verpflichtet fühlte. Nach den Ereignissen des Tages war sie nicht sicher, ob sie überhaupt jemals heiraten wollte.

Andererseits …

Andererseits war sie, als Clay zu ihrer Rettung auftauchte, nicht nur froh gewesen, einem Horror zu entgehen. Sie war auch glücklich darüber, ihn zu sehen. Sie war außer sich vor Freude, ihm so sehr am Herzen zu liegen, dass er zurückgekommen war, um sie in Sicherheit zu bringen.

Und jetzt hatte sie herausgefunden, dass er nur aus Pflichtgefühl zurückgekommen war. Nicht aus Liebe.

Liebe? Der Gedanke schreckte sie auf. *Liebe ich ihn? Ich kenne ihn kaum. Er ist ein verbohrter, unverschämter, nervender Mann. Wie sollte ich ihn lieben können?*

Doch sie tat es. Und sie wusste, dass er auch grundanständig, liebevoll und fürsorglich war. Trotz all seiner Fehler, all ihrer Auseinandersetzungen und trotz all der Wut und des Ärgers, den er um ihretwillen empfunden hatte, war er dennoch gekommen, um sie zu retten. Er hatte seinen Schlitten für sie geopfert und auch das Geld, das er für die Fahrt bekommen hatte.

Sie liebte ihn.

Und er liebte sie nicht.

Madeline legte sich aufs Bett und weinte.

Kapitel 16

Am nächsten Morgen herrschte geschäftiges Treiben. Cara stand früh auf, um genügend Pfannkuchen für die ganze Bande zuzubereiten. Sie erwartete, dass Ben im Laufe des Tages zurückkehrte. Da sie wusste, dass er einen Bärenhunger haben würde, hatte sie jede Menge zusätzlicher Pfannkuchen gebacken.

Sie hatte gehofft, mit Madeline sprechen zu können, bevor die Kinder wach waren. Doch das erwies sich als unmöglich, da sich alle schon bei Sonnenaufgang gerührt hatten. Clay schwieg während fast des gesamten Frühstücks gedankenverloren und schob sein Essen von einer Seite des Tellers zur anderen.

Als Madeline endlich aus dem Schlafzimmer auftauchte, war das Frühstück vorüber, und die Kinder waren bereits hinausgelaufen zum Spielen.

»Entschuldige bitte, dass ich so spät zum Frühstück erscheine. Du hättest mich früher wecken sollen. Dann hätte ich dir helfen können.«

»Du brauchtest den Schlaf. Mach dir keine Gedanken, es ist noch viel übrig.« Sie füllte einen Teller und beobachtete, wie Madeline sich setzte und zu essen begann.

»Wie hast du geschlafen?«, fragte Clay leise.

»Gut.« Madeline warf ihm kurz ein höfliches, aber angestrengtes Lächeln zu.

»Das ist gut. Gut.« Clay blickte um sich. Er wusste nicht, was er sagen sollte. »Also, ich geh dann mal raus. Ich hab den Jungs versprochen, dass ich ihnen helfe, eine Schneeburg zu bauen.«

»Ja, kümmere du dich um die wirklich wichtigen Dinge, während ich hier das Geschirr abwasche«, witzelte Cara. Vielleicht würde das dazu beitragen, dass er endlich aufhörte, sich wie ein verängstigtes Kaninchen zu verhalten, das kurz davor war, Reißaus zu nehmen.

»Genau das hab ich mir auch gedacht, Schwester.« Er zwinkerte ihr zu, erhob sich und schob seinen Stuhl unter den Tisch, um hinauszugehen.

Als er fort war, setzte Cara sich zu Madeline. Sie wusste nicht recht, wie sie beginnen sollte. »Weißt du … es steht mir eigentlich nicht zu, aber ich mache mir Sorgen um dich.«

»Er hat nicht«, sagte Madeline leise, ohne von ihrem Teller aufzusehen. »Das hast du dich doch gefragt … ob Mr Croft … na ja, er hat nicht. Er hat es versucht, aber ich … hab ihn abgelenkt. Ich hab geschafft, dass er es auf später verschoben hat.«

»Und der Rancharbeiter?«

»Nein.« Sie schüttelte den Kopf. »Fast hätte er … wenn Clay nicht erschienen wäre, als er …« Sie blinzelte die Tränen fort. »Ich bin ihm sehr dankbar.«

»Ich auch.« Sie tätschelte Madeline die Hand. »Auch wenn ich ihm den Hals dafür umdrehen könnte, dich zunächst überhaupt dort gelassen zu haben.«

»O nein, sei ihm nicht böse! Ich habe ihm gesagt, dass er mich dort lassen soll. Ich wollte es.«

»Aber warum? Hast du uns nicht geglaubt, als wir dir sagten, dass wir Croft für einen üblen Kerl halten?«

»Na ja … ich war mir nicht sicher. Es waren alles Gerüchte, keine Tatsachen, und ich hatte den Eindruck, keine Wahl zu haben – auch dann noch, als ich ihn sah und mir klar war, dass ich einen Fehler gemacht hatte. Ich konnte einfach nicht … ich war zu stolz, Clay um Hilfe zu bitten.«

»Ich bin so froh, dass es dir so weit gut geht.«

»Da sind wir schon zwei.«

Madeline aß schweigend weiter.

»Was willst du jetzt tun?«, fragte Cara. »Wir würden uns freuen, wenn du hierbleibst. Oder wir finden in Helena einen Platz für dich. Clay kennt viele Leute, und ich bin mir sicher, dass sie gerne helfen werden.«

»Es ist sehr lieb von dir, dir Gedanken um mich zu machen, aber ich glaube, das Beste ist, wenn ich zurück nach Hause fahre.«

»Nach Hause? Bist du sicher? Ich dachte, du willst nicht zurück nach Boston?«

»Na ja … es gibt keinen Ort, an den ich sonst gehen könnte.«

»Doch, den gibt es. Ich hab's dir doch gesagt … hier.«

Madeline schüttelte den Kopf. »Das kann ich nicht. Ich kann das nicht … nein.«

Cara verstand nicht, warum Madeline so felsenfest entschlossen war, ihre Hilfe nicht anzunehmen. Vielleicht brauchte sie nur ihre Familie um sich. Nach einem so entsetzlichen Erlebnis wäre das verständlich. Doch sie befürchtete, dass Madeline einen Fehler beging. Es hatte sich nicht so angehört, als sei es in ihrer Familie üblich, einander emotionalen Beistand zu leisten, und Cara wusste, dass es bei ihr und Ben anders wäre.

»Wie willst du zurückkommen? Du sagtest doch, dass du die Fahrkarte nicht bezahlen kannst.«

»Das kann ich auch nicht. Ich weiß noch nicht, wie, aber ich finde schon eine Möglichkeit.«

»Wenn du nicht in Eile bist, kann Clay sicherlich mit den Kirchen am Ort sprechen und eine Sammlung …«

»O nein, das Letzte, was ich möchte, ist, dass ganz Helena weiß, was geschehen ist, und sich die Mildtätigkeit der gesamten Stadt auf mich richtet.«

»Es ist keine Schande, Hilfe zu benötigen, Madeline. Doch wenn du dir Sorgen darum machst, dass die Leute es herausfinden, bin ich mir sicher, dass Clay dir die Fahrkarte kaufen würde, auch wenn es ihm …« Sie war drauf und dran, zu sagen

»überhaupt nicht gefallen würde, dass du fortgehst«, doch Madeline unterbrach sie.

»Nein! Entschuldige. Ich bin euch schon genug zur Last gefallen. Clay hat seinen Schlitten und seine zusätzlichen Einnahmen verloren, weil er mich gerettet hat – ganz zu schweigen von seiner einzigen Möglichkeit, die Schlachterei kaufen zu können. Ich weiß nicht, wie ich ihm das Geld je zurückzahlen kann, aber ich werde schon einen Weg finden. Und ich will mich ihm gegenüber nicht noch weiter verschulden. Wenn es sein muss, suche ich mir eine Arbeit. Doch ich werde keinen Cent mehr von Clay annehmen.«

Cara blickte sie besorgt an. »In Ordnung. Wenn du dir sicher bist, werde ich ihn nicht fragen. Aber er wird es dir vermutlich anbieten, sobald du ihm sagst, dass du nach Hause willst.«

»Er kann es mir anbieten, bis er schwarz wird. Ich werde keinen Cent mehr annehmen.«

Cara versprach, Clay nicht um Geld zu bitten. Allerdings sagte sie nicht zu, Clay Madelines Pläne zu verheimlichen … oder ihn nicht zu bitten, eine Möglichkeit zu finden, sie von ihrer Abreise abzuhalten. Cara lächelte in sich hinein und machte sich an den Abwasch, während Madeline zu Ende frühstückte.

Madeline ist nicht die Einzige, die einen Plan hat. Wenn es nach mir geht, sind die beiden bis zum Frühjahr miteinander verheiratet!

* * *

Als die Nachmittagssonne langsam unterging und lange Schatten über den verschneiten Hof warf, brachte Cara einen dampfenden Becher in die Scheune.

»Ich dachte mir, du könntest einen heißen Kaffee gebrauchen«, sagte sie, das Tor hinter sich schließend. »Du warst fast den ganzen Tag draußen.«

»Ja. Ich hatte den Eindruck, es wäre gut, wenn ich Madeline

etwas in Ruhe lasse. Danke.« Er nahm seiner Schwester den Becher ab und pustete hinein, bevor er einen Schluck trank.

»Meinst du wirklich, dass es Ruhe ist, was sie jetzt braucht?«

»Ich weiß es nicht. In Wirklichkeit ist es wohl so, dass ich nicht weiß, was ich ihr sagen soll.« Er rieb sich das Gesicht mit einer Hand. »Wenn Croft sie berührt hat, Cara … wenn er ihr etwas angetan hat …«

»Hat er nicht«, beruhigte sie ihn.

»Bist du sicher?« Er verharrte angespannt.

»Ja. Ich hab sie gefragt. Er hat es versucht, aber ich glaube, Madeline hat ihn irgendwie dazu gebracht, es aufzuschieben.«

Clay entspannte sich, atmete durch. »Gott sei Dank. Dann muss ich mir wohl keine Gedanken darum machen, sie heiraten oder mich um sie zu kümmern zu müssen.« Er blickte beiseite, um den Aufruhr zu verbergen, der in seinem Inneren herrschte. Dass Madeline nicht missbraucht worden war, war eine gute Nachricht. Das Letzte, was sie beide benötigten, war eine lieblose Vernunftehe.

Wer sagt denn, dass diese Ehe lieblos wäre?, drängte sich die lästige Stimme seines Gewissens wieder einmal in seine Gedanken.

Wie auch immer, ich würde ihr nicht guttun, entgegnete er. *Sie verdient etwas Besseres als so einen wie mich.*

Er seufzte und wandte sich wieder seiner Schwester zu, die ihn wartend ansah. »Ich habe sie im Stich gelassen, Cara. Ich habe sie genauso im Stich gelassen wie Tabitha.«

»Das ist nicht wahr. Du hast sie gerettet! Und Tabitha hättest du nicht retten können.«

»Das stimmt nicht. Ich hätte es gekonnt. Du weißt nicht …«

»Was weiß ich nicht, Clay? Was ist es, das ich nicht weiß und dich glauben lässt, du hättest Schuld auf dich geladen? Es war dein Pferd, ja, aber es war ein Unfall.«

»Das war es eben nicht, Cara. Das war es nicht, nicht wirklich.« Er ging hinüber zur Sattelbox und stellte seinen Kaffee ab. Dann schlug er mit der Faust gegen einen der Trägerpfosten der Scheune, sodass ihm ein heftiger Schmerz durch Hand und Unterarm fuhr. »Ich hätte es verhindern können. Sie hat mich gebeten – sie hat mir gesagt, dass sie sich vor dem Pferd fürchtet. Sie hatte Angst, dass etwas geschehen könnte. Sie hat mich gewarnt – mich angefleht, es abzuschaffen. Doch ich hab nicht auf sie gehört. Mir war das Geld wichtiger als meine Frau. Und ich hab sie verloren.«

Er lehnte sich Halt suchend gegen den Pfosten, rang nach Luft. Er bemerkte, dass seine Schwester von hinten an ihn herantrat und ihm die Hand auf die Schulter legte.

»Oh, Clay, ist es das, was dich verfolgt hat … all die Jahre?«

Er wandte sich um und sah Tränen in ihren Augen glitzern – und doch lächelte sie matt. »Mein Lieber, das wusste ich doch alles. Sie hat es mir erzählt.«

»Sie … du wusstest das? Du musst so wütend auf mich gewesen sein …«

»Nein! Selbstverständlich nicht. Es war ein Unfall.«

»Ich habe meine Frau getötet! Deine beste Freundin! Ich hätte das blöde Pferd verkaufen können, aber ich wollte es behalten. Wollte mein Geld behalten.«

»Du hast eine wirtschaftlich vernünftige Entscheidung getroffen.«

»Sie hatte doch Angst.«

»Um *dich*, Clay. Am meisten Angst hatte sie um *dich*. Sie hat mir gesagt, sie sei sicher, dass du eines Tages nicht zum Abendessen erscheinen würdest und sie zum Korral gehen würde und dich dort liegen sehen würde – mit gebrochenem Genick und niedergetrampelt. Sie hatte Albträume davon – dich blutend auf dem Boden zu finden, mit diesem Hengst, der wild und aufgeregt im Korral umhergaloppiert. In diesen Träumen gelang es ihr nicht einmal, ins Gehege zu kommen, um deinen Körper zu bergen.«

Er seufzte, sich eine Träne abwischend, bevor sie ihren Weg

seine Wange hinab fand. »Das macht es nur noch schlimmer. Es bedeutet, dass sie die letzten Tage ihres Lebens mit Albträumen verbracht hat … dass sie unglücklich war, meinetwegen.«

»Nein! Clay, sie …« Cara verstummte, verschränkte dann die Arme und stieß einen Seufzer aus. »Ich hätte es dir schon lange erzählen sollen. Ich weiß nicht, warum ich es nicht getan habe. Ich glaube …«

»Was? Was denn?« Er konnte sich kaum aufrecht halten, so sehr lastete die Schuld auf ihm.

»Tabitha … sie … du weißt ja, dass sie sich vor ihrem Tode sehr seltsam verhalten hat, oder? Wie über das Pferd, so machte sie sich über alles Mögliche übermäßig Sorgen und war wie besessen von unbedeutenden Kleinigkeiten.«

»Das stimmt. Sie ist mir mit allem möglichen Kram auf den Wecker gefallen. Dass etwas repariert werden musste. Dass ich Geld für das Pferd ausgegeben habe, ohne sie zu fragen. Um ehrlich zu sein, war das zum Teil der Grund, warum ich so auf dem Pferd bestanden habe. Ich weiß, dass sie deprimiert war, weil wir noch kein Kind hatten, und ich versuchte, geduldig zu sein, ganz ehrlich, aber … ich hatte dieses Genörgel so satt.« Wieder überkamen ihn Schuldgefühle. *Ich war ein furchtbarer Ehemann.*

»Es gab einen Grund, warum sie sich so benahm. Sie … es tut mir leid, dass ich es dir nie gesagt habe, aber … Tabitha war in anderen Umständen.«

Er blinzelte einmal. Zweimal. »Was?«

»Sie war schwanger. Noch nicht sehr lange. Sie hat es mir nicht erzählt – ich bin selbst dahintergekommen. Erinnerst du dich, dass sie gesagt hat, sie habe sich wohl den Magen verdorben? Aber mir fiel auf, wie sie sich fühlte, dass sie immer müde war, und ich konnte die Anzeichen deuten. Ich musste ihr schwören, dir nichts zu verraten – sie wollte dich auf ganz besondere Weise überraschen … Ich glaube, sie hatte ein besonderes Abendessen geplant.«

»Oh, mein Gott … an jenem Abend. Sie hatte mir gesagt, ich soll zusehen, dass ich mit den Arbeiten in der Scheune rechtzeitig fertig werde, weil sie mir mein Lieblingsessen kochen wollte.« Nach und nach begriff er, sein Herz raste. »Schwanger? Sie war wirklich schwanger? Warum hast du mir das nie gesagt?«

»Es tut mir leid. Ich hätte es tun sollen. Doch du warst am Boden zerstört. Ich habe mir Sorgen gemacht, es würde dich um den Verstand bringen, wenn du wüsstest, dass du deine Frau und dein ungeborenes Kind verloren hast. Hätte ich gewusst, dass Tabitha mit dir über das Pferd gesprochen hat und du dir vorwirfst, das Pferd sei dir wichtiger gewesen als sie, hätte ich es dir erzählt. Verstehst du nicht? Sie hatte so eine Riesenangst, weil sie schwanger war. Sie machte sich Sorgen um dich, dass dir etwas zustoßen könnte. Und sie machte sich Sorgen um sich und das Kind. Denn beide wären allein, wenn du nicht mehr dagewesen wärst. Darum hat sie sich so vor dem Pferd gefürchtet.«

Er sah zu ihr hinunter, und es schien ihm, als sei sie – mit ihren vor Sorgen weit geöffneten Augen – wieder zu dem kleinen Mädchen geworden, das sie war, als ihrer beider Eltern starben. Dann blickte sie zu ihm auf. Sie brauchte ihn. Seit Tabithas Tod war sie eher so etwas wie eine Mutter für ihn gewesen, hatte sich immer um ihn gesorgt und über ihn aufgeregt. Doch jetzt war sie wieder ganz Kind und machte sich Sorgen darum, dass sie ihren großen Bruder enttäuscht haben könnte und er sie nicht mehr liebte.

Clay streckte ihr die Arme entgegen, legte sie um Cara, hielt seine Schwester ganz fest. »Danke.«

»Wofür?« Sie klang überrascht.

»Dafür, dass du immer weißt, was richtig ist. Du hattest recht – damals hätte ich damit vermutlich nicht umgehen können. Und du hast recht, es mir jetzt zu erzählen. Ich glaube immer noch, dass ich die falsche Entscheidung getroffen habe, was das Pferd betrifft. Doch es geht mir besser, weil ich jetzt weiß, dass sie nicht so große Angst davor hatte, wie ich angenommen hatte.«

»Es tut nicht noch mehr weh, weil du jetzt weiß, dass sie ein Kind erwartete?«

Er überlegte einen Augenblick, spürte dem Schmerz in seinem Herzen nach. »Ein bisschen, vielleicht. Aber es erleichtert mich auch, zu hören, dass sie die letzten Wochen vor ihrem Tode nicht so unglücklich war, wie ich dachte. Sie war glücklich – sie muss geradezu außer sich vor Glück gewesen sein! Wie gerne hätte ich dieses Glück mit ihr geteilt, und sei es nur für einen Augenblick gewesen!«

»Ich weiß.« Sie streichelte ihm den Arm. »Aber da du jetzt weißt, wie es wirklich war, möchte ich nicht, dass du dich weiter selbst fertigmachst. Das würde Tabitha überhaupt nicht gefallen.«

»Das stimmt.« Er lächelte. »Bei unserem letzten Streit hat sie mich als den größten Dickkopf auf Erden bezeichnet.«

Cara brach in Lachen aus. »Das hört sich ganz nach ihr an. Und sie hatte dich noch dazu auf frischer Tat ertappt.«

»Vielleicht.« Clay lachte auch. »Ich gestehe nichts.«

»Nichts von wegen ›vielleicht‹.« Sie zeigte mit dem Finger auf ihn. »Wenn du nicht so dickköpfig mit dieser ganzen ›Ich brauch keine Frau‹-Chose gewesen wärst, wären du und Madeline bereits verheiratet.«

Ihm wurde kalt, als hätte man ihm einen Eimer kaltes Bachwasser über den Kopf gegossen. »Ich weiß. Und Croft hätte sie nicht in die Hände bekommen.«

»Nein, fang nicht wieder an, dir Vorwürfe zu machen! Das ist ein ganz anderes Paar Stiefel. Ja, du warst dickköpfig und störrisch, und du hättest ihr sagen sollen, was du fühlst.«

»Warte mal, wer hat irgendetwas darüber gesagt, was ich fühle?«

»Ich! Es ist doch sonnenklar, dass du verrückt nach ihr bist, auch wenn ihr beide so oft aufeinander losgeht wie zwei missgelaunte Schneeziegen. Und sie ist unübersehbar auch verrückt nach dir.«

»Sie …? Nein, das ist sie nicht! Sie kann mich nicht ausstehen. Meint, ich bin nicht gut genug für sie.«

»Ich glaube nicht, dass das stimmt. Ich glaube, dass sie tief in ihrem Inneren meint, dass du zu gut für sie bist. Doch ihre Familie hat sie darauf getrimmt, sich als etwas ganz Besonderes zu betrachten, stolz zu sein und von niemandem Hilfe anzunehmen. Und du hast ihr geholfen, Clay. Sehr sogar. Sie fühlt sich in deiner Schuld und weiß nicht, wie sie damit umgehen soll.«

»Sie schuldet mir gar nichts. Wenn überhaupt, bin ich ihr etwas schuldig. Ich wusste, was auf sie zukam … oder hatte zumindest eine Ahnung davon. Ich hätte sie davon abhalten müssen. Ich hätte darauf bestehen müssen.«

»Hm … und was glaubst du, wie Madeline darauf reagiert hätte?«

Er sank ermattet auf die Sattelbox. »Nicht besonders positiv, denke ich mal.« Er nahm sich den Kaffeebecher, der mittlerweile ziemlich kalt geworden war, und trank einen Schluck. »Vermutlich hätte sie die Lippen zusammengepresst, das Kinn so nach vorne geschoben, dass ihre Nase hoch in den Himmel gezeigt hätte, und mir gesagt, dass ich lediglich ihr Fahrer bin und mich um meine eigenen Angelegenheiten kümmern soll. Nur in gesetzteren Worten.«

Cara kicherte. »So ungefähr wäre es wohl gelaufen. Ich hab nicht viel Zeit mit ihr verbracht, aber sie scheint eine sehr nette Frau zu sein. Vielleicht etwas schroff, wenn es darum geht, tolerant gegenüber Menschen und Situationen zu sein, die ihr unangenehm oder fremd sind. Aber sie ist stark. Härter im Nehmen, als du denkst – und härter im Nehmen, als sie selbst glaubt. Es gibt nur wenige Frauen, die mit einem wie dir umgehen können.« Sie saß neben ihm und stupste ihn an die Schulter. »Madeline allerdings kann das.«

»Aber will sie es auch? Will sie es wirklich? Oder würde sie mich nur heiraten, weil sie das Gefühl hat, es mir zu schulden, oder weil ihre Heiratschancen angesichts ihrer Lage begrenzt sind?«

»Das kann ich dir nicht mit Sicherheit beantworten. Das kann nur sie. Doch ich hab gesehen, wie sie dich anschaut. So einen Blick kenne ich. Wenn du es ganz genau wissen willst, bleibt dir nur, sie zu fragen.«

»Sie zu fragen, ob sie mich heiratet? Ich weiß nicht, Cara. Ich gebe zu, dass ich vielleicht etwas für sie empfinde. Und vielleicht könnte ich sogar an eine Ehe denken. Doch ich will ihr nichts vormachen. Ich will ihr nicht den Eindruck vermitteln, dass ich sie heiraten werde, bevor ich mir ganz sicher bin, dass es richtig wäre. Sie sollte mit einem Menschen zusammen sein, der sie nicht nur liebt, sondern auch in der Lage ist, ihr ein guter Ehemann zu sein. Ich bin mir nicht sicher, ob ich das für sie sein könnte.«

»Trotz allem, was ich dir gesagt habe?«

»Ja, trotz allem. Es hat mir geholfen, ganz bestimmt. Vielleicht war ich dickköpfig. Aber ich glaube, ich sollte mich nicht in eine Ehe stürzen, bevor ich ganz sicher bin, dass ich einer Frau alles geben kann, was sie braucht. Und Madeline – sie verdient das Beste.«

»Clay, ›das Beste‹ ist etwas sehr Subjektives. Ich weiß, du denkst, dass du ihr nicht viel an Luxus bieten kannst. Doch du kannst ihr alles geben, was sie wirklich braucht – einschließlich Liebe und Zuwendung. Ich vermute, davon hat sie in ihrem Elternhaus nicht allzu viel bekommen, und schicke Kleider und Diener sind dafür kein Ersatz.«

»Kann sein. Dennoch glaube ich, ich sollte mir nicht anmerken lassen, was ich empfinde, solange ich nicht einen wirklichen Grund habe, es ihr zu sagen.«

Er nahm einen weiteren großen Schluck Kaffee, bevor dieser zu kalt wurde.

»Sie geht zurück nach Boston.«

Clay verschluckte sich fast und spuckte den Kaffee in den Becher zurück. »Was?«

»Sie hat es mir heute Morgen gesagt. Sie will zurück nach Boston.«

Das hatte er nicht erwartet. «Sie hat doch gesagt, dass sie die Heimfahrt nicht bezahlen kann.«

»Das kann sie auch nicht. Und sie wird von niemandem Geld annehmen, vor allem nicht von dir. Aber sie meint, dass sie einen Weg findet, vielleicht eine Arbeit oder so etwas.«

»Will sie das denn wirklich?«

»Das kann ich dir auch nicht sagen. Sie meint wohl, dass es hier keinen Platz für sie gibt.« Cara warf ihm einen vielsagenden Blick zu. »Es ist an uns, ihr zu zeigen, dass es einen Platz für sie gibt. Warte nicht zu lange, Clay. Pass auf, dass sie dir nicht entwischt.«

Clay seufzte und schob den Becher weg. *Wenn Madeline zurück nach Hause will, bleibt mir vielleicht keine andere Wahl.*

Kapitel 17

Beim Abendessen ging es lebhaft zu – die Kinder schwatzten, und der Geruch von Hähnchen, Klößen und frisch gebackenem Brot erfüllte das Haus. Madeline hatte noch niemals etwas so Gutes gegessen wie die dick auf ein Stück selbst gebackenen Brotes gestrichene Butter, bei deren Herstellung sie am Nachmittag mitgeholfen hatte. Das Brot war dunkel und hatte einen kräftigen Geschmack, ganz anders als das fade Weißbrot, das sie von Boston kannte. Eigenartig, aber köstlich, nachdem sie sich erst einmal daran gewöhnt hatte.

Es machte ihr Freude, zu beobachten, wie die Kinder und ihr Onkel miteinander umgingen. Clay war sehr fürsorglich und geduldig, ergab sich bereitwillig ihren nicht enden wollenden Fragen über Gott und die Welt. Sie konnte sich gut vorstellen, dass er ein wunderbarer Vater gewesen wäre, und dachte, wie traurig es doch war, dass ihm das nicht nur mit seiner verstorbenen Frau nicht vergönnt gewesen war, sondern dass er wegen seiner Abneigung gegen die Ehe niemals Kinder haben würde.

Bald war es an Madeline, sich den Fragen der Kinder über alles Erdenkliche zu stellen – von der Höhe des größten Gebäudes in Boston bis dahin, wie es sei, mit dem Zug quer durch den Kontinent zu fahren.

Cara lächelte über den Tisch hinweg und versuchte, die Fragerei zu bremsen. Doch Madeline bemerkte überrascht, dass es ihr Freude bereitete, und erklärte Cara, dass es ihr nichts ausmache.

Madeline biss gerade in ein leckeres, von sahniger Sauce umhülltes Stück Hähnchen, als Martha sich einschaltete.

»Miss Barstow, warum sind Sie eigentlich mit Onkel Clay zurückgekommen? Ich dachte, er hat Sie zu einem Rancher gebracht, den Sie heiraten wollten.«

Madeline ließ erschrocken die Gabel fallen. Sie klirrte in die Schüssel und hinterließ ein Stück Hähnchen zwischen Madelines Zähnen. Sie versuchte, den Bissen in den Mund zu bekommen, ohne ihn auf ihre Bluse fallen zu lassen, und tupfte sich die Lippen mit der Serviette ab, um Zeit zu gewinnen.

»Martha!«, zischte Cara. »Ich hab dir doch gesagt, dass du das Thema nicht anschneiden sollst!«

»Aber sie hat doch gesagt, dass es ihr nichts ausmacht, Fragen zu beantworten.« Marthas ernste blaue Augen wandten sich Madeline zu, auf eine Antwort wartend.

»Entschuldige, Madeline …«, setzte Cara an.

»Schon in Ordnung. Die Kinder sind vermutlich etwas verwirrt und neugierig. Das kann ich gut verstehen.« Madeline legte ihre Serviette auf dem Tisch ab und räusperte sich leise. »Also, Martha, wie es aussieht, hat der Mann, den ich heiraten wollte, in seinen Briefen an mich nicht die Wahrheit über sich geschrieben. Er hat gelogen oder übertrieben, was ihn selbst, seine Ranch und einiges andere betrifft.«

»Sie meinen, die Ranch war nicht groß genug?«

»Martha!«, fuhr Ben dazwischen. »Was ist in dich gefahren?«

»Entschuldigung«, murmelte Martha, auf ihren Teller blickend.

»Ich weiß, dass du es nicht böse meinst.« Madeline versuchte zu lächeln. Doch sie spürte, dass ihre Wangen glühten. *Ist das der Eindruck, den alle von mir haben? Sogar die Kinder?* »So war es nicht. Seine Ranch war mir nicht halb so wichtig wie die Tatsache, dass er sehr gemein zu mir war. Keine Frau sollte einen Mann heiraten, der nicht gut zu ihr ist. Deshalb war Mr Porter so großzügig, mir anzubieten, dass er mich wieder zurückfährt.«

»Bleiben Sie jetzt hier?«, fragte Joseph mit leuchtenden Augen. »Und Onkel Clay auch? Wenn ihr heiratet, könnt ihr beide oben auf meinem Dachboden schlafen. Das macht mir nichts aus.«

Die Röte auf Madelines Wangen breitete sich weiter aus.

»Joseph«, ermahnte Clay den Jungen, »du solltest die Leute nicht immer darüber ausfragen, ob sie heiraten. Das ist unhöflich. Wenn zwei Menschen heiraten wollen, werden sie es dir sagen. Und solange sie das nicht tun, gehört es sich nicht, es ihnen zu unterstellen oder sie zu fragen.«

Jetzt lief es Madeline so heiß den Nacken hinunter, dass sie zu schwitzen begann. Sie wollte unbedingt hinausgehen, um Luft zu bekommen … und der Demütigung zu entfliehen, dass Clay der gesamten Familie seine Absichten – oder besser deren Nichtvorhandensein – darlegte.

»Aber, Onkel Clay«, fuhr Lawrence dazwischen, »warum bist du denn ohne deinen Schlitten zurückgekommen?«

»Jetzt ist aber Schluss, Kinder!« Cara war das alles sehr unangenehm.

»Ich …« Clay schaute zu Madeline, die schnell zur Seite blickte. »Mr Croft war sehr verärgert, weil er Miss Barstow die Reise nach Montana bezahlt hatte und sie ihn dann nicht heiraten wollte. Deshalb habe ich ihm den Schlitten als Bezahlung für die Fahrkarte und als Ersatz für seine sonstigen Auslagen gegeben.«

»Ich finde, Mr Croft hätte gar nichts kriegen sollen, wo er doch gelogen hat«, murrte Martha, während sie ihre Kloßsuppe löffelte.

»Das finde ich auch«, pflichtete Clay ihr nickend bei. »Aber er ist kein einsichtiger Mensch. Deshalb war es am besten, es so zu machen.«

Martha betrachtete Madeline eingehend, und diese konnte die Gedanken des Mädchens fast hören, das sich zu fragen schien, warum Clay seinen Schlitten für eine Fremde hergegeben hatte.

Selbst wenn das ihre Gedanken gewesen sein sollten, so

sprach Martha sie doch nicht aus. »Wenn Sie nicht hierbleiben, wo wollen Sie dann hin?«

»Na ja«, Madeline nahm ihre Gabel wieder zur Hand, »darüber bin ich mir noch nicht so ganz im Klaren.«

»Du könntest im Gasthaus bleiben – es ist nur eine Häuserecke von der Schlachterei entfernt«, schlug Clay vor.

»Dafür habe ich kein Geld.«

»Natürlich nicht – ich werde das bezahlen.«

»Nein«, entfuhr es Madeline. »Ich möchte nicht, dass du noch mehr für mich ausgibst, vielen Dank. Ich werde eine Arbeit annehmen oder … so etwas.«

»Es macht mir nichts aus, wirklich, ich hab das Gefühl …«

»Nein, Mr Porter«, sie betonte die formelle Anrede, »Sie haben genug für mich getan. Vielen Dank.«

»Alles klar.« Er nahm einen tiefen Schluck aus seinem Wasserbecher und setzte ihn dann lautstark auf den Tisch.

Es folgte eine peinliche Pause.

»Ich glaube, das sind genug Fragen für heute Abend, Kinder. Bitte, esst jetzt euer Abendessen auf.«

* * *

Nach dem Abendessen gingen die Kinder ins Bett, und die Männer begaben sich hinaus in die Scheune, um die abendlichen Arbeiten zu erledigen. Madeline half Cara, den Tisch abzudecken und das Geschirr abzuwaschen. Dann bot Cara Madeline an, ihr Reisekleid zu waschen, da sie zwei Abende zuvor keine Gelegenheit dazu gefunden hatten.

»Ich verstehe es, wenn du Clays Hilfe nicht annehmen willst«, sagte Cara, während sie einen großen Topf mit heißem Wasser vom Herd nahm und es zu dem kalten Wasser in die Spüle goss. »Aber in dem Fall glaube ich wirklich, dass du hierbleiben solltest. Jedenfalls bis du weißt, was du als Nächstes tun willst.«

»Das ist sehr freundlich von dir, aber ich kann das nicht.«

Die beiden Frauen knieten sich hin, und Cara tauchte Madelines Kleid ins Wasser und zeigte ihr, wie man die Wäscheseife in den nassen Stoff einarbeitet und ihn dann auf dem Waschbrett auf und ab reibt. Als Madeline die Arbeit übernahm, griff Cara den Faden wieder auf.

»Es ist überhaupt kein Problem. Ich weiß, du kennst uns noch nicht sehr gut, aber trotzdem. Ich finde, wir haben uns in der kurzen Zeit schon angefreundet … vorsichtig mit den Knöpfen, sonst springen sie ab … und wenn du bleiben würdest, könnte ich dir noch viel über den Haushalt und das Kochen beibringen. Ich hätte so gerne Gesellschaft.«

Madeline lächelte. »Ich würde auch gerne mehr Zeit mit dir verbringen – und der Himmel weiß, wie dringend ich noch lernen muss. Aber das hieße, das Unvermeidliche nur hinauszuschieben. Ich gehöre nicht hierher. Ich habe hier keine Perspektive. Ich kann nichts, was hier benötigt wird. Zu Hause habe ich wenigstens meine Familie.«

Auf Caras Gesicht machte sich Enttäuschung breit. »Tja, da ist was dran. Ich kann dich nicht bitten, deine Familie zu verlassen, nur weil wir Freundinnen geworden sind oder weil …« Sie verstummte.

»Was?«

»Ach, nichts.« Cara schüttelte den Kopf. »Lass uns das mal auswringen und dann in die Spülwanne legen. Kann ja sein, dass du zu deinem Onkel zurückgehst mit seinen vielen Dienern. Dennoch, man kann nie wissen, ob es sich nicht mal als ganz praktisch erweisen könnte, wenn man seine Wäsche selbst waschen kann.«

* * *

»Wie es aussieht …«, Ben füllte die Krippe mit Heu für die Kuh, »ist es immer noch recht angespannt zwischen dir und Madeline, was?«

Clay atmete tief durch. »Diese Frau … ich weiß nie, was sie gerade denkt.« Er lud mit der Heugabel frische Heuballen für eines von Bens Pferden in die Box.

»Und was denkst *du* ?« Ben blickte ihn fragend an.

»Ich denke gar nichts …«, begann Clay, hielt dann aber inne. Er wollte sich und auch andere nicht mehr belügen. »Ich denke ziemlich viel an sie. Ich mag sie. Sehr. Ich wollte das nicht, dachte, ich brauche das nicht, aber so ist es nun einmal.«

»Hast du ihr das gesagt?« Ben gabelte eine größere Ladung Heu von dem Haufen neben sich auf und stopfte es in die Krippe der größeren Box, in der Sunny und Tansy standen und angesichts ihres Abendbrots glücklich schnaubten.

»Nein. Du siehst ja selbst, wie sie ist … die Frau könnte den Zorn eines Engels erregen. Ich weiß nicht, ob das alles eine Zukunft hat. Mir scheint, sie kann mich bisweilen nicht ertragen, und dann wieder … ich weiß es nicht. Vielleicht sehe ich nur, was ich sehen will.«

»Vielleicht fühlt sie aber auch genau das Gleiche wie du. Wie ich es beobachte, benimmst du dich die Hälfte der Zeit, als könntest du sie nicht ausstehen. Dann wieder schaust du sie an, als sei sie der einzige Mensch im Zimmer.«

»Mache ich das?« Clay war verwirrt. Er hatte nie darüber nachgedacht, wie viel Aufmerksamkeit er Madeline zollte oder wie deutlich sich seine Enttäuschung über sie zeigte.

Ben lachte. »Man müsste schon blind und taub sein, das nicht zu bemerken. Und wenn *ich* es schon bemerke, kannst du sicher sein, dass eine Frau es erst recht bemerkt. Vor allem eine, die einen so scharfen Verstand hat wie Madeline.«

»Der ist scharf, das kann man wohl sagen. Scharf wie ein Rasiermesser. Ich glaube, ich hab noch nie eine Frau kennengelernt, die so klug ist wie sie.« *Und so schön.*

»Siehst du! Da ist der Blick wieder. Ich fürchte, sie hat dich in ihren Bann gezogen. Da bleibt dir nichts übrig, als dich geschlagen zu geben – und es zu genießen.«

Clay starrte ihn mit vor Schreck weit aufgerissenen Augen an, sich auf seine Heugabel stützend. »Ich … will nicht … kann nicht …« Er schüttelte den Kopf, warf die Heugabel zur Seite und ging nervös in der Scheune auf und ab. »Ich bin noch nicht so weit.«

»Dann sieh zu, dass du es bald bist, wenn du sie nicht verlieren willst. Sie ist eine schöne, intelligente Frau aus gutem Hause in einer Gegend voller einsamer Junggesellen, in der es nicht genügend junge Frauen zum Heiraten gibt. Wenn sie nicht zurück nach Boston geht, wie sie angedeutet hat, werden die Männer in Helena vor ihrer Tür Schlange stehen – bis um die nächste Ecke, den nächsten Häuserblock herum und hinaus vor die Stadt!«

Sein Magen zog sich zusammen. Ben hatte recht. Der Gedanke, dass jemand Madelines Herz im Sturm erobert, bevor er ihr sagen konnte, was er fühlt – oder auch nur ergründet hatte, was genau er fühlt –, ließ eine Welle von Übelkeit in ihm aufsteigen. *Ich habe sie einmal fast verloren. Das darf ich nicht noch einmal zulassen.*

»Sobald wir zurück in Helena sind, werde ich ihr sagen, was ich empfinde. Wenn sie das Gleiche empfindet, werde ich sie bitten, zu bleiben. Zumindest so lange, bis wir beide herausgefunden haben, ob wir eine gemeinsame Zukunft haben.«

»Ich glaube, das ist eine gute Entscheidung. Möglicherweise wäre es noch besser, es ihr schon auf dem Wege zu sagen.«

»Ja, vielleicht hast du recht.«

»Anderenfalls könnten die Männer, die sie sichten, sobald sie an der Stadtgrenze auftaucht, sie vom Pferd holen und direkt vor den Altar zerren«, scherzte Ben.

»Das ist nicht komisch.« Clay bewarf seinen Schwager mit einer Gabelladung Heu.

* * *

Nach dem Frühstück am nächsten Morgen verabschiedete die Familie Madeline und Clay wieder. Cara nahm Madeline zur Seite.

»Du hast das hier auf dem Tisch liegen lassen.« Sie hielt das Handbuch für Hausfrauen hoch.

»Ich heirate jetzt ja nicht. Ich kann das nicht behalten.«

»Ich weiß, aber eines Tages wirst du heiraten. Auch wenn du ein ganzes Heer von Dienern haben solltest, musst du wissen, wie man einen Haushalt richtig führt. Dann weißt du genau, ob die Diener ihre Sache richtig machen. Bitte, behalt es. Es würde mir viel bedeuten.« Cara hielt ihr das Buch entgehen.

»Wenn es dir so viel bedeutet …« Madeline nahm das Buch entgegen, bemerkte aber sofort, dass es sich anders als vorher anfühlte. Der Deckel wölbte sich in der Mitte etwas. Sie schlug ihn auf und sah, dass innen ein kleiner Stapel Geldscheine befestigt war.

Augenblicklich schlug sie das Buch wieder zu und hielt es Cara hin. »Das kann ich nicht annehmen«, flüsterte Madeline. »Das weißt du doch.«

»So etwas ist mir noch nicht begegnet.« Cara sprach leise, die Arme verschränkt, mit entschlossenem Gesichtsausdruck. »Du bist meine Freundin und in einer schwierigen Lage. Ich bin schwanger und kann keinen zusätzlichen Stress gebrauchen und mir noch Sorgen darum machen, wie es dir geht. Ich könnte das Kind verlieren.« In ihrem Gesicht lag die Gewissheit des Sieges.

»Mach das nicht mit mir! Das ist nicht fair!«

»Doch, das ist es. Eines Tages wirst du lernen, dass Schwangere immer ihren Willen bekommen. Gib also einfach auf und nimm es.«

Madeline blickte sie grimmig an. »In Ordnung. Aber ich gebe es dir zurück, sobald ich kann. Und wenn du es nicht annimmst, werde ich dir das nie verzeihen.«

»Abgemacht.« Cara grinste. »Es ist ohnehin nicht viel, reicht vielleicht gerade für eine Woche in einer preiswerten Pension. Es wird uns nicht fehlen. Aber du wirst uns fehlen.«

Madelines gereizter Gesichtsausdruck wurde zu einem traurigen Lächeln. »Ihr werdet mir auch fehlen.«

»Wenn du länger in Helena bleibst, musst du uns so schnell wie möglich besuchen kommen.«

»Wie soll ich denn hierherkommen?«

»Erkundige dich bei Clay. Auch wenn er keine Transportaufträge hat, kommt er etwa einmal im Monat zu Besuch. Sicherlich wird er nichts dagegen haben, dich mitzubringen.« Cara erhob die Stimme. »Stimmt doch, Clay, oder?«

»Hä?« Clay stand bei den Pferden und unterhielt sich mit Ben, während die beiden überprüften, ob die Vorräte sicher an den Sätteln befestigt waren.

»Du bringst Madeline mit, wenn du uns das nächste Mal besuchst, nicht wahr? Anders könnte sie nicht hierherkommen, und Ben wäre es sicherlich lieber, dass ich keine weite Fahrt unternehme, bis das Kind da ist.«

»Oh. Sicher. Tansy würde es ohnehin nicht gefallen, allein gelassen zu werden. Sie ist daran gewöhnt, mit Sunny zusammen einen Schlitten oder Wagen zu ziehen, wird sich also freuen, wenn Madeline sie reitet.«

»Dann ist das also abgemacht! Bis zum nächsten Mal!« Sie umarmte Madeline.

»Wenn es ein nächstes Mal gibt. Ich weiß ja noch nicht, was ich machen werde.«

»Du wirst eine Arbeit annehmen. Du sagtest doch, dass du Geld brauchst, oder? Du hast damit zwar keine Erfahrung. Trotzdem kann ich mir nicht vorstellen, dass nicht irgendein Ladenbesitzer eine schöne junge Frau wie dich einstellt. Du wirst die Männer anlocken, scharenweise. Sie werden den ganzen Laden aufkaufen, nur um einige Sätze mit dir sprechen zu können.«

»Ach, sei nicht albern!« Doch der Gedanke begann in

Madeline zu arbeiten. Sie hatte geglaubt, sie würde unendlich lange brauchen, um Arbeit zu finden, aber vielleicht hatte Cara ja recht. Sicherlich gab es niemanden in Helena, der so viel von Mode und Kleidung verstand wie sie!

Sie umarmte die Kinder und dankte ihnen für die wunderschöne Zeit. Ben klopfte Clay freundschaftlich auf den Rücken, dann ging Clay um die Pferde herum und half Madeline in Tansys Sattel. Und schon waren sie auf dem Weg in Richtung Bergpfad und winkten zurück.

Kapitel 18

Das Wetter war gut, es war leicht bedeckt und nicht zu windig. Sie kamen recht schnell voran. Zwar wollte Clay nur ungern eine Pause einlegen, doch ihm war klar, dass Madeline ohne die Felle und den Fußwärmer bis auf die Knochen durchgefroren sein musste.

Er wählte einen guten Platz mit einem großen Findling mit ebener Oberfläche für ihre Rast aus, fegte den Schnee vom Felsbrocken und breitete die Felle darauf aus. Dann ließ er Madeline es sich darauf bequem machen und wickelte sie in die Decken ein.

»Und was ist mit dir? Wird dir nicht kalt?«

»Nö, ich bin daran gewöhnt. Mach dir keine Gedanken. Wenn mir kalt wird, ziehe ich sie dir weg, genauso wie du mir die Decke in Josiahs Hütte weggezogen hast.« Er zwinkerte ihr zu.

Madeline errötete. »Ach … ich habe doch nur die eine genommen.«

»Die beste!«

»Es war kalt.« Ein Lächeln umspielte ihren Mund, obwohl sie versuchte, es zu unterdrücken.

Clay breitete den üppigen Schmaus aus, den Cara ihnen mitgegeben hatte: selbst gebackenes Sauerteigbrot, Honigbutter, eine kleine Scheibe gekochtes Wild und ein großes Stück Käse. Er wusste, dass die Mahlzeit vermutlich weit unter dem lag, was für Madeline Standard war. Zugleich war ihm aber bewusst, dass es nach den Maßstäben seiner Schwester für eine kurze, unkomplizierte Fahrt ein Festmahl war. Bei dem

Gedanken, wie viel Mühe sie sich gegeben hatte, wurde ihm warm ums Herz.

Sie aßen einige Zeit lang schweigend, und er genoss es, Madelines vornehmes Gebaren zu beobachten und die anmutige Art, mit der sie jedes einzelne Stückchen kostete.

Ich komme ihr vermutlich wie ein hungriger Wolf vor, dachte er, als er sich über das Essen auf seinem Teller hermachte. *Was kann eine elegante Frau wie sie von einem ungeschlachten, unkultivierten Mann wie mir schon wollen?* Klar, er war ein viel besserer Mann als Croft. Das allerdings besagte nicht viel. Und er konnte nicht einmal darauf hoffen, ihr jemals auch nur einen Bruchteil der Annehmlichkeiten bieten zu können, die ihren früheren Lebensstil bestimmten. Selbst wenn er es schaffen sollte, die Schlachterei zu kaufen, und damit erfolgreich wäre, würde er höchstwahrscheinlich niemals so viel Geld oder Land sein Eigen nennen können wie Croft.

Auf einmal hatte er das Gefühl, einen Stein im Magen zu haben, und er legte die Gabel ab. Er hatte die Fahrt mit so großen Hoffnungen begonnen. Er würde Madeline nach Helena zurückbringen und ihr helfen, eine Unterkunft zu finden. Er hatte auch schon eine Idee gehabt, wie er es doch schaffen könnte, die Schlachterei zu kaufen. Sollte sich herausstellen, dass das funktionieren könnte, wollte er Madeline fragen, ob sie ihn heiraten wollte.

Was aber, wenn sie ihn gar nicht heiraten wollte? Vermutlich ging sie davon aus, keine andere Perspektive zu haben. Aber was, wenn sie dennoch nicht an einer Ehe mit ihm interessiert war? Oder noch schlimmer: Was, wenn jemand anderer ihr einen Heiratsantrag machte, noch bevor er es tun konnte? Jemand Besseres – jemand, der Madelines Vorstellungen mehr entsprach?

Der Bissen in seinem Mund schmeckte auf einmal wie trockenes, sprödes Leder. Er konnte ihn nur unter Mühen hinunterschlucken. *Sobald sie in Helena eintrifft, werden die*

Männer Schlange stehen und um ihre Aufmerksamkeit wetteifern. Sie würde sich von allen erfolgreichen Männern der Stadt denjenigen auswählen können, der ihr am besten gefällt. Wie kann ich da mithalten? Soll ich es überhaupt probieren? Wäre das ihr gegenüber eigentlich fair?

Er beobachtete, wie sie langsam kaute, ihm dann einen Blick zuwarf und ein kleines Lächeln schenkte. Das brillant leuchtende Blau ihrer Augen wurde durch ihr dunkles Haar noch betont, das unter ihrer Wollhaube hervorlugte. Sein Herz schnürte sich zusammen.

Er wollte nicht, dass sie sich elend fühlte, wenn sie seinen Antrag ablehnte. Möglicherweise hatte sie das Gefühl, ihm etwas schuldig zu sein, weil er sie vor Croft gerettet hatte, und würde ihn nur heiraten, weil sie sich dazu verpflichtet fühlte. Das wollte er nicht. Er wollte nicht einfach nur eine Frau haben. Wenn er es nach dem unsagbaren Schmerz, Tabitha verloren zu haben, wirklich noch einmal riskieren sollte, sein Herz zu verschenken, dann sollte es dieses Risiko wert sein. Er wollte Madelines Liebe. Er brauchte Madelines Liebe. Wenn er die nicht bekäme, müsste er Madeline gehen lassen.

»Stimmt etwas nicht?«

Er bemerkte, dass sie ihn beobachtete.

»Stimmt etwas mit dem Essen nicht? Normalerweise schaufelst du es doch in dich hinein, als wenn es ab morgen nichts mehr gäbe.«

Clay biss die Zähne zusammen. *Sie hatte seine Essgewohnheiten also wahrgenommen.* »Nein, nichts. Nur … müde, mehr nicht.« Er nahm seine Gabel wieder auf und zwang sich, weiterzuessen.

Er konnte die Ungewissheit nicht mehr aushalten. »Also … wenn wir zurück in Helena sind, was hast du dann vor? Ich meine, ich helfe dir natürlich, eine Unterkunft zu finden, aber was willst du außerdem tun? Willst du … hm … dir eine Arbeit suchen? Oder … einen anderen Ehemann? Oder wirst du dich mit deinem Heiratsvermittler in Verbindung setzen?«

Madeline schüttelte den Kopf. »Ich bezweifle, dass er mich wieder als Kundin haben möchte, nachdem ich eine angebahnte Ehe habe platzen lassen. Um ehrlich zu sein, nach der … unglückseligen Erfahrung mit Mr Croft bin ich nicht sehr erpicht darauf, mich in eine schnelle Ehe mit einem anderen Mann zu stürzen. Und die Männer werden meinetwegen nicht unbedingt Schlange stehen.« Sie lachte und nahm anmutig einen kleinen Bissen vom Käse.

Clay fühlte, dass seine innere Anspannung nachließ. »Wirklich?«

Sie nickte und kaute zu Ende. »Cara hat gemeint, ich solle mir eine Arbeit suchen. Ich kann mir nicht vorstellen, dass mich jemand einstellt, aber sie hatte ein paar Ideen dazu. Ich kann nur hoffen, dass ich dieser Herausforderung gewachsen bin. Immerhin habe ich noch niemals irgendetwas gearbeitet.«

»Ich bin mir ganz sicher, dass du das gut machen wirst.« Dank seiner gehobenen Stimmung aß er wieder mit kräftigem Appetit. Es hatte ihn nicht enttäuscht, zu hören, dass sie sich nicht sicher war, ob sie überhaupt heiraten wolle. Wer wollte ihr das nach der Erfahrung mit Croft verdenken? Er musste nur herausfinden, ob sie etwas für ihn empfand. Falls ja, war er sicher, dass sie ihn heiraten würde, wenn man ihr genügend Zeit gäbe. Clay brannte darauf, nach Helena zurückzukommen und mit dem zu beginnen, von dem er hoffte, es werde ihr gemeinsames neues Leben.

* * *

Madeline beobachtete Clay beim Essen und wusste, dass etwas nicht stimmte. Der Mann aß normalerweise, als hätte er seit Wochen keine Mahlzeit gesehen. Es grenzte an ein Wunder, dass er trotz eines solchen Appetits einen so athletischen, gestählten Körper hatte. Ihr Blick wanderte über seinen Körper und verweilte überall, wo sich seine Kleidung über der Muskulatur spannte. Als ihr bewusst wurde, was sie da gerade tat, schaute sie rasch hinunter auf ihre Füße; die Röte stieg ihr langsam den Hals hoch.

Sie wandte ihre Aufmerksamkeit seiner Stimmung zu. *Warum sieht er so zerfahren aus?* Sie hätte gern gewusst, ob er sich darum Sorgen machte, dass sie womöglich vorhatte, ihm zur Last zur fallen – versuchen würde, ihn mit einer Falle in die Ehe zu locken, oder sich Geld von ihm leihen wollte, um davon ihren Lebensunterhalt zu bestreiten.

Nun, darum musste er sich keine Gedanken machen. Madeline Barstow fällt niemandem zu Last. Hatte sie nicht Boston verlassen, um das schlechte Gewissen ihrer Mutter zu erleichtern, ihrem Schwager auf der Tasche zu liegen? *Nun ja, das war einer der Gründe, aber natürlich habe ich es auch getan, weil ich es nicht hätte ertragen können, mich andauerndem Klatsch und Spott dafür auszusetzen, unter meinem Stand zu heiraten.*

Was für ein törichter Fehler das gewesen war! Statt daheim in Boston einen ehrbaren Mann zu heiraten, der ihr ein angenehmes Leben geboten hätte – wenngleich nicht den übertriebenen Luxus, in dem sie aufgewachsen war –, hatte sie sich einem gewalttätigen Ungeheuer ausgeliefert. Alles nur, um den gehobenen Augenbrauen der Boston Brahmanen, der vornehmsten und ältesten Familien Bostons, zu entgehen. Es hatte schon seinen Grund, warum es in der Bibel hieß: *Hochmut kommt vor dem Fall.*

Sie würde denselben Fehler nicht ein zweites Mal begehen, daran hatte sie keinen Zweifel. Sollte sie eines Tages in der Lage sein, sich einen achtbaren Platz in der Gesellschaft zu sichern, würde sie den gesunden Menschenverstand aufbringen, zuzugreifen, und die Lästerzungen sich selbst überlassen.

Es freute sie, dass Clay etwas weniger besorgt aussah, nachdem sie miteinander gesprochen hatten. Vielleicht hatten ihre Pläne, sich eine Arbeit suchen zu wollen, ihn beruhigt. Als er sie allerdings gefragt hatte, ob sie vorhabe, sich mit ihrem Heiratsvermittler in Verbindung zu setzen, hatte sie kaum Luft bekommen.

Hofft er darauf, dass ich zurück nach Boston gehe? Sie konnte sich nicht vorstellen, wie das angehen könnte, wenn er auch nur den geringsten Wunsch verspüren sollte, um sie zu werben. Allerdings hatte er – mehr als einmal – gesagt, dass sie ihn verrückt mache. Warum sollte ein Mann mit einer Frau zusammen sein wollen, die ihn zur Weißglut bringt? Und vielleicht hatte Cara ihm schon gesagt, dass keine Gefahr bestand, sie könne schwanger sein. *So ist es, ganz klar. Deshalb gibt es für ihn jetzt keinen Grund mehr, den Gedanken an eine Ehe mit mir weiterzuverfolgen.*

Die Enttäuschung brach wie eine Lawine über Madeline herein. Als er ihretwegen zur Croft-Ranch zurückgekommen war, war sie so erleichtert gewesen. Nicht nur, weil er sie in letzter Minute vor der Vergewaltigung gerettet hatte, sondern auch, weil sie ihm so wichtig gewesen war, dass er ihretwegen zurückgekehrt war. Zwar hatte sie ihn am Abend zuvor zu Cara sagen hören, er würde sie heiraten, falls es nötig sei. Dennoch hegte sie tief in ihrem Inneren die Hoffnung, dass er etwas für sie empfand. Er hatte seinen Schlitten und sein Honorar für sie hergegeben – und sie hatte gehofft, das hätte etwas zu bedeuten … aber stimmte das?

Müsste ein Mann, der sie vor einem entsetzlichen Schicksal bewahrt hatte und dem wirklich an ihr gelegen war, nicht so erleichtert sein, sie wieder bei sich zu haben, dass er vor ihr auf die Knie fällt und es nicht abwarten kann, ihr seine Liebe zu erklären? So jedenfalls war es in den Liebesgeschichten, die Madeline gelesen hatte. Wenn ein Mann in einer derart emotionalen Situation nicht so ergriffen war, dass er ihr seine Gefühle gestand, tat sich darin nicht kund, dass er sie nicht liebte? Bei dieser Überlegung stieg Übelkeit in Madeline auf.

Und da sie ihn jetzt auch noch fragen hörte, ob sie plane, nach einem anderen Ehemann Ausschau zu halten, bestätigten sich ihre schlimmsten Befürchtungen. Er hegte keinerlei Gefühle für sie.

»Alles in Ordnung?« Clays Worte unterbrachen ihre Gedanken. »Du siehst ein bisschen blass aus.«

»Ach, ich möchte nur schnell zur Straße zurück.« Sie brachte mit Mühe ein Lächeln zustande. »Ich bin schon so lange unterwegs, dass ich es kaum erwarten kann, eine ganze, lange Nacht in einem richtigen Bett, ganz für mich, zu schlafen.«

»Entschuldigung, daran hab ich überhaupt nicht gedacht. Du musst wirklich erschöpft sein. Ich wäre noch eine Nacht länger bei Cara geblieben, aber Herman ist vermutlich schon krank vor Sorge und befürchtet womöglich, dass mir etwas zugestoßen ist. Würde Jack ihm nicht zur Hand gehen, wäre ich ganz zügig heimgefahren. Doch ich bin froh, dass das nicht nötig war. Ich glaube, du konntest die Ruhepause ganz gut gebrauchen.«

»Mit mir ist alles in Ordnung. Vermutlich machen sich aber schon alle in Helena Sorgen um dich. Am besten, wir kommen so schnell wie möglich hin. Für mich ist das kein Problem.«

Nachdem alles wieder auf die Pferde geladen war, ritten sie los. Das Wetter hielt sich für den Rest des Tages, sodass sie am späten Nachmittag in Helena eintrafen.

* * *

Einige Häuserblocks von der Schlachterei entfernt, in einer Seitenstraße, befand sich die sauberste Pension, die Clay kannte. Sie war zwar nicht schick, doch er hatte viele Neuankömmlinge in Helena davon sprechen hören, wie reinlich und ordentlich die Pension von Mrs Preston sei. Das Essen war gut und die Preise reell. Zudem hatte Mrs Preston im Sommer einen recht hübschen Garten, der Madeline, wie er glaubte, sehr gefallen würde, sollte sie im folgenden Frühling noch da sein.

Clay band die Pferde an die Stange vor der Pension und half Madeline abzusitzen.

»Nicht vergessen: Du bezahlst nicht!«, erinnerte Madeline ihn kurz und knapp.

»Das hast du schon zehnmal gesagt.« Clay ging davon aus, dass Madeline nicht viel eigenes Geld besaß, und vermutete, dass Cara sie gezwungen hatte, etwas von ihr anzunehmen. Er wusste um die große Überredungskunst seiner Schwester. Doch Madeline Barstow zu etwas zu zwingen war schon sehr beeindruckend.

Auf dem Schild an der Tür stand *Herzlich willkommen! Bitte eintreten!*, was sie dann auch taten. Im Hause war es mollig warm. Es war gemütlich, aber sparsam möbliert. Auf dem Schild, das auf dem kleinen Tisch in der Diele stand, war zu lesen *Bitte klingeln! Komme sofort!*. Neben dem Schild stand eine bronzene Klingel mit Holzgriff.

»Bin gleich da!« Die nicht mehr junge Frauenstimme schallte aus dem hinteren Teil des Hauses, begleitet vom Duft einer Rindfleischkreation, der einem das Wasser im Munde zusammenlaufen ließ.

Kurz darauf erschien Mrs Preston, eine rundliche Dame von etwa fünfundsechzig Jahren, sich die Hände an der Schürze abwischend. Aus ihrem am Hinterkopf sitzenden stahlgrauen Haarknoten hatten sich einige Strähnen gelöst, und ihre Stirn war feucht.

»Na, Clay, was bringt dich denn her? Ich hab doch für heute kein Fleisch bestellt, oder?« Sie sah etwas irritiert aus, freute sich aber zweifellos, ihn zu sehen.

»Nein, Mrs Preston. Ich bin hier, weil ich nach einem Zimmer für Miss Barstow suche. Sie ist neu in Helena.«

»Ach ja, gerade eingetroffen? Na dann, herzlich willkommen in Helena!«

»Vielen Dank.«

»Wie lange bleiben Sie?«

»Ich …« Madeline errötete. »Ich bin mir noch nicht sicher. Aber sicherlich eine Woche. Wäre es ein Problem, wenn ich länger bleiben müsste?«

»Zu dieser Jahreszeit wahrscheinlich nicht.«

Als Mrs Preston den Zimmerpreis nannte, ließ Clay seinen Charme spielen und schaffte es, sie dazu zu bewegen, Madeline ein wenig nachzulassen. Er ging davon aus, dass Cara nicht allzu viel Geld übrig hatte und Madelines Budget somit recht schmal sein müsste.

* * *

Am späten Nachmittag war Madeline sicher in ihrem neuen Zimmer in der Pension untergebracht, und Clay holte mit seinem Wagen ihr Gepäck von der Schlachterei. Er schleppte die schweren Koffer ins Haus und stellte sie dorthin, wo sie es ihm bedeutete.

»Das ist der letzte. Puuh! Du scheinst alles eingepackt zu haben, was du besitzt.« Er nahm seinen Hut ab und wischte sich den Schweiß von der Stirn.

»Auch nicht annähernd.« Sie lächelte. »Oder jedenfalls nicht annähernd das, was ich früher einmal besessen habe.« Sie blickte verlegen zur Seite.

»Tut mir leid, dass es so lange gedauert hat. Der meiste Schnee auf den Straßen ist zwar festgefahren, aber einen Häuserblock von hier entfernt bin ich im tieferen Schnee doch stecken geblieben. Ich hätte mit dem Wagen nicht so nah an den Straßenrand fahren dürfen.«

»Oh, Clay, es tut mir leid! Ich habe so ein schlechtes Gewissen, dass du das alles mit deinem Wagen erledigen musstest. Du brauchst deinen Schlitten.«

»Nur bei sehr viel Schnee. Im Moment nicht so sehr. Meistens wird der Schnee im Winter festgefahren, oder er schmilzt durch den vielen Verkehr. Jedenfalls hier in der Stadt. Abgesehen davon, hab ich genug gespart, mir einen neuen Schlitten zu kaufen, wenn ich es will.«

»Aber das ist doch deine Rücklage für die Schlachterei. Du hast so viel für mich getan und kennst mich kaum.«

»Hör jetzt auf damit! Ich kenne dich gut genug. Wir haben in den vergangenen fünf Tagen so viel Zeit miteinander verbracht wie die meisten …« Fast hätte er gesagt *wie die meisten Paare, bevor sie sich verloben*, konnte aber im letzten Moment noch innehalten. »Na ja, wir kennen uns schon ziemlich gut.«

»Und näher werdet ihr euch heute Abend auch nicht mehr kennenlernen«, ließ Mrs Preston sich aus der Diele vernehmen. »Ich hab dir gesagt, dass du die Koffer raufbringen kannst, nicht dass du der jungen Dame in ihrem Zimmer Gesellschaft leisten sollst.«

Clays Atem stockte. Er wollte unter keinen Umständen Madelines Ruf gefährden, vor allem nicht, bevor er den Mut aufgebracht hatte, ihr einen Heiratsantrag zu machen. »Entschuldige, Madeline. Ich geh dann mal.«

»Danke! Danke für alles, was du für mich getan hast. Ich weiß nicht, wie ich das jemals wiedergutmachen …«

»Aber, aber, ich hab dir doch gesagt, wenn du damit nicht endlich aufhörst, werde ich sauer.«

»In Ordnung.« Sie lächelte ihn an. »Gute Nacht!«

»Gute Nacht! Schlaf gut!« Er ging rückwärts aus dem Zimmer, den Hut in der Hand.

Mrs Preston zwinkerte Madeline zu und schloss dann die Tür. »Raus mit dir, mein Junge!« Die alte Frau scheuchte ihn die Diele entlang. »Und sieh bloß zu, dass du dich an die Besuchsregeln hältst!«

Er hatte den Eindruck, dass Mrs Preston ihr bärbeißiges Verhalten nur vortäuschte, damit kein ungeduldiger Gentleman auf die Idee käme, er könne ihre Freundlichkeit ausnutzen und die Regeln umgehen.

Mrs Preston begleitete ihn hinaus, schloss die Tür dann energisch vor seiner Nase, als er sich gerade umdrehte, um sich zu verabschieden. »Bis zum nächsten Mal, Clay!«, rief sie ihm durch das Türfenster zu und drohte ihm mit dem Finger, bevor sie sich wieder in die hinteren Räumlichkeiten des Hauses zurückzog.

* * *

Ein kräftiges Klopfen an der Tür weckte Madeline früh am nächsten Morgen.

»In einer halben Stunde gibt es Frühstück, Miss Barstow. Bis zum Abendessen serviere ich dann nichts mehr. Auf geht's!«

»Bin gleich da, Mrs Preston!«, rief Madeline. »Vielen Dank!« Sie tauchte wieder unter ihre Bettdecken, als die Schritte sich entfernten. Das Bett war nicht so wundervoll wie das, was sie in ihrer Kindheit zu Hause gehabt hatte, oder auch nur jenes im Hause ihres Onkels. Doch es war gar kein Vergleich zu allem, wo sie schlafen musste, seit sie Boston verlassen hatte.

Sie wollte nichts anderes als sich umdrehen, unter den dicken Steppdecken einmummeln und wieder in den Schlaf sinken. Doch im Zimmerpreis von Mrs Preston war lediglich Frühstück und Abendessen enthalten, und Madeline plante, möglichst lange mit ihrem Geld auszukommen, indem sie das Mittagessen ausließ und nicht auswärts aß.

Sie hatte am Abend zuvor ein Bad genommen, ein frisches Nachthemd übergezogen und war zeitig zu Bett gegangen. Es fühlte sich so gut an, sauber zu sein und die frische Kleidung aus dem Koffer anzuhaben, dass sie sich nicht einmal davon hatte irritieren lassen, zum ersten Mal in ihrem Leben ein Badezimmer mit Fremden teilen zu müssen. Zu Hause hatte sie ein eigenes Badezimmer gehabt und musste erst eines mit jemand anderem teilen, als sie, ihre Mutter und ihre Schwester bei ihrem Onkel unterkommen mussten. Doch das waren zumindest Familienmitglieder, keine Fremden.

Das Bad war dennoch himmlisch gewesen. Jedenfalls nachdem sie die Reinigungsmittel gefunden und die Wanne erst einmal ordentlich geschrubbt hatte. Höchstwahrscheinlich hatte Mrs Preston die Wanne wesentlich gründlicher gereinigt, als Madeline es tat, die nichts vom Saubermachen verstand. Doch sie hätte es nicht über sich gebracht, es sich unbekleidet in der Wanne bequem zu machen, ohne vorher den Versuch zu unternehmen, jegliche nur möglichen Rückstände anderer Pensionsgäste zu entfernen.

Madeline stand auf, nahm ein frisches Kleid aus dem Koffer, machte sich zurecht, steckte sich das Haar auf und begab sich hinunter in den Speisesaal. Es waren nur drei weitere Gäste da, zwei berufstätige junge Frauen und eine ältere Dame, die den Eindruck machte, als lebte sie schon seit Jahren in der Pension.

Mrs Preston erläuterte Madeline, dass sie keine männlichen Pensionsgäste mehr aufnehme, weil diese zu »unordentlich sind und zu viel Ärger machen«. Eine der beiden jungen Frauen kicherte und flüsterte Madeline zu, »zu viel Ärger« bedeute, Mrs Preston sei es leid geworden, im Auge zu behalten, dass ihre männlichen Gäste auf der Männerseite der Pension blieben.

Die Pensionsgäste waren sehr freundlich und gaben Madeline einige Hinweise, wo sie sich eventuell nach Arbeit erkundigen könne. Nach dem Frühstück machte sie sich in die Straßen von Helena auf, erpicht darauf, so schnell wie möglich eine Anstellung zu finden.

Drei Stunden später hatte sie in nahezu jedem Laden entlang der Hauptstraße angefragt, jedoch ausnahmslos Absagen erhalten. Entweder von eifersüchtigen Ehefrauen, die sie argwöhnisch betrachteten und offenkundig nicht dulden wollten, dass ein hübsches junges Ding an der Seite ihrer Ehemänner arbeitet, oder von Männern, die nicht das Risiko eingehen wollten, eine junge Frau einzustellen, die höchstwahrscheinlich »vom ersten Mann, der durch die Tür kommt, einen Heiratsantrag erhält«.

Wenn sie alle die Wahrheit wüssten – dass sie eine mittellose Frau war, die ihrem Verlobten den Laufpass gegeben hatte und so gut wie keine Ahnung von Hausarbeit hatte –, würden sie sich keine Gedanken darum machen, dass die Verehrer Schlange stehen könnten.

Sie ließ sich müde auf die Treppen vor einem Laden nieder, in dem sie noch nicht nachgefragt hatte. Mittlerweile war sie zu entmutigt, auch nur hineinzugehen. Madeline konnte sich vorstellen, was ihre Mutter sagen würde, sähe sie ihre Tochter wie eine Bettlerin auf dem Fußweg sitzen. Doch ihr taten schlicht die Füße weh. Keine der Schuhe, die sie besaß, waren geeignet, darin den ganzen Tag lang auf den Füßen zu sein. Sie seufzte und starrte ins Leere – entschlossen, nicht über die Misere zu weinen, in die sie sich manövriert hatte.

»Madeline! Hier bist du also!«

Der Klang von Clays Stimme schreckte sie auf. Sie wandte sich um und sah ihn auf dem Bohlenweg auf sie zukommen, ein kleines rotes Gefäß in der Hand.

»Was machst du hier?« Sie erhob sich schnell, ihren Mantel hinten abklopfend.

»Ich wollte dir dein Mittagessen bringen. Ich weiß, dass es im Pensionspreis nicht enthalten ist, und dachte, ich gebe dir was von meinem ab. Mrs Preston hat mir erzählt, dass du auf der Suche nach Arbeit bist, doch ich konnte dich nicht ausfindig machen. Deshalb war ich schon auf dem Rückweg.« Er schnappte ein wenig nach Luft, klang leicht nervös. »Aber … nun … hier bist du ja.«

»Oh, Clay …« Sie wusste nicht, was sie sagen sollte. Dass dieser Mann sich auf irgendeine Art verantwortlich für sie fühlte, rührte sie, machte ihr aber auch ein schlechtes Gewissen. »Das ist doch wirklich nicht nötig.«

»Kein Ding. Na ja, dich zu suchen schon – ein bisschen –, aber das Essen nicht. Komm mit. Ich hab meine ganze Mittagspause nach dir gesucht. Jetzt muss ich bei der Arbeit essen, aber du kannst dich ja in den Laden setzen und mir Gesellschaft leisten.« Er nahm ihren Arm und führte sie zur Schlachterei zwei Türen weiter.

Sie war so erschöpft, dass ihr nicht einmal aufgefallen war, so nahe bei Clays Arbeitsplatz zu sein. Er hielt ihr die Tür auf, und sie trat ein. Der Laden war klein, gerade eben groß genug für die Ladentheke, einen Kohleofen, zwei Stühle und einen kleinen Tisch, auf dem ein Schachbrett stand. Der Laden war schlicht, aber sauber und hell, mit einem großen Fenster über die gesamte Front. Hinter der Ladentheke stand ein alter Mann in einem dunklen Hemd und einer Hose, über die eine weiße Schürze mit hellroten Schlieren gebunden war. Er wickelte gerade ein Baumwollband um ein in braunes Papier eingeschlagenes Päckchen.

»Vergessen Sie nicht, Ihrem Mann zu sagen, dass ich ihn in dieser Woche noch zu einer Partie Schach erwarte!« Der Schlachter reichte einer dünnen alten Dame in einem geblümten Baumwollkleid und einem braunen Wollmantel das Päckchen.

»Das mache ich, Mr Kirschner.« Sie gab ihm einige Münzen, nahm das kleine Päckchen an sich und nickte Madeline auf ihrem Weg hinaus zu.

»So so, das ist also die junge Dame, von der ich schon so viel gehört habe. Kommen Sie doch rein!« Der alte Mann wischte sich die Hände ab, kam dann hinter der Ladentheke hervor und klopfte Madeline wohlwollend auf die Schulter. »Ich war ja so erleichtert, als ich hörte, dass Sie diesen Croft nicht heiraten. Der Kerl taugt nichts, das ist mal klar. Davon verstehe ich was. Wenn Sie so alt sind wie ich, brauchen Sie jemanden nur anzusehen, und schon wissen Sie, wie die Seele eines Menschen aussieht. Und die von dem Typen ist schwarz wie die Nacht, das sage ich Ihnen.«

Madeline wandte sich entsetzt zu Clay um. »Du hast es ihm erzählt?«

»Nein! Ich meine, ja. Nur, dass du Mr Croft nicht geheiratet hast, weil er sich so rüde benommen hat.« Clay beugte sich weit vor, sein Atem kitzelte Madelines Ohr, als er ihr zuflüsterte: »Ich konnte doch schlecht lügen. Herman wusste, dass ich dich hingebracht hatte, um Croft zu heiraten. Und dann komme ich ohne Schlitten zurück. Aber ich hab kaum Einzelheiten erzählt, mach dir keine Sorgen.«

Madeline war immer noch verlegen, doch zumindest hatte der Mann von den schlimmsten Vorfällen nichts gehört.

»Herman, ich hab Madeline eben erst gefunden – sie war auf der Suche nach Arbeit. Deshalb muss ich jetzt während der Arbeit essen. Ist das in Ordnung?«

»Unsinn, Junge! Im Moment ist nicht so viel zu tun. Iss in aller Ruhe mit Miss Barstow. Ich geb dir Bescheid, wenn ich dich brauche.« Er geleitete die beiden zu den zwei kleinen Stühlen, nahm vorsichtig das Brett vom Tisch, ohne dass die Schachfiguren verrutschten. »Guten Appetit euch beiden! Kümmert euch nicht um mich.« Er stellte das Schachspiel auf die Ladentheke und ging zurück in den Hinterraum. Wenig später durchbrach das Geräusch eines scharfen Gegenstandes, der in etwas eindrang, die Stille im Laden.

»Lass mich den Tisch decken«, sagte Clay, kümmerte sich behände um den Inhalt des Gefäßes und breitete alles ordentlich auf der karierten Tischdecke aus. Dabei plapperte er in einer Weise, die so gar nicht zu seinem üblichen stoischen Verhalten passen wollte. Vermutlich versuchte er, sie aufzumuntern.

Er hat so viel Ärger gehabt. Wie kann er nur so freundlich zu mir sein, wo ich ihn doch nur verrückt gemacht und ihm so viel Kummer bereitet habe? Tränen brannten ihr in den Augen, sie blinzelte sie fort. Sie hatte ihn vorher falsch eingeschätzt. Er mochte dickköpfig sein, aber er war ein Gentleman. Er verdiente diese Bezeichnung viel mehr als die vermeintlichen

Gentlemen, die sie zu Hause in Boston kennengelernt hatte – diese verlogenen Verehrer, die sich aus dem Staub gemacht hatten, kaum hatten sie festgestellt, dass sie mittellos war.

Ich verdiene ihn nicht. Bei diesem Gedanken kamen ihr erneut die Tränen. Sie versuchte, sie zu verbergen, indem sie ihren Blick senkte und mit ihrem Essen spielte. Clay sollte sich verheiraten – sie hoffte, er würde es tun, irgendwann. Er verdiente es, glücklich zu sein. Wenn er schon eine Frau, die er nicht leiden konnte, so gut behandelte, konnte sie sich gut vorstellen, wie glücklich er seine Tabitha gemacht hatte. Sollte Clay Porter je wieder heiraten, hätte seine Frau wirklich sehr großes Glück.

»Stimmt etwas nicht?«

Sein Geplauder war verstummt, er blickte ihr voller Besorgnis in die Augen.

»Oh … ich bin nur sehr erschöpft. Und enttäuscht.« Er sollte nicht wissen, wie sie sich fühlte, und sie wollte ihm keinen Grund dafür liefern, sich um sie zu sorgen. »Ich hatte mir nicht vorgestellt, dass es so schwer sein würde, Arbeit zu finden.«

»Mach dir darum nur keine Gedanken! Ich werde mit Mr Turner sprechen. Er hat ein Bekleidungsgeschäft einige Türen weiter – übrigens genau das, vor dem du Pause gemacht hast. Ich bin mir sicher, dass er etwas …«

»Clay, nein! Du kannst nicht alles für mich machen. Ich muss lernen, es allein zu schaffen. Du bist nicht für mich verantwortlich.« Ihre Erschöpfung überwältigte sie, sie kämpfte gegen die Tränen. *Ich kann nicht zulassen, dass dieser Mann meinetwegen noch mehr Zeit und Geld verliert. Ich möchte, dass er mich liebt, und nicht, dass er mich als jemanden betrachtet, der auf Mildtätigkeit angewiesen ist.*

»Aber ich möchte dir helfen.« Seine Augen waren vor Erstaunen weit geöffnet. »Bitte, lass mich …«

»Nein!« Sie erhob sich abrupt, gegen den kleinen Tisch stoßend. »Es tut mir leid, Clay. Ich bin dir sehr dankbar für alles, was du getan hast. Aber ich kann es nicht zulassen, dass du noch mehr tust. Bitte.« Tränen verschleierten ihren Blick, und sie verließ fluchtartig den Laden. Als sie hinausstürmte und sich nach rechts wandte, um zurück zur Pension zu laufen, wäre sie um ein Haar vom Bohlenweg gestürzt.

So weh es ihr auch tat, Madeline wusste, dass sie Clay Porter niemals wiedertreffen dürfte.

Kapitel 19

Clay saß da – wie betäubt, reglos –, während das Geräusch des Glöckchens über der Ladentür verhallte.

»Worauf wartest du?«, fragte Herman, der hinter ihm stand. »Lauf ihr nach!«

»Nein.«

Clay wandte sich nicht um. Er packte das Essen zurück in das Gefäß.

»Du musst ihr sagen, was du für sie empfindest.«

»Nein. Sie hat sehr klar zum Ausdruck gebracht, was sie empfindet. Meine Gefühle spielen keine Rolle.«

»Was redest du da? Irgendetwas hat sie aus der Fassung gebracht. Du musst herausfinden, was es war, bevor …«

»Nein!«

Er schleuderte das Gefäß auf den Tisch, drehte sich um und traf auf Hermans bestürzten Blick. »Nein.«

Seine Stimme war ausdruckslos. »Verstehst du das nicht? Sie will mich nicht. Sie will nicht an mich gebunden, mir nichts schuldig sein. Sie will in Ruhe gelassen werden. Zum Teufel, bestimmt gibt es in jedem Laden, den sie betritt, Männer, die ihretwegen über ihre eigenen Füße fallen! Warum sollte sie ihre Zeit damit verschwenden, mit mir zu essen oder gar mich zu heiraten? Sie kann unter allen Junggesellen in Helena wählen. Sie könnte einen dieser Minenmillionäre dazu bringen, sie zu heiraten, wenn sie einen Weg fände, einen von ihnen kennenzulernen. Sie ist wie ein leuchtender Stern am Himmel, Herman. Sie ist unerreichbar für mich.«

Seine Brust schnürte sich zusammen. Er schob sich an

Herman vorbei und ging in den Hinterraum, um Mrs Carlsons Bestellung fertigzumachen.

Sie ist unerreichbar für mich.

* * *

Der Wind hatte aufgefrischt. Madeline schlang sich die Arme um den Leib, ihr grauste vor dem Weg zurück zur Pension. Bei dem kalten Wind, der ihre Wangen aufspringen ließ, wurden ihre heißen Tränen eisig kalt. Sie hörte während des ganzen Weges die Straße entlang nicht auf, zu weinen – konnte einfach nicht aufhören.

Sie hob ihren Blick nur ein einziges Mal, blickte beim Vorbeigehen auf das Fenster des Cosmopolitan Hotel und entdeckte ein Schild. *Telefon verfügbar. Dank Rocky Mountain Bell.* Das war ein Zeichen des Himmels! Sie könnte ihre Mutter anrufen. Mutter wusste bestimmt, was jetzt zu tun war. Dann sank ihr das Herz, weil ihr einfiel, dass es unmöglich war, über eine so große Entfernung zu telefonieren. Sie war in Montana gestrandet, und wer wusste, wann – oder gar ob – sie die Stimme ihrer Mutter je wieder hören würde?

Als sie sich vom Fenster des Hotels abwandte, sprang ihr etwas ins Auge. Sie drehte sich um, spähte durch das Glas. Das war doch nicht möglich!

Sie rannte zum Hoteleingang und nickte dem Portier dankbar zu, der ihr die Tür aufhielt. Als sie das elegante Foyer des Hotels betrat, rief sie mit gedämpfter Stimme: »Mr Ashby?«

Der vor dem Concierge stehende Mann drehte sich um. »Miss Barstow!« Auf seinem gut aussehenden Gesicht zeigte sich ein breites Lächeln. Er trug einen elegant geschnittenen braunen Anzug, der seine stattliche Statur bestmöglich zur Geltung brachte. Seine schwarzen Schuhe glänzten, und sein sparsam mit Haaröl benetztes blondes Haar war wellig nach hinten gekämmt. Er war mit Abstand der kultivierteste Mann, den sie zu Gesicht bekam, seit sie in Montana angekommen war.

»Was tun Sie hier?« Jemanden aus Boston in dieser fremden Umgebung zu sehen machte sie ganz konfus.

»Ich bin hier, um Sie zu treffen – weshalb wohl sonst? Ich bin gerade heute früh eingetroffen.« Er kam ihr mit einer Verbeugung über das Foyer entgegen. »Ich bin entzückt, Sie so schnell gefunden zu haben. Eben wollte ich den Concierge fragen, wie ich vorgehen könne, um Miss Madeline Barstow ausfindig zu machen.« Sein Blick huschte kurz über ihr Gesicht. »Geht es Ihnen gut? Sie sehen etwas mitgenommen aus.«

»Oh.« Ihre Wangen brannten vor Scham, denn sie wusste, dass sie verweinte Augen hatte und vom Wind ganz zerzaust war. »Es ist nichts. Der Wind ist hier sehr stark, und meine Augen reagieren sensibel darauf. Aber sagen Sie mir bitte, wieso sind Sie hierhergekommen, um mich zu treffen?«

»Erlauben Sie?«, fragte er, auf ihren Arm weisend.

Madeline nickte, und er nahm ihren Arm und führte sie zu einer runden Ledercouch, auf der sie gemeinsam Platz nahmen.

»Meine Liebe, Sie sehen aus, als seien Sie bis auf die Knochen durchgefroren. Wie kann es angehen, dass Ihr Mann Sie ohne jegliche Begleitung in einem solchen Wetter umhergehen lässt?« In seinem Gesicht zeigte sich ein Ausdruck der Besorgnis, doch es entging ihr nicht, dass er einen Blick auf ihre behandschuhte linke Hand warf.

»Ich … ich bin nicht verheiratet, Mr Ashby.« Sie spürte, dass sie jetzt deutlich errötete. »Mein Verlobter …« Sie suchte nach den passenden Worten. »Er hat mich hinsichtlich seiner Verhältnisse getäuscht. Daher habe ich die Hochzeit abgesagt.«

Obwohl sie wusste, dass diese Antwort von jedem Menschen, der sie kannte, ohne Weiteres akzeptiert werden würde, klangen ihr die Worte hohl in den Ohren.

»Ach, du liebe Zeit«, sagte er stirnrunzelnd, doch seine

Mundwinkel zeigten ganz leicht nach oben. »Was für eine entsetzliche Lage. Sie müssen verzweifelt sein.«

Sie schüttelte den Kopf. »Ich war enttäuscht, habe aber sofort bei Ankunft meinen Fehler bemerkt. Seine Ländereien liegen weit außerhalb – es gibt keinerlei Aussicht auf Strom oder Telefon.«

»Absolut inakzeptabel! Aber warum halten Sie sich bei derart furchtbarem Wetter im Freien auf? Es sieht ganz so aus, als seien Sie durch den Schnee gestapft.«

»Ich …« Sie blickte um sich, suchte nach einem Grund. Da fiel ihr Blick auf das Telefonschild im Fenster des Hotels. »Ich habe nach einer Möglichkeit gesucht, meine Mutter zu kontaktieren, um ihr zu sagen, dass ich gut angekommen bin. Sicherlich macht sie sich mittlerweile Sorgen.«

»Sie haben Glück, im Gebäude nebenan gibt es ein Telegrafenamt von Western Union.«

»Wirklich?«

»In der Tat. Doch bevor Sie ein Telegramm an Ihre Mutter senden, könnten wir vielleicht miteinander zu Mittag essen. Es gibt etwas, das ich mit Ihnen besprechen möchte. Oder haben Sie bereits gespeist?«

Allein der Gedanke an Essen ließ ihren Magen in sehr unvorteilhafter Weise knurren. Madeline wäre am liebsten im Boden versunken.

Dalton Ashby lächelte. »Das nehme ich mal als ein Ja.«

* * *

Zwei Stunden später war Madeline zurück in ihrem Zimmer, sich die eiskalten Lederstiefel von den Füßen stoßend. Sie ließ sich in den Schaukelstuhl sinken und massierte sich die Füße, um sie zu wärmen, und wickelte sie dann in eine Steppdecke. Vor wenigen Stunden noch war sie in einer desolaten Lage gewesen – allein, mittellos, ohne jegliche Perspektive und voller

Sehnsucht nach einem Mann, von dem sie wusste, dass er sie nicht so liebte wie sie ihn.

Jetzt war sie mit einem reichen Mann verlobt.

Natürlich nicht offiziell. Noch nicht. Dalton würde abwarten, bis sie zurück in Boston waren, und ihr dann schnellstmöglich in aller Form einen Antrag machen. Aber es war vereinbart. Alles war abgemacht.

Er war einer jener Verehrer gewesen, die sich von ihr abgewandt hatten, nachdem sich die Nachricht herumgesprochen hatte, wie schlecht es um das Vermögen der Barstows stand. Madeline wusste, dass er seit Jahren in sie verliebt gewesen war, hatte ihn jedoch in keiner Weise ermutigt, da sein Vermögen ihrer damaligen Einschätzung nach zu gering gewesen war. Sie war überrascht gewesen, dass er sich ebenso schnell von ihr abgekehrt hatte wie alle anderen. Denn sie war davon ausgegangen, dass zumindest er sie trotz allem haben wollte. Sie hatte sich getäuscht.

Wie es aussah, hat er es sich anders überlegt, sobald er hörte, dass Madeline fort war. Er vermisste sie. Es interessierte ihn nicht mehr, dass sie kein Vermögen hatte. Der Ruf ihres Vaters – was davon verblieben war – war gut. Und Madeline war eine schöne junge Frau, bewandert in allen Bereichen, in der eine junge Dame sich auskennen musste, um die Frau eines bedeutenden Mitglieds der Gesellschaft zu werden.

»Ich schwöre Ihnen, es war keineswegs mein Wunsch, mich von Ihnen abzuwenden«, hatte Dalton ihr dargelegt, während sie im Hotelrestaurant ihren heißen Tee tranken und auf das Essen warteten. »Ich habe es nur sehr unwillig auf Drängen meiner Eltern getan. Das erschreckende Gerücht, dass Sie sich aufgemacht haben, um hier draußen im Westen einen Fremden zu heiraten, habe ich erst letzte Woche gehört, wenige Tage nach Ihrer Abreise. Ich war am Boden zerstört und habe das genau so Ihrer Mutter gesagt, als ich sie beim Gottesdienst traf. Noch am selben Abend hat Jennings unsere Koffer gepackt, und wir haben Boston am nächsten Morgen verlassen. Ihre Mutter hat mich darauf hingewiesen, dass Sie wahrscheinlich schon verheiratet sind, wenn ich endlich hier eintreffe. Doch darauf musste ich es ankommen lassen.«

»Ich wäre schon vor einigen Tagen verheiratet gewesen. Aber das Wetter verzögerte die Ankunft auf der Ranch, und sobald ich meinen zukünftigen Ehemann getroffen hatte … nun, er war kein sehr liebevoller und ehrlicher Mann. Ich hab den Fahrer gebeten, mich zurück nach Helena zu bringen.« Bei dem Gedanken an Clay wäre sie beinahe wieder in Tränen ausgebrochen.

»Es tut mir so leid für Sie, dass Sie eine derart lange Reise auf sich nehmen mussten, nur um eine solche Enttäuschung zu erleben. Gleichwohl muss ich zugeben, froh darüber zu sein – um meiner selbst willen. Und Ihretwegen auch. Ich kann mir nicht vorstellen, dass Madeline Barstow eine sehr gute Ehefrau im Wilden Westen abgegeben hätte.« Er musste schmunzeln.

»Nein, ganz sicherlich nicht.« Madeline lachte matt, allerdings lag darin keinerlei Freude. Ihr bot sich die Gelegenheit, einen reichen Mann zu heiraten – warum hatte sie dann so ein schauderhaftes Gefühl tief in ihrem Inneren? Sie hätte froh sein müssen. Nicht nur weil sie endlich wieder in einem vornehmen Restaurant saß – das vornehmste, das Helena aufzubieten hatte –, sondern auch weil sie einem möglichen Bewerber gegenübersaß, der reicher war, als Samuel Croft sich je erhoffen konnte. Er könnte all ihre Probleme lösen, ihr einen luxuriösen Lebensstil bieten, ihrer Mutter Unterkunft geben und ihre Schulden bei Cara und Clay begleichen.

Doch während Mr Ashby von seiner Reise quer durchs Land erzählte, konnte sie immer nur an Clay denken. Sie fragte sich, ob er sich in einem so vornehmen Restaurant wohlfühlen würde. Was er bestellt hätte. Was er getragen hätte. *Wahrscheinlich etwas, was in Helena als Sonntagsstaat durchgehen würde, mit leicht abgestoßenen Manschetten oder einem losen Knopf, der festgenäht werden muss.* Bei dem Gedanken daran musste sie lächeln.

Es gelang Madeline, während des gesamten Mittagessens gepflegt zu plaudern. Mr Ashby geleitete sie ins Foyer des Hotels und setzte sich wieder mit ihr auf die runde Ledercouch.

»Miss Barstow, sicherlich möchten Sie sich nach den langen Reisen erholen, die Sie in dieser Woche zu ertragen hatten. Und dann waren Sie ja auch noch gezwungen, auf der Suche nach einem Telegrafenamt durch die ganze Stadt zu gehen – ich bin gern bereit, die Meldung für Sie auf den Weg zu bringen, sodass Sie nach Hause gehen und sich ausruhen können. Doch erlauben Sie, dass ich Sie eines frage …« Er räusperte sich und nahm ihre Hand. »Ich weiß, dass ein Mann mit meinen Mitteln normalerweise kaum eine Chance bei einer Frau hätte, die so schön ist wie Sie und einer so angesehenen Familie wie Ihrer entstammt. Doch angesichts Ihrer veränderten Lebensumstände … darf ich hoffen?«

Madeline fehlten die Worte. Hier war ihre Chance – ihre Rettung! Genau das, worauf ihre Mutter gehofft hatte. Warum brachte sie dann das Wort Ja nicht über die Lippen?

»Ich … ich …«, stammelte Dalton, um die Stille zu füllen. »Ich weiß, dass ich kein ausnehmend gut aussehender Mann bin, aber ich glaube, mein Aussehen ist durchaus passabel. Ich besitze vielleicht kein großes Vermögen, aber doch ein angemessenes, und eines Tages wird mir ein Teil des Besitzes meines Großvaters als Erbe zufallen. Eines kann ich Ihnen versprechen, Madeline, ich werde gut zu Ihnen sein. Wenn Sie mich auch nur ein wenig kennen, so wissen Sie das sicherlich.«

Es war ihr unangenehm, nicht früher das Wort ergriffen zu haben. »Selbstverständlich weiß ich das, Dalton. Ich habe niemals erlebt, dass Sie sich anders als liebenswürdig und aufmerksam verhalten hätten. Sie werden ein wunderbarer Ehemann sein.«

»Werde ich das?« Seine Stimme klang freudig und erwartungsvoll. »Dann willigen Sie also ein, meine Frau zu werden?«

Das hab ich nicht gesagt! Fast wären ihr diese Worte entschlüpft, doch sie schluckte sie hinunter. *Was bleibt mir anderes übrig? Ich bin ohne Geld im Westen gestrandet und habe auch keine Familie, auf die ich zählen kann. Dalton ist, genau wie er sagt, ein guter Mann von einigem Wohlstand. Ich müsste ein Närrin sein, ihn zurückzuweisen.*

Madeline sah sich vor ihrem geistigen Auge als alte Jungfer, auf das Gnadenbrot angewiesen, das ihre Cousins und Cousinen ihr unwillig zugestanden. *Nein! Alles, nur das nicht!* »Ja, Dalton. Ich möchte sehr gern Ihre Frau werden.«

Sie hatte mit wachsendem Unbehagen zugehört, als Dalton sich einige Minuten lang voller Überschwang über seine Pläne ausließ. Sie würden nach Boston zurückkehren, wo er ihr in aller Form einen Antrag machen würde, und dann würde er zu einer Feier in sein Elternhaus einladen, auf der er ihre Verlobung bekanntgeben würde.

Als er darüber sprach, dass er ihr neue Kleider als Teil ihrer Brautausstattung kaufen werde und sie den Frühling als frisch Verheiratete gemeinsam in Paris verbringen würden, wurde Madeline voller Erstaunen bewusst, dass die Vorstellung derartiger verfeinerter Lebensart und derartigen Luxus sie nicht so ansprach, wie sie es vor nur einer Woche noch getan hätte.

Stattdessen kam es ihr vor, als vernähme sie in einer versteckten Ecke ihres Bewusstseins eine Gefängnistür hinter sich dröhnend ins Schloss fallen.

* * *

Zwei Tage waren vergangen, seit Madeline unter Tränen die Schlachterei verlassen hatte. Und seit zwei Tagen zwang Clay sich, ihr fernzubleiben. Wenn sie Zeit mit ihm verbringen wollte, würde sie mit Sicherheit vorbeikommen und ihm sagen, dass nichts Besonderes los war, oder? Vielleicht würde sie ihn auch fragen, ob sie das gemeinsame Mittagessen nicht nachholen könnten … oder sie würde zumindest andeuten, dass sie es gerne täte.

Doch Madeline kam nicht vorbei. Vielleicht war sie bereits fort. Immer wenn Clay Fleisch auslieferte oder eine Besorgung machte, erwartete er, einen der örtlichen Lackaffen zu sehen, der Madeline durch die Stadt begleitete, aber er sah nichts dergleichen.

Er bemerkte sogar, dass er für sich Entschuldigungen erfand, zur Mittagessenzeit durch die Stadt zu gehen, und – Schutz gegen den bitterkalten Wind suchend – durch Restaurantfenster luchste. Alles in der Erwartung, Madeline und irgendeinen glücklichen Junggesellen zu entdecken, die an einem mit einem weißen Leinentischtuch bedeckten Tisch mit silbernem Besteck vornehmes Essen von feinem Porzellan zu sich nahmen. Doch er konnte keine Spur von ihr entdecken.

Jede einzelne Stunde zog sich hin, als sei sie ein ganzer Tag. Jeder Augenblick schien ihm so leer. Er hatte seine Arbeit immer gemocht – die Plauderei mit den Kunden und die Gespräche darüber, wie es deren Familien ging; ihnen zu helfen, das richtige Stück Fleisch für eine bevorstehende Feier zu finden. Doch jetzt bemerkte er, dass er Menschen auswich. Hätte Herman ihn nicht im Laden gebraucht, wäre er am liebsten ständig im Hinterraum geblieben, beim Teilen einer Rinderseite kräftig mit dem Beil auf den Schlachterblock einschlagend.

Manchmal stellte er sich – sehr zu seinem Leidwesen – vor, die Rinderseite sei einer von Madelines hoffnungsvollen Verehrern.

»Du wirst noch diesen Schlachterblock entzweihauen«, rief Herman ihm vom Eingang aus zu.

Clay antwortete nicht.

Zack!

»Willst du nicht endlich mit dem Mädchen sprechen?«

»Lass gut sein, Herman!« *Zack!*

»Du wirst noch zu lange warten, wenn es nicht jetzt schon zu spät ist. Du wirst sie verlieren.«

Zack!

»Ich hatte sie nie.«

Zack! Zack! Zack!

»Hättest du aber, wenn du gewollt hättest.«

Clay zeigte gereizt mit dem Beil auf Herman. »Du hast ja keine Ahnung, wovon du sprichst.«

»Und du suchst nur eine Entschuldigung dafür, dich nicht zu öffnen und ihr zu sagen, was du für sie empfindest.«

Clay schlug das Beil in die malträtierte Oberfläche des Schlachterblocks, grummelte genervt vor sich hin und ruderte hilflos mit den Armen. »Ich war doch gerade dabei, mich zu öffnen – das war der Grund für das kleine Mittagessen, das ich für uns eingepackt hatte. Ich wollte mit ihr reden. Und auf einmal verlässt sie den Laden – einfach so.«

»Sie hat die Schlachterei verlassen. Nicht dich.«

»Das ist dasselbe. Sie ist fortgegangen und nicht zurückgekommen. Sie will nicht, dass ich ihr helfe, und sie will mich nicht um sich haben.« Er nahm das Beil wieder zur Hand und hackte weiter wie ein Wilder. »Das habe ich zu respektieren.«

»Sie verdient es, zu erfahren, was du für sie empfindest.«

»Sie verdient es, glücklich zu sein! Und ich kann sie nicht glücklich machen, Herman. Sie hat Boston verlassen, um der Demütigung zu entgehen, einen Ladenbesitzer heiraten zu müssen. Und ich? Ich arbeite für einen Ladenbesitzer.«

»Es wird schon bald dein Laden sein.«

»Ich weiß nicht, wie das jetzt gehen soll ohne meinen Schlitten. Doch es tut mir nicht leid. Madeline damit gerettet zu haben war es wert. Wenn sie aber nicht an mir interessiert ist, werde ich mich ihr nicht aufdrängen. Am Ende glaubt sie noch, sie sei es mir schuldig und müsse mich heiraten. Wenn sie mich nicht will, muss ich sie gehen lassen.«

»Wenn sie dich nicht will, in Ordnung. Dann lass sie gehen. Aber du weißt doch noch nicht einmal, was sie wirklich empfindet.«

»Das hat sie sehr klargemacht, als sie schluchzend hier hinauslief.«

»Du weißt doch überhaupt nicht, was sie eigentlich so aus der Fassung gebracht hat. Und du hast dir nicht einmal die Mühe gemacht, ihr nachzulaufen.«

»Ich respektiere sie so, dass ich ihr die Zeit und den Raum lasse, die sie benötigt, um herauszufinden, was sie will. Es ist jetzt zwei Tage her. Es ist doch ganz klar: Was sie auch will, mich sicherlich nicht.«

»Das ist eine schwache Entschuldigung, und das weißt du. Du hast Angst davor, herauszufinden, was sie wirklich empfindet. Junge, du warst drei Jahre lang verheiratet! Willst du mir etwa erzählen, dass du in drei Jahren nicht gelernt hast, dass man einer Frau, die weinend aus dem Zimmer rennt, hinterherläuft?«

»Was ich gelernt habe, ist, dass eine Frau, der man sofort hinterherläuft, wenn sie das Zimmer unter Tränen verlassen hat, einen entweder stehen lässt oder anschreit.«

»Sicherlich, manchmal. Wenn man direkt hinterherläuft. Man muss ihr einige Augenblicke Zeit geben, zu sich zu kommen, und dann hinterhergehen. Aber wenn du zu lange wartest, glaubt sie, sie ist dir egal. Menschenskind, das hab ich im ersten Jahr meiner Ehe gelernt.«

Zack. Clay handhabte das Beil mit einer solchen Wucht, dass es einen metallenen Klang von sich gab.

»Es ist jetzt zwei Tage her, Clay. Ich wette darauf, dass das Mädchen auf dich wartet! Oder jedenfalls gewartet hat. Du hast schon zwei Tage zu lange gewartet.«

»Sie verdient ein gutes Leben«, murmelte Clay. »Ein besseres Leben, als ich ihr bieten kann. Ich kann sie nicht glücklich machen.«

»Ist sie wirklich so oberflächlich? So habgierig?« Herman kam näher heran, legte Clay die Hand auf die Schulter. »Wenn sie das ist, dann ist *sie* diejenige, die nicht gut genug für dich ist.«

Clay machte sich los. »Du kennst sie nicht. Sie ist die erstaunlichste Frau, die ich je kennengelernt habe. Doch sie ist nun einmal in einer besonderen Weise aufgewachsen, sehr reich und privilegiert. Sie hat im letzten Jahr schwierige Zeiten durchmachen müssen. Trotzdem war es immer noch ein privilegiertes Leben im Vergleich zu unserem hier draußen.« *Im Vergleich zu dem Leben, das sie mit mir hätte*, dachte er. »Doch sie ist eine erstaunliche Frau. Sie ist erstaunlich stark, und ich glaube, sie weiß das nicht einmal. Nach fünf Minuten mit Cara wusste sie schon, wie man kocht und den Abwasch macht.«

»Cara schafft es doch immer wieder, Menschen dazu zu bringen, etwas Neues auszuprobieren«, bemerkte Herman lachend. »Aber wenn Madeline so großartig ist, lohnt es sich dann nicht, das Risiko einzugehen? Sich ihr zu öffnen? Ihr zu ermöglichen, zwischen einem Leben mit dir und einem privilegierten Leben zu entscheiden?«

Clay ließ die Frage einen Augenblick in der Luft hängen, ging zum Tisch in der Nähe und fasste ihn mit beiden Händen. Er ließ den Kopf hängen, blickte zur Seite. »Und was, wenn sie sich gegen mich entscheidet?«

»Dann ist sie nicht die Frau, für die du sie hältst. Zumindest weißt du es dann aber. Du wirst nicht den Rest deines Lebens darüber grübeln müssen und dir wünschen, du hättest den Mumm gehabt, sie zu fragen. Du musst nur herausfinden, was sie sich am meisten für ihr Leben erhofft.«

»Ich glaube … ich glaube, die Antwort darauf kenne ich. Zum Teil jedenfalls. Sie möchte jemanden, der sie heiratet, weil sie die ist, die sie ist – und nicht weil ihr Vater der war, der er war.«

»Und das tust du.«

Er blickte hinüber zu Herman. Er nickte. »Ja.«

Herman hustete, bekam einen Krampf, der sich zu einem Anfall von annähernd einer Minute auswuchs. Als er vorbei war, räusperte der alte Mann sich. »Weißt du«, er keuchte, versuchte nach der Anstrengung wieder Luft zu bekommen, »wenn sich mein Zustand über Nacht wesentlich verschlechtern und ich mich morgen auf meinem Sterbebett wiederfinden sollte, wird es nur eine Sache – eine wichtige Sache – geben, die ich bereue. Und die ist nicht, dass ich mein Leben ohne viel Geld, Luxus oder große Erfolge verbracht habe. Es ist die eine Sache, von der ich glaube, dass auch du – genau wie Madeline – sie bereuen würdest … wenn du nämlich die falsche Entscheidung im Leben triffst.«

»Und die wäre?«

»Der Liebe keine Chance zu geben. Andere Dinge – törichte Dinge, die nicht der Rede wert sind – für wichtiger zu halten als die Liebe. Für mich ist es zu spät. Ich hoffe, für dich noch nicht.«

»Gut. Du hast gewonnen. Ich werde morgen Abend zu ihr gehen.«

»Clay! Es ist zwei Tage her. Du gehst besser jetzt gleich zu ihr.«

In Clays Innerem zog sich alles zusammen. »Du meinst wirklich, dass ich es vermasselt habe, weil ich ihr nicht gleich hinterhergelaufen bin?«

»Ja. Aber solange du nicht mit ihr sprichst, wirst du es nicht wissen. Sag ihr, was du für sie empfindest, Junge, und finde heraus, ob sie das Gleiche für dich empfindet. Egal, was dabei herauskommt, wenigstens weißt du es dann. Eine Sache weniger, um die du dir Gedanken machen und die du bedauern musst, wenn deine Stunde gekommen ist.«

* * *

Clay legte ein forsches Tempo vor. Ein kleiner Teil in ihm wollte sich Zeit lassen und die Sonne und den ungewöhnlich milden Wintertag genießen – und vielleicht auch das Gespräch vermeiden, das er fürchtete. Doch ein Gefühl von Dringlichkeit trieb ihn an. Er hatte zwei Tage vertan und wollte nicht das Risiko eingehen, noch eine Minute mehr zu verlieren. Er musste sich entschuldigen und herausfinden, ob er bei ihr noch eine Chance hatte. Der strahlende Sonnenschein und der graublaue Himmel stimmten ihn hoffnungsvoll.

Er nickte einigen Bekannten zu, die in Schlitten an ihm vorbeifuhren. Er bemühte sich, nicht an den Verlust seines eigenen Schlittens zu denken – Madelines Wohlergehen und Sicherheit bedeuteten weit mehr als ein dummer Schlitten. Selbst wenn es der schnellste Schlitten der Stadt gewesen war.

Als er an einen Eisenbahnzug kam, der bei seiner Fahrt durch die Stadt die Straße blockierte, verhielt er sich wie ein kleiner Junge, der dringend zur Toilette muss – er lief umher, zappelte und war unfähig, ruhig zu stehen. Als endlich der letzte Waggon des Zuges durchgefahren war, überquerte er eilig die Gleise und setzte seinen Weg in Richtung Pension fort.

Ob sie zu Hause ist? Möglicherweise hat sie inzwischen eine Arbeit gefunden. Sollte das der Fall sein, konnte er nur hoffen, dass sie ihre Arbeit noch nicht aufgenommen hatte. Er hatte auch dieses Mal ein Gefäß mit einem Mittagessen für unterwegs dabei und hoffte, dass Mrs Preston ihnen erlauben würde, den Speisesaal zu nutzen.

Er hatte nur noch einen Häuserblock vor sich und übte einmal mehr in Gedanken die Worte, die er Madeline sagen wollte.

Es tut mir leid wegen neulich, würde er sagen, *und es tut mir leid, dass ich dir nicht nachgegangen bin. Ich habe nicht verstanden, was dich so aus der Fassung gebracht hat, und dachte, du wolltest nur weg von mir. Deshalb habe ich dich gehen lassen. Die Wahrheit ist, dass du mir sehr am Herzen liegst. Wenn du nach anderen Bewerbern Ausschau hältst, werde ich dir nicht im Wege stehen. Doch wenn du etwas für mich empfindest, dann möchte ich um dich werben, wenn du es mir gestattest.*

Das gefiel ihm. Es war kurz und auf den Punkt, machte ihn aber dennoch nicht zu verwundbar, ehe er herausgefunden hatte, was sie für ihn empfand. Er würde das Gefäß auf der Veranda abstellen, bevor er klopfte, und sie nicht bitten, mit ihm zu Mittag zu essen, wenn er den Eindruck gewinnen sollte, dass sie einen anderen Mann haben möchte.

Clay wiederholte die Worte innerlich noch einmal und stand endlich bei Mrs Preston vor der Tür. Sein Herz raste wie das eines zum ersten Mal verknallten Schuljungen. *Man könnte denken, du wolltest ihr heute einen Antrag machen und sie nicht lediglich fragen, ob sie mit dir zu Mittag isst.* Er schluckte den Kloß im Hals hinunter, setzte das Gefäß neben der Tür ab und klopfte.

Einen Augenblick später öffnete Mrs Preston die Tür. »Clay!« Sie sah überrascht aus. »Ich … äh … hatte nicht erwartet, dass du heute kommst.« Sie blickte an ihm vorbei, die Straße hinunter.

War schon jemand bei Madeline? Oder erwartete sie einen anderen Besucher? Clay verließ der Mut, doch er schob das Gefühl beiseite. »Ich wollte Miss Barstow besuchen, wenn es jetzt passt.«

Mrs Prestons warf einen schnellen Blick nach hinten, nach rechts, und traf dann auf Clays starren Blick. »Ich … sie … sie ist nicht hier, Clay.«

»Oh.« Das war's also. Seine Schultern sackten zusammen, als er den Atem ausstieß. »Sie hat bereits einen Verehrer, nicht wahr? Ist sie gerade mit ihm ausgegangen?« Er duckte sich innerlich, wandte den Blick ab und fürchtete die Worte, die zu hören er erwartete.

Mrs Preston blinzelte. »Ich … sie … sie ist nicht ausgegangen … sie … sie ist fort.«

Er schaute sie an, ihm gefror das Blut in den Adern. »Entschuldigen Sie?«

Sie fingerte an der Kante ihrer mehlbestäubten Schürze. »Sieh mal, ich sollte nicht … ich musste ihr versprechen …« Wieder blickte sie kurz hinter sich und dann nach rechts.

»Mrs Preston, bitte, sagen Sie mir, was hier vor sich geht!«

Ihr Blick schweifte wieder über seine Schulter, dann seufzte sie und trat zurück ins Haus, ihm die Tür aufhaltend. Er trat ein, ängstlicher denn je, das zu hören, was sie zu sagen hatte.

»Ich sollte dir das hier geben, aber nicht bevor sie … nicht vor ein Uhr heute Mittag.« Mrs Preston griff in einen kleinen Korb, der auf dem Tisch hinter dem *Bitte klingeln! – Komme sofort!*-Schild stand, und zog einen Umschlag hervor. Sie reichte ihn Clay.

Er nahm ihn an sich und hielt den Atem an, als er ihn öffnete und ein Blatt Papier herauszog. Während er die saubere weibliche Handschrift überflog, die die Seite bedeckte, hämmerte ihm das Herz in der Brust.

Lieber Clay,

ich danke Dir sehr für all Deine Hilfe. Du hast große Anstrengungen auf Dich genommen, um mich zu schützen und mir zu helfen. Das werde ich Dir niemals vergessen. Doch ich kann nicht immer weiter auf Deine Hilfe angewiesen bleiben, um zu überleben. Ich habe einen großherzigen Heiratsantrag von einem Mann erhalten, den ich von Boston kenne, und ich hatte das Gefühl, dass es im besten Interesse aller Beteiligten ist, ihn anzunehmen.

Ich weiß, dass ich Dir und Cara viel Geld schulde. Sobald Mr Dalton Ashby und ich in aller Form verlobt sind, werde ich ihn bitten, Euch den Betrag zu schicken, den ich Euch schulde. Ich habe ihn über meine Schulden in Kenntnis gesetzt, und er hat keine Bedenken, diesen Verpflichtungen an meiner statt nachzukommen.

Bitte, sag Cara, dass ich mich auch für all ihre Hilfe bedanke und sie vermissen werde. Ich bin Euch für Eure Liebenswürdigkeit und Großzügigkeit zutiefst dankbar und möchte mich für meinen Ausbruch von neulich entschuldigen. Ich fühlte mich überfordert, und mein Verhalten war unangemessen, zumal einem Menschen gegenüber, der mein Schutzengel gewesen ist, seit ich zum ersten Mal den Fuß auf den Boden Montanas gesetzt habe. Ich werde Dich nie vergessen.

Mit freundlichen Grüßen

Madeline

»Sie heiratet.« Seine Hände zitterten, als er den Brief faltete und zurück in den Umschlag steckte. Seine Augen brannten, und er musste schlucken. Herman hatte recht gehabt. Er hatte zu lange gewartet. »Sie wird sicherlich sehr glücklich.«

»Meinst du wirklich? Hm.« Mrs Preston verschränkte die Arme über der Brust. »Ich bin mir da nicht so sicher. Sie ist am ersten Tag frohgemut losgegangen, um sich eine Arbeit zu suchen, und kam in Tränen aufgelöst zurück. Nach dem Abendessen hat sie mir dann gesagt, dass sie nicht so lange bleiben wird, wie sie gedacht hatte, weil sie zurück nach Massachusetts geht, um einen Mann zu heiraten, den sie von dort kannte. Nach ihrem Gesichtsausdruck zu urteilen, hätte man allerdings meinen können, dass sie zu einer Beerdigung fährt. Seitdem war sie nur noch blass und hatte verweinte Augen.«

Clay starrte Mrs Preston an. »Wirklich?«

»Ja, das kann man wohl sagen. Ich war schon drauf und dran, es dir zu erzählen, weil es dir doch ins Gesicht geschrieben steht, dass du in das Mädchen vernarrt bist. Aber ich musste ihr schwören, nichts zu sagen. Hat man so was schon gehört – eine junge Frau verlobt sich und will das geheim halten? Erst dachte ich, dass du vielleicht endlich so weit bist, wieder einen Haushalt zu gründen. Und dann wusste ich auf einmal, dass sie einen anderen Verlobten gefunden hat. Na, du kennst ja den

Spruch: Heirat in Eile bereut man in Weile. Irgendetwas sagt mir, dass das Mädchen es ein ganzes Leben bereuen wird, wenn sie diese Ehe tatsächlich eingeht.«

Clay … sie hat mich mit Clay angesprochen, nicht mit Mr Porter. Und außerdem hat sie nur mit ihrem Vornamen unterschrieben. Das hatte etwas zu bedeuten. Sein Herz raste. »Ein Uhr. Sie sagten, sie hat Ihnen gesagt, dass Sie mir den Brief erst nach ein Uhr geben sollen.«

»Ja.« Mrs Preston sah verdattert aus. »Aber sie hatte nicht erwartet, dass du heute vorbeikommst. Vielleicht hat sie sogar gedacht, du kommst nie wieder. Sie hat mir gesagt, wenn du bis zum Zeitpunkt, an dem du die Bestellungen der Schlachterei lieferst, noch nicht gekommen bist, sollte ich ihn dir geben.«

Der Zug! Er hatte gerade vor zehn Minuten einen Zug gesehen.

»Soll der Zug dann losfahren? Um ein Uhr?«

»Ich … ich denke schon, wo sie doch ausdrücklich …«

Er blickte auf die in der Nähe stehende Standuhr. Fünf Minuten vor eins. »Danke, Mrs Preston! Danke!« Er umarmte die Frau so fest, dass sie quiekte, dann öffnete er die Tür und sprang die Treppe hinunter. Mrs Preston konnte ihm von der Haustür aus nur noch verblüfft hinterhersehen.

Kapitel 20

Als sie auf die sanft ansteigenden schneebedeckten Berge schaute, die das Tal umgaben, wurde Madeline erstaunt bewusst, dass sie sie vermissen würde. Von der Stelle des Bahnsteigs, an der sie stand, konnte sie nur einen kleinen Ausschnitt des zauberhaften Anblicks sehen. Und so versuchte sie, die Landschaft fest in ihre Erinnerung aufzunehmen. Denn sie würde sie wohl nie wiedersehen.

In Boston würde sie von mehrstöckigen Stadthäusern umgeben sein und von den wenigen Bäumen, die die Straßen säumten. Mehr Natur als im Boston Common Park und der Beacon Street Mall gab es im Herzen der Stadt eben nicht. Um die Berge zu sehen, musste man in die Berkshire Mountains fahren oder hinauf nach New Hampshire. Doch das war nicht das Gleiche.

Montana war ein fremdes Land für sie, und obwohl es dort an vielen Annehmlichkeiten und an Luxusartikeln fehlte, an die sie gewöhnt war, würde sie die raue Schönheit des weiten Himmels, der weiten, offenen Ebenen und unmerklich ansteigenden Prärien zwischen den Gebirgszügen der Rocky Mountains vermissen. Das Tal von Helena, das sich östlich der Stadt erstreckte, war eine liebliche Gegend, die ein Gefühl des Friedens vermittelte. In der kurzen Zeit, die sie dort verbracht hatte, hatte sie Gefallen an Montana gefunden. Der Westen hatte sie verändert. Sie war nicht mehr derselbe Mensch, der vor acht Tagen mit dem Zug hier eingetroffen war.

Der Zug fuhr in den Bahnhof ein, und die Lokomotive stieß eine Wolke von Dampf aus, während sie quietschend zum Stehen kam. Madeline trat zurück, um den aussteigenden Passagieren Platz zu machen.

Mr Ashbys Diener Jennings gab ihr Gepäck auf, während sie und Mr Ashby auf dem Bahnsteig warteten. Ihre Reisetasche stand zu ihren Füßen, und Madeline war dankbar, dass es nicht mehr so kalt und nicht annähernd so windig war wie vor einer Woche, als sie hier aus dem Zug gestiegen war.

Plötzlich fiel ihr auf, dass sie sich genau an dem Platz befand, an dem sie Clay Porter getroffen hatte, als sie den Boden Montanas erstmals betrat. Es kam ihr vor, als sei das eine Ewigkeit her.

Miss Barstow? Sie erinnerte sich an die ersten Worte, die er an sie gerichtet hatte, und an das Kribbeln im Magen, als sie sich umdrehte und ihn zum ersten Mal erblickte. Gut aussehend – das war ihr erster Gedanke gewesen. Und Erregung – ja, sie musste sich eingestehen, dass sie wirklich Erregung gespürt hatte – angesichts des Gedankens, dass sie einen Mann heiraten würde, der wesentlich attraktiver war, als sie angenommen hatte. Und dann der Moment niederschmetternder Enttäuschung, als sie ihren Fehler bemerkte.

Anziehend. Ja, das war der richtige Ausdruck für ihn. Sie erinnerte sich an sein herzliches Lachen.

Ich bin Clay Porter. Ihr Fahrer.

Sie erinnerte sich an den Schauder, der sie überkam, als er nach ihrer Reisetasche griff und seine Hand kurz ihre streifte …

Vergiss ihn, dachte sie. *Er gehört dir nicht. Hat dir nie gehört.*

Er gehörte Tabitha. Auch Jahre nach dem Tode seiner Frau gehörte er ihr immer noch. Nicht Madeline. Er würde nie wieder jemand anderem gehören.

Sie erinnerte sich daran, in Caras Hütte auf Marthas Bett gelegen zu haben, und Clays Worte hatten ihr in den Ohren geklungen. *Ich werde mich um sie kümmern … Was auch immer nötig ist, ich werde es tun.* Er hätte sie geheiratet. Wenn er gemusst hätte. Er war ein Gentleman und großherzig. Doch Madeline wäre eher die abhängige alte Jungfer der Familie Barstow geworden, als einen Mann zu heiraten, der nur aus Mitleid bei ihr war.

Warum eigentlich nicht?, meldete sich eine Stimme in ihrem Inneren, *wo du doch sogar bereit warst, auf einen Zug zu springen und einen vollkommen fremden Mann zu heiraten? Und jetzt heiratest du Dalton – allein aus Gründen der Zweckmäßigkeit. Wo liegt da der Unterschied?*

Der Unterschied liegt darin, dass Croft ein Fehler war und Dalton mich liebt, gab sie der inneren Stimme zur Antwort. *Und Clay nicht.*

Madeline schob die Gedanken an Clay fort und versuchte, sich auf die bevorstehende Hochzeit zu konzentrieren, während sie darauf wartete, dass der Schaffner den Passagieren erlauben würde einzusteigen. Sie wusste, dass Dalton noch vor dem Frühling heiraten wollte und daher keine Zeit bleiben würde, nach Paris zu reisen, um sich ein Kleid entwerfen zu lassen. Sie hatte immer ein Hochzeitskleid vom La Maison Worth haben wollen, würde sich nun aber wohl mit einem Modeschöpfer aus New York begnügen müssen. Zwar war sie nicht mehr auf dem Laufenden, was die neueste Mode betraf, doch ganz sicherlich würde Dalton keine Kosten scheuen. Sie würde das Hochzeitskleid ihrer Träume bekommen – oder jedenfalls beinahe.

Warum war sie dann so melancholisch? Noch vor zwei Wochen wäre sie überglücklich gewesen, Dalton zu heiraten und nicht irgendeinen Kurzwarenhändler oder einen Rancher aus Montana. Dalton Ashby würde sie in den Augen der Bostoner Gesellschaft rehabilitieren. Sicherlich würde es noch eine Zeit lang Getuschel geben – vor allem über ihren völlig durchgedrehten Ausbruch nach Montana. Doch in die Familie Ashby eingeheiratet zu haben würde sie vor dem fortwährenden Spott bewahren, mit einem Geschäftsmann oder einem Ladenbesitzer verheiratet zu sein. Sie konnte ihren Kopf endlich wieder hoch tragen!

Und auf nichts anderes habe ich mich zu konzentrieren, ermahnte sie sich.

Jetzt wurden die Passagiere aufgerufen einzusteigen.

»Endlich«, seufzte Mr Ashby erleichtert. »Ich kann Ihnen gar nicht sagen, wie ich mich danach sehne, diesen Ort zu verlassen. Territorium Montana – das klingt ziemlich aufregend, aber es ist doch so öde wie irgendein Kaff in Massachusetts.« Er nahm Madeline die Reisetasche ab.

Jennings kam gerade noch rechtzeitig. »Entschuldigen Sie, dass ich reichlich spät komme, Mr Ashby. Ich wollte nur sicherstellen, dass Miss Barstows Gepäck beim Einladen umsichtig behandelt wird.« Er trug sein eigenes Gepäck und beugte sich vor, um auch noch Mr Ashbys zu nehmen.

»Sehr schön, Jennings. Danke.«

Die drei gingen zum Passagierwaggon. Mr Ashby reichte Madeline die Hand, um ihr die Stufen heraufzuhelfen.

»Wollen wir?« Er lächelte sie an, seine grünen Augen sprühten vor Glück.

Die Zeit schien langsamer zu vergehen, Madeline blickte ihn unverwandt an. Von Gefühlen überflutet, überkam sie die Sehnsucht, aus der kleinen Menschenmenge um sie herum ihren Namen gerufen zu hören. Sie stellte sich vor, sich umzudrehen und Clay zu entdecken, der den Bahnsteig entlang auf sie zu gerannt kam und sie anflehte, nicht fortzugehen.

»Miss Barstow?« Daltons Lächeln wurde zögerlicher. »Sind Sie so weit?« Er streckte ihr die Hand noch weiter entgegen. Wartete.

Das Bild vor ihrem inneren Auge erlosch.

Keiner rief ihren Namen.

Sie ergriff Daltons Hand, ohne zurückzublicken.

* * *

Die vereisten Straßen glänzten wie Spiegel, und die grellen, reflektierten Sonnenstrahlen stachen Clay in die Augen. Mehr als einmal rutschte er aus, fiel hin, rappelte sich wieder auf und rannte weiter. Als er den halben Weg zum Bahnhof hinter sich hatte, hörte er den schrillen Ton der Zugpfeife, der die Luft durchschnitt.

»NEIN!«, rief er und rannte weiter, so schnell er nur konnte. Er hustete, seine Lungen waren wund vom Schmerz der eisigen Luft, die er tief einatmen musste. Fuhr der Zug schon los, oder ging Mrs Prestons Uhr nach? *Bitte, lass mich rechtzeitig da sein*, psalmodierte er innerlich wieder und wieder.

Drei Häuserblocks.

Zwei Häuserblocks.

Nein!

Jetzt konnte er eine Dampfwolke und den sich entfernenden Zug sehen.

»HALT!«, schrie er, während er quer über das Bahnhofsgelände preschte, Schlitten, Wagen und mit Gepäck beladenen Menschen ausweichend. Er rannte die Treppen zum Bahnsteig hoch, nahm immer zwei Stufen gleichzeitig, schubste Leute beiseite und wedelte zwischen Frauen und Kindern hindurch. »Halten Sie den Zug an! Jemand muss den Zug anhalten!«

Es war zu spät. Er rannte bis zum Ende des Bahnsteigs, doch der Zug war bereits eine gute Viertelmeile entfernt. Er dachte kurz daran, ihm nachzulaufen, wusste jedoch, dass er es nicht schaffen konnte. Hätte er sich doch bloß die Zeit genommen, Sunny zu satteln und zur Pension zu reiten statt zu gehen! Dann wäre er so rechtzeitig da gewesen, dass er den Zug noch hätte anhalten können!

Clay beugte sich vor, stützte die Hände auf die Knie, rang nach Luft. Seine Lunge brannte, doch das kümmerte ihn nicht. Es war nichts angesichts der Gewissheit, dass es zu spät war.

Sie war fort. Er hatte sie verloren.

Er spürte, dass Schluchzer aus ihm hervorbrachen, über die er keinerlei Kontrolle hatte.

* * *

Clay hustete und rang nach Luft. Nach dem anstrengenden Lauf von der Pension drehte sich alles in seinem Kopf. Ihm war so schwindelig, dass er glaubte, jemanden zu hören, der seinen Namen rief.

»Clay!«

Er richtete sich auf und drehte sich schnell um, suchte in der wuselnden Menschenmenge nach der Herkunft der Stimme und fragte sich zugleich, ob sie womöglich nur in seinem Inneren war.

»Clay!«

Er wandte seinen Blick zum Eingang des Bahnhofs und sah ein Paar mit zwei Kindern, das seine Koffer zusammensuchte. Als der Vater zur Seite ging, entdeckte Clay hinter ihm Madeline, wie sie, auf einer eisernen Bank sitzend, mit der Reisetasche zu ihren Füßen, den Hals reckte und in seine Richtung schaute.

Sie bot einen entzückenden Anblick. Ihr dunkles Haar war auf einer Seite aus dem Gesicht gekämmt, am Hinterkopf hochgesteckt und von ihrer roten Wollhaube gekrönt. Sie trug ihren schwarzen Mantel mit rotem Besatz, aus dem ein tiefblaues Kleid hervorlugte, das das zauberhafte Blau ihrer Augen betonte. Als sie lächelte, konnte Clay nur noch daran denken, wie sehr er es ihn danach verlangte, diese weichen rosaroten Lippen zu küssen.

»Du bist hier«, sagte er keuchend, über den Bahnsteig rennend. »Ich dachte… ich dachte, ich bin zu spät gekommen.« Er deutete auf den Zug, der gerade hinter einer Biegung verschwand.

»Ich konnte nicht in den Zug steigen. Ich hab einen Fuß

auf die untere Stufe gesetzt und konnte nicht weiter. Ich … ich konnte einfach nicht.« Sie wandte den Blick ab.

»Warum nicht?« Er setzte sich neben sie, in ihrem Gesicht nach Antworten suchend. »Und wie konntest du so fortgehen? Ohne dich zu verabschieden?«

»Es tut mir leid. Ich hätte mich persönlich verabschieden sollen. Nach allem, was du für mich getan hast, schulde ich dir so viel.«

»Madeline, du schuldest mir gar nichts. Ich möchte nicht, dass du den Eindruck hast, mir etwas zu schulden. Ich möchte, dass du …« Er schüttelte den Kopf. »Ich verstehe nicht, warum du so plötzlich fort wolltest. Und wer ist dieser Dalton? Du hast ihn noch nie erwähnt. Wenn er dich heiraten wollte, warum bist du dann nicht in Boston geblieben und hast ihn dort geheiratet?«

»Das ist etwas kompliziert. Er wollte um mich werben. Doch als seine Eltern herausbekamen, dass ich nichts geerbt hatte, haben sie ihn unter Druck gesetzt, sich nach einer anderen Frau umzusehen. Eine Frau, mit der er eine Verbindung eingehen konnte, die … für beide Seiten von Vorteil …«

»Dann ist er also einer der Männer, die sich von dir abgewandt haben?«, schnaubte er. »Und du wolltest dich einem solchen Mann anvertrauen? Der auf die Zustimmung seiner Eltern angewiesen ist und Geld liebt … mehr als dich – wenn er dich überhaupt liebt?«

»Das tut er. Schon lange. Kaum hatte er gehört, dass ich Boston verlassen habe, bereute er, den Wünschen seiner Eltern nachgegeben zu haben.«

»Na dann, wenn er es bereut, dich – wegen Geldes – wie Abfall weggeschoben zu haben.« Clay bemühte sich, nicht daran zu denken, dass es ganz so aussah, als habe auch Madeline sich für Daltons Geld und nicht für seine, Clays, Liebe entschieden. *Andererseits, wann hast du ihr denn gesagt, dass du sie liebst?*

»Das ist nicht fair, er … nein. Nein, ich will darüber nicht streiten. Es spielt keine Rolle. Ich habe ihm gesagt, dass er ohne mich heimfahren muss.«

»Warte mal … er war *hier*? In Helena?«

»Ja. Er ist gerade mit dem Zug abgefahren.«

»Er ist dir hierher gefolgt?«

»Ja.«

»Um dir einen Heiratsantrag zu machen?«

»Ja.«

»Und er ist reich?«

»Ich weiß nicht, was …«

»Aber du bist nicht mit ihm fortgegangen.«

»Nein.« Sie wich seinem Blick aus.

»Warum nicht? Ist es nicht das, was du immer wolltest – einen Mann aus deiner Gesellschaftsschicht heiraten?«

Sie antwortete nicht.

»Warum, Madeline? Warum bist du nicht mitgegangen? Warum wolltest du lieber hierbleiben, in Montana, obgleich du bei deiner Familie sein könntest, in einem großen Haus mit Dienern, schönen Kleidern und … und … allem, wovon du immer geträumt hast?« Das Atmen strengte ihn so sehr an, dass seine Brust schmerzte. Dabei wollte er mit jeder Faser seines Körpers nur eines: innehalten und auf ihre Antwort warten.

»Ich kann nicht … entschuldige … vielleicht hätte ich doch fortfahren …«

»Na, dann will ich dich nicht aufhalten.« Er erhob sich, ging ungehalten auf und ab, wollte den Zorn und die Verzweiflung loswerden, die ihn zu überwältigen drohten.

»Warum bist du so wütend auf mich? Ich hab mich doch schon dafür entschuldigt, dass ich ohne Abschied fortgegangen bin.«

»Weil …«, er warf die Arme hoch, während er weiter hin und her ging, »du kannst nicht einfach angetanzt kommen, in anderer Leute Leben reinschneien, sie dazu bringen, sich in dich zu verlieben – und dann so mir nichts, dir nichts wieder abtanzen!«

Madelines Augen weiteten sich – sie stand da und klammerte sich an ihre Reisetasche.

Clay war wie erstarrt, seine Worte hingen zwischen ihnen in der Luft. Er hätte sie nur allzu gerne zurückgeholt. Doch sie waren in der Welt, und er konnte nichts tun, um auszulöschen, was Madeline jetzt wusste.

Er erwartete, vernichtet zu werden.

»Du … liebst mich?«, stammelte sie.

»Ja.« Clay wandte den Blick ab, ließ den Kopf hängen. Er schaffte es nicht, ihr wieder in die Augen zu sehen.

»Mich?«

»Ja«, flüsterte er.

»Wie kann es sein, dass du mich liebst?«

Clay schaute wieder zu ihr, sein Blick suchte den ihren. Er sah Tränen in ihren Augen schimmern. »Bist du nicht ganz gescheit, Frau? Wie könnte ich – wie könnte irgendein Mann – dich nicht lieben? Du bist das schönste, dickköpfigste, attraktivste, nervigste, intelligenteste und irritierendste Geschöpf, das ich je zu Gesicht bekommen habe!«

Sie lächelte, ihre Lippen bebten. »Soll das ein Kompliment sein?«

Clay brummte und verdrehte die Augen. »Habe ich ›nervigste‹ erwähnt?«

»Ich glaube, ja.«

Dann entdeckte er etwas, es lag in ihren Augen. Sie sah glücklich aus. Konnte es sein, dass sie auch etwas für ihn empfand?

»Madeline«, er hauchte ihren Namen, »wie kann es angehen, dass du glaubst, ich könnte etwas anderes für dich empfinden als wahnsinnige, leidenschaftliche und verzehrende Liebe?« Er hob die Hand und wischte eine einzelne Träne fort, die ihr über die Wange lief. »Seit ich dich das erste Mal sah, habe ich jeden wachen Augenblick nichts anderes getan, als an dich zu denken. Die letzten beiden Tage ohne dich waren eine Tortur. Ich fühlte mich, als habe das letzte Quäntchen Lebensfreude mich verlassen.«

»Ich … ich verstehe nicht. Wir haben uns doch nur gestritten und einander zur Weißglut gebracht. Du hast mir immer wieder gesagt, dass ich dich verrückt mache – und das ist noch das Schmeichelhafteste, was ich aus deinem Mund über mich gehört habe.«

Clay warf einen kurzen Blick gen Himmel, sich für seine Launen und sein loses Mundwerk verfluchend. »Das tut mir mehr leid, als du dir vorstellen kannst.« Seine Hand verweilte auf ihrem Kinn, streichelte es sanft mit dem Daumen. »Die Wahrheit ist, dass ich seit dem Moment unserer ersten Begegnung gegen diese Gefühle gekämpft habe. Vermutlich hab ich deshalb so viel mit dir gestritten. Doch sosehr ich auch versucht habe, dir fernzubleiben – es war, als ziehe mich eine magische Kraft zu dir. Ich war machtlos dagegen. Gegen dich. Und jetzt gebe ich auf – es hat keinen Sinn, es zu leugnen Ich liebe dich von ganzem Herzen, uneingeschränkt und unumstößlich, Madeline Barstow.«

* * *

Sie konnte ihren Ohren kaum glauben! Endlich hörte sie die Worte, nach denen sie sich so lange gesehnt hatte … Clay liebte sie!

Sie brauchte ihre ganze Kraft, sich auf den Füßen zu halten. Die Reisetasche fiel ihr aus den Händen und landete mit einem dumpfen Geräusch auf dem Bahnsteig, während sie in Clays Arme sank. Er hielt sie ganz fest, und sie barg den Kopf an seiner Brust.

»Sag etwas, bitte«, murmelte er in ihr Haar. »Sonst – ich schwör's dir – springe ich auf den nächsten Zug und werde froh sein, für immer aus Helena abzudampfen, um der Demütigung zu entgehen.«

Madeline hob den Kopf und sah um sich. Die wenigen Menschen auf dem Bahnsteig warfen ihnen neugierige Blicke zu.

»Ich … ich weiß nicht, was ich sagen soll.« Sie war völlig durcheinander, konnte nur mit Mühe Worte finden.

Er trat zurück, die Hände auf ihren Schultern. »Willst du nicht?« Er schaute ihr in die Augen. »Du kannst mir nicht erzählen, dass du nichts für mich empfindest. Ich würde es dir nicht glauben. Warum sonst wärst du nicht in den Zug eingestiegen und hättest auf eine verheißungsvolle Zukunft verzichtet, nur um hier in Montana zu bleiben?«

Da brach der Damm, und eine Flut von Tränen ergoss sich. »Deinetwegen!«, schluchzte sie und klammerte sich an seinem Hemd fest, als hinge ihr Leben davon ab. »Ich bin deinetwegen geblieben, Clay. Als ich dort auf dem Bahnsteig stand, wurde mir klar, dass ich darauf hoffte, du kämest durch die Menschenmenge angerannt, riefest meinen Namen und würdest mich anflehen, hierzubleiben. Aber das hast du nicht gemacht. Hast es nicht gemacht. Daher glaubte ich, dass mir nichts anderes übrig blieb als fortzugehen.«

Sie erschauderte bei dem Gedanken, dass sie nahe daran gewesen war, erneut einen furchtbaren Fehler zu begehen. »Doch dann … ich erinnerte mich, wie du darüber gesprochen hast, wie man Liebe spürt – wie es mit Tabitha gewesen war. Genau das ist es, was ich für dich empfinde. Und ich wollte es erleben. Ich wollte nicht als alte Jungfer enden, die auf das Gnadenbrot ihrer Cousins und Cousinen angewiesen ist. Aber ich wollte auch nicht ohne Liebe leben. Mir wurde klar, wie entsetzlich unfair es Mr Ashby gegenüber wäre, ihm eine Ehefrau aufzubürden, die nicht nur mittellos ist, sondern ihn … nicht einmal liebt. Das konnte ich nicht tun. Und das habe ich nicht getan. Er ist ein wunderbarer Mann, aber ich liebe ihn nicht, und da ich die Liebe jetzt kenne …«, sie blickte verlegen zu Clay auf,

»… da ich weiß, wie es sein kann … ich hätte so nicht leben können. Ich konnte ihn und mich nicht einem Leben ohne Liebe aussetzen. Deshalb habe ich mich entschlossen, hierzubleiben. Und irgendwie allein durchzukommen, wenn … wenn …«

»Wenn ich dich nicht lieben sollte?«

Sie nickte, unfähig, ein Wort herauszubekommen.

»Ich liebe dich, Madeline. Ich liebe dich, und ich werde dich nie wieder gehen lassen.«

Als er die Arme um sie legte und sie festhielt, weinte sie zitternd, sodass ihre Schultern bebten. Es war ihr egal, wer zuschaute. Es war ihr egal, was die Leute dachten. Nur eines zählte: Sie war in den Armen des Mannes geborgen, den sie liebte – und der sie liebte.

Als ihre Schluchzer nach einiger Zeit schließlich nachließen, klopfte er ihr sanft auf den Rücken. »Besteht eine Chance, dass du mir in absehbarer Zeit mal sagst, dass du mich liebst?«

»Oh!« Madeline trat einen Schritt zurück, sah ihm verdutzt in die Augen. Er musste sie für entsetzlich unsensibel halten! »Oh, Clay …«

»Ich meine, du hast mir durchaus den Eindruck vermittelt. Trotzdem wäre es schön, die Worte zu hören.«

»Ich liebe dich! Ja.« Dann tat Madeline etwas, von dem sie sich nie hatte vorstellen können, es je in ihrem Leben zu tun. Sie packte ihn beim Hemd, stellte sich auf die Zehenspitzen und drückte ihre Lippen auf die seinen, gab ihm einen kurzen süßen Kuss – direkt vor den Augen aller Leute auf dem Bahnsteig. »Ich liebe dich, Clay Porter. Zweifle daran niemals wieder.«

»Ich glaube, das könnte mir helfen, mich daran zu erinnern. Sollte ich es dennoch vergessen, müsstest du mich eventuell erneut daran erinnern.«

»Treib es nicht auf die Spitze!« Sie lächelte unter Tränen.

Er reichte ihr ein Taschentuch. Sie trocknete sich die Augen, tupfte ihre laufende Nase und musste lachen, als sie sah, dass er sie mit gehobenen Augenbrauen beobachtete.

»Selbst nach einer Woche Reise, einschließlich einer fünftägigen Schlittenfahrt, habe ich bei dir höchsten einige wenige unordentliche Strähnchen entdecken können. Aber schau dich bloß jetzt mal an!«

Madeline schlug ihm spielerisch auf den Arm. »Das ist alles nur deine Schuld!« Sie seufzte glücklich und fühlte sich, als sei ihr ein schweres Gewicht von den Schultern genommen.

»Ich nehme alles auf mich. Jetzt lass uns zusehen, dass wir hier rauskommen. Ich hab Mittagessen für uns mitgebracht, es aber bei Mrs Preston auf der Veranda stehen lassen. Hoffentlich ist es nicht bereits gefroren.«

»Oh! Meine Koffer!« Sie wirbelte herum, starrte in die Richtung, in die der Zug verschwunden war.

»Darum kümmere ich mich schon. Wir sagen dem Bahnhofsvorsteher Bescheid. Er wird den nächsten Bahnhof benachrichtigen lassen, dass deine Sachen zurückgeschickt werden sollen. Dann essen wir zu Mittag, und danach werde ich Dalton Ashby das Geld senden, das er für deine Zugfahrkarte bezahlt hat.«

»Ach je, der arme Dalton! Er war am Boden zerstört, als ich ihm sagte, dass er ohne mich fahren müsse.« Sie blickte zu Clay auf, Schuldgefühle drängten sich in ihre Freude.

»Mach dir keine Sorgen um ihn. So niederschmetternd es für ihn sein mag, dass er Madeline Barstow verloren hat – es ist immer noch besser, als hätte er sein ganzes Leben mit einer Frau verbringen müssen, die ihn nicht liebt.«

»Das stimmt.« Ihr schlechtes Gewissen ließ ein wenig nach.

»Wenn er nicht der selbstsüchtigste Mensch auf Erden ist, ist es ihm bestimmt lieber, nach einer Verlobungszeit von nur ein oder zwei Tagen im Stich gelassen zu werden, als herauszufinden, dass seine Frau lieber einen anderen Mann geheiratet hätte.«

»Oh, meine Güte! Das wäre wirklich furchtbar, nicht wahr?«

»Ja, siehst du! Du tust ihm geradezu einen Gefallen.«

Madeline kicherte. Clay nahm ihre Reisetasche auf und bot ihr seinen Arm an.

»Jetzt lass uns wegen deines Gepäcks zum Bahnhofsvorsteher gehen, damit wir endlich unser Mittagessen bekommen.«

Kapitel 21

Helena, Montana
Februar 1888

Madeline stand in ihrem Zimmer in der Pension von Mrs Preston, Cara steckte ihr die letzte Haarnadel fest. »So! Einfach perfekt!«

Sie drehte sich und betrachtete sich im Spiegel über der Frisierkommode. »Oh«, hauchte sie. Obwohl ihr Kleid nicht jene weiße Seidenrobe vom La Maison Worth in Paris war, von der sie immer geträumt hatte, so war es in seiner Schlichtheit doch ganz zauberhaft. Clay hatte die beste Schneiderin der Stadt damit betraut, ein Kleid zu nähen, das einem Modell aus einer alten Ausgabe von Madelines *La Mode Illustrée* nachempfunden war. Auch einige Ideen von Madeline waren übernommen worden, um es modisch auf den neuesten Stand zu bringen. Dennoch würde es einer Dame in Helena als angemessenes Kleid für gesellschaftliche Ereignisse und Gottesdienste dienen können. Es war der einzige Luxus, den sie sich für ihre Hochzeit gönnten. Clay hatte darauf bestanden.

Das Kleid war von einem traumhaften Königsblau, hatte hinten eine kleine schwarze Tournüre und am Kragen, den Manschetten und am Saum seidene königsblaue Biesen. Die Seide war ein Geschenk der Frau des Ladenbesitzers, der zwei Türen neben der Schlachterei sein Geschäft hatte. Die Frau hatte sich die Seide für ein ganz besonderes Kleid aufbewahrt, war jedoch nie dazu gekommen, es sich tatsächlich zu schneidern. Also hatte sie kurzerhand ein Hochzeitsgeschenk daraus gemacht, als sie hörte, dass Clay Porter sich endlich wieder verheiraten würde. Außerdem hatte sie ihnen etliche Rollen passenden Seidenfadens geschenkt. Madeline hatte in den vergangenen sechs Wochen jede freie Minute genutzt, den Kragen und die Manschetten des Kleides mit Blumenmotiven zu besticken.

»Das ist das schönste Kleid, das ich je gesehen habe!«, rief Cara begeistert. »Schau dich nur an! Clay wird dich schnappen und aus der Kirche tragen, ehe du noch Ja sagen kannst.«

»Cara!« Madeline errötete. Sie strich den Rock glatt, drehte sich zur Seite und bewunderte die Volants an der Tournüre. »Wirklich, Clay hätte sich nicht in derartige Unkosten stürzen sollen.«

»Als ob du ihn davon hättest abhalten können! Außerdem macht es ihm Freude, dir wenigstens *eine* schöne Sache zu eurer Hochzeit schenken zu können. Und nützlich ist es auch noch.«

»Ich weiß. Trotzdem fühle ich mich schrecklich. Er hat so gut wie sein gesamtes Geld für mich hergegeben. Zuerst verliert er seinen Schlitten und zahlt Croft sein Geld zurück, dann hat er Dalton das Geld für meine Zugfahrkarte ersetzt, und nun die Kosten für diese Hochzeit, selbst wenn sie gering sein mögen … es ist so viel. Von den Umbauten, die er im Zimmer über der Schlachterei durchführen musste, gar nicht zu reden.«

»Ach, er brauchte ohnehin nicht so eine Riesenmenge Geld, um den Laden zu kaufen. Wärst du nicht gewesen, hätte er es vielleicht überhaupt nicht geschafft. Herman hat recht hartnäckig auf der Anzahlung bestanden, die er haben wollte. Wenn dir nicht eingefallen wäre, wie ihr euch mit ihm einigen könntet, hätte er die Schlachterei womöglich an jemand anderen verkauft.«

Madeline nickte nachdenklich. Jetzt fühlte sie sich besser. Als Clay und sie nach Möglichkeiten gesucht hatten, ihre finanzielle Situation zu verbessern, und überlegten, wo sie nach ihrer Hochzeit wohnen könnten, war ihr eine Idee gekommen. Clay hatte immer gewitzelt, dass eigentlich Herman sie heiraten sollte, da dieser ständig davon redete, dass er wieder hätte heiraten sollen, als er noch jung war. Dann würde er jetzt tagtäglich gute selbst gekochte Mahlzeiten bekommen. Außerdem wusste sie, dass Herman die große Anzahlung haben wollte, weil er in der Lage sein musste, sich allein zu versorgen – immerhin wurde er immer älter und kränker.

Dann eines Tages hatte sie die perfekte Lösung: Sie unterbreitete Clay, dass Herman gar keine so große Anzahlung benötigen würde, wenn er eine Wohnung hätte und auch Menschen, die sich um ihn kümmern, und jemanden, der ihm etwas Gutes kocht. Er könnte doch dort bleiben, wo er ist, und sie und Clay könnten seine Familie sein! Clay hatte sie auf die Wange geküsst, sie ungestüm umarmt und herumgewirbelt. Er trug es Herman noch am gleichen Abend beim Essen vor, und der war von der Idee entzückt.

»Kein Bohneneintopf mehrm und jeden Morgen blickt man in ein hübsches Gesicht? Ich bin dabei!«, hatte er strahlend zugestimmt.

Es mussten noch einige Vorkehrungen getroffen werden. Herman zog von seinem Zimmer in den Vorratsraum um, der sich am vorderen Ende der Wohnung über der Schlachterei befand und den sie für ihn auf Vordermann gebracht hatten. Clay nahm das hintere Zimmer und nutzte seine freie Zeit, es zu modernisieren und zudem ein eigenes Wasserklosett für Madeline einzubauen. Clays altes Schlafzimmer würde Madelines Nähzimmer werden ... jedenfalls bis zu dem Tag, an dem sie es vielleicht für Familienzuwachs benötigten. Das große offene Zimmer, das Herman und Clay als provisorische Küche genutzt hatten, wurde ganz neu gestaltet. Auf einer Seite wurde eine Küche eingerichtet, die andere diente als Wohnzimmer, und der große gusseiserne Herd in der Mitte bildete eine Art Raumteiler.

»Ich kann kaum glauben, dass sie die Wohnung tatsächlich fertigbekommen haben«, staunte Madeline. »Ich glaube, sie hätten es nicht rechtzeitig geschafft, wenn du und Ben nicht einige Tage früher gekommen wärt. Ben war eine große Hilfe und die Jungs auch.«

»Es ist schön, dass sie jetzt in ein Alter kommen, in dem sie so groß sind, auch schwerere Dinge tragen zu können.« Cara lächelte und tätschelte ihren Bauch. »Vor allem weil Kind Nummer fünf unterwegs ist. Die zusätzliche Hilfe im Haus kann ich gut gebrauchen.«

Ein Klopfen an der Tür unterbrach die beiden.

»Herein!«, rief Madeline.

Martha streckte den Kopf durch die Tür.

»Ist dein Vater bereit für uns?«, fragte Cara.

Martha nickte. »Der Schlitten steht vorne. Ich soll euch sagen, ihr sollt euch beeilen.«

Cara verdrehte die Augen. »Ich finde ja, diese pingelige Pünktlichkeit ist nicht unbedingt seine angenehmste Eigenschaft.«

»Wenn das sein größter Fehler ist, Cara, dann geht's dir wirklich gut.« Madeline setzte sich den farblich abgestimmten blauen Hut auf und richtete ihn, bevor sie die Hutnadeln so zwischen die Seidenblumen steckte, dass sie nicht zu sehen waren.

»Fertig?« Cara lächelte.

Madelines Magen drehte sich um, und sie hielt sich eine Hand auf den Bauch, um die Schmetterlinge zu beruhigen. »Ich glaub, mir wird übel.«

»He, wenn ich während der Hochzeitszeremonie schon keine morgendliche Übelkeit haben darf, darf dir erst recht nicht flau werden, weil du kalte Füße bekommst. Los geht's!«

Madeline nahm ihren Ridikül und schaute sich im Zimmer um, um sicherzugehen, nichts vergessen zu haben. Dann eilten die beiden Frauen und Martha aus dem Zimmer, stürmten unter nervösem Kichern und Plappern die Treppe hinunter. Am Fuß der Treppe blieb Madeline wie angewurzelt stehen.

»Mutter!«

Miriam Barstow stand im vorderen Eingangsbereich der Pension in einem eleganten grünen Nachmittagskleid und einem Pelzumhang, die Hände geziert vor dem Körper gefaltet. »Oh, meine Liebe!« Ihre Mundwinkel hoben sich zu einem Anflug von Lächeln.

Madeline lief ihrer Mutter entgegen und ergriff deren Hände. Sie wusste, das war die innigste Bezeigung von Gefühlen, die ihre Mutter als schicklich erachtete. »Was machst du denn hier?«

»Clay hat mir eine Zugfahrkarte geschickt. Er sagte, er wollte dich auf keinen Fall heiraten, ohne dass zumindest ein Mitglied deiner Familie anwesend wäre.«

»Wir haben es fast nicht ausgehalten, dir nichts verraten zu dürfen!«, sagte Martha von hinten, auf und ab hüpfend wie ein Ball.

Tränen brannten in Madelines Augen, während sie alle Anwesenden anstrahlte, vor allem ihre Mutter. »Das ist so lieb!«

Miriam nickte. »Das stimmt.« Dann beugte sie sich vor und flüsterte: »Ich denke immer noch, du hättest Dalton heiraten sollen. Aber wenn du schon darauf bestehst, einen armen Mann zu heiraten – so ist er wenigstens ein liebevoller und großzügiger armer Mann.«

»Mutter!«, zischte Madeline.

»Was? Es ist doch die Wahrheit.«

Madeline verdrehte die Augen. »Nun ja, ich bin jedenfalls froh, dass du hier bist. Jetzt müssen wir aber los. Ich möchte nicht, dass Clay noch denkt, ich lasse den dritten Verlobten sitzen.«

* * *

Die Hochzeit war wunderschön. Zwar war ihre Mutter ihre einzige anwesende Verwandte, doch Madeline freute sich sehr, alle neuen Freunde und Bekannten zu sehen, die sie in den wenigen Wochen gewonnen hatte. Clay und seine Schwester waren katholisch, und da Madeline nie besonders religiös gewesen war, hatte sie Clay gesagt, dass es ihr nicht ausmache, wenn die Eheschließung in der kleinen katholischen Kirche stattfände. Als Mrs Barstow das hörte, wäre sie fast in Ohnmacht gefallen.

»Die Barstows waren immer protestantisch!«, flüsterte sie Madeline zu, als sie sie nach der Zeremonie umarmte.

»Nicht wirklich, Mutter«, flüsterte Madeline zurück. »Ich bezweifle, dass du jemals zur Kirche gehen würdest, wenn du dem Klatsch und Tratsch entgehen könntest, der deiner Abwesenheit folgen würde.«

»Das mag sein«, gab ihre Mutter naserümpfend zu. »Aber es gefällt mir trotzdem nicht. Und wenn es schon unbedingt eine katholische Kirche sein musste, warum mussten wir derart eingepfercht sein? Die Frau hinter mir hat bestimmt an die acht Kinder dabeigehabt! Warum habt ihr nicht in einer größeren Kirche geheiratet? Gibt es hier denn keine Kathedrale oder so etwas?«

»Nein, Mutter. Dies war die größte Kirche, die für die Hochzeit zur Verfügung stand. Und für mich zählt einzig und allein, dass ich den Rest meines Lebens mit dem Mann verbringen werde, den ich liebe.«

Miriam seufzte. »Ja, so bist du wohl. Du warst immer die idealistischste meiner Töchter. Aber die Blütenträume vergehen schnell, meine Liebe.«

Madeline gelang es gerade eben, nicht erneut die Augen zu verdrehen. *War ich auch so zynisch, so borniert, bevor ich Clay kennenlernte?* Sie fasste den Entschluss, ihrer Mutter nicht mitzuteilen, dass sie dem Priester versprochen hatte, ihre Kinder katholisch zu erziehen. Sollte sie das erfahren, würde ihre Mutter womöglich tatsächlich noch in Ohnmacht fallen.

Mrs Preston hatte ihnen die Pension für den Empfang nach der Hochzeit angeboten – solange sie nicht dafür kochen und hinterher sauber machen müsste. Damen aus der Gemeinde hatten sich angeboten, Essen mitzubringen und ein Büfett anzurichten, zu dem jeder etwas mitbringen sollte. Cara und die Kinder würden sich hinterher um das Saubermachen kümmern. Nachdem Clay und Madeline den Gratulanten in der Kirche entwischt waren, hatte er Madeline in den Schlitten verfrachtet, den er sich geliehen hatte, und sie hatten sich auf den Weg zur Pension gemacht.

Zwei Häuserblocks davor bog er in eine Seitenstraße ein und lenkte den Schlitten an die Seite.

»Warum hältst du an?«, wollte Madeline wissen.

Clay wandte sich ihr zu. »Weil ich noch nicht einen Augenblick mit meiner Frau allein war und ahne, dass es noch Stunden – mindestens – dauern wird, bis wir wieder allein sein werden.« Er grinste verwegen. »Komm her, Mrs Porter!« Er zog sie an sich.

Seine Lippen waren warm. Er presste sie auf ihre – zunächst sanft, dann immer heftiger. Seine Küsse nahmen ihr den Atem, und als er mit seiner Zunge ihren Mund erkundete, fühlte sie Verlangen in sich aufsteigen. Er hatte einen Arm um ihre Taille geschlungen und eine Hand an ihren Nacken gelegt. Bevor sie sich's versah, hatte sie ihm die Arme um den Hals gelegt. Ihr Herz pochte heftig, und ihr wurde klar, dass sie sich wünschte, sie könnten sich gänzlich vor dem Empfang drücken.

»He, Porter, heb dir das für die Hochzeitsnacht auf!«, ließ sich laut eine Stimme von hinten vernehmen.

Madeline stieß Clay von sich, als sei er aus glühender Kohle, und setzte sich zurück. Sie drehte sich schnell um und erblickte Jack Lawson, der ab und an in der Schlachterei aushalf. Er lehnte sich aus seinem Lastschlitten, winkte und grinste, während sein jüngerer Bruder den Schlitten langsam an ihnen vorbeilenkte.

»Kümmere dich um deine eigenen Angelegenheiten!«, rief Clay zurück, »sonst binde ich dich hinten an diesen Schlitten und zieh dich bis Last Chance Gulch hinter mir her!«

»Dazu musst du uns erst mal kriegen!», erwiderte Jack lachend und wies seinen Bruder an, schnell davonzufahren.

Clay ließ die Zügel schnalzen und gab den Pferden Zeichen, schneller zu laufen. Doch sie trotteten nur dahin. Die ausgeliehenen Pferde waren nicht mit ihm vertraut und gehorchten nicht so flink, wie Sunny und Tansy es getan hätten.

Madeline lachte, als er versuchte, die Pferde anzutreiben, diese aber kaum einen Trab einlegten.

»Wenn ich das nächste Mal einen Schlitten leihe, nehmen wir unsere eigenen Pferde. Das hier ist ja nur peinlich. Wir müssen uns von einem Lastschlitten schlagen lassen!«

Als sie bei der Pension ankamen, beugte Clay sich vor und gab ihr einen schnellen Kuss. »Wir werden die ganze Küsserei später heute Abend fortsetzen, nicht wahr, Mrs Porter?«

Madeline errötete und warf ihm ein scheues Lächeln zu. »Wie Sie meinen, Mr Porter.«

Kapitel 22

Sie verbrachten eine Nacht im The Grandon Hotel – noch ein kleiner Luxus, mit dem Clay seine Frau überrascht hatte – und brachten Madelines Sachen am nächsten Tag in die Wohnung über der Schlachterei. Dann nahmen sie den Zug hinunter nach Butte, um dort einige Tage in einem Hotel zu verbringen, fern von neugierigen Blicken. Während sie fort waren, versuchte Herman Mrs Barstow die Zeit zu vertreiben, indem er ihr Helena zeigte und sie zu Mrs Preston brachte, um die eine oder andere Runde Whist mit ihr zu spielen.

Als Madeline und Clay endlich zurückkehrten, ging Mrs Barstow bereits die Wände hoch, weil sie es nicht abwarten konnte, endlich nach Boston zurückzukehren, wo sie, »wie es zivilisierten Menschen anstand, in die Oper gehen konnte«. Doch ihr Zug würde erst in einigen Tagen fahren. Madeline verbrachte diese Zeit mit Versuchen, ihre Mutter zu unterhalten und sie daran zu hindern, Dinge zu sagen, die andere Menschen beleidigt hätten. Keine leichte Aufgabe.

Eine Woche nach der Hochzeit brachten Clay und Madeline Miriam Barstow schließlich zum Bahnhof. Madeline hatte sich gefreut, ihre Mutter wiederzusehen, war aber so erschöpft davon, sie die ganze Zeit beschäftigen zu müssen, dass sie direkt mit einer jungen Frau zusammenstieß, die auf dem Bahnsteig umherlief.

»Oh, entschuldigen Sie bitte! Verzeihen Sie, ich hab überhaupt nicht aufgepasst!«

»Madeline, habe ich dich nicht besser erzogen?«, schaltete sich ihre Mutter von hinten ein.

»Schon in Ordnung«, versicherte ihr die junge Frau. »Ich hab selbst nicht aufgepasst. Ach, sind Sie vielleicht aus Helena? Ich soll hier meinen Verlobten treffen, kann ihn aber nicht entdecken. Ich weiß nicht, was ich tun soll.« Sie sah ratlos aus und stand kurz vorm Weinen.

Madeline tat die junge Frau leid. Sie wusste nur zu gut, wie man sich fühlt, wenn man gerade aus dem Zug gestiegen ist, an einem unbekannten Ort. »Wie heißt denn Ihr Verlobter? Vielleicht kennen wir ihn.« Sie blickte Clay an, der wahrscheinlich eher jemanden aus der Gegend kennen würde.

»Er heißt Samuel Croft. Er hat eine Ranch hier in der Nähe. Ich hab eine Fotografie …« Die blasse blonde junge Frau öffnete ihre Tasche und zog das Bild heraus.

»Das ist nicht nötig.« Madelines Herz schlug heftig, sie warf Clay einen angstvollen Blick zu. »Haben Sie Ihren Verlobten über einen Heiratsvermittler kennengelernt und die Verlobung per Post vereinbart?«

»Woher wissen Sie das?« Das Mädchen war überrascht. »Ich bin eben aus Pennsylvania angekommen. Wir haben seit Sommer miteinander korrespondiert. Er hat mir vor knapp zwei Monaten geschrieben und mir einen Heiratsantrag gemacht. Doch meine Mutter war krank, und ich konnte erst aufbrechen, als es ihr besser ging.« Die junge Frau klammerte sich an ihre Reisetasche, hielt sie eisern fest. »Ehrlich gesagt, hatte er zuvor einen ganzen Monat lang gar nicht geschrieben. Ich dachte schon, er hätte es sich anders überlegt, bis ich endlich wieder von ihm hörte.« Sie sah nervös um sich. »Sie glauben doch nicht, dass er kalte Füße bekommen hat und mich sitzen lässt, oder?«

Clay stellte sich hinter Madeline und legte ihr beschützend den Arm auf die Schulter. »Ich sehe ihn nirgends«, flüsterte er ihr ins Ohr.

Madeline legte der jungen Frau beruhigend die Hand auf den Arm. »Aber, aber. Alles wird gut. Ich bin Madeline Porter. Wie heißen Sie?«

»Wendy. Wendy Varner.«

»Wendy, wie schön, Sie kennenzulernen. Ich glaube, wir können Ihnen helfen. Kommen Sie doch bitte mit uns.« Madeline führte Wendy ins Bahnhofsgebäude, ihre Mutter folgte ihnen. Clay ging bis zur Tür mit ihnen, blieb aber draußen stehen.

* * *

Clays Magen hatte sich allein bei der Erwähnung von Crofts Namen umgedreht. Er sah sich auf dem Bahnsteig um, konnte aber keine Spur von ihm entdecken.

Sicherlich kommt er nicht persönlich. Er wird wieder einen Fahrer geschickt haben, beruhigte Clay sich. Oder doch nicht? Croft bezichtigte Clay, von Anfang an versucht zu haben, ihm Madeline »wegzunehmen«. Würde er dieses Mal selbst kommen, um sicherzustellen, dass ihm nicht noch eine Frau abhandenkäme?

Als Madeline Wendy in das Bahnhofsgebäude geleitete, blieb Clay draußen stehen, um die beiden schweren Reisetaschen von Mrs Barstow im Auge zu behalten. Im Vergleich zu Mrs Barstow war Madeline mit leichtem Gepäck gereist, als sie nach Montana kam.

Er blieb am Eingang stehen und beobachtete, wie die letzten Passagiere aus dem Zug stiegen und die neuen Passagiere einstiegen. Von Croft war nichts zu sehen.

Dann erblickte er Jack Lawson, der sich schnellen Schrittes auf den Bahnsteig zubewegte. Jack blickte um sich und schaute dann auf etwas, das er in der Hand hielt. Als er wieder aufsah, bemerkte er, dass Clay ihn beobachtete.

»He, Clay, hast du hier eine junge Frau gesehen? Blond, blaue Augen, ein bisschen mager? So um die achtzehn oder neunzehn?« Er ging auf ihn zu und hielt Clay eine Fotografie entgegen.

Es war die von Wendy Varner.

»Kann ich nicht sagen.«

»Verdammt! Der Zug ist ein bisschen früher angekommen, als ich erwartet hatte. Ich soll sie zu Samuel Crofts Ranch bringen.«

»Also, ich stehe hier schon eine Weile, und ich hab keine junge Frau aussteigen sehen, auf die deine Beschreibung passt.« Das war nicht gelogen – Wendy war bereits ausgestiegen, als sie mit ihr zusammenstießen.

Jack nahm den Hut ab, kratzte sich am Kopf und setzte sich den Hut wieder auf. »Croft bringt mich um, wenn ich ohne das Mädchen bei ihm auftauche. Und was soll ich machen? Den ganzen Weg zur Ranch fahren, um es ihm zu sagen? Er wird mich nicht bezahlen. Es wird alles für umsonst gewesen sein.«

»Menschenskind, Jack, weißt du es wirklich nicht besser? Von Croft musst du dir das Geld immer vorweg geben lassen, sonst siehst du es nie. Habe ich dir denn gar nichts beigebracht? Noch besser ist es, überhaupt nicht für ihn zu arbeiten. Du weißt doch, wie es Madeline ergangen ist.« Jack hatte etwas davon mitbekommen. Clay hatte gerade so viel erzählt, um Jack wissen zu lassen, dass es mit Croft nichts Gutes auf sich hatte und man ihn unter allen Umständen meiden sollte.

»Klar weiß ich das, aber ich brauchte das Geld nun mal. Das dicke Weihnachtsgeschäft ist lange vorüber und deine Flitterwochen auch – Herman hat nicht mehr viel Arbeit für mich.«

Clay schüttelte den Kopf, sagte aber nichts. Er hatte ja auch für Croft gearbeitet, obwohl sein Bauchgefühl ihm etwas anderes gesagt hatte. Wie kam er also dazu, zu richten?

»Tja«, seufzte Jack, »dann geh ich mal rein und frag, ob jemand sie gesehen hat.«

Clay versperrte ihm mit dem Arm den Weg. »Sieh mal, Jack, sag Croft doch das nächste Mal, wenn er in der Stadt ist, dass sie nicht aufgetaucht ist. Mach dir bloß nicht die Mühe, zu seiner

Ranch zu fahren. Er wird dir ohnehin kein Geld geben. Das ist eine verdammt lange Fahrt für nichts und wieder nichts.«

»Ich weiß nicht, Clay. Wenn ich das mache, schlägt er mich zusammen, sobald er mich das nächste Mal sieht!«

»Sagt das nicht alles? Arbeite nie wieder für den Mann! Und wenn er sich darüber beschwert, dass du nicht aufgekreuzt bist. Frag ihn doch, ob er dir Geld dafür gegeben hätte, wenn du die Fahrt ohne sie nur gemacht hättest, um ihm das mitzuteilen. Er wird zugeben müssen, dass er das nicht getan hätte. Warum solltest du die Fahrt umsonst machen, wo es nicht einmal deine Schuld ist, dass sie nicht da war, als du gekommen bist?«

»Er wird sagen, dass ich Schuld hab, weil ich zu spät gekommen bin.«

»Siehst du sie hier irgendwo warten? Ich nicht. Erwähn doch nicht, dass du zu spät gekommen bist. Ganz offensichtlich hat sie es sich anders überlegt – es ist nicht deine Schuld, dass keine seiner Verlobten bei ihm bleibt.«

Jack lachte in sich hinein. »Da hast du recht… aber ich glaube, das Letzte behalte ich lieber für mich.«

»Sicher eine kluge Entscheidung.« Clay zwinkerte ihm zu. »Oh, und, Jack? Bitte halt meinen Namen draußen, ja? Du hast mich heute nicht getroffen, klar?« Er hielt seinem Freund zwei Dollar hin.

Jack nahm sie, sah Clay an und schaute sich um, um sicherzugehen, dass niemand zusah. »Was geht hier vor?«

»Nichts.« Clay blickte sich um, tat ganz beiläufig. »Ich gehöre derzeit nun einmal nicht zu Crofts Freunden, und es ist vielleicht am besten, meinen Namen nicht zu erwähnen, wenn du ihn siehst.«

Jack sah Clay fragend an, sagte aber nichts und steckte das Geld in die Tasche. Zwei Dollar waren ein guter Lohn dafür, nichts zu tun. »Von mir aus gerne. Man sieht sich!«

Der Schaffner forderte alle Passagiere auf, einzusteigen, und Clay ging ins Bahnhofsgebäude, um Mrs Barstow zu holen, die sich verkrampft von Madeline verabschiedete. Beide Frauen hielten ihre Tränen zurück.

»Ich glaube, das Beste ist, wenn Madeline mit Wendy hier drinnen bleibt«, sagte Clay zu Miriam, die nickend zustimmte. Sie schien eine Ahnung zu haben, was vor sich ging.

Er geleitete sie zum Zug und stieg mit ihr ein, um sie an ihren Platz zu führen und ihr Gepäck zu verstauen. Nachdem sie sich an einem Fensterplatz eingerichtet hatte, verabschiedete er sich und wollte fortgehen.

»Warten Sie.« Sie legte eine Hand auf Clays Hand. »Seien Sie gut zu ihr. Sie ist einen anderen Lebensstil gewohnt. Ich weiß, dass Sie ihr nicht das bieten können, was sie gewohnt ist, aber tun Sie bitte, was Sie können. Sie musste nie arbeiten.« Tränen glänzten in Miriams Augen.

»Ich verspreche, dass ich gut auf Madeline aufpasse, Mrs Barstow.« Er tätschelte ihr beruhigend die Hand. »Doch ich glaube, Sie unterschätzen, wie stark Ihre Tochter ist. Sie kann viel mehr bewältigen, als Sie meinen.«

Miriam lächelte trübe, ließ aber keine einzige Träne zu. »Vielleicht haben Sie recht. Sie hat den Tod ihres Vaters und unsere darauffolgenden … Verhältnisse … mit wesentlich mehr Kraft durchgestanden als wir anderen alle.« Ihr Blick schweifte nach draußen, wo Madeline wartete. »Dieses Mädchen … Wendy … Sie haben Sie eben gerade vor der gleichen Situation bewahrt, aus der Sie Madeline gerettet haben, nicht wahr?«

»Das hoffe ich. Wir können sie nicht kidnappen, um sie vor ihm zu schützen. Doch wenn wir sie überzeugen, können wir sie vor den Klauen von Sam Croft bewahren.«

Miriam blickte wieder zu Clay. »Wenn meine Madeline eines vermag, dann ist es, sich in einem Gespräch durchzusetzen. Das hat sie von ihrem Vater. Sie wird das Mädchen überzeugen.«

Clay lachte. »Da kann ich Ihnen nicht widersprechen. Madeline weiß wirklich mit Worten umzugehen. Meine Schwester ist genauso. Bei den beiden hab ich keine Chance!«

Der Schaffner forderte alle Personen ohne Fahrkarte auf, den Zug zu verlassen. Doch Clay rührte sich nicht vom Fleck. Er vermutete, dass Mrs Barstow noch mehr auf dem Herzen hatte, was sie loswerden wollte. Ein Augenblick verstrich.

»Ich habe Ihnen noch gar nicht dafür gedankt, was Sie für Madeline getan haben. Sie hat mir erzählt, dass Sie alles, was Sie besaßen, für sie hergegeben haben.« Sie schaute Clay mit ihren durchdringenden blauen Augen an, die denen Madelines sehr glichen. »Dies mag nicht das Leben sein, das meine Tochter sich erträumt hat, aber es ist nicht zu vergleichen mit dem, was ihr bevorgestanden hätte, wenn Sie nicht eingegriffen hätten. Das werde ich Ihnen nie vergessen.«

»Das habe ich sehr gerne gemacht«, erwiderte Clay. Er wusste, dass das wahrscheinlich das Weitestgehende war, was Miriam Barstow als Dank über die Lippen zu bringen imstande war.

»Allerdings werde ich Ihnen auch nie vergessen, dass Sie ihr ausgeredet haben, einen Millionär zu heiraten.« Sie faltete die Hände geziert und blickte aus dem Fenster.

Clay lachte, legte ihr die Hand auf den Arm und verabschiedete sich, ungeduldig, endlich zu seiner Frau zurückgehen zu können. Es amüsierte ihn, wie sehr Madeline zu dem Zeitpunkt, als sie einander kennenlernten, ihrer Mutter geglichen hatte.

* * *

Zwei Tage darauf reisten Madeline und Clay von Butte ab, wo sie Wendy bei einem Cousin von Mrs Preston untergebracht hatten. Wendy würde in einer Bäckerei arbeiten und oben im Gästezimmer wohnen, bis sie sich entschieden hatte, wie es für sie weitergehen solle. Es war unwahrscheinlich, dass sie Croft in Butte begegnen würde.

»Ich würde zu gerne hierblieben und unsere Flitterwochen –

Teil zwei – feiern.« Clay küsste Madeline, während er Sunny und Tansy den Bergpfad hinauf lenkte. »Aber Herman möchte, dass ich so schnell wie möglich zurückkomme. Ich glaube, Jack hat ihn schier wahnsinnig gemacht, während wir fort waren. Er war nicht begeistert, als ich ihn um einen zusätzlichen freien Tag bat, um Wendy herzubringen.«

»Herman kann Jacks Gequassel und seinen albernen Humor nicht ab.« Madeline kicherte, als sie sich vorstellte, dass Jack Herman verfolgte und ihm immer wieder Dummejungenstreiche spielte. »Ich bin nur froh, dass Jack dir seinen Lastschlitten leihen konnte. Immerhin mussten wir Wendy so schnell wie möglich aus Helena herausbekommen.«

»Ich kann es schlicht nicht glauben, dass Croft mit einer anderen jungen Frau korrespondiert hat, während er auch dir Briefe schickte. Es scheint, als ob er ›nicht alles auf eine Karte setzte‹ und sich Wendy warmhielt, falls du ihn abweisen solltest. Meinst du, da waren noch mehr junge Frauen?«

»Keine Ahnung. Aber falls ja, gibt es nichts, was ihn davon abhalten könnte, neue Mädchen zu finden. Oh, Clay, was können wir nur machen? Ich kann den Gedanken nicht ertragen, dass ein anderes argloses Mädchen seinen Lügen zum Opfer fällt.«

»Ich dachte immer, dass es Aufgabe dieser Heiratsvermittler ist, die Spreu vom Weizen zu trennen.«

»Das behaupten sie jedenfalls. Aber nachdem es sich in Helena herumgesprochen hatte, dass Croft mich unter Vorspiegelung falscher Tatsachen hergelockt hat, ist mehr als nur eine Frau zu mir gekommen und hat mir erzählt, dass sie eine Verwandte oder Bekannte hätte, die ebenfalls schlechte Erfahrungen mit der Eheanbahnung per Post gemacht hatte.«

»Wirklich?« Clay blickte sie an. »Das hast du mir nie erzählt.«

Sie nickte. »Nachdem wir Wendy getroffen haben, mache ich mir wirklich Sorgen. Ich weiß, dass es viele Frauen gibt, die das Glück haben, einen guten Heiratsvermittler gefunden zu haben und die eine gute Partie machen. Doch für mein Empfinden höre ich viel zu viele furchtbare Geschichten.«

»Ich vermute, dass Croft es nicht noch einmal versucht. Er ist zu geizig, um gutem Geld schlechtes hinterherzuwerfen. Sicherlich wird er es machen wie vorher – eine Haushälterin zum Kochen und Saubermachen anstellen und sich Mädchen aus dem Saloon für sein Vergnügen holen. Da kann er jedenfalls sicher sein, dass er das bekommt, was er bezahlt hat.«

»Da hast du wahrscheinlich recht. Aber was ist mit den anderen Frauen da draußen? Sie sind in schwierigen Lebenssituationen und legen all ihre Hoffnungen in diese Vermittlungsagenturen, von denen einige allerdings nicht so vertrauenswürdig sind, wie sie scheinen.« Sie grübelte und blickte über Butte hinweg, während sie den Pfad hinaufglitten, der entlang der Stadt führte.

»Warum hab ich das Gefühl, dass du etwas im Schilde führst?«

Madeline blickt ihren Mann an und wusste nicht, ob sie etwas sagen sollte.

»Also?«

»Du kennst mich zu gut. Und dabei sind wir erst eine Woche verheiratet!« Madeline schmiegte sich an ihn. »Ich habe über etwas nachgedacht. Allerdings weiß ich nicht, was du dazu denkst.«

»Das wirst du auch nicht erfahren, wenn du es mir nicht erzählst.«

»Also … du weißt ja, dass wir praktisch alle deine Ersparnisse verbraucht haben – für die Umbauten in der Wohnung, die Hochzeit und Mutters Zugfahrkarte – und dass wir darüber nachgedacht haben, wie wir den Laden modernisieren und mehr Kundschaft bekommen können, stimmt's?«

»Ja.« Er blickte sie neugierig an, richtete dann den Blick wieder auf die Straße. »Ich hätte gern vorne ein neues Schild – schicker und auch größer.«

»Genau! Aber das kostet alles Geld, und außerdem müssen wir vorausplanen, auch für die Ausgaben einer Familie.«

»Und?«

»Und … nun … ich hab mir überlegt, ob ich nicht selbst eine Heiratsvermittlung aufmache, die Eheschließungen auf dem Postwege anbahnt.«

Er sagte nichts.

Madeline legte den Kopf schief, beobachtete genau die Veränderungen in Clays Gesicht. »Ärgert dich die Idee?«

»Sie gefällt mir nicht. Wir haben den Laden. Ich könnte deine Hilfe dort gut gebrauchen. Außerdem bist du vielleicht schon schwanger oder könntest es sehr bald sein.«

»Ich rede doch nicht davon, ausschließlich das zu machen. Es wäre nur ein zusätzliches kleines Geschäft. Und ich würde es nicht alleine machen. Ich kenne eine Frau in Boston, die dort die Gespräche mit den jungen Frauen führen könnte. Und ich könnte die Gespräche mit den hier lebenden Junggesellen führen. Sie ist Witwe. Unsere Kirche hatte ihr etwas Unterstützung gegeben – sie muss für zwei Kinder sorgen und hat keine Familie, die ihr helfen kann. Sie könnte Geld verdienen und sich dennoch um ihre Kinder kümmern. Das wäre perfekt! Und was mich und die Suche nach Junggesellen angeht, hier gibt es viele Männer – Geschäftsleute, erfolgreiche Goldsucher und Minenunternehmer und viele andere oben in Great Falls und unten in Butte –, die gerne Hilfe bei der Suche nach einer Frau hätten und auch bereit wären, für diese Unterstützung gutes Geld zu bezahlen. Jemanden hier zu haben, um ›die Spreu vom Weizen zu trennen‹, wie du es ausgedrückt hast, und jemanden im Osten, der nur solche jungen Frauen auswählt, die gute Ehefrauen werden können – also, das würde unsere Dienstleistung sehr attraktiv machen, könnte ich mir vorstellen! Und außerdem würden wir Menschen damit helfen.«

Clay blickte grimmig drein. »Ich bin nicht gerade begeistert davon, eine Frau zu haben, die arbeitet. Die Leute werden reden.«

»Ach wirklich?« Sie setzte sich auf. »Wer ist denn jetzt hier der Hochmütige, der sich Gedanken darum macht, was die Leute wohl sagen werden? Im Übrigen hast du keine Bedenken, dass die Leute sehen, wenn ich in der Schlachterei aushelfe, oder? Wo ich ganz sicher kein Bezahlung bekomme.« Madeline blickte ihn herausfordernd an.

Clay warf ihr einen Blick von der Seite zu. »Hm. Deine Mutter hat recht – du kannst mit Worten umgehen. Und hast Verhandlungsgeschick.«

»Ist das ein Ja?«

Er legte den Arm um sie und küsste sie auf den Scheitel. »Das ist ein ›Lass es uns versuchen und mal sehen, ob's funktioniert‹. Reicht das?«

»Hört sich gut an.« Sie lächelte, kuschelte sich an ihn und zog sich die Felldecke bis zum Kinn hoch.

Epilog

Helena, Montana Juni 1890
Zweieinhalb Jahre später

»Beeil dich, Clay, der Zug kommt in zwanzig Minuten an!« Madeline band sich die Schürze ab und watschelte hinter der Ladentheke hervor.

»Das gefällt mir gar nicht!«, rief er aus dem Hinterraum der Schlachterei. »Du bist im sechsten Monat. Du solltest dich oben ausruhen. Nicht hier im Laden arbeiten und ganz sicherlich nicht in einem rumpelnden Wagen zum Bahnhof fahren.«

»Ach, sei nicht so ein Brummbär! Als ich mit Grace schwanger war, bin ich bis fast im achten Monat mit dem Wagen gefahren. Und wenn du fährst, passiert mir ohnehin nichts. Wenn ich ein Kind erwarte, fährst du wie ein alter Mann. Es wäre besser für mich, wenn Herman mich fahren würde.«

»Ich weiß nicht, ob das ein Kompliment oder eine Beleidigung ist«, murmelte Herman auf seinem Sitz neben dem Holzofen, wo er und Buck Ferguson sich an einer ausgefuchsten Partie Schach versuchten.

»Es ist eine Beleidigung«, schaltete Clay sich ein, mit der kleinen Grace auf dem Arm aus dem Hinterraum kommend. »Für uns beide.«

»Na, wenn Herman mich fahren würde, wäre ich wenigstens rechtzeitig da.« Madeline strich sich das Haar glatt und nahm Clay die anderthalbjährige Grace ab.

Clay griff sich seinen Hut und setzte ihn auf. »He, Herman, vielen Dank, dass du für uns auf den Laden aufgepasst hast.

Jack ist in zwanzig Minuten hier, und dann kannst du los und deine Lady besuchen.«

Hermans Gesicht erhellte sich. »Agnes macht heute Limonade, Ingwerkekse und Brathähnchen. Wir wollten eigentlich ein Picknick auf dem Rasen machen, wie wir es als junge Leute gemacht haben, aber mein Rücken ist nicht mehr das, was er mal war, und ihre Hüfte auch nicht. Wir werden uns also mit der Bank abfinden müssen.«

Herman traf sich seit einigen Monaten mit der Witwe Johnson, und es sah ganz so aus, als würde die Sache jetzt ernst. Zwei Jahre nach dem Tode ihres Mannes schien Agnes Johnson bereit zu sein, ein neues Leben zu beginnen. Sie hatte ein wirklich reizendes kleines Haus in einer Straße mit viel größeren, prächtigeren Häusern. Sie war für einen Witwer in jeder Hinsicht ein ziemlich guter Fang. Doch Herman hatte sich wegen ihres liebenswürdigen Wesens und ihrer exzellenten Kochkunst in sie verliebt.

Kaum hatte es jemanden gegeben, der ihn betüddelte und dazu anhielt, mehr auf sich zu achten, hatte sich sein Gesundheitszustand gebessert. Im Winter neigte er zwar immer noch dazu, schnell krank zu werden. Doch bei gutem Wetter war er beinahe wieder der Alte.

»Gut. Viel Spaß! Du hast es verdient.« Madeline winkte Herman zu, während sie und Clay durch den Hinterausgang verschwanden. Die kleine Grace ahmte die Geste ihrer Mutter mit einem Händchen nach.

»Gib sie mir«, bat Clay, während sie zum Wagen gingen. »Konzentrier du dich nur darauf, nicht nach vorne zu kippen.«

Madeline warf ihm einen pikierten Blick zu. »Ich tu jetzt mal so, als wolltest du damit nicht sagen, dass ich fett bin.«

»Nicht fett! Nur … nicht so ganz ausbalanciert.« Er hielt ihr die Hand hin, sodass sie in den Wagen steigen konnte. Nachdem sie es sich bequem gemacht hatte, übergab Clay ihr Grace und setzte sich dann neben die beiden. Er löste die

Bremse des Wagens und gab Sunny und Tansy Zeichen, sich in Gang zu setzen. »Ich sehe immer noch nicht ein, warum ich das Mädchen nicht allein abholen kann und du sie dann in der Schlachterei begrüßt.«

»Oh, Clay, wirklich! Das Letzte, was eine Frau sehen möchte, wenn sie den Fuß in eine unbekannte Gegend setzt, ist ein fremder Mann – einer, der nicht einmal ihr zukünftiger Ehemann ist.« Sie tat seinen lächerlichen Vorschlag mit einer Handbewegung ab.

»Dich schien das nicht zu stören.« Er lächelte bei der Erinnerung an den Tag, als er sie zum ersten Mal erblickt hatte, aus dem Zug steigend – die schönste und eleganteste Frau, die er je gesehen hatte.

»Doch!«

»Ich meine mich daran zu erinnern, dass du mir – nach unserer Hochzeit – erzählt hast, du fandst mich vom ersten Augenblick an gut aussehend und warst enttäuscht, als dir klar wurde, dass ich nicht dein Zukünftiger war.«

Madeline verdrehte die Augen und versuchte nicht zu lächeln, erinnerte sich aber gut daran, wie sein lockiges haselnussbraunes Haar an jenem Tag unter seinem Hut hervorlugte. »Egal. Ich hab meine Gründe, es so zu machen. Es beruhigt das Mädchen. Dann bringe ich sie in der Pension unter, zeige ihr am nächsten Tag ein wenig die Stadt und stelle sie am Nachmittag ihrem zukünftigen Ehemann vor, und zwar im Wohnzimmer, in einer sicheren und angenehmen Umgebung. So ist es weit weniger traumatisch und …«

»Ich weiß, ich weiß … es macht den Übergang viel sanfter. Ich dachte nur, dieses eine Mal, weil du doch schwanger bist.«

Madeline küsste ihn auf die Wange. »Du machst dir zu viel Sorgen um mich. Und dafür liebe ich dich. Aber ›dieses eine Mal‹ ist für das Mädchen das einzige Mal, und ich möchte, dass es eine angenehme Erfahrung für sie ist, und zwar von dem Moment an, an dem sie den Fuß auf den Bahnsteig setzt.«

»In Ordnung. Aber es muss mir ja nicht gefallen«, grummelte er.

»Nein, das muss es nicht.« Sie lächelte ihn liebevoll an in der Gewissheit, dass er wieder er selbst wäre, sobald sie sicher auf festem Boden stand. Wenn er könnte, so vermutete sie, würde er sie während der Schwangerschaft in Watte packen. Sie wusste, dass die Ursache dafür in seiner Angst lag, ihr könne etwas zustoßen – genau wie seiner ersten Frau etwas zugestoßen war, als sie ein Kind erwartete. Madeline hatte gelernt, damit umzugehen und es, soweit möglich, mit Humor zu nehmen.

Sie erreichten den Bahnhof, kurz bevor die Lokomotive zischend einfuhr. Grace gluckste vor Freude und rief: »Sug, Sug!«, als der Zug direkt vor ihnen quietschend zum Stehen kam. Clay ließ Madeline und Grace erst aus dem Wagen steigen, als der Zug still stand und die Passagiere auszusteigen begannen.

»Hast du die Fotografie von ihr dabei?«, fragte er, als sie sich dem Zug näherten und die Waggonreihe entlangblickten, um zu sehen, wo die junge Frau ausstieg.

»Brauche ich nicht. Das ist sie schon.«

Eine zierliche junge Frau mit braunem Haar und grünen Augen stieg aus einem Passagierwaggon links von ihnen. Sie umklammerte eine kleine Reisetasche, während sie nervös um sich blickte.

»Lilly!«, rief Madeline.

Erleichterung machte sich auf dem Gesicht der jungen Frau breit, als Madeline auf sie zuging, wobei sie sich durch die aussteigenden Fahrgäste und die, die sie erwarteten, schlängeln musste.

»Willkommen in Montana!«, sagte Madeline lächelnd.

13309790R00179

Printed in Poland
by Amazon Fulfillment
Poland Sp. z o.o., Wrocław